대범한 밥상

문 학 동 네
한국문학전집
0　　0　　**3**

박완서
대표중단편선

대범한 밥상

문학동네

차례

부처님 근처

초는 한 갑에 백이십원, 만수향은 백원이라고 한다. 나는 시치미 딱 떼고 이백원만 내주고 일부러 핸드백을 소리나게 닫았다.

"이십원 더 주셔얍지요."

"아저씨도 괜히 그러셔, 이런 초는 백원이면 어디서나 살 수 있는 건데."

나는 꽁치 한 마리에 오원을 깎을 때라든가, 콩나물 이십원어치에 기어코 덤을 한움큼 더 뺏어낼 때처럼, 뻔뻔스럽고 익숙한 추파를 주인남자에게 던지면서, 초와 만수향을 어머니가 들고 있는 쇼핑백 속에 밀어넣었다.

"얘가, 깎을 게 따로 있지."

어머니는 나를 거칠게 밀어젖히고, 주섬주섬 치마를 걷어올리더니 속바지에 꿰매 단 커다란 주머니에서 십원짜리 동전 두 닢을 꺼내 주인남자에게 공손히 바치고 두어 번 굽실거리기까지 한다.

물건 깎는 데라면, 나보다 한술 더 뜨던 어머니다.

어머니는 방금 내가 한 짓을 인색한 짓으로 못마땅해하기보다는 부처님에 대한 정성 부족으로 받아들이고 황공해하고 있는 눈치다.

가게를 나와 같이 걸으면서도 어머니는 내내 시무룩하고 엄숙했다. 어머니의 이런 엄숙함에는 다분히 의식적이요, 과장된 허풍이 보였다. 마치 유치원 원아 앞에서 유희를 가르치는 보모같이 열심스럽고 과장된 표정과 몸짓으로 그녀는 내가 그녀의 엄숙함을 흉내내기를 꾀고 있었다.

일전에 어머니가 나를 꾀어서, 박수무당집에 데리고 갈 때도 꼭 저렇게 어마어마하게 엄숙했으렷다. 퉤, 퉤. 생각이 어쩌다 박수무당에게로 미치자 나는 길바닥이 그 녀석의 상판때기라도 되는 듯이 함부로 침을 뱉고, 부르르 진저리까지 쳤다.

나는 어머니를 따라 절에 가고 있는 일에 대해, 이미 후회를 시작하고 있었다.

그러나 우리는 벌써 ㅂ사 앞에 와 있었다.

ㅂ사는 창건한 지 삼백여 년을 줄곧 여승들만으로 유지해온 유서 깊은 절이요, 여신도가 많기로도 아마 우리나라에서 으뜸이리라는 어머니의 말로 짐작하고 있었던 것보다 훨씬 그 규모가 컸다. 그것은 절이라기보다는 성새城塞 같은 모습으로 촘촘한 주택

가를 위압하고 있었다.

우리 식도 양식도 아닌, 기와지붕의 육중한 이층 콘크리트 건물이 ㄷ자로 담장처럼 법당을 포함한 사찰 경내와 주택가를 차단하고 있어, 주택가에서 본 ㅂ사는, 아무런 겉치장도 안 한 벌거벗은 콘크리트의 냉혹한 재질감과, 이층 건물에 재래식 기와지붕이라는 부조화에서 오는 우스꽝스러움이 뒤범벅된 불안한 위엄을 갖추고 있었다.

그러나 경내로 들어서자 바로 우러러뵈도록 돌층계 위에 높이 자리잡은 법당은 단청이 아름답고, 무엇보다도 전형적인 사찰 양식의 목조건물인 것이 반가웠다. 어머니는 법당을 향해 합장하고 예배했다.

경내로 들어서서 본 콘크리트 건물은 외부에서 본 것과는 전연 다른 모습을 하고 있어 나는 어리둥절했다. 외부로 향해서 그렇게도 폐쇄적이고 음험하던 모습이 안으로는 너무도 밝게 열려 있었다. 벽이라곤 없이 온통 번들번들한 유리 분합문만으로 되어 있고, 그 속에는 마치 요정의 객실 같은 드넓은 장판방이 즐비하니 잇달아 있었다.

그중 제일 큰, 국민학교 교실을 두 개쯤 터놓은 듯한 장판방 앞에는 고무신이 수없이 많이 늘어놓여 있고 신도들의 염불 소리가 낭랑하게 들려왔다.

"나무대비관세음 원아속지일체법

나무대비관세음 원아조득지혜안

나무대비관세음 원아속도일체중

나무대비관세음 원아조득선방편……"

생소하지 않은 염불 소리여서 반가웠다. 생소하기는커녕 잘하면 따라 할 수도 있으리만큼 귀에 익은 소리다.

부우연 이른 아침, 나는 영락없이 아랫방에서 들리는 어머니의 염불 소리에 선잠이 깨게 마련이었다. 아이들 시간밥 짓기에도 아직 이른 시간이었다. 나는 남편이 그 소리에 깨면 어쩌나 조마조마하면서도 그 소리가 싫지는 않았었다. 어쩌면 나는 그 소리로 나의 하루를 안심스러워하려 들었는지도 모른다.

그리고 난 또 어머니의 그 염불 때문에, 아이들의 환경조사서의 종교란에 서슴지 않고 불교라고 써넣을 수도 있었다. 그건 다행한 일이었다. 아이들은 환경조사서에 '무'가 많은 것을 몹시 싫어했으니까.

넓은 방 한가운데에는 테이블과 방석이 깔린 의자가 놓여 있고, 신도들은 그 테이블을 중심으로 양편으로 마주 보게 빽빽이 늘어앉아 있었다.

예식장에서 남녀가 서로 패를 갈라 앉듯이, 여기서는 노소老少가 패를 갈라 서로 마주 보도록 나눠 앉아 있었다. 나는 젊은이들이 있는 쪽으로 가 자리를 잡으려 했으나 어머니는 내 손을 꼭 잡아 전면에 안치된 불상 앞으로 이끌었다.

"절을 해라. 먼저 불전을 놓고."

불상은 울긋불긋한 벽화를 배경으로, 비단 방석을 깔고 쇼윈도 같이 생긴 유리장 속에 들어앉아 있었다. 유리장 속에 들어앉아 있어서 그런지 꼭 종로4가 근처의 만물전 진열장 속의 불상처럼 세속스럽고 가짜스러워 보였다.

유리장 앞, 넓은 불단에는 스테인리스 촛대가 수도 없이 여러 개 놓여 있고 촛대마다 촛불이 꼬마전구처럼 움직이지도 않고 켜져 있었다. 빈 촛대도 없는데 어머니는 우리가 사온 새 초에 불을 붙이더니 켜져 있는 남의 촛불을 손끝으로 눌러 끄고 대신 우리 초를 꽂았다. 딴사람들도 다 그렇게 하는 모양으로 심만 조금씩 그을린 새 초들이 즐비하니 촛대 사이를 뒹굴고 있고, 유리장 바로 앞, 좀더 높은 단에는 백원, 오백원 지폐가 한 삼태기나 되게 쌓여 있었다.

나는 핸드백에서 오백원권을 꺼내 그 무더기 위에 더했다. 백원짜리도 갖고 있었고, 좀 아깝기도 했지만, 아까 초 살 때 이십원 때문에 어머니의 마음을 언짢게 해드린 것이 뉘우쳐 이번엔 한번 어머니를 흐뭇하게 해드리고 싶어서였다. 그러나 어머니는 내 오백원짜리를 보자 안색이 달라지더니 어쩔 셈인지 수북한 불전 무더기를 겁도 없이 헤치고는 백원짜리 넉 장을 집어내는 게 아닌가.

"내 미리 일러둔다는 게 고만…… 쯧쯧, 잔돈을 좀 바꿔가지고 오지 않구. 불전 놀 데가 여기 한곳뿐인 줄 아니? 이따가 법당에도 올라가봐야지, 칠성각에도 가봐야지, 산신당에도 가봐야지, 어서 절이나 하지 뭘 그러구 있어?"

그러잖아도 불전을 거슬러 가진 게 부끄러워 죽겠던 판이라 나는 부랴부랴 절을 하였다. 앉아서 염불을 외는 신도도 많았지만 절을 하고 있는 신도들도 많아, 앞의 여자 궁둥이가 내 코빼기를 들이받고, 또 내 엉덩이론 내 뒤 여자 이마를 들이받았다.

그래도 나는 절을 하고 또 하고, 또 했다. 그럴 수밖에 없었다. 다리가 아파왔지만 나는 계속 절을 할 수밖에 없었다. 마치 매스 게임의 일원이 된 것처럼 나는 내 둘레의 열심스런 율동으로부터 고립할 용기가 없었다.

"고만 좀 앉자꾸나."

어머니는 퍽 만족스러워했다. 나는 기뻤다. 이제 앉아서 쉴 수 있게 된 것과, 내 열심스런 절로 어머니를 흡족하게 해드린 것이. 나는 젊은이들이 있는 쪽으로 가 앉으려 했으나, 어머니는 그쪽은 방바닥이 차다고 굳이 나를 자기 옆에 앉혔다.

신도들은 자꾸 모여들고, 자꾸 남의 촛불을 꺼버리고 자기의 새 촛불을 켜고, 앉아서 염불하던 신도 중에도 발작적으로 일어나 남의 촛불을 끄고 자기의 새 촛불을 켜는 이가 있고, 모두모두 절을 하고, 또 하고, 거듭거듭 합장하고, 절하고 또 하고, 그럴 때마다 긴 치맛자락이 휘장처럼 갈라지고 인조 속치마, 테토론 속치마, 털 속치마에 싸인 안반 같은 궁둥이가 보꾹을 향해 치솟았다.

큰 화로만한 스테인리스 향로에 촘촘히 꽂힌 만수향에서 피어오르는 푸른 연기는 넓은 방을 짙은 안개처럼 채우고, 목구멍을 따갑게 찌른다. 공기가 탁해 가슴이 억눌린 듯이 답답하다. 그래도 난 잘 참는다. 염불은 주로 극성맞게 절을 할 기운이 없는 늙은 신도들이 하고 있다.

"나모라 다나 다라 야야 나막알약 바로기제 새바라야 모리사다 바야 마하사다바야 마하가로 니가야 옴 살바바예수……"

이 소리 역시 아침마다 들어놔서 따라 할 수 있을 만큼 익숙하다. 그러나 마치 마법사의 주문 같아 그 뜻은 도무지 짐작도 안 된다.

언젠가 나는 어머니에게 그 뜻을 물어본 일이 있다. 어머니는 내 물음을 교묘히 피했다. 뜻이 뭐 그리 대단하냐고 하면서 이런 이야길 했다. 예전 어떤 아낙네가 싸움터에 나간 남편의 안부를 주야로 걱정하던 끝에, 깊은 산중의 고승을 찾아가 남편의 무사를 위해 자기가 할 수 있는 치성은 뭐냐고 물었단다. 고승은 그녀에게 매일같이, 앉으나 서나, 그저 정성껏 나무아미타불만 부르라고 일러줬다. 그 자리서부터 나무아미타불을 부르며 돌아오던 아낙네는 동구 밖 개울을 건너다 그만 잊어버리고 말았다. 아무리 노심초사해도 생각나지 않았다. 생각다 못해 그녀는 동네의 학식 높은 이를 찾아 잊어버린 염불을 가르쳐주기를 간청했다. 학식은 높지만 짓궂고 천박한 이 사람은 그녀에게 음탕하기 짝이 없는 쌍소리를 가르쳤다. 그녀는 주야로 그 쌍소리를 외었고, 동네 사람들은 생과부 노릇 끝에 서방에 미친년이라 비웃었다. 그러나 그녀는 정성껏 외고 또 외었다. 남편은 마침내 살아서 돌아왔다. 그가 넘긴 몇 번의 죽음의 고비는 도저히 부처님의 신통력 아니고는 설명할 수 없는 것이었다.

말의 뜻이란 겉모양 같은 거고, 거기 담긴 정성 믿음이 참알맹이라고 어머니는 말하고 싶은 거였다.

그러나 나는 뜻으로 염불을 납득하려 든다든가, 짤막한 지식으로 불교와 불교의식을 이해하려 드는 버릇을 버리지 못했다. 실상 불교에 대한 내 지식이란 퍽 짧을뿐더러, 지극히 교과서적이고 상식적인 것이었고, 더 나쁜 것은 신앙이 전연 곁들지 않고 맨숭맨숭한 것이었다.

결국 50점 정도의 시험 답안지를 쓸 수 있는, 예수나 마호메트에 대해서도 그만큼은 알고 있는, 그런 정도의 지식을 안경처럼 코에 걸고 불교를 바라보려 들었다.

그래서 나는 사찰 경내의 법당과 나란히 자리잡은 칠성각이니 산신당이니가 도무지 못마땅했고, 어머니는 부처님이고 칠성님이고, 그저 우리를 보살펴주는 분으로, 여러 분 계실수록 고맙고 황공해했다.

칠성각은 어머니가 B사의 신도가 되기 전부터 있었던 모양이나 산신당은 불당 뒤 암벽 위에 요즈음 새로 생긴 것으로 이것의 건립을 위해 신도들로부터 대대적인 시주를 받았었다. 그때 어머니는 내 눈치를 민망하도록 오래 살펴가며 거의 애걸하다시피 시주할 돈을 요구했고, 나는 절에 산신당이 아랑곳이냐고, 펄펄 뛰며 중들을 걸어 가짜라느니, 순 엉터리 사기꾼이라느니 욕지거리만 실컷 하고 한푼도 내놓지 않았다. 뿐만 아니라 어머니가 어떠하든 시주를 안 하고는 못 배기리라 짐작한 나는 거의 어머니에게 맡기다시피 하고 있던 살림살이까지 영악스럽게 간섭해, 한푼이라도 시주로 새나갈까봐 극성을 떨었다.

그것은 어머니에 대한 심한 모욕이요 학대였다―왜 또 성미를 부리니―어머니는 이 한마디로 내 학대를 잘 견디고 또 시주는 시주대로 한 눈치였다. 환갑 때 해드린 금반지를 어느 틈엔지 끼고 있지 않았다.

어머니는 내가 성미를 부리는 것을 참는 데 너무 익숙해 있었다. 나는 주기적으로 무슨 꼬투리든지 잡아가지고, 또는 아무 꼬투리도 없이 성미를 부렸고 어머니는 병간호하듯이 내 고약한 성미를 간호했다.

만수향의 연기는 정말 지독했다. 침을 삼키려 해도 목구멍에 통증이 왔다. 그래도 눈을 지그시 감고 잘 견디고 있던 나는 신도들이 일제히 일어서는 기미에 따라 일어서며 이제야 끝났나보다고 휴우 한숨을 내쉬었다.

그러나 끝이 아니라 이제부터 시작인 모양이었다. 아까부터 빈 채로 한가운데 놓여 있던 의자에 눈썹까지 흰 노스님이 붉디붉은

가사를 두르고 꾸불꾸불 옹이가 많은 지팡이를 짚고 와 앉고, 따라 들어온 여러 명의 비구니들이 우선 부처님께 예배하고 노스님께 예배하고, 분합문 쪽으로 등을 돌리고 노스님을 마주 보는 위치에 나란히 앉는다.

"법문을 해주실 스님이란다. 먼 곳에서 일부러 오시지."

어머니가 소곤소곤 내 귀에 속삭였다. 신도들은 일제히 노스님을 향해 절을 했다. 절의 횟수는 한정이 없었다. 노스님이 눈을 지그시 감고 낭랑한 목소리로 염불을 시작하자, 비구니들도 따라 하고 신도들도 자리에 앉아 눈을 감고 염불을 시작했다.

그러나 몇몇 젊은 신도들은 여전히 불상 앞에 촛불 켜고 만수향을 켜고 절을 하는 것을 그치지 않았다. 좀 나이든 비구니가, 다들 앉으라고, 제발 만수향만은 고만 켜달라고, 목이 잠겨 염불을 잘할 수 없다고 애걸조로 말하였으나 그녀들은 들은 둥 만 둥 신들린 무당처럼 너울너울 절하기를 멈출 줄을 몰랐다.

그런 중에도 노스님의 법문이 시작되었다. 세존께서 마침내 해탈하시고 참자유를 얻으신 후, 진리를 펴시는 이야기를, 주로 세존께서 행하신 기적—어마어마하게 큰 독사를 바리때에 거두셨다든가, 무서운 홍수 속에서 성난 물결을 양편으로 물리치시고 마른 땅에서 계셨다든가—을 중심으로 쉬운 말로 해나갔다. 그것은 퍽 재미있는 얘기였지만, 세존께서 고뇌에서 해탈하시기까지의 고뇌, 헤매임을 없이 하실 수 있기까지의 헤매임은 전연 언급하지 않았으로 재미있지만 졸린 이야기일 수밖에 없었다.

난 그런 이야기를 재미있어하기에는 너무 나이를 먹은 것이다.

재미있는 건 노스님의 법문보다는 아직도 극성스럽게 절을 계속 하고 있는 젊은 신도들의 모습이었다. 팔을 크게 벌려 공중에 커다란 호弧를 그리고는 조용히 가슴에 모아 합장하고는 꿇어 엎드리는데, 손바닥을 공손히 방바닥에 붙이는 여자가 있는가 하면, 손바닥을 세워 울타리처럼 만드는 여자도 있고, 부처님을 향해 구걸하듯이 두 손바닥을 쩍 펴서 내밀며 엎드리는 여자도 있었다. 그리고 한결같이 절 그 자체에 깊이 도취되어 있었다.

부처님께서는 "바르게 깨달은 이, 해탈한 이야말로 예배받기에 합당한 이"라고 하셨으니 절에 와서 절을 하는 건 지극히 마땅한 일이고, 그래서 절을 절이라 부른다고 하지 않는가.

그러나 이 여자들이 부처님을 온갖 번뇌, 집착, 욕심으로부터 해탈한 분으로 숭앙하고, 저다지도 간절한 예배를 드리고 있다고 봐주기는 암만 해도 좀 민망한 것이, 절하는 데만 열중해 있는 여잘수록 뭔가 물욕적인 것을 짙게 탁하게 풍기고 있었다. 마치 복중에 온몸이 지글지글 끓어오르는 땀방울처럼 염치없이 끈적끈적하고도 번들번들하게.

나는 법문을 듣는 게, 남 절하는 걸 보는 게, 앉아 있는 게 점점 진저리가 나 몸을 비비 틀었다가 하품을 소리나게 했다가 핸드백 뚜껑으로 똑딱똑딱 장난을 치다가 이빨로 손톱을 질겅질겅 씹었다가 했다. 옆에 앉아 있는 노인네들도 중얼중얼 잡담들을 했다.

"저 여편네들은 다리 힘도 장사야. 저렇게 줄창 절을 하니……"

"아마 올해도 천 번 채우는 여편네 몇 나겠는데."

"작년보다 더 나면 더 났지 덜 나진 않을 거요. 절을 천 번 하고 그해에 남편 사업이 불 일어나듯 했다고 자랑하는 여편네도 있잖습디까. 지금도 그 집엔 돈이 자가사리 끓듯 한답디다."

"그래서 올해도 저 극성들이구먼. 젠장, 아무리 돈이 좋긴 하지만 우리 같은 늙은이야 어디 다리 힘이 있어야 근처라도 가보지."

"글쎄 말이오. 보살님이나 나나 밤에 꾹꾹 주물러줄 영감이라도 있으면 또 몰라. 힛히히……"

"그래 저 젊은것들은 서방이 주물러준답디까?"

"아 보살님은 저번에 젊은 년들 서방 자랑하는 소리도 못 들으셨소? 재수 불공 드리고 가서 다리 아파 죽겠다고 엄살을 부리면 서방이 쩔쩔매면서 밤새도록 주물러준다고……"

"에이, 잡년들 같으니라구."

"그래 정말 정초 재수 불공에 절을 천 번 하면 재수가 트일까?"

"왜? 보살님은 참, 영감님이 있으니까 생각이 다른가보구려."

"누가 그까짓 송장 다 된 영감님 바라고 하는 소리요. 아들이 하도 되는 노릇이 없으니까 하 답답해서……"

"보살님, 좋은 수가 있어요. 그 무슨 절이라든가, 우이동 어디 산속에 있는 절인데 거기 석불이 기가 막히게 영검하답디다. 한 가지 소원만 빌면 꼭 들어주신다던데 같이 안 가보겠수?"

"그럼 그럴까? 나도 그런 소릴 어디서 들은 것 같아."

"에구, 이 보살님들이, 거기가 얼마나 멀다구 섣불리 나설려구 그래. 차라리 여기서 천 번 절을 하는 게 낫지. 거긴 자가용 가진 부자들만 와서 돈을 휴지처럼 뿌리는 데예요."

"돈이야 여기선 휴지 같잖은가 뭐. 작년 사월 파일만 해도 돈을 중들이 주체를 못 해 가마니에다 우거지처럼 처넣고 발로 꽉꽉 밟아서 은행으로 메구 갔다지 않소."

"설마……"

"보살님도, 설마가 뭐예요. 장사치고 부처님이나 예수 파는 장사만큼 수지맞는 장사도 없다오. 우리도 어디 절이나 하나 이룩할까 젠장."

"보살님, 그 염불 밑천 가지구……"

노인네들답지 않게 키득키득 웃는다. 그러곤 이야기가 딸 며느리가 해준 옷 자랑, 패물 자랑으로 옮겨간다. 그리고 또 언제는 누구 칠순 잔치, 누구 손자며느리 보는 날, 노인네들의 화제는 무궁무진하다.

노스님의 법문이 막바지에 이른 모양으로 잠겼던 목소리가 별안간 우렁차게 트이더니, 모든 것이 탐욕의 불로, 노여움의 불로, 슬픔 괴로움 두려움의 불로 타고 있다고 외친다.

감히 그른 말씀이라고 반박할 여지가 조금도 없는 옳은 말씀인데도, 전연 심금에 와 닿지 않고 공소한 게, 다분히 쇼적이다.

차라리 만수향이 타고 있다고, 촛불이 타고 있다고, 우리 모두의 목구멍이 타고 있다고 외쳤더라면 얼마나 당면하고 절실한 문제로서 모두의 공감을 모을 수 있었을까?

만수향의 연기는 정말 지독했다. 나는 타는 듯이 아픈 목구멍의 통증을 더이상 참을 수가 없었다.

나는 일어서서 가까스로 노인들 사이를 헤집고 사잇문으로 해서 마루방으로 해서 난간이 딸린 쪽마루로 해서 댓돌에 놓인 고무신을 찾아 신을 수 있었다. 살 것 같았다. 나는 입을 크게 벌려 숨을 헉헉 들이쉬고는 재채기를 수없이 해댔다.

어느 틈에 어머니가 따라나와 아무 말도 안 하고 내 눈치만 본다.

"저 먼저 가도 되죠? 으스스한 게 어째 감기라도 들 것 같네요. 어머닌 천천히 오시죠 뭐."

"애야, 먼저 가다니, 정작 제사도 안 보고?"

"참, 참 내 정신 좀 봐."

난 멍청이 같은 소리를 지르며 킬킬 웃기까지 했다.

오늘은 어머니가 다니시는 B사에서 음력 정초에, 날 받아 행하는 재수 불공날이자 아버지의 22주기 기일이기도 했다. 22주기…… 그런데도 절에서나마 제사를 지내기는 오늘이 처음이었고, 제사를 덮어둔 사연, 지내기로 정해지기까지의 사연으로 오늘이 어머니에겐 무척 감개 깊은 날일 터인데, 난 또 어머니를 섭섭하게 해드린 모양이다.

"자식도…… 난 또 네가 박수무당집에서처럼 도망을 칠까봐 겁이 나서 부랴부랴 따라 나왔지 뭐니."

어머니는 내가 제사 지내는 일에 무심한 것을 마땅찮아하기는커녕 도망 안 친 것만 다행스러워했다. 그런 어머니가 난 측은했다.

"오래 기다려야 되나?"

나는 혼잣말처럼 중얼거리고 또 한번 재채기를 했다.

"뭘, 불공도 곧 끝나겠지만, 그전에라도 해달라지 뭐. 내 지금 담당 스님께 이르고 올게. 넌 여기 꼭 섰거라."

"위패 모신 데는 어딘데요? 거기 가 있을래요. 추워서 그래요."

"너 혼자? 아서라. 곧 올게."

어머니는 정말 한달음에 다녀왔다. 어머니는 신바람이 나 보였고 그런 어머니가 측은해서 난 가슴이 뭉클했다.

위패를 모셔둔 방은 법당 밑의 방이었다. 법당은 외견상 돌층계 위에 자리잡은 단층 건물 같았으나, 돌층계 뒤에 위패 모신 방으로 통하는 문이 있고, 법당도 이를테면 이층 건물의 위층인 셈이었다.

어머니는 내 손을 꼬옥 잡았다. 내가 박수무당집에서 도망친 것을 충격 때문이었다고 오해하고 있는 어머니는 제사 지내는 일이 내게 다시 한번 충격이 될까봐 조마조마한 눈치였다. 난 어머니를 안심시키려고 비실비실 웃으며, 재채기를 함부로 해댔다.

썰렁하고 우중충한 마루방은 삼면 벽이 온통 위패와 사진들로

메워져 있었다. 아버지와 오빠의 위패는 사진과 함께 나란히 있었다. 종이로 만든 흰 연꽃 속에 들어앉아서.

사진은 처음 보는 것이었다. 고인들에게 그렇게 큰 사진은 없었으니, 아마 요즈음 어머니가 작은 사진을 사진관에 갖고 가 확대시킨 모양으로 지나치게 수정이 가해져, 어머니가 일러주지 않았으면 못 알아볼 지경이었다. 뭐, 이목구비가 특별히 다르게 된 것은 아닌데도 짙은 화장을 입힌 얼굴처럼 살갗에서 우러나는 표정이 없어서 백치스러워 보였다. 둘이 똑같이, 부자지간에 있음직한 나이 차이도 지워진 채 그냥 둘은 닮아 있었다. 어머니를 많이 닮은 나는 어머니를 흉내내 슬프고 엄숙한 얼굴을 하고 그들과 마주 섰다. 이십여 년 전의 한 가족은 이렇게 모인 것이다. 나는 정말 아무렇지도 않았다.

곧 제상이 들어와 위패 앞에 놓이고 어린 스님이 목탁을 치며 염불을 시작했다. 제상은 초라하고 염불은 서툴렀다.

"간소하게 해주십사고 했다. 정성이 제일이지 뭐."

어머니는 안 해도 좋을 변명을 웅얼웅얼했다. 나는 그냥 조금 웃었다. 어머니는 초를 켜는 일, 만수향을 켜는 일, 정화수를 드리는 일을 나에게 시켰고 절은 같이 했다. 나는 네 번 절하고 다소곳이 물러섰다. 어머니는 더 오래 했다. 여러 번 하는 게 아니라 한 번 한 번을 오래 했다. 정성스럽고도 곱게 몸을 숙여 오랫동안 잠이라도 든 듯이 엎드렸다 일어났다. 그리고 음식이 차려지지 않은 오빠의 사진에다 대고도 그렇게 했다. 엎드린 어머니는 등이 좁고 어깨는 수척하고 회색빛 쪽은 아기 주먹보다도 작았다. 아들의 위패 앞에 엎드려야 하는 욕된 배리背理에도 그녀는 다소곳할 뿐이었다.

그러나 나는 어머니의 조용하지만 절실한 몸짓을 통해 이 두 죽음이 얼마나 오래, 얼마나 심하게 우리의 일상을 훼방놓았던가를, 그 훼방으로부터 놓여나려는 간망이 얼마나 간절한 것인가를 아프게 느꼈다. 그것은 소리없는 통곡이요, 몸짓 없는 몸부림이었다. 그리고 나도 지금 정말은 아무렇지도 않지는 않다는 것을 깨달았다.

우리는 다정하고 오붓한 한 식구들이었다. 남자 둘, 여자 둘의. 그러나 어느 날 갑자기 두 남자 식구가 차례차례로 죽어갔다. 아주 끔찍한 모습으로. 그리고 그 끔찍한 사상死相으로 이십여 년 동안이나 여자들을 얽맸다.

6·25가 터지고 한동안 오빠는 꽤나 신이 나 보였다. 오빠는 그전부터 좌익운동에 가담하여 심심찮게 말썽을 일으켜오던 터라 신날 만도 했을 테고, 그런 오빠 때문에 적잖이 속을 썩이던 아버지도 때가 때이니만큼 내버려두려는 눈치였다.

그러나 어느 날부터인가 오빠는 바깥출입을 뚝 끊고 안방에 누워 담배만 온종일 뻐끔뻐끔 피우고, 수염이 무성하게 자라도 깎을 체도 안 했다. 누가 찾아와도 없다고 따돌리지는 않고 만나긴 만나는데 뭔가 상대방을 몹시 불쾌하게 해서 보내는 것 같았다. 우리는 날로 심해지는 폭격에서보다 오빠의 이런 태도에서 더 위급한 폭발물 같은 위험을 느끼고 있었다. 어느 날 늘 찾아오던 오빠의 '동무'가 총잡이를 앞세우고 찾아왔다. 마당에 마주 선 채 웅얼웅얼 대화가 오고갔다. 조용한, 거의 졸립도록 권태로운 말의 주고받음이었다. 별안간 오빠가 "못 해" 하고 악을 썼다. 상대방이 "못 해? 죽인대도?", "죽어도 싫다니까." 목숨은 어처구니없이 조급하게 흥정된 모양이다. 총잡이가 정말 총을 쐈다. 한 방도 아닌 여러 방을, 가슴과 목과 얼굴과 이마에.

그들은 갔다. 우리 식구는, 나는 얼마나 소름 끼치게 참혹하고 추악한 죽음을 목도하고 처리해야 했던가? 형체를 알아볼 수 없이 산산이 망가진 상체의 살점과 뇌수와 응고된 선혈을 주워모으며 우리 식구는 모질게도 악 한마디 안 썼다. 그런 죽음, 반동으로서의 죽음은 당시의 상황으론 극히 떳떳지 못한 욕된 죽음이었으니 곡을 하고 아우성을 칠 계제가 못 됐다. 믿을 만한 인부를 사 쉬쉬 감쪽같이 뒤처리를 했다.

우리는 마치 새끼를 낳고는 탯덩이를 집어삼키고 구정물까지 싹싹 핥아먹는 짐승처럼 앙큼하고 태연하게 한 죽음을 꿀꺽 삼킨 것이었다.

그후 아버지가 조금씩 이상해지기 시작했다. 빨갱이라면 이를 갈아도 시원찮을 그분이 그때 한자리하고 있는 친구를 찾아가 구질구질 아첨을 떠는 눈치더니, 일을 봐준다고 쫓아다니고 어이없게도 숨어 들어앉은 친구의 자제를 밀고까지 하는 모양이었다. 그들이 승승장구할 때도 아닌, 패세가 분명할 시기에 이 무슨 망령인지.

세상이 바뀌고 아버지는 원한을 산 사람들의 고발로 잡혀갔다. 1·4후퇴를 며칠 안 남기고 용케도 풀려나온 아버지는 전신이 매 맞은 자국과 동상으로 푸릇푸릇 짓무르고 해지고 퉁퉁 부은 채 썩은 냄새를 심하게 풍기는 송장이었다. 그래도 그 끔찍한 몰골로 목숨은 붙어 있어 우리를 피난도 못 가게 서울에 묶어놓았다가, 1·4후퇴 후의 텅 빈 서울에서 돌아가셨다. 그것은 오빠의 죽음보다 더 끔찍한, 차마 눈 뜨곤 볼 수 없는 죽음의 모습이었다. 우리는 아버지의 죽음도 감쪽같이 처리했다. 아아, 우리는 이미 그런 일에 능숙해져 있었다.

당시의 서울에선 알리려야 알릴 만한 곳도 없었지만, 서울이 수복되고 나자 빨갱이로서 매 맞아 죽은 아버지의 죽음은 욕되고 수치스런 것이었기 때문에 가까운 친척에게까지 그 일을 속이자고 어머니와 나는 공모했다. 공모를 더욱 빈틈없이 하기 위해 우리는 이사까지 갔다.

난리통엔 죽은 이도 많았지만 죽었는지 살았는지도 모르게 없어진 이도 많았으므로 나의 아버지와 오빠도 일가친척에게 없어진 이로 알려졌다. 그것은 실로 일거양득이었다. 행방불명이란 생과 사에 똑같이 반반씩의 확률이 있으므로 우리 모녀의 불행도 남의 눈에 반쯤은 줄어서 비쳐졌을 게 아닌가.

이렇게 해서 우리 모녀는 앙큼하게도 두 죽음을, 두 무서운 사상을 눈썹 하나 까딱 안 하고 꼴깍 삼켜버렸던 것이다.

물론 우리는 제사도 안 지냈다. 그들은 행방불명이니까.

사람이 죽으면 아이고 아이고 곡을 한다. 눈물이 마르면 침을 몰래몰래 발라가며, 기운이 빠지면 박카스를 꼴깍꼴깍 마셔가며 아이고 아이고 곡을 하고, 조상객을 치르고, 노름꾼을 치르고, 거지를 치르고, 복잡하고 복잡한 밑도 끝도 없는 여러 가지 절차를 치르고 복잡한 절차 때문에 웃어른과 아랫사람과 말다툼도 치르고, 차례에 제사에 또 제사를 치른다. 그래서 살아남은 사람은 기운이 빠질 대로 빠지고 진저리가 나고, 빈털터리가 되고 지긋지긋해지면서 죽은 사람에게서까지 정나미가 떨어진다. 비로소 산 사람은 죽은 사람으로부터 자유로워진 것이다.

그런데 우리는 사자死者를 삼킨 것이다. 은밀히, 음험하게. 어머니와 교외의 조그만 집에 살면서, 나는 밥벌이를 다녀야 했다.

어둑어둑해지는 저녁나절 집에 돌아올 때, 앞서가는 젊은 남자의 뒤통수가 잘생기고 걸음걸이가 근사했다고 치자. 그 무렵의 나는 그런 일로도 감미로운 기대로 가슴이 두근거릴 수 있는 그런 나이였다. 그러나 나는 무서웠다. 앞서가는 사람이 행여 돌아다볼까봐, 돌아다보는 그의 얼굴이 꼭 피투성이의 무너져내린 살덩이일 것 같아 나는 무서웠다. 나는 지독스런 혐오감으로 몸을 떨며 온몸에 식은땀을 흘렸다. 내 처녀 시절, 내 인생의 가장 빛나는 시절을 나는 이렇게 지긋지긋하게 보냈다. 무서운 게, 무서워하며 사는 게 지긋지긋했다.

너도 결혼을 해야지. 처자식만 알 착실한 남자하고. 어느 날 어머니가 그랬다. 나는 어머니의 그 말에 대번에 동의했다. 처자식만 아는 착실한 남자라는 말이 내 마음에 쏙 들었다. 처자식의 먹이를 벌어들이는 것 외에는 자기가 속한 사회에 섣불리 참여하지도 저항하지도 않는 남자, 그런 뜻이 아니겠는가. 그런 남자가 좋고말고. 그리고 나는 왠지 그런 남자와 결혼함으로써 오빠와 아버지에게 복수라도 하는 기분이었고, 무엇보다도 사는 일에 지쳐 있기도 하였다.

나는 그런 남자를 만나 결혼했다. 그리고 애를 낳고 또 낳았다. 애에 대한 내 욕심은 채워질 줄 몰랐다. 알 게 뭐람. 언제 또 어떤 시대의 횡포가, 광기가, 검은 총구가 되어 내 아이의 가슴을 향해 겨누어질지 알 게 뭐람. 뭘 믿고 아이를 둘만 낳을까. 셋도 적지. 넷도 적고말고. 다섯 여섯…… 나는 몸서리를 치면서 자꾸 아이를 낳았다. 남편이 참다 못해 불임수술을 할 때까지 내 출산은 계속됐다.

처자식만 아는 남편, 많은 아이들. 그래도 나는 행복하지 않다.

사는 게 매가리가 없고 시들시들하고 구질구질하고 답답하고 넌더리가 났다. 사는 즐거움, 나는 흥미를 받아들이는 감수성이 마치 망가진 용수철처럼 매가리가 없이 풀려 있었다.

싱싱한 것은 아무것도 없었다. 무서움증조차도 처녀적 같은 싱싱함을 이미 상실하고 있었다.

나는 이제 망령이 어두운 골목길에 피투성이의 유령이 되어 나타날까봐 무서워하는 대신, 유령도 못 되고 어느 구석에 꽉 처박혀 있는 망령을 지지리도 못난 것으로 얕잡고 있기까지 했다.

그런데 문제는 바로 그 망령이 처박혀 있는 곳이었다. 나는 그들이 있는 곳을 명치 근처에서 체증을 의식하듯 내 내부의 한가운데서 늘 의식해야만 했다. 그 느낌은 아주 고약했다. 어머니와 함께 두 죽음을 꼴깍 삼켰을 당시의 그 뭉클하기도 하고, 뭔가가 철썩 무너져내리는 것 같기도 하고, 속이 뒤틀리게 메슥거리기도 하던 그 고약한 느낌은 아무리 날이 지나도 희미해지지 않았다.

자업자득이었다. 나는 그것들을 삼켰으니까. 나는 망령들을 내 내부에 가뒀으니까. 나의 망령들은 언젠가는 토해내지 않으면 치유될 수 없는 체증이 되어 내 내부의 한가운데에 가로놓여 있을 수밖에 없었다. 차차 나는 더 묘한 것을 깨닫게 되었다. 내가 망령을 가둔 것이 아니라 실상은 내가 망령에게 갇힌 꼴이라는 것을, 나는 망령에게 갇힘으로써 온갖 사는 즐거움, 세상 아름다움으로부터 완전히 격리당하고 있다는 것을.

나는 늘 두 죽음을 억울하고 원통한 것으로 생각해왔는데 그 생각조차 바뀌어갔다. 정말로 억울한 것은 죽은 그들이 아니라 그 죽음을 목도해야 했던 나일지도 모른다 싶었다. 그 나이에, 내 인생의 가장 빛나는 시기에, 가장 반짝거리고 향기로운 시기에 그런 것을, 그 끔찍한 것을 보았다니, 그리고 그것을 소리도 없이 삼켜야 했다니! 정말이지 정말이지 억울한 것은 그들이 아니라 나인 것이다.

나는 그들로부터 자유로워지고 싶었다. 삼킨 죽음을 토해내고 싶었다. 그 무렵 나는 낯선 길모퉁이 초상집에서 들리는 곡성에도 황홀해져 그곳을 떠나지 못하고 오래 서성대기가 일쑤였다. 저들은 목이 쉬도록 곡을 함으로써, 엄살을 떪으로써, 그들이 겪은 죽음으로부터 놓여나리라. 나에겐 곡성이 마치 자유의 노래였다.

그사이 세상도 많이 변했다. 6·25란, 우리가 겪은 수난의 시대를 보는 눈에도 많은 여유들이 생기고, 그 시대를 나의 아버지나 오빠같이 지지리도 못나게 살다 간 사람들을 보는 눈도 관대해졌다.

나는 이때다, 이때를 놓치지 말고 나도 곡을 하리라, 나도 자유로워지리라 마음먹었다. 나의 곡의 방법이란 우선 숨겼던 것을 털어놓는 일이었다.

이렇게 해서 나는 어머니의 허락도 없이 어머니와의 공모에서 이탈했다.

나는 만나는 사람마다 붙잡고 그 이야길 시켰다. 실상은 말야, 6·25 때 말야, 우리 아버진 말야, 우리 오빠 말야, 오래 묵은 체증을 토하듯이 이야길 시켰다. 그러나 아무도 내 비밀을 재미있어하지도 귀를 기울여주지도 않았다.

듣는 사람이 없는 곡성이 무슨 의미가 있을까? 상주도 문상객이 있어야 곡을 할 게 아닌가?

그 시대를 보는 눈이 관대해졌다는 건 그만큼 무관심해졌다는 의미도 된다는 것을 나는 비로소 알았다.

친척들 중에도, 친구들 중에도 그까짓 이십여 년 전의 난리 때 일어났던 일을 대수로운 일로 받아들이는 사람은 아무도 없었다. 그들의 관심은 땅을 도봉지구에 사두는 게 더 유리한가 영동지구에 사두는 게 더 유리한가에 있었고, 사채놀이의 수익이 더 높은가 증권투자의 수익이 더 높은가에 있었다. 그들의 관심은 오로지 어떡하면 더 잘살 수 있나에 대해 곤충의 촉각처럼 예민할 따름이었다.

내가 아는 이는 다 나보다 부자인데도 내 곡성을 들어줄 수 있을 만큼 한가한 이는 정말 아무도 없었다. 그들은 남보다 더 나은 집, 더 앞서는 문화 시설에의 경주로 막벌이꾼보다 더 지쳐 있었고, 그들이 가진 것은 늘 그들의 욕망에 훨씬 미치지 못해 거러지보다 더 허기가 져 있었다.

내 지각한 곡성은 이렇게 맞받아주는 문상객을 못 만나 한번 시원히 뽑아보지도 못하고 싱겁게 끝났다.

나는 내 괴로움이 얼마나 외로운 것일 수밖에 없나를 뒤늦게 깨달은 것이다.

내가 삼킨 죽음은 여전히 내 내부의 한가운데 가로걸려 체증처럼 신경통처럼 내 일상을 훼방놓았다. 나는 여전히 사는 게 재미없고 시시하고 따분하고 이가 들끓는 누더기처럼 지긋지긋해 벗어던질 수 있는 거라면 벗어던져 흠뻑 방망이질을 해주고 싶었다.

간혹 꿈에서 피 묻은 얼굴이라도 보면 식은땀이나 실컷 흘리고 깨어나서는 오늘도 재수 옴 붙었어, 퉤퉤, 하루를 살기도 전에 내던지고, 그러다가도 문득 6·25 때 말야, 사실은 말야, 우리 아버지는 말야, 하고 이야기가 하고 싶어졌다.

나는 그 이야기가 하고 싶어 정말 미칠 것 같았다. 나는 아직도 그 이야길 쏟아놓길 단념 못 하고 있었다. 어떡하면 그들이 내 얘기를 끝까지 들어줄까, 어떡하면 그들을 재미나게 할까, 어떡하면 그들로부터 동정까지 받을 수 있을까. 나는 심심하면 속으로 내 얘기를 들어줄 사람의 비위까지 어림짐작으로 맞춰가며 요모조모 내 이야길 꾸며갔다.

나는 어느 틈에 내 이야기로 소설을 쓰고 있었던 것이다. 토악질하듯이 괴롭게 몸부림을 치며, 토악질하듯이 시원해하며.

임금님 귀는 당나귀 귀라고 대나무숲에서 외친 이발사의 행복을 나도 누리는 듯했다. 그러나 이발사의 행복도 대나무숲으로 하여금 임금님 귀는 당나귀 귀라는 요란한 공명을 얻어냄으로써 완벽했던 것이지 그 스스로의 외침만으론 미흡했던 게 아닐까?

그런 뜻에서도 나는 내 소설을 활자화하기로 결심했고 그것은 이루어졌다.

내 글이지만 활자가 되고 나니 원고지에서 육필로 대할 때보다 객관성을 가지고 읽을 수 있었고, 읽고 난 나는 거짓말이라고 외칠

밖에 없었다. 이 경우의 거짓말이란 사실이 아니란 뜻보다 소설적인 진실이 아니란 뜻이었음직하고 하여튼 나는 기가 팍 죽었다.

이런 나의 실패는 나의 능력 부족의 탓도 있었고 내 이야기를 들어줄 사람과 내가 사는 시대의 비위를 지나치게 의식한 탓도 있었겠지만 가장 큰 이유는 두 죽음이 내가 작품화할 수 있을 만큼, 즉 여유 있게 전모를 파악할 수 있을 만큼의 거리로 물러나주지 않고 너무 나에게 바싹 다붙어 있기 때문이기도 했다.

모든 체험은 시간과 함께 뒤로 물러나 원경遠景이 됨으로써 말초적인 것이 생략되는 대신 비로소 그 전모를 드러낸다. 그러나 내가 겪은 두 죽음은 이십여 년이란 세월이 흐른 후에도 거의 피부적인 촉감으로 나에게 밀착돼 있어 도저히 관조할 수 있는 거리로 뿌리쳐내지 못했던 것이다.

이런 실패로 우울해진 나는 자주 어머니에게나 엄살을 떨밖에 없었다. 죽음을 같이 삼킨 공범자인 어머니가 딸과 사위에게 얹혀 사는 것에 별 불만 없이 떳떳하고 건강한 생활인의 자세를 유지하고 있는 게 못마땅하기도 했고, 내 엄살이 먹혀들어갈 만한 곳으로 내가 마지막 택한 상대가 어머니이기도 했다. 그때까지만 해도 우리들의 공범의 비밀은 공범자끼리도 잘 지켜져 모녀가 그 끔찍한 일을 입에 담는 일이란 없었던 터였다.

나는 조금씩 어머니에게 그 이야길 시켰다. 꿈에 아버지를 봤다든가, 피투성이의 오빠를 봤다든가, 그런 꿈을 꾸면 재수가 없다든가 하고.

　어머니는 내가 기대했던 것보다 더 놀라워했다. 죽으면 가시손이 된다더니, 그러면 그렇지 휴우. 어머니는 우리가 돈복이 없이 못사는 것, 내가 자주 앓는 것, 아이들이 상급 학교 시험에 떨어지는 것까지 곱게 못 죽은 원귀의 탓으로 돌리는 눈치였고, 그것이야말로 내가 어머니에게 엄살을 떨기 전부터 늘 어머니를 괴롭혀오던 문제였던 것 같았다.

　나는 늘 조마조마했더랬느니라. 하루도 마음 편한 날이 있더랜 줄 아니. 그렇게 끔찍하게 죽은 이들을 지노귀굿이라도 해줘봤니, 일 년에 한 번 제사라도 지내봤니. 천도薦度 못 받은 원귀가 갈 데가 어디 있겠니.

　망령은 나뿐 아니라 어머니도 간섭하고 있었던 것이다. 전연 다른 방법으로.

　어머니의 불도에의 신심이 이 무렵부터 한층 더해갔다. 내가 소설을 써서 그들을 내 내부로부터 토해내려고 몸부림을 치는 동안 어머니는 그들을 극락으로 천도하려고 열심히 절에 다니셨다.

　그것만으론 부족했던지 용한 박수무당을 찾아 무꾸리를 하더니 기어코 지노귀굿까지 벌여놓고 말았다. 불명까지 받은 어엿한 보살님이신 어머니는 절과 무당집을 동시에 다니는 것에 조금치의 부끄러움이나 망설임도 없었고 이런 어머니를 나는 어느 만큼 딱해하기도 하고 어느 만큼은 경멸하기도 했다.

나는 무슨 핑계든지 대고 지노귀굿엔 따라가지 않으려고 했다. 겉으론 무꾸리니 지노귀니를 가볍게 일소에 부치는 척했지만 실상은 난 좀 무서워하고 있었다. 그것은 아주 터무니없는 공포감이었다. 마치 처녓적, 앞서가는 남자의 준수한 뒷모습에서 느닷없이 피 묻은 얼굴을 환각하고 떨던 것 같은.

　그러나 지노귀굿 날의 어머니의 태도는 뜻밖에 강압적이고도 엄숙했다. 핑계가 아닌 진짜 볼일도 있었는데도 나는 끽소리 한마디 못 하고 어머니를 따를 수밖에 없었고, 도리어 박수무당에게 양해를 얻어 잠시 그 집을 빠져나와 볼일을 봐야 했다.

　내가 다시 그 집에 들어갔을 때, 마침 박수무당에겐 아버지의 혼백이 올라 있었다. 박수는 다짜고짜 나를 얼싸안더니, 에구구 요 매정한 것아, 이제야 오는구나, 에구구 보고 지고 보고 지고 오매에도 못 잊던 내 딸아, 어디 한번 마지막으로 만져나 보자, 하고 구성지게 느껴 울면서 나를 얼싸안더니 볼을 비비고 몸을 더듬었다. 박수에게선 시척지근한 막걸리 냄새가 지독하게 풍기고 손길은 흉측스러웠다. 그의 한 팔이 허리를 조이더니 다른 한 팔이 엉덩이를 더듬자 나는 그를 밀치고 도망쳤다. 어머니는 지금까지도 그때 내가 도망친 것을 아버지의 혼백의 넋두리를 들은 충격 때문인 것으로 오해하고 있다.

　그리고 그때의 박수의 공수에 의해 올해부터 아버지와 오빠의 제사를 절에서나마 받들기로 한 것이다.

그동안 혼백인들 얼마나 야속했을까, 배는 또 얼마나 주렸을까, 남의 제사에라도 따라가 눈치 보며 얻어먹었겠지, 그 도도한 분이. 쯧쯧, 제사도 못 지내는 주제에 한 끼도 안 거르고 내 목구멍엔 밥을 넘기는 게 꼭 가시 같더라니, 박수가 참 영검도 하더라, 꼭 집어내드라니까. 너 그때 도망가기 참 잘했지. 끝까지 들었더라면 아마 기절이라도 했을 게다. 몸도 약한 게, 아버지 혼백이 들어와 그동안 이승과 저승 사이를 떠돌아다니며 설움받은 넋두릴 얼마나 서럽게 한 줄 아니, 호령은 또 얼마나 내렸다고, 목석만도 도척만도 못한 것들이라고. 호령이야 암만 들어도 싸지, 싸고말고, 어쩌면 그 양반 성미가 돌아가고 나서도 그렇게 여전하신지……

어머니는 지노귀굿 날 아버지 혼백과 만난 얘기를 두고두고 했다.

어머니는 절을 수없이 하고 또 했다. 한 번 한 번을 한결같이 정성스럽고도 간곡하게, 이제 그만 제상을 물리라는 스님의 말이 몇 번 있은 후에야 어머니의 절은 끝났다. 물린 제상이 곧 밥상이 되어 다시 들어왔다. 나는 꽤 시장했으므로 많이 먹었다. 뭇국에 밥을 말고 튀각을 와지직와지직 깨물며 여러 가지 나물을 뒤섞어서 소담스럽게 퍼먹었다. 어머니는 국 국물만 조금씩 떠 잡숫는 게 기진맥진해 보였다. 벼르고 벼르던 일을 한 후의 허탈감으로 진지 잡술 기운도 없는 것 같았다. 마치 오늘날까지 어머니의 기력을 지탱

해온 게 다만 제사 지내기 위해서였던 것처럼 그것을 마친 후의 어머니는 툭 건드리면 무너져내릴 듯이 무력해 보였다.

그래도 어머니는 곧장 집으로 돌아가려 들지 않고 당초의 계획대로 나를 법당으로 칠성각으로 산신당으로 데리고 다니며 절을 시키고 불전을 놓게 했다. 나는 어쩐 일인지 절 속에 있는 산신당이니 칠성각에 대한 반발, 종교적인 것과 무당적인 것과의 뒤죽박죽에 대한 냉소를 자중하고 있었다. 젠장, 이게 무슨 꼴이람. 나는 너무 고분고분한 나 자신에 화가 나서 하다못해 아까처럼 재채기라도 하려 했으나 그것조차 마음대로 되지 않았다.

절을 너무 여러 번 해서 다리가 후들거리고 현기증이 났다.

"어머니 피곤하시죠?"

"아니 괜찮다."

어머니는 곱게 웃었다.

"택시 타고 갈까?"

"관둬라. 오늘 너 과용했지?"

나는 택시를 잡아 어머니를 억지로 밀어넣고 나도 옆에 탔다. 어머니는 내 손을 꼭 잡으며

"고맙다, 네가 딸 노릇 잘해줘서. 여름에 네 오래비 제삿날도 잊지 말아라."

"어머니가 그때 가서 가르쳐주시면 되잖아요."

"그렇긴 하다만 늙은이 일을 뉘 아니. 언제 어떨려는지. 그래도

잊지 말아, 웅?"

나는 그냥 웃었다.

"웃을 일이 아니래도. 죽은 이들이 극락에 가야 산 사람이 다 편한 법이야. 난 이제 죽어도 한이 없다. 밤낮 걸리던 일을 해서."

어머니는 머리를 내 어깨에 기대더니 눈을 감았다. 오래 그러고 있었다. 잠이 드신 것 같았다. 조그만 머리는 전연 무게를 지니지 않은 채 내 어깨에 곱게 얹혀 있고 마디 굵은 손으로 내 손을 가볍게 쥔 채.

차는 무슨 일인지 자주자주 급정거를 하고, 그럴 때마다 어머니의 머리가 위태롭게 흔들리고 나는 속이 덜 좋아 신트림을 했다. 시척지근하고 고약한 것을 입속에서 되새김질하며 나는 내가 먹은 여러 가지 나물들을 하나하나 다시 생각해내고 그것들 중 하나라도 다시는 또 먹을 것 같지 않은 싫증을 느꼈다. 그리고 오늘 겪은 일, 재수 불공, 요란한 벽화를 배경으로 비단 방석을 깔고 지폐를 한 삼태기나 안고 앉았던 불상, 여신도들의 광적이고도 주술적인 몸짓의 절, 초와 만수향의 엄청난 낭비와 탁한 공기, 보살님들의 수다, 시주한 사람들의 이름이 시주한 액수에 비례한 크기로 초석마다 기둥마다 새겨진 산신당과 칠성각, 종교적인 것과 무당적인 것과의 조잡하기 짝이 없는 뒤죽박죽, 이 모든 것이 또하나의 역겨운 신트림이 되어 와락와락 치밀었다. 그것은 박수무당집에서의 혐오감보다 더하면 더했지 조금도 덜한 게 아니었다. 박수무당집엔 적어도 뒤죽박죽은 없었지 않나.

도로가 포장이 안 된 우리 동네로 들어서자 차는 형편없이 덜컹댔다. 게다가 운전사까지 까닭 없이 썅 제기랄 씨발 퉤퉤 하며 차를 거칠게 몰아, 창 밖의 을씨년스러운 빈촌의 겨울 풍경이 심하게 출렁댔다.

어깨에 얹혔던 어머니의 머리가 스르르 내 가슴으로 미끄러져 내렸다. 마치 풀어진 비단 머플러가 흘러내리듯이 소리도 없이, 무게도 없이, 슬몃.

나는 어머니를 편히 안았다. 이렇게 깊이 잠들 수가 있을까? 평온하고 천진하기가 꼭 애기 같았다. 어머니는 지쳐 있기도 했겠지만 무엇보다도 마음을 턱 놓았기 때문에 더욱 깊은, 마치 혼수상태 같은 잠에 빠져 있었다. 정말 애기 같았다. 나는 마치 내가 내 어머니의 어머니가 된 듯, 내 깊은 곳에서 자비심 같은 게 솟구치는 걸 느끼며 가엾은 내 어머니를 안았다. 사람이 살아야 한다는 것은 얼마나 서럽고도 서러운 업일까. 어머니를 안으니 문득 그런 생각이 났다.

거칠고도 말랑한 손의 희미한 온기, 손목에서 뛰는 약한 맥박, 그것만 없다면 지금 내 품의 어머니는 꼭 죽어 있는 것 같았다. 오오, 죽은 사람, 참 이렇게 고운 사상死相도 있겠구나! 이 평화로움, 이 천진함, 나는 별안간 세차게 가슴이 두근거렸다. 언젠가는 그래, 언젠가는 어머니는 지금 잠드신 것 같은 고운 사상을 내게 보여줄 게 아닌가. 나는 그것을 볼 수 있을 것이다. 고운 죽음이 얼마나 큰 축복이 될 것인지를 나는 알고 있다. 흉한 죽음이 얼마나 집요한 저주인가를 알기 때문에. 아아, 이제 다신 어머니에게 엄살일랑 떨지 말아야겠다. 어머니의 고운 죽음을 위해서. 나는 처음으로 털끝만큼의 혐오감도 없이 한 죽음을 생각할 수 있었던 것이다. 혐오감은커녕 샘물 같은 희열로 그것을 생각했다면 불흘까, 불효라도 좋다. 나는 내 어머니의 죽음으로 내 오랜 얽매임을 풀고 자유로워질 실마리를 삼아볼 작정이다.

(1973)

부끄러움을 가르칩니다

　침침한 조명에 익숙해진 후, 다시 한번 휘둘러보아도 아는 얼굴은 없다. 내가 제일 먼저 온 모양이다. 콤팩트를 꺼내 얼굴을 비춰 본다. 눈화장이 암만 해도 눈에 거슬린다. 눈을 크고 맑게 보이게 하기는커녕, 잘하면 곱살하게 보일 수도 있을 눈가에 잔주름을 노추老醜로 만들어 강조하고 있다. 눈가뿐 아니라 얼굴 전체가 몰라 보게 늙어 있다. 연일의 겹친 피로 때문일까?

　서울로 이사라고 온 후 갈현동에 임시로 거처를 정하고 집을 사러 다니는 일이 이만저만 고된 일이 아니어서 나는 요새 거의 몸살이 날 지경이었다. 그도 그럴 것이 상계동의 친정에서는 그 근처로 오라고 미리 몇 채 돌봐놓고 있다니 인사성으로라도 그 근처에 가서 보러 다니는 척 안 할 수 없었고, 수유동의 시집에선 또 이왕 서울로 왔으면 시집 근처에 사는 걸 마땅한 일로 아는 눈치기에 그 근처도 가서 보는 척했다. 그러나 정작 남편의 꿍꿍이속은 또 달라서 주머니 사정에도 맞고 겉보기도 괜찮은 집을 구하려면 화곡동쯤이 알맞은 걸로 귀띔을 하니 그쪽도 안 가볼 수 없고, 그러자니 갈현동에서 상계동으로, 다시 수유동으로, 수유동에서 화곡동으로, 서울 동쪽 변두리에서 서쪽 변두리로, 남쪽 변두리에서 북쪽 변두리로, 중심가는 가로지르기만 하면서 싸다닌 셈이다.

그래 그런지 나는 과연 서울은 크구나 놀라기도 질리기도 했지만, 이곳이 내 고향이구나 하는 그윽한 감회는 전연 없었다. 그야 아무리 서울에서 나서 자랐기로서니 차라리 고향이 없는 것으로 자처할지언정 서울을 고향으로 대접할 사람은 없지만, 나는 그래도 고향으로서의 선명한 영상을 갖고 있었고, 가끔 그림엽서를 꺼내 보듯이 그 영상을 되살리며 향수를 앓았더랬었다.

바퀴가 불안전하게 탈탈거리는 손수레에 피난 보따리와 올망졸망한 어린 동생들을 태우고, 두 살 터울인 남동생과 번갈아 밀며 끌며 돌아다보고 또 돌아다본 폐허의 서울―그땐 하늘이 낮고 부드럽게 흐려 있었고, 눈이 조금씩 조금씩 흩날리기 시작했었고, 폐허 사이에 도괴를 면하고 제법 의젓하게 서 있는 건물들도 창문이란 창문은 화염을 토해낸 시커먼 그을음 자국으로 아궁이처럼 음험하게 뚫려 있었고, 북으로부터의 포성이 바로 무악재 너머에서 나는 듯 가까웠고, 사람들은 이고 지고 총총히 총총히 이 고장을 등지고 있었다.

아침 느지막이 중학다리 집을 떠나 종로 광교 을지로 입구 남대문까지 우린 너무 느리게 걸었고, 어머니가 이렇게 굼벵이처럼 걷다간 해 안에 한강도 못 건너겠다고 걱정을 하는 바람에 이제부터 앞만 보고 기운 내서 열심히 가야겠다고, 마지막 돌아보는 셈 치고 돌아다본 시야에 문득 남대문이 의연히 서 있었다.

눈발을 통해 본 남대문은 일찍이 본 일이 없을 만큼 아름답고 웅장했다. 눈발은 성기고 가늘어서 길엔 아직 쌓이기 전인데 기왓골과 등에만 살짝 쌓여서 기와의 선이 화선지에 먹물로 그은 것처럼 부드럽게 번져 보이는 게 그지없이 정답기도 했지만 전체를 한 덩어리로 볼 땐 산처럼 거대하고 준엄해 내 옹색한 시야를 압도하고 넘쳤다.

나는 이상한 감동으로 가슴이 더워왔다. 남대문의 미美의 극치의 순간을 보는 대가로 이 간난의 피난길이 마련되었다 한들 어찌 거역할 수 있으랴 싶었다. 그건 결코 안이하게 보아질 수는 없는, 꼭 어떤 비통한 희생의 보상이어야 할 것 같은 생각이 들었기 때문이다.

나는 거의 종교적인 경건으로 예배하듯 남대문을 우러르고 돌아서서 남으로 남으로 걸었다. 이상하게도 훨씬 덜 절망스러웠다.

그후 피난생활이 맺어준 인연으로 오늘날까지 계속된 오랜 객지생활에서도 그때 눈발을 통해 본 남대문의 비장미의 영상은 조금도 퇴색함이 없이, 어머니나 동생들이나 중학동 옛집이나 그 밖의 내 소녀 시절의 앳된 추억이 서린 서울의 어느 곳보다 훨씬 더 강력한 향수의 구심점이 되었다.

그러나 막상 서울로 돌아온 지 달포가 넘는 동안 거의 매일같이 도심을 가로지르면서 남대문을 볼 기회도 많았건만 번번이 딴 데로 한눈을 파느라 놓치고 말았다. 그렇게 서울은 번화하고, 쳐다보고 우러러볼 높은 집도 많았거니와, 차와 사람이 너무 많아 버스에 앉아서도 줄창 조마조마하고 아슬아슬해하기에 정신을 빼앗겼다. 그러는 사이에 남대문에 대한 흥미를 쉽사리 잃어갔다. 나는 이미 이 고장이 남대문의 정기精氣 따위가 지배할 고장이 아니란 걸, 남대문 따위는 이미 오래전에 이 고장의 새로운 질서에서 소외됐음을 눈치챘기 때문이다.

그것을 눈치채자 이 고장의 희번드르르한 치장 뒤에 감춰진 뒤죽박죽까지 모두 알아버린 느낌이 들어버렸다.

그러나 뭐니뭐니 해도 가장 심한 뒤죽박죽의 상태에 있는 건 나 자신이었다. 바쁜 길을 가다가도 건널목의 신호등에 푸른 불이 켜져 사람들이 일제히 건너는 것을 보면 나는 건널 필요가 없는데도 덩달아 건넜다. 번화가의 횡단보도를 푸른 신호등을 곧바로 쳐다보며 여러 사람들과 어깨를 나란히 건너는 게 나는 그렇게 떳떳하고 좋을 수가 없었다. 그렇게 건너지 않아야 될 길을 몇 번 덩달아 건너다보면 완전히 방향감각을 잃고, 그날의 할 일조차 잊고, 촌닭처럼 서투르게 허둥지둥하다가 우두망찰을 했다. 꼭 뭣에 홀린 듯

신나는 분주 끝에 오는 절망적인 우두망찰—비단 길을 가다가뿐
아니라 나는 자주 이런 느낌을 경험했다. 서울 살림의 시작만 해도
그렇다.

남편은 꼭 집을 살 듯이 나와 복덕방 영감을 속이다가 하루아침
에 전셋집으로 바꾸더니 부랴부랴 이사를 하고는 응접세트다 화
장대다 문갑이다 하고 번질번질한 세간살이들을 사들이는 바람에
전셋집이란 서운함도 잊고 집을 꾸미는 재미에 신바람이 나서 바
삐 돌아가다가도, 김포가 지척인 화곡동 특유의 비행기 소리가 유
리창이란 유리창을 들들들 흔들면서 모가지라도 도려낼 듯이 낮
게 지나가면 마치 온 집안이 얇은 유리로 되어 있어 당장 박살이
날 듯한 겁에 질렸다가 굉음이 무사히 멀어지면 일손에 맥이 쑥 빠
지면서 예의 우두망찰에 빠졌다.

남편은 촌티 좀 작작 내라고, 그까짓 소리에 정신이 나갈 게 뭐
냐고 얕봤지만 남편은 잘못 알고 있었다. 나는 그럴 때 정신이 나
가는 게 아니라 드는 느낌이었다. 비행기 소리가 멀어지고 들들대
던 유리창도 멎은 후의 해맑은 정적의 일순, 나는 우리 살림이 얼
마나 어엿한 허구 위에 섰나를 똑똑히 보는 것이었다. 그러나 그런
동안을 오래 갖는 일은 별로 없었다. 남편은 늘 나를 바쁘게 하려
들었다. 나는 늘 허둥지둥해야만 했다. 남편의 성품이 본래 그렇기
도 했지만, 서울로 이사를 오자 한층 의욕이 왕성해져 단박에 떼돈
을 벌 듯이 설쳐댔다. 그의 눈은 의욕 과잉으로 핏발이 서 있었고,

44

몸은 동에 번쩍, 서에 번쩍, 한마디로 눈부셨다. 그는 나도 자기의 손발처럼 덩달아 바쁠 것을 강요했다. 그러나 나는 그게 잘 되지를 않았다. 나는 그의 분망을 이해할 수도 없었다.

아홉시에 중요한 용건으로 만날 사람이 있으니 서둘러야겠다고 시계를 골백번도 더 보면서도, 별로 급한 것 같지도 않은 전화를 몇 통화씩 거는가 하면, 통화중인 곳에는 욕지거리를 해가면서도 끈질기게 돌리다가 아홉시를 삼십 분도 못 남겨놓고서야 벼락이 떨어지는 소리를 질러대면서 옷을 주워입고, 내가 골라주는 넥타이를 마땅찮아하고, 다시 고른 것도 또 신통찮아하고, 거듭거듭 그 짓을 하면서 그는 교묘하게 자기가 이렇게 늦고 만 것이 마치 내 탓인 것처럼 뒤집어씌웠다. 그리고 겨우 고른다는 게 내가 처음 골랐던 것을 다시 고른 것도 모르고 만족해하다가, 다시 시계를 보고는 불난 집을 뛰쳐나가듯 곤두박질을 치면서 뛰어나갔다간 오 분도 안 돼서 숨이 턱에 닿아서 되돌아와서 중요한 서류를 잊고 나갔다고 찾아내라고 고함을 쳐댔다. 그럴 때 만약 내가 조금도 당황하지 않고 보관했던 서류를 단박에 첫째 서랍에서 꺼내주면 도리어 남편은 나를 핀잔주려 들었다. 답답하다느니 안차고 다라지다느니 하면서. 그런 핀잔을 듣지 않으려면 나도 덩달아 "어머머, 큰일났네. 이 일을 어쩌누. 글쎄 그 서류를 어디 뒀드라. 에구구…… 내 정신이야" 하며 하던 일을 내던지고 뱅뱅 맴을 돌며, 발을 구르며 이 서랍 저 서랍 날쌔게 빼보고, 말을 안 듣는 서랍을 냅다 빼

동댕이치며, 콩 볶듯이 날뛴 끝에 서류를 찾아내야만 했다.

매사를 이런 투로 그에게 장단을 맞춰야 했다. 난 그게 서툴렀다. 그도 그것을 알고 있어 젠장 서로 장단이 맞아야 뭘 해먹지 하는 투정을 자주 했다. 나는 늘 피곤했지만 육체적인 노동 끝에 오는 쾌적한 피로가 아니라 불쾌한 조음騷音에 맞춰 서투르게 몸을 흔들어댄 것 같은 허망한 피로였고, 몸의 피로라기보다는 마음의 피로였다.

남편은 나가 있는 동안에도 숙제를 내주듯이 나에게 여러 가지 일을 시켰다. 동회나 구청에서 무슨무슨 증명을 떼다놓으라든가, 어디어디서 전화가 오면 용건을 듣기만 해서 메모해두라든가, 어디어디서 오는 전화에는 어떻게 대답을 하고, 무슨 말을 물어오면 어떻게 둘러댈 것 등인데 그것은 거의가 다 거짓말이어서 혹시 잊을까, 혹시 뒤바뀔까 겁도 났고, 남편이 각계각층의 인사를 너무도 많이 알고 있는 것에 놀라기도 했다. 남편의 능란한 허풍은 많은 유명 인사와 유력 인사를 알고 있을 뿐 아니라, 그들과 꾸미는 웅대한 사업의 참모 본부가 바로 화곡동 우리의 전셋집과 전세 전화인 듯한 착각까지를 나에게 일으킴으로써 나를 질리게 했다. 그래서 실제로는 잘못 걸려온 전화와 어디서 연락 없었느냐는 남편의 전화 외에는 걸려오는 전화도 없었는데도 나는 온종일 긴장하여 그 일에 나를 얽맸다. 남편이 없는 낮 동안 전화가 남편 대신 내상전 노릇을 하는 셈이었다.

나는 우리의 전셋집도 마땅찮았지만 그놈의 전세 전화가 더 싫었다. 그래서 그런지 나는 좀처럼 내 서울 살림에 재미를 붙이지 못했다. 서울 살림이자 한창 깨가 쏟아질 신접살림인데도 말이다. 나는 이 나이에 인제 신접살림이었다. 나는 세 번이나 결혼을 했고, 지금의 남편이 내 세번째 남편이니까 그럴 수밖에 없었다.

그래도 그 전세 전화 덕분에 이십여 년 만에 돌아온 서울에서 쉽사리 옛 동창들과 연락이 닿은 것이다. 연락이 닿았다기보다는 당했다고 하는 것이 옳겠다. 나는 누구에게 전화번호 한번 대준 적이 없는데도 나를 찾는 전화가 걸려오기 시작했다.

"어머머…… 정말 너구나. 서울에 아주 왔다며? 어쩌면 서울에 와서도 그렇게 꼼짝 않고 들어앉아 있을 수가 있니. 요런 깍쟁이, 얼마나 보고 싶었다고. 보고 싶다, 보고 싶어."

정말 보고 싶어 죽겠다는 듯이 안달을 떠는 전화가 예서 제서 걸려오더니, 몇몇이 모여서 나를 만나기로 약속이 된 모양이다. 저희들 멋대로 정한 시일과 장소가 나에게 통고됐다. 나는 옛 동창을 만나는 일이 좀 뜨악하고 좀 귀찮았지만, 만나기가 아주 싫을 것도 없어서 그냥 찧고 까부는 대로 당하고 있을밖에 없었다.

나는 보고 싶다는 느낌, 특히 여자 친구끼리의 보고 싶다는 느낌을 암만 해도 이해할 수 없었다. 되레 남편이 적극적이었다.

"거 참 잘됐구려. 오래간만에 나가 바람 좀 쐬고 와요. 사람은 그저 사람을 많이 알아놔야 되는 거야. 다 써먹을 데가 있다구. 있구말구. 줄이나 빽이 별건가. 그렇구 그런 거지. 당신 동창 중에라도 재벌이나 고관 사모님 없으란 법 없잖아. 하다못해 세리稅吏 마누라라도 있어봐. 그게 어디게."

공연히 흥분해서 눈을 번쩍이고 삿대질까지 했다. 그러곤 엄숙하게 덧붙였다.

"어떡허든 우리도 한밑천 잡아 한번 잘살아봅시다."

나는 울컥 징그러운 생각이 났다. 그러곤 아아, 아아, 징그럽다고 생각했다. 내가 남편을 징그럽다고 생각하는 건 아주 나쁜 징조였다. 더 나쁜 것은 숨가쁘게 아아, 징그럽다고 생각하는 거였다. 첫 남편과 헤어질 때도 그랬었고, 두번째 남편과 헤어질 때도 그랬었다. 남들이 알기로는, 내가 첫 남편과 헤어진 것은 애를 못 낳아서 쫓겨난 것으로, 두번째 남편과 헤어진 것은 그까짓 일부종사 못한 팔자 두 번 고치나 세 번 고치나지 하는 팔자 사나운 헌 계집이면 으레 그렇게 하는 빤한 소행쯤으로 되어 있을 터였다. 내가 겪은 아아 징그럽다는 아무도 모른다.

그럼 나는 이번 남편과도 헤어지게 되려나 싶어 다시 콤팩트를 꺼내 얼굴을 비춰본다. 또 한번 시집을 가기에는 너무 늙었다는 확인으로 스스로를 겁주기 위해서다. 눈가의 뚜렷한 늙음보다 차라리 더 짙은 온몸의 피로, 그냥저냥 안정하고 싶다는 생각이 새삼 간절하다.

콤팩트 뚜껑을 찰카닥 닫는데 화려한 한복 차림의 여자가 두리

번거리며 들어선다. 어둑한 다방 안을 저녁노을처럼 물들일 듯 강렬한 오렌지빛 한복이다. 희숙이었다. 우리는 동시에 서로를 알아보고 요란한 호들갑을 떨면서 반가워했다. 곧 영미도 왔다. 영미는 말없이 나를 포옹했다. 서양 여자들처럼 그렇게 하는 게 영미에겐 썩 잘 어울렸지만, 당하는 나는 너무 쑥스러워 촌닭처럼 비실비실 어색하게 굴었다.

"예뻐졌다, 얘."

"정말 몰라보게 예뻐졌어."

이십여 년 만에 만난 친구라면 우선 눈에 띄는 게 늙음일 게다. 그런데도 그 대목은 살짝 건너뛰어 다만 예뻐졌다고 한다. 그게 아마 서울식 인산가보다. 나는 뭐라고 답례를 해야 할지를 모른다. 그냥 나를 시골뜨기처럼 느낄 뿐이다.

"그래, 서울로 아주 왔다며? 잘됐다, 잘됐어. 온 지 얼마나 되지?"

"글쎄 거진 두어 달 됐나 아마……"

"뭐, 두어 달이나. 그래 그동안 나 보고 싶은 생각이 조금도 안 나던? 요런 깍쟁이."

영미가 눈을 흘기며 내 넓적다리를 꼬집는다. 영미는 나하고 단짝이었다. 그러나 나는 그동안 영미를 보고 싶어해본 적이 거의 없었고, 이렇게 만나서도 희숙이보다 영미가 더 반가울 것도 없다. 다방 속은 소음과 담배연기로 가득 차 있었다. 우리는 언성을 높여 수다를 떨었다. 희숙이 등지고 앉은 벽에는 고흐의 복사판이 걸려 있다. 하늘은 땅을 향해 무너져내리고, 땅은 하늘을 향해 삿대질을 하며 끓어오르는 악몽 같은 그림이었다. 희숙의 오렌지빛 한복은 질 좋은 실크여서 매무새가 흐르는 듯 아름다웠지만 유감스럽게도 낡은 싸구려 내복이 소맷부리로 넘실대고, 다이아 반지를 낀 손은 거칠고 상스러웠다. 고생고생하다가 한밑천 잡은 지 얼마 안되는 남편을 가진 여편네 티가 더덕더덕 났다. 한밑천 잡는다는 게 바로 저런 거로구나 하는 생각이 들자 입맛이 썼다. 영미의 양장은 수수하고 비교적 세련된 편이었으나, 중년을 넘은 직업 여성의 피곤과 싫증 같은 게 짙게 느껴져 오랫동안 맞벌이로 알뜰살뜰 살림을 꾸려온 티를 숨길 수 없었다.

나는 그것만으로 옛 친구를 다 알아버린 느낌이었다. 마치 노련한 전당포 주인영감이 물건을 감정하고 값을 매기듯이 나는 그녀들을 순식간에 감정했고, 흥, 너희들도 별거 아니로구나 하고 값을 매겼고, 나는 내 감정을 추호도 의심치 않았다. 나는 그녀들의 수다에 시들하게 참견하고 시들하게 대꾸했다.

그렇다고 내가 남편의 각본대로 그녀들이 고관이나 재벌의 사모님이었기를 바랐던 것은 아니다. 그냥 내가 한눈에 알아낸 것 이상의 것을 그녀들에게서 알아내고픈 흥미가 전연 일지를 않았다.

"참 네 남편은 뭐 하는 사람이냐?"

희숙이가 물었다.

"응, 사업하는 이야."

"사업? 무슨 사업인데."

"일본과 기술제휴한 전자회사."

나는 아무렇게나 말했다. 그러나 지금 당장 꾸며낸 거짓말은 아니었다. 남편이 계획하고 있는 일 중의 하나인 것만은 분명했다. 이를테면 들은 풍월이었다.

레지가 커피에 카네이션을 한 방울 뚝 떨어뜨리고 갔다. 꼭 콧물만큼 떨어졌다. 나는 흐르지도 않는 콧물을 훌쩍 들이마시고는 찻잔을 들었다.

"그래? 참 이상하다. 난 네 남편이 충청도 토박이 호농이라고 들었는데 언제 사업가가 됐니?"

영미가 야무지게 따지고 들었다.

"너만 이상하니? 나도 이상하다. 내가 알고 있기론 얘 남편이 대학교수쯤 될 텐데."

희숙이 능구렁이 같은 소리로 능글댔다. 둘의 눈이 같은 목적으로 합세해서 더욱 악랄하게 더욱 짓궂게 빛났다. 그제서야 나는 그녀들이 진작부터 내가 세 번씩이나 결혼한 걸 알고 있었다고 깨닫는다. 늦게 그걸 깨달은 게 좀 분했지만 이제라도 깨달은 바에야 뻔뻔히 맞설 수밖에 없었다.

나는 짐짓 재미나 죽겠다는 듯이 손뼉을 치며 웃어댔다.

"맞았다 맞았어. 너희들 둘 다 맞았어."

"뭐라고?"

"첫번째 남편은 토박이 시골 부자였고, 두번째 남편은 지방대 강사였고, 지금 남편은 사업가니, 안 그래?"

"그럼 넌 정말 세 번씩이나 개가를 했단 말이니?"

개가란 참 듣기 싫은 말이다. 그래도 난 개의치 않고 너그럽게 다시 한번 웃어주곤

"아니지, 한 번은 어차피 초혼이었을 테니 개가는 두 번이면 족하지."

내가 개가란 말을 얼마나 멋있게 자랑스럽게 했는지 내 두 친구는 완전히 질린 것 같았다. 나는 내가 이겼다고 생각하면서도 조금도 유쾌하지 않아서 이마를 몹시 찡그렸다.

"너 참 많이 변했구나. 부끄럼도 꽤는 타더니."

영미가 경멸하듯이 말했다. 내 앳된 시절을 말하는가보다. 요새 여학생들은 그렇지도 않지만 우리 때만 해도 여학생이 수줍어하는 것은 애교요 예절이었다. 그러나 내 경우는 특히 그게 좀 심했던 것 같다.

조그만 실수에도 부끄럽다든가 창피하다든가 하는 생각도 미처 들기 전에 얼굴부터 빨개졌고, 얼굴이 달아오르는 열기를 의식하자 하찮은 일에 큰 죄나 지은 것처럼 얼굴이 빨개지고 마는 내 변변치 못한 성품이 싫고 부끄러워 한층 얼굴이 빨개지면서 엉망으로 쩔쩔맸다. 그렇다고 내 부끄럼은 실수한 경우에만 타는 게 아니

었다. 간혹 수학시험의 최고 득점자로 내 이름을 부를 때도 자랑스러워하기는커녕 내가 얼마나 남들에겐 공부 안 하는 척하느라 학교에선 소설책만 읽다가 집에서 밤을 꼬박 새워 공부했던가가 생각나고, 그래서 내 흉물스러움이 만천하에 폭로된 것이 부끄러워 쥐구멍이라도 있다면 들어갈 듯이 위축됐다. 혹시 내가 쓴 작문을 잘됐다고 선생님이 아이들 앞에서 읽어주기라도 하면, 저 구절은 어디서 표절한 것, 저 느낌은 어디서 훔쳐온 것 하고 한 구절 한 구절이 읽을 때마다 나를 찌르는 것 같아 안절부절못했다.

분명히 내 내부에는 유독 부끄러움에 과민한 병적인 감수성이 있어서 나는 늘 그 부분을 까진 피부를 보호하듯 조심조심 보호해야 했다. 그러자니 나는 늘 얌전하고 말썽 안 부리는, 눈에 안 띄는 모범생이었다.

여학교를 미처 졸업하기 전에 난리(6·25)를 만났다. 여름내 남다 겪는 고생도 겪고 겨울엔 남 다 가는 피난도 갔다.

그 통에 나같이 고생 많이 한 사람이 어디 있겠냐고 나서봤댔자 엄살밖에 안 되겠지만, 난리통일수록 무자식 상팔자라는데 우린 너무 아이들이 많았다. 아버지도 안 계신데다가 내가 맏이니 집에 의지할 장정 식구란 없는 셈이었다.

우리 식구의 생활의 기반은 세貰놔먹던 중학동 넓은 고가밖에 없었는데, 집을 떠메고 갈 재간은커녕 식구 목숨 하나라도 안 빼놓고 이끌고 가기도 힘에 겨워, 반반한 옷가지 하나 제대로 못 가지고 떠난 처지라 곧 식량이 바닥이 났다.

그래도 피난민을 위한 밀가루 무상 배급 같은 게 불규칙하게나마 있어 근근이 연명은 할 수 있었으나 그 무렵에 동생들이 먹고 또 먹어대는 꼴이라니 영락없이 밑 빠진 가마솥이었다. 먹고 또 먹고도 빼빼 말라서 글겅글겅 온종일 먹을 것에 환장을 해쌓았다.

어머니와 나는 빈 솥바닥을 득득 소리나게 긁으며

"난리통엔 어른은 배곯아 죽고, 애새끼는 배 터져 죽는다더니 맞다 맞어. 우리가 그 꼴 되겠다."

하고 한숨을 쉬었다.

그때부터 어머니는 툭하면 "이 웬수 같은 놈의 새끼들" 하며 아이들을 불문곡직하고 흠뻑 두들겨패주는 버릇이 생겼다. "이 웬수야, 뒈져라 뒈져" 하며 정말 전생부터의 원수라도 노려보듯이 아이들을 노려보며 삿대질을 하던 무서운 어머니와, 아이들의 악마구리 끓듯 하던 울음소리를 나는 지금도 끔찍스러운 지옥도의 한 폭으로 생생하게 기억한다.

봄이 오고 나는 동생들과 먹을 만한 풀을 캐러 온종일 들과 산을 주린 짐승처럼 헤매는 게 일과였다. 어느 날 우리는 산 너머 불탄 학교 자리가 있는 샛노란 황무지 같은 들판에 통나무를 켜서 늘어놓은 것 같은 콘셋이 들어선 것을 발견했다. 누런 지프차와 트럭이 부릉부릉 빵빵 하는 신나는 소리를 내며 그 근처로 들어오고 나가고 했다. 미군 부대가 주둔한 것이다. 우리는 괜히 신바람이 났다. 갑자기 풀을 캐러 다니는 일이 치사하고 못난 짓 같은 생각이 들었다.

산 너머에 부대가 생겼다는 소문은 빠르게 온 동네로 퍼졌다. 큰 살판이나 난 듯한 이상한 활기가 이 피난민과 원주민이 3대 1쯤인 마을에 넘쳤다. 벌써 아이들은 산나물을 넣고 끓인 멀건 수제비국에다 코를 들이대고 킁킁대면서 누르께한 육기肉氣 냄새를 맡지 못해 안달을 해쌓았다.

그러나 먼저 퍼진 것은 육기나 기름기가 아니라 느글느글한 화냥기였다. 마치 항구에 정박한 큰 선박에서 폐유가 흘러나와 항구의 해수를 오염시키듯 이 미군 콘셋에서 흘러나온 수상쩍은 에로티시즘이 단박에 온 마을을 뒤덮었다. 이상한 그림이 나돌고, 계집애들은 엉덩이를 휘젓는 망측한 걸음걸이로 괜히 히죽히죽 웃으며 싸다니고, 아이들까지 혀 꼬부라진 소리를 한두 마디씩 지껄이며 양키만 보면 팔때기를 걷어붙이고 이상한 흉내를 냈다.

때맞춰 야미 파마장이가 집집마다 찾아다니며 계집애들을 꼬여서, 머리에 고약한 냄새가 나는 약을 칠하고 돌돌 말아 숯이 든 쇠집게로 집어놓더니 고실고실 볶아났다. 그 시절에 한창 유행하던 불파마였다. 파마하다가 머리통이 군데군데 데는 것쯤은 약과였다.

LAUNDRY니, D. P.니 하는 꼬부랑글씨 간판이 붙은 집까지 생겨났다. 물론 이런 현상은 눈에 띄게 겉에 나타난 현상이고 더 많은 사람들이 조용히 눈살을 찌푸리고, 원주민이라면 과년한 딸을 딴 고장의 친척집으로 피신을 시키고, 피난민이라면 아예 식구가 몽땅 멀찍이 딴 곳으로 거처를 옮겼다. 그러나 이런 짓은 다 돈푼이나 있는 배부른 사람들 짓이었고 없는 사람들은 살판난 듯이 생기가 나서 도대체 어떤 수를 쓰면 저 껌을 쩌덕쩌덕 씹으며 지프차를 부릉부릉 몰고 다니는 코 큰 사람 호주머니에 든 신기한 달러 돈을 끌어낼 수 있을까, 어떡하면 레이션 박스 속에 든 별의별 달고 향기롭고 고소한 것의 맛을 남보다 먼저 보나, 혹시 저 산 너머 부대 철조망 속에서 양키들 시중드는 일자리라도 하나 얻어걸리지 않나 그런 생각만 했다. 어떻든 그런 움직임은 마을을 생기 있게 했다.

돈푼이나 좀 있는 사람이나, 점잖은 체하려는 사람들이 눈살을 찌푸리고 개탄을 하든 말든 아랑곳하지 않았다. 흥, 너희들도 두어 끼 굶어만 보렴, 점잖은 개 부뚜막에 올라간다고 아마 한술 더 뜨면 더 뜰걸, 이런 투였다.

타관에서 하나 둘 양색시들까지 모여들기 시작하자 이 동네는 점점 기지촌의 면모를 갖추었다. 그러자 불파마로 머리를 볶은 처녀들 사이에 급속도로 화장법이 보급되었다. 회뎃박을 쓰고, 입술을 새빨갛게 칠하고 눈썹을 그리고, 껌을 씹는 아가씨들이 늘어났다. 그래도 아무리 어려운 피난민의 딸들이라도 여염집 처녀가 곧장 양색시가 되는 법은 없었다. 처음엔 그래도 부대 내의 하우스걸이니 웨이트리스니 하는 떳떳한 이름으로 취직이 돼서 들어갔다.

아들녀석들도 하우스보이 취직이 꽤 되는 모양이었다.

집집마다 먹는 것에서 누르께하고 느글느글한 냄새가 풍기고 까실하던 살결이 제법 윤기가 돌았다. 우리집만 여전히 가난했고, 어린 동생들은 문자 그대로 아귀 귀신이 된 것처럼 먹여도 먹여도 허기져했고, 남 먹는 것만 보면 환장을 하려 들었다.

어머니의 신경질은 하루하루 더해갔다. 동생들 대신 나를 심히 들볶았다. 어느 날 느닷없이 파마장이를 데려오더니 나보고도 그 불화로를 뒤집어쓰는 불파마를 하라고 종주먹을 댔다. 그러나 아무리 해도 내 고집을 꺾을 수 없게 되자 어머니는 한바탕 욕지거리를 하더니 홧김에 자기의 트레머리를 뚝 끊어버리더니 불화로를 뒤집어쓰고 머리를 볶았다.

가난과 굶주림으로 가뜩이나 새카맣게 말라비틀어진 얼굴에 고실고실 들고 일어나 새둥우리처럼 된 머리가 덮치니 그 꼴이 말이 아니었다. 그것만으로도 넉넉히 비참의 극인데, 어머니는 게다가 화장까지 시작했다. 어디서 분가루랑 입술연지 토막을 얻어다가 깨진 거울 앞에서 치덕거렸다. 그러곤 낮도깨비처럼 길가를 오락가락했다. 나는 부끄러워할 수조차 없었다. 불쌍한 어머니, 그러나 내가 어떻게 도울 수 있단 말인가.

어느 날 어머니가 발작적으로 울음을 터뜨리더니 가슴을 풀어헤치고 맨살을 드러냈다. 희끗희끗 비늘이 돋은 암갈색의 시들시들한 피부가 늑골을 셀 수 있을 만큼, 가슴에 찰싹 달라붙어 있고 어중간히 매달린 검은 젖꼭지가 몇 년 묵은 대추처럼 초라하니 말라비틀어져 있었다. 어머니는 그 가슴을 손톱으로 박박 할퀴며 푸념을 했다. 누웠던 비늘이 일어서며 흰 줄이 가더니 드디어 붉게 핏기가 솟았다. 끔찍한 모습이었다.

"이년아, 똑똑히 봐둬라. 이 인정머리 없는 독한 년아. 이 에미 꼬락서니를 봐두란 말이다. 어디 양갈보 짓이라도 해먹겠나. 어느 눈먼 양키라도 덤벼야 해먹지. 아무리 해먹고 싶어도 이년아, 양갈보 짓을 어떻게 혼자 해먹니. 우리 식군 다 굶어 죽었다, 죽었어. 이 독살스러운 년아, 이 도도한 년아. 한강물에 배 떠나간 자국 있다던? 이 같잖은 년아."

나는 무서워서 온몸이 오그라드는 것 같았다. 아마 그 순간 내 내부의 부끄러움을 타는 어린 감수성이 영영 두터운 딱지를 붙이고 말았을 게다. 제 딸을 양갈보 짓 시키지 못해 눈이 뒤집힌 여자를 어머니로 가진 여자, 그 가슴의 그 징그러운 젖을 빨고 자란 여자가 어떻게 감히 부끄럽다는 사치스러운 감정을 간직할 수 있을 것인가.

그후 나는 시집을 갔다. 어린 나이였지만 예전 같으면 애어멈이 되고도 남을 나이였다. 양갈보 짓 시켜먹긴 싹수가 노랗고, 열 식구 버는 것보다 한 입 더는 게 낫다는 옛말도 있으니 그까짓 거 후닥닥 치워버리는 게 어떻겠느냐는 중신에미 말에 어머니는 솔깃했고, 나도 순종했다. 나는 시집가는 것도 양갈보 짓 하는 것도 똑같이 싫었지만 그렇게 했다.

그렇다고 내가 시집가는 게 양갈보 짓보다 더 도덕적이라고 판단했던 것은 아니다. 나는 양갈보 짓을 해서, 딸을 그 짓을 시키지 못해 환장을 한 어머니를 만족시키기도, 누나는 굶건 말건 저희들 배만 채우려는 아귀 귀신 같은 동생들을 부양하기도 싫었다. 나는 내 희생의 덕을 어느 누구도 보게 하고 싶지 않았다.

나는 시골에서는 부자라고 일컬어지는 집에 서른이 넘은 신랑의 후취로 들어갔다. 시골의 호농가라고 서울까지 소문이 난 것은 환도 후에 어머니가 자기 형편이 피자, 어머니다운 허영을 만족시키기 위해 그렇게 풍겼을 뿐, 실상은 중농 정도의 농사를 짓는 집안이었다. 다만 농사꾼 상대로 돈놀이도 하고, 돈 생기는 일이라면 남의 이목 가리지 않고 이것저것 손을 대 농사꾼답지 않게 약게 살면서 착실히 돈푼깨나 주무르는 눈치였다.

낡고 값싼 세간살이와 장독 솥뚜껑 등이 온통 기름독에서 빼낸 것처럼 반질반질 윤이 나는 집이었다. 소위 길이 들었다는 그 윤기는 정갈과는 또다른 느낌으로 나를 압박했다.

신랑은 무식하고 교만했다. 나는 여직껏 자기의 무식과 자기의 돈에 그렇게 자신을 가진 사람을 본 적이 없다. 그는 자기 외의 딴 사람의 삶에 대한 상상력이 철저하게 막혀 있었다.

다행히 전실 애들은 없었으나 층층시하에 시동생 시누이들 시중으로부터 세간살이의 윤기를 유지시키기 위한 끊임없는 걸레질까지 온갖 드난이 내 것이었다. 그러나 나는 배가 고프지 않아도 되었다. 배가 고프지 않다는 게 얼마나 좋은 일인가. 나는 그것을 알기 때문에 자유에의 가슴 설레는 유혹이나, 딴 사람들은 도대체 어떻게 살고 있을까 하는 미칠 듯한 궁금증을 누르고 그 짓을 십년 동안이나 할 수 있었다. 배불리 먹고 건강했는데도 나는 아기를 낳지 못했다. 그래서 나는 시앗을 보았고 나는 시집을 떠났다. 남의 집에 들어와 애 하나 못 낳는 주제에 시앗 좀 봤다고 시집을 안 사는 년이 그게 어디 성한 년이냐고 시집 식구들은 욕을 했지만 나는 그렇게 했다.

이혼이란 확실히 결혼보다는 경사스러운 일이 못 되지만 나는 그 일을 내가 선택했고, 내가 생전 처음 어떤 선택을 행사했다는 데 기쁨마저 느꼈다.

둘째 남편인 지방 대학 강사는 실물을 처음 만나기는 친구의 소개를 통해서였지만, 그 사람에 대해서 알기는 미리부터였다. 그는 지방 신문에 칼럼 같은 걸 기고하고 있었는데 나는 그의 글을 몇 개안 읽고도 쉽사리 그에게 반하고 말았다. 돈이니 명예니 하는 것에 담박하고, 돈이니 명예니와 상관없는 보잘것없는 것들에 따뜻한 시선을 보냄으로써 거기서 자기의 삶을 가꾸고 풍부하게 할 어떤 의미를 찾아낼 줄 아는 사람으로 그를 이해했다. 그것은 내가 겪은 최초의 생생한 경이였다. 또 그의 글에는 구질구질한 소도시 T시에 대한 향토애가 서정시처럼 아름답게 그려져 있어 나는 T시 주변의 농촌에서 겪은 슬픈 일 때문에 도저히 정들 것 같지 않던 T시를 고향처럼 정답게 느끼기도 했다.

소개받은 그는 내가 동경하고 상상하던 것보다 암울하고 이지러진 표정을 하고 있었지만, 그가 상처한 지 얼마 안 된다는 사실 때문에 그 이지러짐조차 가슴이 저릴 만큼 감동스럽게 받아들여졌다.

곧 나는 그에게 열을 올렸다. 나는 꼭 한번 행복해보고 싶었다. 나는 엄마를 잃은 불쌍한 그의 어린애들을 사탕과 과자로 매수하고, 눈웃음과 뽀뽀와 모성애의 흉내로써 아첨을 떨고 해서 그의 가정에 깊숙이 파고들어 마침내는 그의 아내가 되었다.

그러나 나는 곧 내가 속았다는 걸 알아야 했다. 그는 겁쟁이이고 비겁하고 거짓말쟁이였다. 순 엉터리였다. 그의 본심은 돈과 명예에 기갈이 들려 있었고 T시와 T대학 강사 자리를 지긋지긋해하고 있었다. 그는 자기가 이런 곳에서 썩긴 너무 아까운 존재라고 억울해했고, 서울의 일류 대학에서 자기의 명성을 흠모하고 모시러 오지 않는 것에 앙심을 품기도 했다. 그의 명성에 대한 자신이란 것이 또 사람을 웃겼다. 자기의 전공 공부에는 게으르고 자신도 없는 주제에 잡문 나부랭이나 써가지고 지방 신문을 통해 매명賣名을 부지런히 해쌓는 것으로 그런 엉뚱한 자만을 갖는 것이었다. 더욱 웃기는 것은 그는 그의 글을 통해 결코 도시 돈 명예에 대한 그의 절실한 연정을 눈곱만큼도 내비치는 일이 없이 늘 신랄한 매도를 일삼는다는 거였다. 도저히 구제할 수 없이 비비 꼬인 남자였다.

그도 나와 결혼한 걸 후회하는 눈치였다. 자기같이 학문밖에 모르는 선비는 유능한 여편네를 얻어야 출셋길이 트이는 건데, 처덕이 더럽게 없어서 만날 이 꼴이란 소리를 서슴지 않고 했다. 누구는 부인 덕에 어떻게 영전을, 누구는 처가에서 밀어주어 어떻게 출셋길을 달리는데 난 무슨 놈의 팔자가 어떻게 옴이 붙었기에 재취마저 저런 밥이나 죽일 재주밖에 없는 년이 얻어걸렸는지 모르겠다고 이지러진 얼굴을 더욱 이지러뜨리고 욕을 하기도 했다. 공부는 하기 싫은 주제에 엄마더러 치맛바람 일으켜 일등을 시켜달라고 생떼를 쓰는 개구쟁이라면 차라리 귀여운 맛이라도 있겠는데 수염이 희끗희끗한 초로의 사나이가 이 꼴이니 정밖에 떨어질 게 없었다.

우린 헤어졌다. 첫번째 이혼보다 두번째 이혼은 훨씬 쉬웠다. 정 좀 떨어졌다고 간단히 헤어지고 그럴 수 있었던 것은, 내가 뭐 서양 여자들처럼 애정생활에 철저해서라기보다는 애가 없었다는 극히 동양적인 이유에서였는지 모른다.

세번째 남편은 T시에선 돈 좀 번 것으로 소문난 장사꾼이었다. 상처하고 십여 년을 후취를 맞지 않고, 남매를 키워 출가시키고 비로소 후취감을 물색한다는 데 우선 호감이 갔다. 나는 전실 애를 거느린다는 일이 결코 쉽지 않다는 걸 두번째 결혼을 통해 알고 있었고, 애를 낳을 자신도 없었으므로 더 바랄 것 없는 좋은 혼처였다.

삼세번에 득한다는 옛말대로 나는 세번째 결혼은 꼭 성공하고 싶었다. 그가 장사꾼이란 것도 마음에 들었다. 이윤을 추구하는 게 떳떳한 본분이니 대학 강사님 같은 위선은 필요 없을 게 아닌가. 과연 그는 그의 철저한 배금주의를 조금도 위장하려 들지 않았다. "한밑천 잡아 잘살아보자", 그의 동분서주는 이 한마디에 요약됐다.

"경희도 이리로 나오기로 했는데 어쩐 일일까?"

희숙이 하품을 하며 시계를 보았다.

"경희?"

"왜, 경희 몰라? 얼굴이 이쁘고 송곳니가 하나 덧니고, 너처럼 부끄럼을 유별나게 타던 애 말야. 웃을 땐 덧니가 부끄러워 손으로 가리는 버릇이 있었지. 총각 선생이 뭘 물으면 얼굴이 홍당무가 돼서 엉뚱한 대답을 해서 별별 소문을 다 뿌리던 애 말야."

"걘 여전하단다. 여전히 젊고 이쁘고 부끄럼 잘 타고, 시집을 잘 가서 고생을 몰라서 그런지 무슨 애가 고대로야."

나는 느닷없이 경희에게 강렬한 적개심을 느꼈다. 오랜만에 느껴보는 격하고 싱싱한 느낌이었다. 빨리 보고 싶었다. 경희를, 부끄럼 타는 경희를 보고 싶었다. 나는 마치 경희가 이 세상의 부끄럼 타는 마지막 인간이라도 되는 듯이, 지금이 바로 그 사라져가는 표정을 봐둘 마지막 기회라도 되는 듯이 초조했다.

"왜 이렇게 안 올까? 집으로 전화 연락 좀 안 될까?"

전화를 걸고 돌아온 영미가 약간 아니꼬운 듯이 입을 비죽대며

"저희 집으로 다들 오란다. 뭐 귀한 손님이 오셔서 못 나왔다나. 귀한 손님이라야 뻔하지. 와이로 가져온 손님일 거야. 가자, 가서 점심이나 얻어먹자. 걔 속셈 뻔하지 뭐. 아마 저 잘사는 거 자랑시키려고 그러는 걸 거야."

누구라면 알 만한 고위층에 속하는 남편을 가졌다는 경희는 그 나름으로 선망과 질투의 대상인 성싶었다. 그러나 한남동 경희네가 가까워지자 희숙과 영미의 태도는 묘하게 나를 적대시하는 방향으로 변하고 있었다. 경희가 얼마나 으리으리하게 잘사는가를 입에 거품을 물고 세세히 열거하면서 내 반응을 빤히 관찰하는 걸 알 수 있었다. 아마 경희네 사는 걸 보고 내가 얼마나 놀라고 부러워하나에 따라 내가 사는 형편까지 짐작해내려는 속셈이 분명했다. 이 친구들은 내가 어느 만큼 사나 그게 궁금할 텐데 아마 아직 그걸 추리해내지 못한 모양이다. 하긴 이 친구들이 그걸 알 리 없다. 나도 모르는 일이니까. 나는 아직 내 남편이 부잔지, 빈털터린지, 빚덩어리인지 그걸 도무지 모르겠다. 사람들은 만나면 친구끼리건 친척끼리건 우선 상대방의 그것부터 알고 싶어하는데 나는 내 남편의 그것도 모르니 하긴 좀 답답하다.

경희넨 집도 컸고 정원도 넓었지만 난 별로 눈부셔하지 않았다. 내 집보다 규모가 크고, 좀더 희번드르르한데도 어딘지 내 집과 비슷했다. 편리한 양옥 구조가 다 그렇듯이 그저 그렇고 그랬다. 세간살이도 그랬다. 하긴 경희네 안방 자개문갑과 내 집 자개문갑이 같은 값일 리 없고, 그 문갑 위에 놓인 청자가 우리집 것과 같은 육백원짜리 가짜일 리는 만무하다 하겠다. 그러나 경희나 나나 이런 가장 집기들에게 약간의 용도와 금전적 가치와 전시효과 외엔 특별한 심미안이나 애정을 두지 않긴 마찬가지일 테니, 그것들이 무의미하기도 마찬가지일 게 아닌가. 나는 조금도 위축되거나 비실비실하지 않았다. 경희는 품위도 우정도 잃지 않을 한도 내에서 절도 있게 나를 반가워했다. 그리고 나서 남편은 뭐 하는 사람이냐고 물었다. 영미가 약간 입을 비죽대며 "뭐 일본과 기술제휴한 전자회사 사장이라나봐" 했다. 곧이어 희숙이 "글쎄 그 사람이 얘 세번째 남편이래지 뭐니" 하고 덧붙였다.

경희는 정숙한 여자가 못 들을 망측한 소리를 들었다는 듯이 얼굴을 곱게 붉히더니 "계집애두" 하며 손을 입에 대고 웃었다. 덧니가 부끄러워 비롯된, 그녀의 손으로 입 가리고 웃는 버릇은 이제 덧니의 매력까지를 계산하고 있어 세련된 포즈일 뿐이다. 뱅어처럼 가늘고 거의 골격을 느낄 수 없는 유연한 손가락에 커트가 정교한 에메랄드의 침착하고 심오한 녹색이 그녀의 귀부인다운 품위를 한층 더해주고 있다. 아름다운 포즈였다. 그러나 부끄러움은 아니었다. 노련한 연기자처럼 미적 효과를 미리 충분히 계산한 아름다운 포즈일 뿐이었다. 부끄러움의 알맹이는 퇴화하고 겉껍질만이 포즈로 잔존하고 있을 뿐이었다. 나는 실망과 안도를 동시에 느꼈다.

경희는 내 남편이 한다는 일에 각별한 관심을 보이며 자기가 요새 나가는 일본어 학원에 같이 다니지 않겠느냐고 했다.

"너희 남편이 일본 사람과 교제하려면 네 도움이 많이 필요할 걸. 요샌 남편이 출세하려면 뒤에서 여자가 뒷받침을 잘해줘야 해. 그러니 두말 말고 일본말 좀 배워둬라. 내가 배우는 거야 그냥 교양 삼아 배우는 거지만 말야."

"너야 어디 일본말만 배웠니. 각 나라 말 다 조금씩 배워봤잖아."

희숙이가 비굴하게 웃으며 끼어들었다.

"그야 해외여행할 때마다 그때그때 그 나라 인사말 정도 배워갖고 간 거지 뭐."

나는 집에 와서 남편에게 비교적 소상히 그날의 얘기를 했다. 만나본 동창 중 경희 같은 소위 고위층의 부인이 있다는 소리에 남편은 점괘를 맞힌 박수무당처럼 징그럽게 좋아했다.

"거 보라구, 내가 뭐랬나. 당신 친구 중에라고 고관의 부인 없으란 법 있겠느냐고 내가 안 그랬어. 잘됐어. 잘됐어. 뭐? 일본어 학원? 다녀야지. 암 다녀야구말구. 그런 여자하고 같이 다닐 기회 놓치면 안 되지. 그게 다 처세술이라구. 교제술이란 게 다 그렇구 그런 거지 별건가."

그러고 나선 개화기의 우국지사처럼 자못 엄숙하고 침통해지면서

"아는 것이 힘이라구. 배워야 산다구. 배워서 남 주나."

하고 악을 썼다. 경희의 권유에서라기보다는 남편의 성화에 못이겨 나는 곧 일어 학원엘 나가게 되었다. 또다른 이유가 있다면, 만약 또 이혼을 하게 되면, 일본어로 자립의 밑천을 삼아볼까 하는 생각도 있었다. 요샌 관광 안내원이 괜찮은 직업이라 하지 않나.

일어 학원에서 경희를 만나는 일은 드물었다. 그녀는 중급반이요 나는 초급반인 탓도 있었고, 그녀는 별로 열심스러운 학생이 못 되어서 결석이 잦았다. 간혹 만나더라도 암만 해도 강사를 집으로 초빙해야 할까보다느니, 아무한테도 제가 아무개 부인이란 발설을 말라느니, 이를테면 자기 신분에 신경을 쓰는 소리나 해서 거리감만 점점 느끼게 했다.

내 일본말은 늘지 않았다. 일제 때 배운 거라 대강은 알아들으니 쉬 익힐 법도 한데 강사인 일녀의 발음에 따라 "오하요"니 "사요나라"니 소리가 도무지 돼 나오지를 않았다.

일어 학원이 있는 종로 일대에는 일어 학원 말고도 학원이 무수히 많았다. 서울 아이들은 보통 학원을 두 군데 이상이나 다니나보다. 영수학관, 대입학원, 고입학원, 고시학원, 예비고사반, 연합고사반, 모의고사반, 종합반, 정통영어반, 공통수학반, 서울대반, 연고대반, 이대반…… 이 무수한 학원으로 무거운 책가방을 든 학생들이 몰려들어가고 쏟아져나오고 했다. 자식을 길러본 경험이 없는 나는 이들이 은근히 탐나기도 했지만 이들의 반항적인 몸짓과 곧 허물어질 듯한 피곤을 이해할 수 없어 겁도 났다.

어느 날 어디로 가는 길인지 일본인 관광객이 한 떼, 여자 안내원의 뒤를 따라 이 거리를 지나고 있었다. 어느 촌구석에서 왔는지 야박스럽고, 경망스럽고, 교활하고, 게다가 촌티까지 더덕더덕 나는 일본인들에 비하면 우리나라 안내원 여자는 너무 멋쟁이라 개발에 편자처럼 민망해 보였다. 그녀는 멋쟁이일 뿐 아니라 경제 제일주의 나라의 외화 획득의 역군답게 다부지고 발랄하고 긍지에 차 보였다. 마침 학생들이 쏟아져나와 관광객과 아무렇게나 뒤섞였다. 그러자 이 안내원 여자는 관광객들 사이를 바느질하듯 누비며 소곤소곤 속삭였다.

"아노 미나사바, 고찌라 아다리까라 스리니 고주이나사이마세(저 여러분, 이 근처부터 소매치기에 주의하십시오)."

처음엔 나는 왜 내가 그 말뜻을 알아들었을까 하고 무척 무안하게 생각했다. 그러다가 차츰 몸이 더워오면서 어떤 느낌이 왔다. 아아, 그것은 부끄러움이었다. 그 느낌은 고통스럽게 왔다. 전신이 마비됐던 환자가 어떤 신비한 자극에 의해 감각이 되돌아오는 일이 있다면, 필시 이렇게 고통스럽게 돌아오리라. 그리고 이렇게 환희롭게. 나는 내 부끄러움의 통증을 감수했고, 자랑을 느꼈다.

나는 마치 내 내부에 불이 켜진 듯이 온몸이 붉게 뜨겁게 달아오르는 걸 느꼈다.

내 주위에는 많은 학생들이 출렁이고 그들은 학교에서 배운 것만으론 모자라 ××학원, ○○학관, △△학원 등에서 별의별 지식을 다 배웠을 거다. 그러나 아무도 부끄러움은 안 가르쳤을 거다.

나는 각종 학원의 아크릴 간판의 밀림 사이에 '부끄러움을 가르칩니다' '부끄러움을 가르칩니다'라는 깃발을 펄러덩펄러덩 훨훨 휘날리고 싶다. 아니, 굳이 깃발이 아니라도 좋다. 조그만 손수건이라도 팔랑팔랑 날려야 할 것 같다. '부끄러움을 가르칩니다' '부끄러움을 가르칩니다'라고. 아아, 꼭 그래야 할 것 같다. 모처럼 돌아온 내 부끄러움이 나만의 것이어서는 안 될 것 같다.

(1974)

그 살벌했던 날의 할미꽃

1

달래마을 사람들이야말로 양민이었다.

중농 정도의 자작농들이라 하늘의 뜻에 순응해서 육신 아끼지 않고 땀 흘려 땅 파면 배곯는 일 없었고, 사람이 인두겁을 썼다면 꼭 지켜야 할 몇 가지 법도만은 누구나, 누가 보건 말건 잘 지켰기 때문에 서로 화목했다.

삼태기에 안기듯이 순한 산에 안긴 이 오붓하고 점잖은 마을에도 어느 날 동란의 포성이 들려왔다.

그러나 훗날 그 일대가 격전지로 기록된 깐으론 직접적인 피해를 이 마을은 거의 안 입었다.

마을 사람들은 한 번도 실전을 겪지 못했으며 폭격 한 번 안 당했다. 눈 깜박할 새에 집이 잿더미로 화하고, 금세 뛰놀던 자식의 몸뚱이가 주워모을 수도 없이 산산이 해체되는 얘기를 소문으로만 들었을 뿐이었다.

그게 다 해마다 시월 초하룻날 마을 사람들이 정성을 다해 고사를 지내는 달래봉 산제당에 모신 산신령이 영검한 때문이라고 마을 사람들은 믿고 있었다.

그러나 그 밖의 인명의 피해는 전쟁을 겪고 폭격을 당한 인근 마을에 못지않았다. 몇 달을 두고 전선이 일진일퇴를 거듭하는 대로 세상도 손바닥 뒤집듯이 바뀌었으니 그때마다 부역했다 고발하고 반동했다 고발해서 생사람 목숨을 빼앗는 일을 마을 사람들은 미친 듯이 되풀이했기 때문이다.

그에 앞서 청년들은 국군으로 지원하기도 했고, 인민군으로 끌려가기도 했고, 또 남쪽으로 피난 간 사람, 북쪽으로 끌려간 사람도 생겨서 마을 사람들은 줄 대로 줄었다. 어떻게 줄었거나 집집마다 준 식구는 남자 식구들이어서 마을엔 여자들만 남았다. 과부도 있고 생과부도 있고 처녀도 있고 노파도 있었다. 남자라곤 젖먹이 빼곤 아녀석조차 없었다. 걸을 수만 있는 아녀석이면 피난 가는 아버지나 삼촌, 하다못해 구촌 십촌뻘 되는 친척 편에라도 딸려보냈기 때문이다.

남자는 대를 이어야 하는 고로 여자보다 귀한 몸이고, 귀한 몸을 보다 안전하게 하는 게 여자들의 도리였다.

세상이 손바닥 뒤집듯이 바뀌는 통에 사람이 지킬 도리 같은 건 뒤죽박죽이 되기도 하고 거꾸로 서기도 하고 짓밟히기도 했지만, 여자 남자 사이에 지킬 도리만은 오히려 더 분명하고 당당해져 있었던 것이다.

마을에 여자들만 남게 되자 서로 모함해서 생사람 잡는 일이 다시는 일어나지 않았다. 서로 모함하고 싶고 죽이고 싶은 충동은 마을 어귀에 있는 분교 건물서부터 왔는데, 그곳에 국군이 머무르느냐 인민군이 머무르느냐에 따라서 미운 사람 빨갱이로 고발하고 싶기도 했다가 반동으로 쳐죽이고 싶기도 했다가 했던 것이다.

그러나 여자들은 거기 누가 머물든 관심이 없었다. 누가 머물든 이제 폐촌廢村처럼 퇴락하고 인기척이 숨을 죽인 마을을 해코지하지도 않았지만, 이롭게 해줄 리도 없었기 때문이다.

여자들의 문제는 오로지 어떡하면 세상이 안정되고 남자들이 돌아올 때까지 연명할 수 있느냐였다.

봄은 먼데 집집마다 식량은 바닥이 나고 있었고 하소할 데라곤 없었다. 분교가 비지 않고 주인이 바뀌는 것과는 상관없이 마을의 행정은 오랫동안 공백상태를 계속했다.

그러던 어느 날 이번에 바뀐 분교의 주인은 국군도 인민군도 아닌 양코배기란 소문이 돌았다.

곧 양코배기들이 껌을 쩌덕쩌덕 씹으며 삼삼오오 떼를 지어 마을의 집집을 기웃대며 다니기 시작했다.

"색시 해브 예스? 색시 해브 예스?"

여자들만 눈에 띄면 이상한 몸짓을 해 보이며 이런 소리를 했다. 여자들은 질겁을 해서 집안 깊숙이 도망쳤다. 그리고 몸을 떨었다. 양코배기들의 피부에 개기름이 되어 흐르던 노골적인 육감이 여자들을 깊이 떨게 했다.

양코배기들은 아마 직업적인 양색시를 찾는 눈치였지만, 이 마을에 직업적인 양색시가 있을 리 없었다.

마을은 삽시간에 공포의 도가니로 변했다. 날이 어두워지자 여자들은 도저히 혼자서는 견딜 수 없어 한 사람 두 사람 마을에서 제일 큰 집으로 모여들었다.

그 집은 마을에서 제일 클 뿐 아니라 제일 웃어른뻘 되는 노파가 살고 있는 집이기도 했다. 비록 세상을 잘못 만나 서로 모함하고 죽이고 했지만 이 마을은 보통 시골 마을이 다 그렇듯이 씨족마을이었던 것이다.

밤이 되자 양코배기들의 색시 해브 예스? 색시 해브 예스? 는 발정한 맹수의 울부짖음처럼 절박하고 위협적인 게 되었다.

노파를 둘러싼 새댁과 처녀들은 오들오들 떨면서 뜬눈으로 밤을 새웠다. 다음날도 분교의 양코배기들은 딴 곳으로 옮겨갈 눈치가 보이지 않았다.

다시 밤이 되었다. 색시 해브 예스? 색시 해브 예스? 양코배기들이 절박하게 외치며 집집의 문을 두드렸다.

"암만 해도 오늘밤엔 뭔 일 당할까보다."

노파가 메마른 소리로 말했다.

"뭔 일을 당하느니 차라리 혀를 깨물고 죽고 말겠어요."

건넛마을에서 시집온 지 며칠 안 돼 난리를 당하고, 난리난 지 며칠 안 돼 남편을 의용군이란 이름으로 빼앗긴 새댁이 앙상한 어깨를 추스르며 단호하게 말했다.

"나도 죽겠어요. 대들보에 목이라도 매서……"

"나도 우물에 빠져서라도……"

너도 나도 죽겠다고 나섰다. 죽겠다고 나설 기회를 놓치면 행여 양코배기에게 마음이 있는 화냥년이라도 될까봐 기를 쓰고 죽기를 자청했다.

노파가 희미하게 웃었다.

"죽긴 앞길이 구만리 같은 젊은것들이……"

할로 색시 해브 예스? 색시 해브 예스? 하는 소리는 점점 더 가까워왔다.

"암만 해도 내가 코배기들의 색시 노릇을 해야 할까보다."

노파가 메마른 소리로 느릿느릿 말했다.

"할머니가요?"

목숨을 걸고 정절을 지킬 것을 다짐하느라 석상처럼 엄숙해져 있던 새댁과 처녀들이 일시에 허리를 비틀면서 깔깔댔다.

"옥희야, 네 화장품통 좀 가져온."

노파는 따라 웃지 않고 엄격한 소리로 말했다. 옥희는 노파의 손녀로 혼인날을 받아놓고 난리를 당해 약혼자는 지금 군대에 가 있었다.

"할머니도 참 망령이셔."

옥희가 민망한지 할머니의 허리를 꾹 찌르며 눈을 흘겼다.

"나 어느새 망령나지 않았다. 어서 화장품통 가져오라니까."

노파의 말에 딴사람 같은 위엄이 담겼다.

마을이 평화로울 때 마을의 제일 큰 축제날은 산신제 지내는 날이었다.

남자들은 돼지를 잡고 여자들은 시루떡을 쪘다. 여자들의 일의 총지휘는 늘 이 제일 나이 많은 노파가 맡았더랬었다.

노파는 다달이 있는 부정중이거나, 간밤에 서방을 가까이한 젊은 계집들을 족집게처럼 집어내어 멀리 물리치고 그 일을 했었다.

그때 노파는 앞으로 일 년간의 마을의 길흉화복이 오직 자기 한 몸에 달렸다는 듯이 몸 전체로 거역할 수 없는 위엄을 풍겼더랬었다.

지금 노파를 둘러싼 아낙네들은 그때와 똑같은 위엄으로 당돌하게 빛나는 노파를 똑똑히 본다. 그리고 숙연해진다.

그래도 그중 나이 지긋한 부인이 한마디 한다.

"아주머님, 아주머님이 젊은것들 몸 더럽히지 않게 하려고 그러시는 건 알겠는데요. 아주머님도 생각해보세요. 연세가 있잖아요,

연세. 아 양코배기들은 뭐 눈이 멀었나요. 화장품으로 눈가림도 어느 정도죠……"

말끝을 못 맺고 킥 웃으니까 좌중의 여기저기서 숨죽인 웃음소리가 들렸다.

"잔소리 말고 화장품통 가져오라니까, 어서!"

노파는 메마른 소리로 차분하게 말했다. 좌중을 압도하는 위엄을 갖추고.

옥희가 마침내 화장품통을 가져왔고 노파를 둘러싼 여자들의 얼굴이 차츰 호기심으로 빛났다.

혼수로 장만해놓은 화장품은 비싼 것은 아니었지만 구색이 고루 갖추어져 있었다.

"내 얼굴에 화장을 시켜다오."

얼굴도 반반하고 사는 형편도 괜찮아서 난리 전엔 이 마을에서 제일 멋을 부릴 줄 알았던 새댁한테 노파가 화장품통을 맡겼다.

"할머님도 참 망령이셔……"

새댁이 좌중의 눈치를 보며 일단 사양을 했다.

"그럼 네가 당하고 싶은 게로구나."

노파의 표정이 별안간 악랄해졌다.

"할머님도 정말 망령이셔."

새댁이 질겁을 하며 그러나 정확한 손놀림으로 노파의 얼굴에 화장을 하기 시작했다.

색시 해브 예스? 소리는 점점 기승스러워지고 등잔불도 기름이 다한 것처럼 침침해졌다. 노파는 새댁의 능숙한 손놀림에 얼굴을 내맡긴 채 혼잣말처럼 중얼댔다.

"느희도 양코배기들 얼굴만 봐가지곤 나이 분간 못 하지? 양코배기들도 우리 나이 분간 못 하긴 마찬가질 거다. 핏줄이 다른 사람끼린 나이 먹는 푼수도 제가끔 다르니까. 그리고 그 짓이야 동서고금을 막론하고 껌껌한 데서 하게 돼 있으니까. 암, 껌껌한 데서 하구말구……"

이 소리는 아마 누구 들으라고 하는 소리가 아니라 스스로의 불안을 달래기 위한 소리였으리라.

드디어 화장은 완성됐다. 거울을 본 노파가 만족한 듯 웃었다. 그저 웃음이 아니라 마지막으로 쥐어짠 것처럼 처참한 교태가 섞인 웃음이어서 보고 있던 여자들은 다 같이 섬뜩했다.

색시 해브 예스? 소리가 마침내 여자들이 모여 있는 큰 집 대문에 와서 멎었다. 양코배기들도 안에서 나는 인기척을 감지했는지 미친 듯이 대문을 흔들어댔다.

"옥희야, 네 옷도 좀 빌려주렴."

노파는 옥희의 다홍치마와 노랑저고리로 갈아입었다. 머리엔 알록달록 줄무늬가 있는 보자기를 썼다.

색시 해브 예스? 소리는 극도로 격렬해지고 거친 발길질에 대문은 곧 떨어져나갈 것 같았다.

"이제 다 됐으니 문 열어주고 색시 있다고 해라."

노파가 바싹 마른 참나무 가지를 꺾는 것처럼 메마르고 확실한 소리를 질렀다.

누군가가 빗장을 땄다. 대문이 활딱 열렸다. 여자들은 잔뜩 참았던 오줌을 싸버릴 수밖에 없었던 순간처럼 쾌감과 수치감으로 진저리를 치며 어두운 곳으로 몸들을 피했다.

등잔불이 비추는 곳엔 색시 한 사람만이 남았다. 앞장선 거구의 양코배기가 색시를 번쩍 안았다. 그러나 어두운 구석마다 잠복해 있는 인기척을 감지했음인지 그 자리에서 일을 저지르지는 않고 색시를 안은 채 성큼성큼 대문을 나섰다.

"캄온."

뒤따르던 양코배기들도 대문을 나섰다. 저만치 지프차가 보였다. 지프차 속에서도 색시는 아기처럼 가볍고 아기처럼 순하게 양코배기의 무릎 위에 있었다.

분교까지는 눈 깜박할 새였다. 밖에서 본 분교는 깜깜했다. 그러나 유리문을 열고 삐걱하는 널쪽 문을 열자 믿을 수 없을 만큼 강한 불빛이 노파에게로 쏟아졌다. 동시에 와아 하는 함성이 들렸다. 노파는 양코배기의 품에서 새우처럼 몸을 오그리고 두 손으로 얼굴을 가렸다.

곧 침대로 노파는 내팽개쳐졌다. 그 지경을 당하면서도 노파는 얼굴을 가린 손가락 사이로 방 안을 살폈다. 앞으로 당해야 할 양코배기의 수효를 알아보려고 함이었다. 다행히 대여섯 명을 넘지 않아 보였다.

노파를 안아온 거구의 양코배기가 노파의 옷을 벗겼다. 세상에, 망측해라. 아무리 공자 맹자의 도리를 모르는 양놈이기로서니 대낮보다 밝은 곳에서 그 짓을 하려 들다니. 노파는 죽은 영감과는 환갑까지 해로했고, 금슬도 좋은 편이었고, 자식을 칠남매나 두었건만 한 번도 등잔불이나마 켜놓고 그 짓을 해본 적은 없었던 것이다. 영창으로 비치는 달빛이 고작이었다.

노파는 죽을 기를 쓰고 옷고름과 치마끈을 움켜잡았다. 이제 얼굴이 문제가 아니었다.

그러나 그까짓 노파의 힘쯤은 거구의 양코배기에 당해서는 갓난아기의 앙탈만도 못했다.

양코배기는 옥수수 껍질을 벗기듯 한 겹 두 겹 힘 안 들이고 노파의 옷을 벗겨냈다. 그래도 설마 속옷을 벗길 때는 불을 끄겠거니 했더니 웬걸, 노파의 나신은 백주보다도 밝은 불빛 아래 그 흉한 모습을 드러냈다.

칠남매에게 진액을 다 빨리고 이제 늑골과 상접할 만큼 말라붙은 지 오랜 젖가슴과, 겹겹의 주름 사이사이에 칠남매를 길러내느라 늘어나다 못해 터졌던 자국이 물 마른 운하처럼 남아 있는 끔찍한 뱃가죽이 드러났다. 정오의 햇빛보다 더 밝은 불빛 아래.

노파는 이제 반항하기를 그치고 두 손으로 얼굴을 가리고 모기 소리 같은 소리로 울기 시작했다.

노파가 반항하기를 포기했음에도 불구하고 노파의 마지막 속옷인 잿빛 융바지는 어쩐 일인지 황무荒蕪의 언덕처럼 앙상하게 솟은 치골 위에 걸려서 더이상 내려가지 않았다.

노파는 앵앵 가늘게 울며 생각했다. 그것마저 벗겨내 이 환한 불빛 아래 그 아래것이 드러나면 혀를 물고 죽을 수밖에 없겠는데 스스로 목숨을 끊기란 얼마나 어렵고도 어려운 일인가 하고.

마저 벗길 것도 없이 양코배기들은 이미 속았다는 것을 알았을 테니 차라리 쏴 죽여주었으면 좋으련만 하는 생각도 들었다.

별안간 유쾌한 웃음소리가 들렸다. 혀를 물고 죽고 싶게 비참한 상태에서 들었기 때문일까, 노파는 그렇게 티 없이 맑고 즐거운 웃음소리는 생전 처음 듣는 것처럼 느꼈다.

난리가 나기 전에 마을엔 궂은일도 많았지만 즐거운 일도 많았고, 젊은이들은 화도 잘 냈지만, 웃기도 잘했었다. 그러나 아무리 즐거울 때도 그 웃음엔 텁텁한 찌꺼기 같은 게 가라앉아 있었고, 여운은 한숨의 여운을 닮아 있었다. 갓 웃음을 배운 아기가 아닌 다음에야 그렇게 티 없이 투명하게 깔깔댈 수는 없는 일이었다.

그 경황중에도 호기심이 동한 노파는 얼굴을 가린 손가락 사이로 양코배기들의 동정을 훔쳐보기 시작했다. 양코배기들은 하나같이 의자에서 굴러떨어져 마룻바닥에서 허리를 비틀고 배를 움켜쥐고 그렇게 웃고 있었다.

방 속엔 침대에 던져진 노파 외엔 구경거리라곤 아무것도 없이 살벌하기만 했다. 하도 즐겁게 웃는 바람에 노파는 자기도 따라 웃을 것 같아 더욱 앙앙대는 울음소리를 높였다.

　이윽고 웃음이 그치더니 누군가가 노파를 일으키고 옷을 주섬주섬 주워다주었다.

　노파가 옷을 다 주워입자 깜깜한 밖으로 끌어냈다. 노파는 아마 밖에서 쏴 죽이려나보다고 간이 콩알만해졌다.

　그러나 양코배기들은 노파를 지프차에 태웠다. 그리고 뭔가 상자에 담은 걸 가득가득 실었다.

　처음에 노파를 데려갔던 큰 집 앞에다 노파를 내려놓더니 싣고 온 상자들도 모조리 내려놓았다.

　양코배기들은 어리둥절한 채 서 있는 노파에게 쩝쩝 입맛을 다셔 뭘 먹는 시늉을 하며 상자에 든 것들을 가리켰다.

　"마마상 쩝쩝. 마마상 쩝쩝. 오케이?"

　양코배기들은 다시 지프차를 타고 분교 쪽으로 떠났다.

　차 소리를 듣고 집 속에 모여 있던 여자들이 일제히 뛰어나왔다.

　노파는 빠르게 위엄을 회복하고 우선 양코배기들이 부려놓은 짐 먼저 끌어들이라고 이른다.

　상자마다 먹을 것들이었다. 깡통에 든 무과수, 고기, 잼, 과일, 우유, 새콤하고도 달콤한 향기로운 가루, 반짝이는 은종이에 싼 초콜릿 사탕 젤리, 혼란한 그림이 있는 갑 속에 들은 파삭파삭한 과자, 쫄깃쫄깃한 과자……

노파와 여자들은 다만 황홀해서 숨도 크게 못 쉬었다.

그래도 나잇값을 하느라고 노파가 제일 먼저 평정을 회복했다. 그리고 방금 겪은 모험에 대해 비교적 담담하게 이야기하고 나서 이렇게 결론을 맺었다.

"내가 이렇게 살아 돌아오고 또 먹을 것까지 잔뜩 얻어온 건 그놈들이 양놈이었기 망정이다. 아, 왜놈만 같아봐라, 나한테 속은 걸 안 즉시로 쏴 죽였을걸. 암, 그 독종들이야 쏴 죽이고말고. 왜놈이 아니고 소련놈만 같아봐라, 아마 늙고 젊고 안 가리고 들이덤벼 욕을 봤을걸. 쏴 죽일 거 없이 제놈들한테 깔려 죽을 때까지 욕을 봤을 게다."

듣고 있던 마을 여자들도 노파의 의견에 전적으로 동의하고 제각기 부르르 몸서리를 쳤다.

노파도 마을 여자들도 한 번도 이 나라 밖에 나가본 적이 없고, 마을에 살면서도 양놈이니 왜놈이니 소련놈이니를 직접 사귀거나 대해본 적이 없었다. 이번 사건이 처음이었다.

그런데도 노파는 그 정도의 세계관(?)을 자신만만하게 피력했고, 듣는 사람들 역시 추호의 이의도 없었다. 옳고 그르고는 차치하고라도 아마 그 정도의 세계관은 이 땅에 태어난 사람의 기본적인 상식에 속했기 때문일 게다.

2

전선戰線은 조용했다. 그러나 금명간 일대 접전이 예상되고 있었다. 처음 전방으로 투입돼 실전 경험이 한 번도 없는 병사들에겐 이 폭풍전야의 정적이 정말 견딜 수 없었다.

그런데다 묘한 풍문이 돌고 있었다. 적의 총알은 숫총각을 좋아한다는 거였다. 그만큼 숫총각이 전사하는 율이 많다는 소리도 됐다.

칼끝같이 아슬아슬한 정적을 견디다 못해 누가 꾸며낸 것이 분명한 이런 풍문은 단박 숫총각이 누구누구란 것을 가려낼 수도 있을 만큼 숫총각들을 불안 일색으로 물들였다.

자기 중대 내의 이런 술렁임을 안 중대장은 원하는 자에게 인근 마을로 한 시간 정도의 외출을 허락했다.

인근 마을의 주민들이 완전히 철수상태라는 것을 중대장이라고 모를 리는 없었다. 그래도 사람의 일엔 항상 예외라는 게 있고, 또 요행이라는 게 있으니까, 약은 놈은 절에 가서도 새우젓을 얻어먹는다지 않나, 일단 기회라도 줘보는 수밖에, 라고 중대장은 생각했던 것이다. 그러나 중대장 역시 큰 기대를 갖고 있진 않았다.

숫총각 김일병이 같은 숫총각 패거리로부터 떨어져 홀로 접어든 마을엔 어둠이 깔리기 시작하고 있었다. 그러나 굴뚝에서 연기가 올라오는 집은 한 집도 없었다. 물론 호롱불이 켜지는 집도 없었다. 보나 마나 빈 마을이었다. 그래서 다들 딴 마을을 찾아갔건 만 김일병은 그 마을에 이끌리고 있었다.

그 마을은 어딘지 혜숙이의 고향 마을을 닮아 있었다.

김일병은 혜숙이와 작별하러 혜숙이의 고향 마을을 찾아갔을 때의 일을 생각하고 있었다.

동란 전 김일병과 혜숙이는 대학 동급생이었고, 서로 사랑하는 사이였다. 졸업하면 곧 맺어질 것으로 누구나 알고 있었다.

졸업반으로 올라오자마자 동란이 났고 혜숙이는 고향으로 피난 갔고 김일병은 서울에 남아 있었으나 요행 무사했다. 그러나 수복 하자마자 김일병은 곧 입대하지 않으면 안 되었고 입대하기 전에 아직도 시골에 머물고 있는 혜숙이를 찾아갔었다.

집집마다 굴뚝에서 연기가 오르는 저녁 무렵이었다. 바람이 없 어서인지 굴뚝이 낮아서인지 보랏빛 연기는 자욱하게 땅을 기었 다. 그 속에 선線이 무던한 초가지붕들이 다도해의 섬처럼 오순도 순 떠 있었다.

보랏빛 연기는 차츰 남보라로, 다시 암회색으로 변하는가 했더 니 곧 어둠이 왔다.

오라, 시골의 황혼은 굴뚝으로부터 오는구나 하고 김일병은 그 때 생각했었다. 오랜 이별을 앞두고 그럴 수밖에 없었지만 그날 혜 숙이는 애처롭도록 우울했다.

두 사람은 이제 완전히 어둠에 잠긴 마을을 벗어나 뒷동산에 올

랐다. 뒷동산엔 무덤이 많았다. 나란히 있는 무덤도 있고 혼자 있
는 무덤도 있고 옹기종기 모여 있는 무덤도 있었다.

두 사람은 무덤 앞에 있는 상석에 기대앉았다.

"이게 다 누구 무덤이니?"

"우리 조상 무덤."

"느네 조상은 참 많이도 죽었다."

김일병은 자기가 한 말의 바보스러움에 혼자서 픽 웃었다.

"죽지 마, 죽으면 싫어."

혜숙이가 별안간 김일병의 가슴으로 무너져내리면서 절박하게
말했다.

"죽긴, 바보같이. 안 죽을게. 사랑해, 사랑해."

김일병은 혜숙이를 안고 쓰러지면서 말했었다. 그때 그 동산의
마른풀은 참으로 푹신했었다.

두 사람은 전교생이 다 알아주는 커플이었지만 그렇게 깊은 뽀
뽀를 해보긴 그때가 처음이었다.

실은 그때 숫총각을 면할 수도 있었다. 혜숙이 쪽에서 그걸 간
절히 바라고 있기도 했다. 그러나 김일병은 그러지 않았다. 불같이
달아오른 혜숙이를 일으켜 옷에 붙은 마른풀을 말끔히 떨어서 들
여보냈다.

죽지 않겠다고 장담했지만 만약에 자기가 죽게 될 경우 혜숙이
를 조금이라도 덜 불행하게 하려니 그럴 수밖에 없었다.

그때 내가 한 일은 잘한 일일까 잘못한 일일까. 적의 총알은 숫 총각을 좋아한다는 건 정말일까. 그런 생각을 쓸쓸하게 하며 김일 병은 마을을 한 바퀴 돌았다.

굴뚝에서 연기가 올라오지 않아도 마을은 빠른 속도로 어두워 지고 있었다. 텅 빈 마을을 돌아나오며 김일병은 혜숙이와 헤어지 던 시골길이 생각나 돌아보고 또 돌아본다. 문득 그는 한줄기 연기 를 본 것처럼 느낀다. 그것은 미미했지만 확실히 어둠의 빛깔하곤 달랐다.

그는 묘한 착각에 빠져 가슴을 두근댔다. 그 마을은 혜숙이의 고향 마을이고 혜숙이 혼자 남아 자기를 기다리고 있을 것 같았 다. 그는 그의 시선이 포착한 미미한 연기가 오르는 방향으로 곧장 이끌렸다.

마을에서 제일 작고 초라한 집이었다. 문도 사립문이어서 그대 로 밀고 들어섰다.

"안에 누구 계십니까?"

그는 마른침을 삼키고 떨리는 소리로 물었다.

"뉘시우?"

방문을 열고 마루로 나온 건 노파였다. 비교적 정정한 노파의 목소리는 떨고 있었다.

"군인입니다, 국군입니다."

김일병은 우선 부드러운 소리로 노파를 안심시켰다.

그동안 몹시 사람에 주렸던 듯 노파는 반색을 하며 김일병을 안방으로 이끌었다.

구들목은 따뜻하고 노파는 혼자서 저녁상을 받고 있었다.

"어떻게 이렇게 혼자 남으셨습니까?"

"영감이 중풍 들어서 데리고 갈 수도 없고 두고 갈 수도 없고 해서……"

"자손은요?"

"외아들이 국군 나갔다우."

"네, 그러세요. 그럼 영감님은요?"

김일병은 새삼스럽게 방 안을 휘둘러본다. 중풍 든 노인이 어디 있나 해서였다.

"세상 떴다우."

"언제요?"

"며칠 안 돼. 원 지지리도 복도 없는 늙은이지. 진작 죽든지 좀 더 살아 좋은 세상 보고 죽든지 했으면 오죽이나 좋아."

"그럼 장사도 혼자 치르셨겠네요."

"장사랄 건 뭐 있수. 그냥 갖다 묻은걸."

"혼자서요?"

"그럼 누가 있어야지."

"참 장하십니다."

"장하긴, 사람이 악에 받치면 뭘 못 하는 줄 알우."

"그래두요."

"난 이래 봬도 아직 정정하다우. 영감 몸이 그런데다가 어떡허든 자식 하나 있는 건 공부시켜보려고 많지 않은 농사지만 혼자 지은걸."

"네, 그러셨어요."

김일병은 자꾸자꾸 감동을 한다. 그러면서 노파가 좋아져서 이런 얘기 저런 얘기를 한다. 두고 온 혜숙이 이야기부터 외출 나온 경위까지 설명하느라 숫총각은 총알을 제일 먼저 맞는다는 부대 내의 미신까지 이야기했다.

"저런, 내 아들도 숫총각일 텐데. 아무렴 숫총각이고말고."

노파의 얼굴에 짙은 근심이 어린다.

"할머니, 너무 걱정 마세요. 필시 숫총각 놀려먹으려고 누가 퍼뜨린 소문일 거예요. 뜬소문이 아니면 미신일 테고요. 이 문명 세상에 누가 미신을 믿습니까."

이윽고 김일병이 일어서려는데 노파가 김일병의 바짓가랑이를 잡는다.

"총각, 총각을 면하고 가고 싶잖우?"

"네?"

"미신이건 뜬소문이건 좋다는 거야 왜 못 하우. 목숨은 중한 거라우. 더군다나 기다리는 아가씨까지 있다며."

"그야 할 수만 있다면야 왜 못 하겠어요. 없으니까 못 하죠."

"할 수 있어. 내가 면하게 해주지."

"네?"

김일병은 질겁을 한다.

"왜 그렇게 놀라우. 놀랄 거 없어요. 자아, 불을 끕시다. 난 아직 정정하다우."

노파는 불 먼저 끄고 김일병을 아랫목에 깔린 포대기 밑으로 이끌었다. 노파는 뜻밖에도 풍요한 가슴과 부드러운 살결을 갖고 있었고, 손길은 섬세하다 못해 기교적이기까지 했다. 어둠 속에서 노파는 여자가 되어 있었다. 김일병은 도깨비한테 홀린 것처럼 얼떨결에 그러나 무리하지 않고 자연스럽게 숫총각을 면했다.

다시 호롱불이 켜지자 노파는 역시 노파였다. 김일병은 노파를 외면하고 도망치듯 집을 나서려는데 노파가 말했다.

"또 와요."

또 오라니, 그럼 저 육체에도 욕망이 이글대고 있었고 저 나이에도 그 행위에 대한 기쁨이 있었단 말인가.

자비를 받은 것 같은 고마움이 뭔가 당한 것 같은 억울함으로 변한다. 이런 느낌으로 돌아다본 노파의 얼굴에서 김일병은 희열과 만족감을 똑똑히 본다.

그는 불의에 뒤집어쓴 구정물을 떨구듯 진저리까지 쳐가며 그것을 떨군다. 그러나 그후 오래도록 김일병은 그것을 떨구지 못했고, 마침내 여자라는 것에 대한 불결감 혐오감으로 이어졌다.

숫총각을 면했음인지 김일병은 그후에 겪은 수없는 전투에서 무사했고, 휴전이 되고도 일 년 후에 제대했다.

찾아간 혜숙이의 고향집에 혜숙이는 없었다. 혜숙이는 멀리멀리 시집간 뒤였다.

"드러운 년."

김일병은 그 한마디로 혜숙이에 대한 감정을 처리했다.

환갑이 지난 노파의 욕망도 영감을 묻은 지 며칠 만에 아들 같은 총각을 유혹할 만큼 강했거늘 혜숙이같이 젊은 나이에 어찌 기다리고만 있을 수 있겠는가. 무덤 앞 마른풀 위에서 불같이 달던 그 음탕한 몸뚱이가……

김일병의 여자에 대한 시선은 이렇게 고정돼 있었다. 물론 그가 혜숙이에게 보낸 수많은 편지가 어른들에 의해 중간에서 어떻게 소멸됐나를 알 리도 없었다.

그후 수많은 날이 지나갔다. 김일병은 돈도 좀 벌고, 방탕한 생활에 빠졌다. 이제 노파가 "또 와요" 하며 짓던 희열과 만족의 표정을 생각하며 진저리치던 때는 지났다. 그만해도 순진할 때였다. 이제 그는 능글능글해져 있었다. 그는 노파를 회상할 때마다 그의 남성에 대해 더욱 자신만만해져서 방탕을 계속하고 닥치는 대로 여자를 희롱했다.

나의 남성은 적어도 환갑이 넘은 불 꺼진 육체에 새로운 불을 켤 만큼 특이하고 매력적인 남성이다, 하는 엉뚱한 자부심이 그의 방탕행위를 더욱 부채질했고 아닌게 아니라 그를 남성적으로 돋보이게도 했다.

그후 다시 수많은 날이 흘렀다. 방탕에 곯은 몸이 그래도 참한 아내를 맞아 아들 딸 낳고 그럭저럭 살림 재미도 알게 됐다. 이제야 그 사람 철들었다고들 했다.

늦게 철들고 나서도 그는 가끔 노파 생각을 했다. 그때 노파가 자기로 하여 육체적인 희열을 맛보았으리란 생각을 그는 조금씩 수정해가고 있었다.

그때 그를 받아들인 노파의 깊은 곳은 마치 그가 어릴 적 손을 밀어넣은 엄마의 스웨터 주머니 속처럼 무심히 열려 있었고 헐렁했고 부숭부숭했었다. 그 속은 시종 헐렁했고, 부숭부숭하기만 했다. 결코 감각이 살아 있는 고장답지 않았었다.

그럼 "또 와요"는 뭐고, 희열과 만족의 표정은 뭐였을까. 아마 숫총각을 면하고 싶은 사람이 또 있으면 얼마든지 또 와도 좋다는 소리요, 만족과 희열은 자기의 성性이 아직도 남성의 기쁨이 될 수도 있다는 데서 오는 순전히 정신적인 것이었으리라고 그는 그의 노파에 대한 회상을 이렇게 수정해가고 있었다.

그후 또 수많은 날이 갔다. 그는 오십을 바라보는 김사장이 되었다. 지금도 그는 가끔 노파 생각을 한다. 그때의 노파의 행위야말로 무의식적인 휴머니즘이 아니던가 하고 생각할 만큼 그는 나이를 먹었다. 젊은 날의 그를 그토록 징그럽게 하던 노파의 환희와 만족의 표정조차 평생 잊지 못할 휴머니스트의 미소로서 회상할 수 있을 만큼 그는 나일 먹었다. 나일 먹는다는 건 남이 생각하는 것처럼 그렇게 서글프기만 한 건 아니라고 그는 생각하고 있다.

지금까지 한 두 사람의 노파 이야기는 어느 친구한테 들은 실제로 있었던 노파들 이야기다.

그리고 이 두 사람의 노파들은 서로 아무런 상관도 없다. 거의 비슷한 시기에 이 땅에 태어났다는 것 말고는.

그런데도 굳이 이 두 노파를 한자리에 모시고 싶었음은 내가 발견한 노파들의 어떤 공통점 때문이다.

그들은 하나같이 욕되도록 오래 살았음에도 불구하고 끝내 노파라든가 할머니라든가 하는 중성적인 호칭이 안 어울리는 강렬한 여자다움을 못 버렸었다. 여자라는 것에서 헤어나질 못했다. 나는 차마 그들을 노파라고는, 할머니라고는 못 하겠다. 여자라고밖에는.

지금도 시골에 가면 차들은 뻔질나게 다니는데 포장은 안 된 황톳길이 있다. 그런 길가에서 허구한 날 먼지를 뒤집어써서 마치 도시의 삼류 왜식집 베란다에 장식한 퇴색한 비닐 모조품 꼴이 돼버린 풀섶에서 문득 찢어지게 선명한 빛깔로 갓 피어난 들꽃을 본 사람이 있는가. 있다면 알 것이다. 기가 차고 민망한 대로 차마 그게 꽃이 아니라곤 못 할 난감하고도 지겨운 심정을. 그런 심정이 되어 그들 노파를 여자라고 부를 수밖에 없다.

성적인 의미의 여자라도 좋고, 나의 할머니가 툭하면 몸서리를 치면서 전생으로부터 특별히 많은 죄를 짊어지고 태어났다고 믿는 족속으로서의 여자라도 좋고, 심심한 남자들이 각별히 심심한 시간에 그 족속들에게도 영혼이라는 게 있나 없나를 무성의하게 회의하는 대상으로서의 여자라도 좋고, 아기들이 이 세상에 태어나서 제일 먼저 얼굴과 호칭을 익히는 엄마로서의 여자라도 좋다. 아무튼 그 노파들은 여자였다고, 죽는 날까지 여자임을 못 면했었다고 말해주고 싶다.

(1977)

그 가을의 사흘 동안

1. 사흘 전

사흘밖에 남지 않았다.

창밖은 가을이다. 남쪽으로 난 창으로 햇빛은 하루하루 깊이 안을 넘본다. 창가에 놓인 우단의자는 부드러운 잿빛이다. 그러나 손으로 우단천을 결과 반대방향으로 쓸면 슬쩍 녹두빛이 돈다. 처음엔 짙은 쑥색이었다. 그 의자는 아무짝에도 쓸모가 없다. 삼십 년 동안을 같은 자리에서 움직이지 않은 채 하는 일이라곤 햇볕에 자신의 몸을 잿빛으로 바래는 일밖에 없다. 그건 처음부터 거기 있었고 처음부터 쓸모가 없었다.

53년 봄이니까 아직 동란중이었다. 휴전설이 나돌면서 서울은 단연 활기를 띠기 시작했다. 인구도 오늘 다르고 내일 다르게 붙어

나고 있었지만 정부는 아직 환도하기 전이었다. 그때 나는 만 27세의 처녀의 몸으로 겁도 없이 개업하기 위해 단신 서울로 올라와 마땅한 자리를 물색중이었다. 나의 지나치게 앳된 얼굴 외에는 개업의로서의 자격은 충분했다. 나는 동란 전에 여의전女醫專을 나왔고, 동란중엔 부속병원에서 후송되어온 부상병을 돌본 경험과 피란 가서는 부부가 지방에서 개업해서 성업중이다가 남편이 군의관으로 징집당해 쩔쩔매고 있는 선배 언니네 병원에 취직했던 경험을 가지고 있었다. 지금처럼 전문의 제도가 확립되기 전이었으니까 그만하면 개업의로서의 자격에 부족함이 없었다. 진료 과목을 뭘로할까도 내가 차차 정하기 나름이었다.

환도하기 전이라 개업할 만한 자리는 시내 중심가에도 수두룩했다. 그러나 나는 좀더 분수를 알고 앞을 내다봐야 했다. 곧 있을 정부 환도와 함께 치솟을 집세와 학위를 가진 이름난 전문의들한테 밀려날 전망이 뚜렷한 자리는 처음부터 피하는 게 수였다.

나는 우선 변두리의 어수룩한 주택가에 파고들 궁리를 하고 변두리로만 돌다가 마음에 든 게 지금 있는 경성상회 2층 자리였다. 그때만 해도 이곳은 서울의 동쪽 관문이어서 철길 하나만 건너면 기름내가 코를 찌르는 양구군 땅이었다. 한문으로 '京城商會'라는 구식의 간판이 붙은 농기구 가게는 그 이름과는 딴판으로 그 둘레의 풍경과 걸맞게 매우 촌스러운 것이었다. 그러나 날 새기 전에 집 떠나서 아침 일찍 나무장을 보러 우마차 끌고 들어오는 양주 땅

사람들에게 서울 다 왔다는 안도감을 주기에 충분한, 덜 세련됐지만 어딘지 정이 있는 이름이기도 했다.

그 동네 복덕방 영감이 그 경성상회 2층이 나와 있다고 보여줄 때 2층에는 경성사진관이라는 간판이 달려 있었다. 세 들어 있던 사진사가 동란중 행방불명이 되고 나서 쭉 비어 있었다는 사진관 속은 쓸 만한 것은 다 도둑맞고 이젠 동네 아이들의 놀이터가 돼 난장판이었다. 사진관으로 쓰던 곳과 자취방으로 쓰던 곳 사이의 칸막이와 문짝은 떨어져서 바닥에 나동그라져 있었고, 암실을 만들었던 검은 포장은 갈갈이 찢겨져 걸레가 되어 있었고, 계단으로 난 문짝은 숫제 없어진 채였고 유리창도 성한 게 하나 없었다. 이런 황폐한 난장판 속에서 발견한 호사스러운 우단의자는 마치 거센 야만족에게 볼모로 잡혀온 문약文弱한 나라의 왕자님처럼 이물異物스럽고도 귀골스러워 보였다.

나중에 느낀 거지만 그 우단의자는 그런 난장판이 아니더라도 달리 어디 어울릴 데가 있을 성싶지 않을 만큼 눈에 거슬리게 호화스러운 것이었다. 그건 사람이 앉아서 쉬거나 딴 가구와 어울리기 위한 의자가 아니라 순전히 사진을 찍기 위한 의자였다. 사진관에 가서 찍은 구식 사진을 보면 한 사람은 의자에 앉고 한 사람은 옆에 선다든가, 독사진의 경우, 빈 의자의 등받이에 살짝 손만 얹고 뻣뻣이 서서 찍은 게 흔하다. 또 귀한 첫아들 백일 사진을 위해서도 벌거벗고 혼자 기대앉을 수 있는 편하고 볼품 있는 의자가 필요했을 것이다. 그 우단의자는 그런 쓸모를 위해 특별히 주문한 것인 듯 드높은 등받이를 두른 나무장식에는 봉황새가 음각돼 있고, 양쪽 팔걸이 나무는 용틀임을 하고 있는 터무니없이 호사스러운 것이었다. 나는 우두망찰을 해서 말없이 빈집의 혼잡의 한가운데에 서 있었다.

나를 안내한 복덕방 영감은 나의 말 없음을 그 자리가 마음에 들어하고 있는 걸로 짐작했는데 집주인하고 집세랑 내부 시설에 드는 비용 문제를 나한테 유리하도록 타협을 봐다주마고 호기 있게 장담하면서 아래층으로 내려갔다. 그때나 이때나 집주인 황씨는 경성상회 주인이기도 했다. 혼자 남겨진 나는 집 보다가 문득 어른의 옷을 입어보고 싶어 가슴 울렁거리는 어릴 적 같은 호기심으로 그 의자에 살짝 걸터앉았다. 그때도 그 의자는 남으로 난 창가에 놓여 있었다.

지금은 아파트 단지로 변한 길 건너 동네가 그때는 농업학교였는데 미군 부대에서 쓰고 있었다. 실습원과 이어진 넓은 운동장엔 무수한 퀀셋이 버섯처럼 돋아나 있었고, 정문엔 헬멧을 쓴 미군 헌병이 지키고 서 있었다. 처음 들어설 때부터 이 동네는 한눈에 빈촌이었는데도 뭔가 될 듯한 느낌이 들었던 것은 바로 그 미군 부대 때문이었다. 그 일대의 궁상은 어딘지 모르게 순수하지 못해 보였다. 야릇한 화냥기 같은 걸로 오염돼 있었다.

나는 내가 원치 않는 상념에 사로잡히기를 거부하는 몸짓으로

도리머리를 흔들면서 우단의자에서 벌떡 일어났다. 그리고 갇힌 것처럼 답답한 느낌으로 어쩔 줄을 몰라 하면서 마룻바닥을 서성거렸다. 마룻바닥도 비명처럼 삐그덕댔다. 그러다가 무심히 바닥에 흩어져 짓밟힌 사진들을 주워 모으기 시작했다. 단발머리의 여학생이 새침하게 턱에 손을 괴고 찍은 사진도 있고, 잘생긴 애기의 돌 사진도 있고, 자식들의 효도로 찍어드렸음직한 순박하게 늙은 양주가 약간 떨어져 앉아 찍은 사진도 있었다. 우표딱지만한 증명사진 속엔 갖가지 얼굴이 한결같이 무표정으로 고정돼 있기도 했다. 당연하게도 그 사진의 얼굴들 중에는 아는 얼굴은 하나도 없었다. 그러나 나는 그 사람들이 누구나 그 사진을 찍었을 당시와 지금과의 사이에 굵은 획劃을 가지고 있다는 걸로 뭉클한 친화감을 느꼈다. 나에게도 그런 획이 있었다. 6·25, 그건 우리 모두의 공동의 획이었다. 그 획을 통과하면서 각자의 운명은 얼마나 심한 굴절을 겪어야 했던가?

나는 얼른 뭔가를 떨어버리려는 몸짓으로 허풍스럽게 도리머리를 흔들고 나서 다시 사진 줍기를 시작했다. 그러다가 나는 벌거벗은 남녀의 몸이 복잡하게 꼬이고 얽힌 춘화春畵를 한 장 주워 들었다. 나는 그것을 곧 떨리는 손으로 찢어버리고 뒷걸음질쳐 우단의자에 앉았다. 그러나 그것을 찢어버리는 걸로, 질식할 듯한 노린내, 율동할 때마다 내 얼굴을 빗자루처럼 쓸던 가슴팍의 무성한 털, 동아줄처럼 서리서리 길고 질기게 내 몸을 감던 유연하고도 힘센 사지, 내 몸의 중심부를 관통하는 날카로운 통증…… 이런 것들이 내 몸에 일시에 생생하게 되살아나는 걸 막을 순 없었다.

강간당한 직후처럼 모든 사물의 의미가 아득하고 몽롱해지는 망연자실 속으로 복덕방 영감은 웃으면서 나타났다. 저 영감은 왜 웃는 걸까? 나는 꼼짝도 못하고 고작 그렇게 생각했다.

"선상님은 암말 말고 그저 내 하라는 대로만 하시오, 잉? 우리 동네 병원 하나 생길 판인데 내 절대로 선상님을 해롭게는 안 할 거시니까 잉?"

영감은 니코틴 냄새 나는 입을 내 귓전에 들이대고 이렇게 속삭였다. 말끝마다 붙는 잉 소리가 사투리라기보다는 애교 있는 말버릇처럼 듣기 싫지 않았다. 곧이어 경성상회 황씨가 올라오고 영감은 계약서를 펴들었다. 나는 그가 계약서를 편하게 쓸 수 있도록 받침으로 핸드백을 내주었다. 영감은 정말 내 편이 되어 보증금도 깎아내리고 월세도 바득바득 깎으면서 이것저것 사진관 자리에 흠을 잡았다. 경성상회 황씨는 왠지 말수가 적은 사람인지, 화가 났는지, 말끝마다 퉁명스럽게 굴면서도 영감의 술수에 말려들고 있었다. 흥정은 어렵지 않게 영감의 뜻대로 되었다. 마지막으로 내부장치 문제도 집주인이 유리창과 문짝과 칸막이까지를 복원시켜주는 선으로 쉽게 합의를 보았다. 영감은 합의한 사항을 계약서의 빈자리에 깨알 같은 글씨로 조목조목 써넣었다. 황씨와 나는 그걸 대강대강 읽고 도장을 내놓았다.

계약이 끝나고 구전까지 지불하고 나서야 황씨는 무슨 병 고치는 병원을 할 거냐고 물었다. 이제 완전히 내 대변인이 된 것처럼 구는 데 익숙해진 영감이 먼저 나섰다.

"홋뚜루 다 보신다고 안 했남. 선상님이 그러셨죠 잉?"

"아뇨. 산부인과를 하겠어요."

나는 우단의자에서 발딱 일어나면서 말했다. 그것은 즉흥적인 결정이 아니었다. 이 동네의 화냥기에서 힌트를 얻고 춘화도가 이끌어낸 악몽 속에서 마침내 결정을 본 거였다. 원치 않는 아기가 뱃속에 있을 때의 고통이 어떻다는 건 그걸 가져본 여자만이 안다. 모든 질병의 고통은 동정자를 끌어모으지만 그 고통만은 비난과 조소를 면치 못한다. 사람을 질병에서 해방시키는 게 인술의 꿈이라면, 여자를 그런 질병 이상의 고독한 고통에서 해방시키는 건 나의 꿈이었다.

"영업이 안 돼서 떠나갈 적에 시설비 땜에 옥신각신허지 않게시리 한마디 써놓으세요. 집권이 책임 못 진다고……"

나를 얼핏 곁눈질하는 황씨의 얼굴에 경멸이 스치면서 이렇게 복덕방 영감한테 새로운 제안을 했다.

"이 사람아, 남 개업하는데 불 일어나듯 번창하라고 덕담은 못 하나마 그게 뭔 소리야? 선상님 섭섭하시게스리. 선상님 이 사람 이렇게 말주변이 없습니다요. 심정은 무던한 사람이니까 이해하시오 잉?"

"아저씨도 다 아시면서 그래요. 이 동네 부녀자들 애 쑥쑥 잘 낳는 거. 삼신할머니 동티 내지 않은 참한 여자가 뭣 땜에 부인병원 신세를 진대요? 망칙하게스리……"

"허어 이 사람, 말마다나 해야 할 장소에선 곧잘 꿀 먹은 벙어리 노릇을 하다가도 안 헐 말은 툭툭 잘 내뱉는다니까. 후뚜루 다 보신다고 내 안 했남. 자네가 호미나 낫 팔던 걸 집어치우고 피륙장사를 하겠다면야 문제가 커지겠지만서두 선생님이야 배운 기술이사람 병 고치는 건데 하필 부인병만 고쳐주겠다고 하실까봐서 걱정인감. 내려가세. 구전 받은 걸로 내 술 한잔 살 테니까."

영감이 황씨의 등을 밀다시피 해서 데리고 내려갔다. 나는 혼자서 그들의 산부인과에 대한 소박하나마 정상적인 인식을 되씹으며 쓸쓸한 미소를 지었다.

개업 준비는 빠르게 진행했다. 황씨는 약속대로 목수를 들여 문짝을 새로 짜 달고, 칸막이도 해주고, 유리창도 끼워주었다. 나는 칠장이와 간판장이를 들여 페인트칠도 하고 간판도 해 달았다. '동부의원', 그리고 '진료 과목 산부인과'라는 단서도 붙였다. 책상, 의자, 소파 따위는 그 무렵의 서울에서는 헌것을 얼마든지 싸구려로 살 수 있었다. 한강을 두어 번 넘나들면서 필요한 최소한의 의료기구도 갖추었다. 질경膣鏡, 쓸모가 다른 몇 개의 겸자鉗子, 1번서부터 15번까지의 헤걸, 긴 찻숟갈 같은 퀴레트 등 반짝이는 쇠붙이를 점검하며, 그 차가운 감촉으로 나는 나의 차가운 마음을 가다듬었다. 나는 아직 그 도구들에 숙련되지 않았건만 피할 수 없는 운명과의 만남처럼 이상한 편안감을 맛보았다. 여자가 치부를 얼굴처럼 치켜들 수 있게 꾸며진 진찰대도 들여놓았다. 거기 누워보기 전엔 그건 다만 가장 과학적으로 설계된 편리한 의료기구에 지나지 않지만 일단 거기 누워보면 그게 여자에게 얼마나 치욕적인 박해迫害의 도구라는 걸 알게 된다. 나는 내가 받은 이유 없는 박해를 회상하고 치를 떨었다.

모든 준비는 끝났다. 사진관은 면목을 일신해서 병원으로 변했다. 그러나 아직까지도 남아 있는 사진관의 한 잔재가 눈에 자꾸만 거슬리면서 완성감을 방해하고 있었다. 그건 우단의자였다. 황씨가 사진관을 초벌 청소할 때도 그 우단의자는 비켜놓았고, 목수가 뜯어낼 때도 그 우단의자는 비켜놓았고, 칠장이가 칠을 할 때도 그걸 발판으로라도 이용하기는커녕 종이를 덮어 페인트가 떨어지지 않도록 보호해주었다. 나도 그게 아무짝에도 쓸모없다고 생각하면서도 누굴 주거나 버리지 못하고 구박만 하다가 당초에 그걸 발견했던 자리인 남으로 난 창가에 내버려두었다.

모든 준비가 끝났는데도 황씨가 예상한 대로 환자는 없었다. 그러나 나는 그다지 초조하지 않았다. 진찰실 분위기에 도저히 어울리잖는 우단의자 때문에 나는 아직도 개업을 할 준비가 덜 된 것처럼 느끼곤 했다. 어느 날 시내에 나가서 살림에 필요한 몇 가지 취사도구를 사가지고 들어왔더니 손님이 기다리고 있었다. 손님은 남으로 난 창가의 우단의자에 앉아 있었다. 손님은 환자가 아니라 나의 아버지였다. 흰 옥양목 두루마기에 끝이 뾰족한 반짝이는 구두를 신으시고 수염을 기르신 신수 좋은 아버지가 편하게 앉아 계시니까 그 요란한 의자까지 느닷없이 기품 있어 보였다. 나는 그 의자를 치우지 않기를 참 잘했다고 생각했다. 그러나 아버지가 반가운 건 아니었다.

"어떻게 여길 아셨어요?"

"이리裡里에 너 있던 병원에 들렀더니 여길 가르쳐주더구나."

"아무데나 어련히 잘 있을까봐 찾아다니고 그러세요? 건강도 안 좋으시다면서……"

나는 아버지의 건강에 대해 실은 아무것도 아는 게 없다. 오빠들이 막내인 나에게 혼인말을 꺼낼 때마다 아버지가 사셔야 얼마나 더 사시겠느냐고 속 좀 작작 썩여드리고 아버지 생전에 시집가야 한다고 위협하는 소리를 귀에 따갑게 들어왔기 때문에 막연히 아버지가 오래 못 사실 것처럼 여기고 있을 뿐이었다. 그러잖아도 막내에다가 어머니를 일찍 여의었기 때문에 고아가 될 것 같은 예감은 늘 있어왔다. 그러나 아버지가 직접 나더러 자기 생전에 시집을 가주길 바라신 적은 없었다. 아버지는 자신을 평계삼아 자식의 운명을 간섭하실 분이 아니었다.

"병원 자리가 좋구나."

이번에도 아버지는 내가 이미 벌여놓은 일을 긍정해주셨다.

"뭘요. 빈촌이라서요."

나는 내 속셈을 감추고 이렇게 시침을 떼었다.

"아픈 사람이야 가난한 동네에 더 많은 거 아니냐. 어렵게 배운 의술로 행여 돈벌이할 생각 말아라. 예로부터 의술을 인술이라 했거늘 어질게 써야 하느니라."

나는 복받치는 웃음을 참기 위해 어금니를 힘주어 악물었다. 아무도 내 비밀을 눈치채지 못할 것이다. 지난 일에 대해서도, 앞으로 하려는 일에 대해서도, 현재 마음속에서 경련치는 고통에 대해서도.

아버지는 곧 돌아가시려고 했다. 잠깐만 기다리세요. 나는 아버지를 만류했다. 아버지는 나의 만류를 어떻게 받아들이셨는지 아무것도 먹고 싶지 않으니 애쓰지 말라고 하셨다. 나는 아버지에게 잡수실 것을 대접하기 위해 붙든 게 아니었다. 우단의자에 앉아 계신 아버지의 모습이 하도 보기 좋아서였다. 사람들이 부모나 자식의 모습을 사진 찍어 간직하는 심정을 알 것 같았다. 그때 나는 아버지를 사진 찍어두지는 못했지만 그때의 아버지의 그윽한 시선과 피곤한 듯하면서도 기품 있는 모습은 지금까지도 선명한 모습으로 마음속에 인화되어 있었다.

아버지는 잠깐을 더 앉아 계시다가 소년처럼 수줍어하시면서 사가지고 오신 선물을 내놓으시고는 그날로 큰오빠네가 있는 대전까지 내려가야 한다고 돌아가셨다. 그후 아버지를 다시 뵌 건 임종의 자리에서였다.

그날 아버지가 주신 선물은 「히포크라테스 선서」가 들어 있는 액자였다. 나는 아버지가 우단의자에서 의술이 어쩌구 인술이 어쩌구 설교를 하실 때 참았던 웃음을 혼자서 마음껏 터뜨렸다. 나는 그 액자를 걸지 않았다. 그날로 그것은 버리자니 아깝고 쓸모는 없는 걸 모아두는 골방 신세가 되었다. 그후 삼십 년 동안 비록 이사는 한 번도 안 다녔지만 적어도 대여섯 번은 내부 시설을 크게 바꾸었고, 일 년에 두 번씩은 대청소를 했으니 그게 거기 아직도 남아 있을 리는 없다. 그날 아버지가 앉아 계실 때를 빼고는 우단의자는 쭉 쓸모없을뿐더러 눈에 거슬렸다. 다른 비품들과 조화되지 못하고 겉돌았고, 수리를 할 때나 대청소를 할 때마다 구박을 받았다. 그럴 때마다 나는 그걸 끼고 돌다가 그 자리에 다시 놓곤 했다. 어쩌면 나는 그걸 없애면 대신 「히포크라테스 선서」라도 걸어야 할 것 같아서 그걸 못 없애는지도 몰랐다.

공교롭게도 내가 처음 받은 환자는 집주인 황씨의 딸이었다. 황씨는 그때까지는 혼자서 살고 있었다. 병원 북쪽 창으론 경성상회 안채인 살림집이 빤히 내려다보였다. 양기와를 인 허름한 ㄱ자 집 마당에서 그는 혼자서 쌀도 씻고 빨래도 했다. 그러나 장독대랑 마루나 부엌살림을 보면 큰살림하던 구색을 제법 갖추고 있었다. 난리통에 아내는 식량 구하러 친정에 갔다 오다 폭사하고 아들 둘은 북으로 끌려가고, 노모는 병들어 죽고, 외동딸은 혼자서 피란 간

채 아직 안 돌아왔다고 했다.

그 딸이 언제 돌아왔는지, 오밤중에 황씨가 왕진을 청하러 왔다. 황씨는 몹시 서둘고 있었고 와들와들 떨고 있었다. 아무리 지척이라곤 하지만 잠옷 바람으로 내려가볼 순 없어 대강 옷을 주워입는 동안을 못 참아 일어났다 앉았다 남의 방문을 열었다 닫았다 하면서 안절부절못하면서, 떨리는 목소리로는 뭔가를 설명하려고 두서없이 지껄여대고 있었다.

"선생님, 좀 서둘러주셔야겠구면요. 병이 심상치 않아요. 무슨 몹쓸 병인지 배가 퉁퉁 부어갖고 쑤신다고 지접을 못 하고 뛰는데 당장 뭔 일 당하고 말 것 같구면요. 선생님이 훗뚜루 다 보신단 것 틀림없겠죠? 처녀가 부인병원 신세를 졌다면 낭중에 누가 알더라도 우선 우세스러워서…… 망할 년, 애비 혼자 내버려두고 저만 살겠다고 계집애가 담도 크게 혼자서 피난을 내려가더니 어디서 그런 몹쓸 병을 얻어가지고…… 선생님 저 이번에 또 한번 참척을 보면 저도 죽습니다요. 선생님, 선생님이 훗뚜루 다 보신단 소리 맞습죠? 처녀가 부인병원 신세 지는 걸 누가 알아보세요. 그렇지만 병세가 워낙 급해서…… 선생님, 꼭 그 불쌍한 걸 살려주세요. 또 한번 참척 보면 저도 살아 있지 않습니다요."

그는 잠시도 입을 다물지 않고 횡설수설했다. 나는 경황없이 나한테 매달리면서도, 똥 묻은 동아줄에 매달린 것처럼 산부인과라는 걸 꺼리고 있는 황씨의 그 우스꽝스러운 결벽성을 실컷 우롱해

줄 수 있을 것 같아 뱃속이 근질근질했다. 나는 첫 환자인데도 조금도 당황하지 않았고 여유만만했다. 나는 옷을 다 입고 가운까지 걸치고 손을 소독했다. 가방 속에 이미 조산助産에 필요한 기구가 챙겨져 있었다. 황씨가 떨리는 손으로 가방을 받아들고 계단을 곤두박질쳐 내렸다. 안채에선 짐승의 목 따는 소리 같은 처절한 비명이 들려오고 있었다.

안방엔 고쟁이 바람의 처녀가 마구 으깨진 입술을 더욱 모질게 악물고 두 손으론 고쟁이 허리를 필사적으로 움켜쥐고 나를 노려보고 있었다. 땀에 전 머리칼이 가닥가닥 엉켜붙은 얼굴에서 튀어나올 듯이 부릅뜬 눈은 너무 순수하게 고통스럽고 고독해 보여서 사람의 눈 같지도 않았다. 언제 파수破水했는지 고쟁이는 이미 평하게 젖어 있었다. 나는 황씨를 처녀의 머리맡으로 떠다밀고는 고쟁이를 끌어내렸다. 입속이 깔깔하게 말라 아무 말도 안 나왔다. 고쟁이 허리를 빼앗긴 처녀의 두 손이 두어 번 허공을 젓더니 장승처럼 서 있는 황씨의 바짓가랑이에 매달렸다. 처녀의 산도는 아람이 번 밤송이처럼 걷잡을 수 없이 열려 있었다.

황씨가 뭐라고 알아들을 수 없는 외마디소리를 지르며 주저앉았다. 처녀가 그의 허리를 붙들고 이를 갈더니 맹수처럼 포효했다. 그러나 태아는 두부만 겨우 만출娩出되고 나서 일단 정지했다. 놀랍게도 그 경황중에 태아가 눈을 반짝 떴다. 이미 태아가 아니라 아기였다. 일순 나는 나를 관통하는 경외감에 소스라치면서 한 번만 더 힘을 주라고 힘차게 명령했다. 나는 내 목소리를 처음 듣는 남의 목소리처럼 신선하고 당당하다고 생각했다.

산모가 다시 한번 포효하는 것과 동시에 나는 아기를 끌어당겼다. 나는 한창 나이의 산파처럼 산후 처리를 능숙하고도 신속하게 해냈다. 교과서에 나오는 대로의 정상 분만인 때문이라기보다는 나 아닌 딴 힘이 나를 조종하는 것처럼 내가 아는 지식이나 경험을 조금도 떠올리지 않고도 나의 조산은 우수했다. 아기는 사내아이였다.

이층으로 돌아온 나는 아침까지 푹 잤다. 창문을 열고 노래를 부르면서 아침밥을 짓고 있는데 황씨가 올라왔다. 하룻밤 새 몰라보게 늙고 초라해진 황씨는 어깨를 축 늘어뜨리고 눈을 내리깔고 있었다.

"산모랑 아기랑 별일 없죠?"

"선생님 뵐 낯이 없구먼요."

"이제 아셨죠? 부인병원도 왜 있어야 하는지……"

"부인병원 무시한 벌을 이렇게 영검하게 받다니요."

"벌이라뇨? 손자 보시고서! 녀석이 대단하던데요. 글쎄 얼굴이 반쯤 나왔는데 벌써 눈을 뜨고 쳐다보지 뭐예요. 대장감이에요. 두고보세요."

나는 괜히 신이 나서 지껄였다. 황씨가 내리깔았던 눈을 치떴다. 동굴처럼 정기 없이 움푹 파인 눈이었다.

"이 망신을 어쩌죠? 선생님, 글쎄 애비를 모른다지 뭡니까. 아무리 당조짐을 해도, 코찡찡이 곰배팔이라도 상관 않고 성례를 시켜주겠대도, 그게 아니라고 자꾸 울기만 하더니 턱하니 한다는 소리가 겁탈을 당했다는 거예요. 겁탈을…… 이름도 성도 모르는 놈한테……"

황씨는 비탄과 분노로 떨고 있었다. 그러나 나는 그의 비탄에서 얼핏 정욕의 냄새를 맡은 것처럼 느꼈다. 나는 게울 것처럼 기분이 나빠져서 얼굴을 찡그렸다. 남자에겐 누구나 여자를 겁탈할 수 있는 소지가 있다. 나에겐 이름이나 성보다는 그게 남자라는 게 더 중요했다.

"세상에 이런 망칙한 일도 있습니까? 다 망한 집안에 어쩌다 딸년이 하나 남아가지고 망한 가문에다 똥칠을 해도 분수가 있지……"

그의 가문이 얼마나 대단한 가문인지는 몰라도 그는 보이지 않는 가문에 칠한 똥만 알고 그의 딸이 원치 않는 애기를 배고 겪었을 생지옥에 대해선 아무것도 모르는 것 같았다.

"선생님 도와주세요, 제발."

그의 비탄에 비굴이 가해지니까 더욱 보기에 추악했다.

"유감이지만 저는 애기를 도루 뱃속에 넣을 재주가 없는걸요."

내가 정말 유감인 건 그에게 더 참혹한 선언을 할 수가 없는 거였다.

"선생님, 저도 그만한 건 알고 있습니다요. 그게 아니라……"

여기서 말끝을 흐린 그의 얼굴에 재기 같은 게 반짝거렸다. 그런 반짝임은 농사꾼처럼 털털하고 우직한 그에게 매우 안 어울려서 보기에 불안했다. 나는 그 까닭을 놓치지 않을 것처럼 그에게서 눈을 떼지 않았다. 그가 부신 듯 외면하고 손을 비볐다.

"그게 아니라…… 선생님, 선생님만 모른 척해주신다면 아주 좋은 수가 있습니다요. 선생님만 믿겠어요. 핏덩이를 엎어 죽이자니 그것도 살자고 나온 인생인데 인두겁 쓰곤 못할 노릇이고……"

"아저씨, 제발 그 수라는 것부터 말씀해주실 순 없어요?"

"네 말씀드리고말굽쇼. 딸년이 그래도 제 꼴 창피한 건 알아서 요행 어제 밤중에 돌아와서 아무도 만난 사람이 없다는군요. 그래서 말씀인데 딸년은 아직 안 돌아온 걸로 허고, 어린 걸 제 아들을 삼았으면 해서요."

"아저씨 아들을요?"

나는 그 기상천외의 발상에 혀를 내둘렀다.

"네, 업둥이가 들어왔다고 한바탕 소동을 피우면 될 것 아니겠어요? 딸년은 뒷방 구석에 숨어 있다가 몸 추스른 연후에 나타나면 이러쿵저러쿵 둘러댈 것도 없이 피난 갔다 돌아오는 게 될 테구요."

"따님이 동의하던가요?"

"제깐 년이 지금 동의를 허고 말고가 어딨어요. 모자 목숨 살려주는 것만도 끔찍허죠."

"그래도 따님의 애긴걸요?"

"그년은 제 딸년이고, 그 녀석이 제 손자인 건 어떡허구요?"

그가 자기 답이 정답인 걸 주장하는 국민학생처럼 대들다가 생각난 듯이 비굴해지면서 다시 손을 비비며 어쩔 줄을 몰라 했다. 그의 즉흥적이고도 완벽한 음모에 나는 얼마나 달갑잖은 훼방꾼일까? 나는 약간 주눅이 드는 기분으로 그렇게 생각했다.

"따님만 동의한다면 당장의 망신을 모면하는 방법으로 아주 좋은 생각이네요."

나는 결국은 동의한 셈이 되고 말았다.

"아무러면 제가 당장의 망신이나 모면할 생각으로 이런 꾀를 내겠습니까요. 손 끊긴 집안에 손이 생겼으니 우리 집안도 고목나무에 꽃 핀 셈이 되는 거죠. 아마 업둥이가 들어왔다면 동네방네 입가진 사람은 한마디씩 경사 났다고 안 허는 사람 없을 거구먼요. 딸년은 딸년대로 몇 년 아들을 동생이라고 생각허든, 동생을 아들이라고 생각허든 하여튼 그 핏덩이를 지성껏 기르지 않겠어요. 그러다가 참한 혼처 생기는 대로 시집가버리면 그 내막을 누가 알겠어요?"

그 사내는 순전히 자기의 꾀 하나로, 어젯밤의 악몽을 놀라운 행운으로 돌변시킨 데 도취하고 있는 것 같았다. 얼굴에 화색이 돌면서 운명의 유희를 즐기는 것 같은 짜릿한 쾌감이 비늘처럼 번득였다.

"선생님만 눈감아주신다면……"

그는 눈을 내리깔고 그렇게 말했지만 나는 이미 그의 눈이 아까의 절망적인 구멍이 아니라는 걸 알고 있었다. 그리고 내가 만일 눈감아주지 않겠다면 그가 내 목을 조를지도 모른다고 생각했다. 사내들이란 쾌감의 완성을 위해선 뭐든지 할 수 있으니까. 그는 음흉해 보이긴 했지만 조금도 폭력적으로 보이지 않았건만도 그렇게 생각하면서 나는 그 일을 눈감아줄 것을 마지못해 약속했다. 실상 아기를 위해서도 산모를 위해서도 황씨를 위해서도 그 이상의 좋은 방법은 없었다. 나는 어쩌면 너무도 교묘하게 산뜻한 그들의 전화위복에 질투를 내고 있는지도 몰랐다.

황씨는 내 승낙이 떨어지자 수없이 굽신대면서 호주머니를 뒤적이더니 한 다발의 돈을 내놓았다.

"어젯밤 두 목숨 살려주신 은혜를 돈으로 따질 수가 있겠어요? 두고두고 갚아나갈 것이지만서두 우선 성의껏 마련한 것이니까 넣어두셔요."

그러고는 뺑소니치듯 내려가버렸다. 나는 그 돈을 그가 내려간 뒤에 세어보았다. 규정상의 정상분만비의 세 곱은 되는 액수였다. 아마 입 다무는 삯까지 포함돼 있음직했다. 다시 한번 그들의 전화위복에 자신도 이해할 수 없는 질투를 느꼈다. 그리고 그 돈에다 국제시장 장사꾼들이 마수걸이한 돈에 하듯이 퉤 침을 뱉었다. 그건 나의 마수걸이였다. 마수걸이치고도 후한 마수걸이였지만 다시 애기를 받을 생각은 없었다. 나는 처음부터 이 동네를 감도는 화냥기에만 기대를 걸었기 때문에 산부인과 병원을 차리면서도 분만대 같은 건 애당초 시설도 안 했다. 나는 오로지 이 동네의 화냥기와 야합해서 돈을 벌어볼 작정이었다.

내가 이 동네에 들어서자마자 받은 예감은 틀림이 없었다. 양공주가 하나둘 드나들기 시작하면서 영업이 되기 시작하더니 나는 하루에도 몇 번씩 소파수술을 해야 했고 차츰 그 방면에 명수가 되었다. 그동안 내가 태어나지 못하게 한 아기가 다 살아난다면 큰 국민학교를 하나 더 만들어야 할까? 작은 읍邑을 하나 더 만들어야 할까? 그러나 나는 그런 부질없는 감상에 잠기는 일조차 거의 없었다. 나에게 줄기차게 이어지는 감상이 하나 있다면 그건 우단 의자를 남으로 난 창가에서 치우지 못하는 일이었다. 그 우단의자는 세월과 함께 곱게 늙어갈수록 더욱더 병원 분위기와 안 어울리고 겉돌았다. 들락거리는 간호원마다 그걸 내다버리라고 성화를 했다. 대강의 살림을 간호원에게 맡기다시피 하고 살건만도 그 청만은 못 들어주었다.

그걸 내다버리려면 「히포크라테스 선서」가 든 액자를 대신 걸어야 할 것 같은데 그게 없어진 지는 오래되었다. 하긴 액자도 안 걸고 의자도 없앨 수도 있었다. 그러면 아마 그 의자에다 흰 옥양목 두루마기를 입으시고 뾰족하고 반짝이는 구두를 신으신 신수 좋은 아버지의 환상을 겹쳐놓고 바라보는 일도 없으리라. 그 의자의 유일한 주인은 그분이었다. 그 의자를 없앨 수 없는 건 의사라기보다는 화냥기와 야합한 의술자가 된 내 모습을 바라보는 그분의 슬픈 얼굴을 함부로 지울 수 없는 것과 같은 이치였다. 그건 나에게 있어서 돌아가신 아버지에 대한 애정의 그루터기 이상의 그 무엇이었다.

그럭저럭 삼십 년 가까운 세월이 한곳에서 같은 일을 되풀이하면서 흘렀다. 그동안 이 동네도 많이 변했다. 이제 변두리라기보다는 도심권에 가까운 동네가 되었고 물론 양공주도 사라진 지 오래다. 그러나 처음에 나를 잡아당기던 화냥기는 그후로도 꽤 오래 이어져내려왔던 것 같다.

농업학교는 정부가 환도하고 나서도 이삼 년은 더 미군 부대였고, 농업학교가 정상화되고 나서도 딴 큰 미군 부대가 멀지 않아서 이 동네의 화냥기는 계속 호황을 누리다가 미군이 대폭 감축되고 나서도 그 뿌리는 쉽게 청산되지 않고 싸구려 윤락가로 이어져내려왔다. 근래에 주택가 속에서의 윤락행위 단속으로 대개는 흩어졌지만 멀리서도 연줄로 계속 내 단골이 되어주고 있고, 또 아들딸 가리지 말고 둘만 낳기 때문에 이 동네 가정주부들치고 내 신세 안 진 여편네는 거의 없는 형편이다.

길 건너 농업학교는 건설 회사한테 학교 부지를 팔고 교외로 떠나 아파트 단지가 됐다. 그러나 그 새로운 인구 밀집 지대에서는 어떻게 된 게 하나도 새 단골이 생기지 않았다. 내 단골은 미우나 고우나 경성상회 뒤편의 퇴락한 구舊동네였다. 그 동네의 얌전한 여편네들 사이에서나, 또 시내 곳곳에 점점이 흩어져 제 버릇개 못 주고 그 짓으로 밥 먹는 포주들 사이에서나 나는 값싸고 믿을 만한 의사로 소문이 나 있었다. 그도 그럴밖에 나는 그동안 단 한 건의 사고도 내지 않았던 것이다. 자주 그럴 필요가 있는 넉넉지 못한 여자일수록 거만한 박사 학위나 으리으리 기 죽이는 시설보다는 값싸고 믿을 만하다는 실속이 앞서는 건 당연했다. 그러나 여지껏 단 한 건의 사고도 없었다는 건 사실과 약간의 차이가 있었다. 사고의 뒤처리를 신속하고 적절하게 그리고 아무도 눈치채지 못하게 감쪽같이 했고 또 운수 좋게 그게 그대로 적중해서 큰 사고로까지 발전한 적만 없다뿐이었다.

내 손에는 겸자鉗子를 쥐었던 자리와 퀴레트를 쥐었던 자리 세 군데가 옹이처럼 뿌리 깊은 못이 박여 있다. 웬만한 읍을 구성할 만한 인명을 처치한 흔적이다. 그 일이라면 눈 감고도 할 수 있을 만큼 이골이 났으면서도 실수는 끊임없이 있어왔다. 가장 가공할 사고로 치는 자궁천공을 저지른 일만도 열 손가락을 넘게 헤아린다. 문제는 늘 눈 감고도 할 수 있다는 데 있었다. 실상 그 일은 눈이 필요 없는 일이었다. 어떤 명의名醫도 생명이 착상한 신비한 오지를 육안으로 볼 순 없다. 눈은 헤걸이나 퀴레트 끝에나 달려 있으면 된다. 그러나 퀴레트 끝의 눈을 뜨고 있게 하기 위해선 한순간도 그것을 쥔 의사의 넋이 나가 있으면 안 된다. 나가 있을 땐 나가 있는 걸 결코 느끼지 못한다.

마치 잘 익은 꽈리를 따다가 성냥개비로 무심결에 구멍을 내면서 아차 할 때 같은 폭 하는 느낌이 헤걸 끝에 오면서 나갔던 넋은 돌아온다. 넋이 들어앉았을 땐 모르지만 나갔다 들어올 땐 순간적으로 이물처럼 어떤 감촉을 지닌다. 나는 그렇게 들어오는 넋의 냉혹한 감촉 때문에 나의 넋이 증오로 되어 있는 것처럼 느끼곤 했다. 그렇다. 나는 증오로써 그 일을 했다. 그 일을 실수 없이 하기 위해선 내 얼굴 앞에 냄새나는 치부를 얼굴처럼 쳐들고 자빠진 여자와 그 속에 자리잡은 원치 않은 생명에 대한 증오가 잠시도 나를 떠나 있으면 안 되었다. 실수를 즉각 만회하는 데도 증오는 있어야 했다. 들어온 넋이 나를 완벽하게 지배하면서 나는 냉정하고 기민하고 정확하게 대처했다. 그렇다고 내 태도가 외견상 달라지는 건 아무것도 없었다. 안색 하나 안 변하고, 그럴수록 보다 침착하고 깨끗하게 소파를 끝마치고 항생제와 수축제를 주사하고 나서, 환자를 안정시키고 경과를 관찰한다. 자궁이 심한 후굴이어서 소파가 어려웠으니까 통증이 좀 있어도 참으라는 둥 둘러댈 말은 얼마든지 있다. 잘 익은 꽈리 뚫어지듯이 맥없이 뚫어질 수도 있는 자궁이지만 생체는 꽈리하곤 다르다. 자신의 자연 치유 능력을 가지고 있다. 여지껏 한 번도 천공이 복막염이나 그 밖의 큰일을 일으킨 일 없이 결과는 감쪽같았다.

그러나 그런 일을 한번 치르고 나면 한바탕 몸살 비슷한 증세를 앓는 허약한 구석도 있어서, 그럴 때마다 그 노릇을 다시는 못 할 것처럼 정이 떨어지다가도 그래도 55세까진 해야지 하고는 마음을 다시 눙쳐먹곤 했었다. 55세에 특별한 뜻은 없었다. 나도 모르게 공무원이나 은행원의 퇴직 연한에서 빌려온 착상인 것 같았다.

이제 앞으로 사흘만 있으면 나는 만 55세가 되고 공교롭게도 그 날은 이 일대가 도시계획에 걸려 경성상회를 철거해야 하는 마지막 날이기도 했다. 나는 그동안 번 돈을 착실하게 축적해놓았기 때문에 노후를 슬슬 해외여행이라도 하면서 윤택하고 유유자적하게 보낼 수 있을 것 같다. 공무원 같은 연한이 있는 것도 아니고, 55세까지만 해먹겠다고 누구한테 각서를 쓴 것도 아니지만, 더 해먹을 생각은 조금도 없다. 벌써 조용한 주택가에 마당 넓고, 예쁜 집을 마련해서 내부 단장까지 다 끝냈으니 들기만 하면 되고, 그 밖에도 적지 않은 집세가 들어오는 부동산이 또 있고, 막대한 금액의 노후 보험 불입도 끝나 이젠 해마다 타먹는 일만 남았다. 증권도 있고 채권도 있다. 내가 이제부터 할 일은 돈을 어떻게 버느냐가 아니라 어떻게 그 돈을 다 쓰고 죽느냐다.

그런데도 나는 내가 이 노릇 할 날이 앞으로 사흘밖에 안 남았다는 데 대해서 심한 조바심을 하고 있었다. 내가 이 노릇을 그만두기 전에 마지막으로 꼭 해보고 싶은 게 한 가지 있었다. 그건 애기를 받아보는 일이었다. 내가 개업하고 나서의 첫 손님도 산모였다. 그러고 이날 이때 어쩌면 나는 단 하나의 산목숨도 받아보지 못했다. 내가 그걸 의식적으로 피하는 사이에 나는 그만 소파의 전문의로서만 알려졌던 것이다. 처음에 몇 년 동안만 해도 더러 해산 문의가 있어서 인근의 산원을 소개해준 일도 있었건만 그런 일도 점점 줄어들고 근래엔 아주 없어졌다. 이제 저절로 산모가 굴러들어올 가망은 없다.

그러나 나는 벌써 두어 달 전부터 60일, 50일…… 10일, 9일, 8일…… 카운트다운까지 해가면서 초조하게 그 일을 기다리고 있다. 이제 사흘밖에 남지 않았다. 생각해보면 얼떨결에 내가 마수걸이로 그 일을 해냈을 때만 해도 지금에다 대면 너무도 미숙한 애송이 의사였다. 그러나 지금 나는 그때의 나를 일생을 정진해도 도달할까 말까 한 나, 늘 앞날에만 있는 나, 완성된 나, 이상화된 나처럼 느끼고 있다. 어느새 망령이 난 것처럼 시간까지 이렇게 내 속에서 도착倒錯을 일으키고 있다.

사흘밖에 남지 않았다. 사흘밖에……

만득晩得이 처가 만삭이 된 걸 본 순간부터 간절히 바라고 바라던 일이 아직 안 일어난 채 내가 그 일을 할 수 있는 날은 앞으로 사흘밖에 남지 않았다.

만득이는 내가 처음이자 마지막으로 받은 황씨의 외손자였다. 황씨는 그날 나한테 눈감아달라고 애걸한 대로 그 아기를 업둥이가 들어온 걸로 동네방네 소문을 냈다. 처음엔 이름도 없이 누구나다 업둥이, 업둥이 하면서 신기해만 하다가 이왕 들어온 업둥이 아주 아들 삼아 손을 잇게 하는 게 좋지 않겠느냐고 동네 사람들의 중론이 모아졌다. 처음부터 그럴 작정이었던 황씨건만 그제야 마지못해 그러는 것처럼 늦게 둔 자식이라는 뜻으로 만득이란 이름을 붙이면서 동네 사람들에겐 업둥이란 소리를 다시는 입 밖에 내지 말아달라고 부탁했다. 업둥이가 들어온 지 한 달쯤 있다 혼자 피란 나갔던 딸까지 들어왔다. 비록 젖까지 먹일 순 없었지만, 딸은 새로 생긴 남동생을 극진히 양육해서 동네의 칭송을 한 몸에 받았다. 동생을 다섯 살이나 먹여놓고 나니 노처녀 소리를 들을 나이라, 마침 전실 자식 없는 후취 자리가 나서서 부랴부랴 시집보내 아들딸 낳고 잘사니 그만하면 황씨의 각본대로 안 된 게 없었다. 황씨의 각본에서 나의 구실은 뭘까? 문득 그런 생각을 하면 이사라도 떠나주고 싶지만 나의 병원은 날로 성업중이었다.

황씨는 고집 세고, 의심 많고, 인색한, 그래서 노랑이 황영감이란 별명까지 붙은 괴팍한 노인으로 늙어가고 만득이는 훤칠하고, 씀씀이 좋고, 난봉 잘 피우는 청년으로 성장했다. 그동안에 동네 사람들은 수없이 갈려서 이제 만득이를 마누라가 노산 후 더침으로 죽어서 황영감 혼잣손으로 기른 외아들이란 걸 의심하는 사람은 아무도 없다.

나만이 모든 것을 알고 봐서 그런지는 몰라도 만득이에 대한 황영감의 애증의 갈등은 좀 심한 데가 있었다. 일찌거니 바로잡아줘야 할 밥투정이나 주전부리 버릇, 버르장머리 없는 말씨 등에 대해선 그저 오냐오냐, 따끔한 말 한마디 못하다가도, 어쩌다 백 점 받은 시험지를 받아오면 누구 거 보고 썼나 대라고 매를 드는가 하면, 성적이 오른 통지표도 고쳐 썼을 거라고 생트집을 잡아 아이가 울고 집을 나가 며칠씩 안 들어오게 한 일도 있었다. 그럴 때마다 그의 딸이 친정에 돌아와 몰래 울고불고 하다가 돌아가곤 했다. 황 영감은 만득이에게서 딸의 피와 딸을 강간한 놈팡이의 피를 따로따로 갈라서 느낌으로써 자신을 괴롭히는 것 같았다. 인심 좋고 건강해 보이던 황씨는 의심 많고 인색하고 우울한 늙은이로 못되게 변해갔다. 그의 전화위복은 결코 완벽하지 않았던 것이다. 그의 전화위복을 질투했던 나도 이젠 그것을 연민하는 마음이었다.

자기가 감히 생모라는 발설은 하지 않았지만 몰래몰래 후한 용돈을 주는 것으로 누나 이상의 애정 표시를 해온 생모 덕으로 만득이는 어려서부터 낭비벽이 붙었고 군대 갔다 와서 취직을 하더니 씀씀이는 더욱 호탕해버렸다. 그는 자기 월급이 얼마란 소리보다는 자기 회사의 연간 수출 실적이 얼마란 소리를 하기를 더 좋아했다. 그는 마치 그 회사의 말단 사원이 아니라 대주주처럼 회사의 이익에 대한 신바람을 냈고 그걸로 자기의 씀씀이를 합리화시키려고 했다. 황영감은 이런 만득이를 경멸할 뿐 아니라 도둑놈처럼 경계하면서 마치 육체에는 한계가 있다는 것도 모르는 것처럼 한 푼에 치를 떨고 먹지 않고 입지 않고 다만 돈주머니를 불리고 움켜쥐었다. 만득이를 보는 그의 눈에 애정은 이미 없었다. 아마 그의 딸

120

을 겁탈한 놈팡이의 피에 대해서만 생각하기로 작정한 모양이다.

그렇다고 그의 편견이 만득이에게서 끝나는 게 아니었다. 만득이가 자기 회사 수출 실적이 몇십만 달러라고 뽐내면, 흥 그놈의 회사 차관은 얼말걸 하면서 그 갑절도 넘는 수치를 둘러댔다. 그는 신문을 따로 대 보지 않고 우리집에 오는 신문을 가로채다가 샅샅이 읽어서 아는 게 많았지만 수출고보다는 차관의 액수에 더 밝았고, 사람들이 잘살아야 하는 까닭에 대해서보다 못살아야 하는 까닭에 대해서 더 소상했고, 양지의 소식보다는 음지의 소식에 더 밝았다. 그는 만득이뿐 아니라 모든 사물을 그늘만 보면서 괴팍하고 스산하게 늙어갔다.

만득이가 제법 제 밥벌이라도 하게 되자마자 집을 뛰쳐나간 건 당연했다. 그 일이 황영감에게 충격이 되었는지 아닌지는 아무도 헤아릴 수 없었다. 황영감의 얼굴은 이미 더 불행해질 나위 없이 불행해진 뒤였으므로.

지금부터 두 달 전 만득이는 만삭의 여자를 거느리고 집으로 들어왔다. 황영감은 반기지도 내쫓지도 않았고 딱 한 가지 예식을 올렸느냐고 물어봤다.

"아버지, 제가 아무리 불효자식이기로서니 아무러면 아버지 안 뫼시고 저희끼리 식을 올렸겠어요? 절 그렇게까지 다된 놈 취급하시면 저 정말 서럽습니다. 네, 서럽구말구요."

만득이는 이렇게 청승과 너스레를 함께 떨었다. 만삭이 되어 들이닥치던 아람 번 밤송이처럼 걷잡을 수 없이 아기를 쏟아놓던 딸적에 놀란 가슴 때문이겠지만 황영감은 무슨 발작처럼 급히 예식을 서둘렀다. 며느리 될 여자가 뉘 집 딸이고, 몇 살 먹고 뭐 하던 여자라는 것에 대해 일언반구 묻는 법도 없이 종점에 있는 슈퍼마켓 2층의 허름한 예식장을 빌려 때 묻은 웨딩드레스를 입혔다. 만득은 부득부득 해산하고 나서 시내 중심가 호텔 예식장에서 양가 친척과 친구를 다 불러모아 성대한 결혼식을 올리겠다고 고집을 부렸지만 황영감의 우격다짐엔 당하지 못했다. 아무도 초대하지 않아 내막을 아는 이웃 사람만 몇 모인 식장은 썰렁했다. 특히 제일 큰 걸로 빌렸다는데도 지퍼를 올리지 못해 옷핀으로 대강 찡겼어도 허리가 한 뼘도 넓게 벌어져서 속치마가 드러난 신부의 웨딩드레스 차림은 차마 눈 뜨고 못 보게 꼴불견이었다. 황영감이 해도 너무한다 싶게 날조한 것처럼 엉성한 결혼식이었다. 그래도 입심 좋고 명랑한 만득이는 몇 명 안 되는 하객한테 이건 오픈게임이고 곧 본게임이 있을 테니 기대하시라고 익살을 떨었다.

"저런 싸가지 없는 놈을 봤나? 입이 헤프면 밑천이라도 굳던지, 밑천이 헤프면 입이라도 굳던지, 둘 다 헤퍼가지고설라문에 이런 망신당하는 것도 모르고…… 쯧쯧, 집안이 망할려니까."

황영감 말투에 의하면 오로지 만득이를 망신 주려고 그 결혼식을 꾸민 것 같았다. 아무튼 처음 구경하는 진풍경이었다. 모두 킬킬대고 수군댔다. 그러나 나는 웨딩드레스의 허리 다트가 터질 것처럼 부푼 신부의 배를 보는 순간 별안간 가슴이 심하게 울렁거리면서 그 아기를 내 손으로 받아내고 싶다고 생각했다. 식장에서 돌아와서도 온종일 그 생각에서 헤어나질 못했다. 모체로부터 완전히 만출되기도 전에 벌써 눈을 뜨고 이 세상을 보던 신선하고 정갈한 아기의 눈을 또 한번 보고 싶다는 갈망으로 심장이 죄어드는 것 같았다.

나는 비록 소파만을 전문으로 한 지가 근 삼십 년이지만 황영감에게 내 쪽에서 부탁한다면야 그쯤은 쉽게 승낙해줄 줄 알았다. 황영감의 인색한 성품을 생각해서 싸게 해준다거나 오래 세 들어 산 정리로 거저 해주마고 할 속셈까지 가지고 있었다. 그러나 황영감은 내 부탁을 일언지하에 거절하면서 차마 못할 소리까지 했다.

"그 말도 안 되는 소리 좀 작작 허슈. 내가 아무러면 내 첫 손자를 사람백정 손에 맡길 성싶소."

그러고도 미진한지 부정 탄 것처럼 당장 소금이라도 뿌리고 싶은 얼굴을 했다.

이런 동네서 이런 짓을 오래 하다보면 거느린 창녀 성병 치료하러 오는 데 따라온 포주가 어깨를 툭툭 치면서 선생님 대신 여보 당신 하면서 숫제 동업자 취급을 하는 걸 당한 일도 있었다. 계집의 밑××으로 돈 벌긴 너나 내나 매일반이란 그들의 태도를 나는 크게 탓하지 않았고 그런 사람은 그런 사람 대접하면서 반죽 좋게 살아왔다. 그러나 황영감한테서 들은 사람백정이란 소리는 가슴에 못이 박히는 것처럼 쓰라렸다.

만득이댁은 예식 올린 지 사흘 만에 종합병원 산과에서 아들을 순산했다. 나는 황영감한테 받은 가슴 아픈 수모에도 불구하고 퇴원한 아기를 보러 들어갔다. 아기는 내가 처음 받은 아기를 쏙 빼닮아 있었다. 나는 그 아기를 받은 누군지 모르는 산과 의사에게 맹렬한 질투를 느꼈다. 그리고 황영감한테서 받은 수모 때문에 잠시 단념했던 아기를 받고 싶은 욕심이 뜨겁게 재연하는 걸 느꼈다. 만득이 애기만 애길까보냐. 의사 짓을 그만두기 전에 꼭 한 번은 애기를 받아보고 말리라. 처음으로 이 세상을 보는 아기의 신선하고 정결한 눈과 힘찬 울음소리에 접하고 싶은 갈망으로 심장이 죄어들었다.

그때부터 카운트다운이 시작됐다. 그러나 그때는 앞으로 60일이나 남아 있었다. 설마 60일 안에 산모 하나 안 걸릴라구. 60일, 50일…… 10일, 9일…… 앞으로 사흘밖에 남지 않았다.

오늘도 세 건의 소파수술과 두 건의 성병 치료가 있었다. 그뿐이다. 나는 아래층으로 내려갔다. 농기구를 팔던 경성상회는 지금 식료품 상회지만 간판은 아직도 경성상회. 한문 간판 단속 때 한글로 고쳐 썼을 뿐이다. 한글 간판 속의 '서울 그로서리'라는 알파벳엔 만득이의 입김 같은 게 느껴져 절로 웃음이 난다.

"요쿠르트 하나 주세요."

신문을 보고 있던 황영감이 흘긋 한번 쳐다보고 냉장고에서 요

구르트를 큰 것으로 꺼내준다. 나는 그것을 별로 좋아하지 않지만 안채로 들어가기 위해선 가게를 통하는 게 편하기 때문에 통행세처럼 그걸 한 병 사서 쪽 들이켠다. 모로 앉은 황영감의 목고개에 힘줄이 처참하도록 두드러져 보이고 구레나룻이 서릿발처럼 희다. 나는 가슴이 뭉클하면서 황영감이 요새로 부쩍 더 늙었다고 생각한다. 그런 뭉클함에는 어쩔 수 없이 아래위 층 한지붕 밑에서 삼십 년을 같이 산 사이의 미운 정 고운 정이 엉겨 있다. 모로 앉은 황영감이 신문에서 눈을 떼지 않은 채 말세야 말세야라고 중얼거린다. 그에게 말세 아닌 날은 없다. 허구한 날이 말세다. 만득이한테서 딸을 보지 않고 딸을 강간한 놈팡이만 보고, 수출액보다는 수입액에 밝고, 우리 모두 얼마나 잘살게 됐나보다는, 우리 모두의 빚이 얼마나 늘어났나에 도통한 그의 심보는 모든 사물, 모든 사람 사는 켯속의 그늘만을 보니까.

하긴 황영감은 자신만의 그런 특이한 시선 때문에 어디서 둥둥 북소리 나면 우선 어깻춤 먼저 추고 나서는 소갈머리 얕은 이웃에 비해 사람이 어딘지 어렵고 줏대 있어 보이는 건 사실이다. 그러나 내가 여자들 얼굴보다는 밑××에 대해 더 많이 알고 있다고 해서 여자들을 남보다 더 안다고 할 수 없는 것처럼, 그가 세상사의 그늘을 보는 눈이 유별난 게 어떻게 남보다 세상사를 더 잘 아는 게 될 수 있으랴. 나는 엉뚱한 이치를 꾸며대면서까지 그에게 동병상련 격인 연민을 느끼려 든다.

"아기 많이 컸죠?"

나는 아기를 보러 들어간다는 뜻으로 이런 말을 남기고 안채로 들어갔다. 만득이댁은 웃음이 헤픈 여자다. 아기 자랑을 할 때도 남편 험담을 할 때도 시아버지 때문에 속 썩는 얘기를 할 때도 그저 싱글벙글이다. 그래 그런지 아기도 잘 웃는다. 제법 눈을 똑똑히 맞추고 나서 벙글 입이 헤벌어진다. 아기를 받아보고 싶다는 억지 같은 생각을 달래러 들어왔건만 되려 그 생각을 좀더 쥔 결과가 된다. 그 소망을 못 이루고 나의 직업에서 아주 손을 떼고 말면 죽는 날까지 비참한 신세를 못 면할 것 같다. 그러나 앞으로 사흘밖에 남지 않았다. 단지 사흘밖에.

2. 이틀 전

끔찍한 꿈이었다. 내 손에 박인 못이 암종이 되어 온몸의 살갗으로 무섭게 퍼지는 꿈에서 깨어나려고 몸부림치면서 아스라이 악머구리 끓듯 하는 한여름밤의 개구리 소리를 들은 것처럼 느꼈다. 내가 나를 다방면으로 공격해오는 이질적인 노린내와 무성한 가슴의 털과 동아줄처럼 길고도 힘센 사지와 바윗덩이처럼 육중한 체중으로부터 벗어나려고 몸부림치면서 듣던 것도 개구리 소리였다. 그때, 그 개구리 소리는 인간들의 전쟁과는 아랑곳없이 너무도 태평스러워서 당장 당하고 있는 게 설마 꿈이겠지 생각하는 걸로 나의 의식을 비몽사몽간으로 흐렸었다.

그때와는 거꾸로 비몽사몽간에 들은 악머구리 끓듯 하는 소리 때문에 차츰 나는 깨어났다. 나는 우선 그게 꿈이었다는 걸 확인 하기 위해 손에 박인 못을 만져보고 잠옷 속으로 손을 넣어 가슴 과 배와 허벅지를 쓸어본다. 55세까지 한 번도 애를 낳아보지 못 한 여자의 살찌고 노쇠한 살갗의 감촉은 명주실처럼 부드럽고 탄 력 없을 뿐 거슬리는 건 아무것도 없다. 꿈이었군. 그까짓 못, 앞으 로 몇 달만 일손을 놓으면 깨끗이 풀리리라. 그래도 역시 마음은 언짢다. 꿈에서 온몸의 살갗으로 암종이 되어 퍼진 못이 손에 박 인 못이 아니라 심장에 박인 못인지도 모른다는 엉뚱한 생각이 들 면서 가슴이 답답하다. 나는 오랜 생활의 습관으로 침실의 창을 연 다. 아스라이 들리던 악머구리 끓는 소리가 확성기를 댄 것처럼 별 안간 커지면서 방안으로 쏟아져들어온다.

요새 새로 생긴 교회에서 들려오는 새벽 예배 보는 신도들의 울 음소리였다. 그 교회에 모이는 신도들은 허구한 날 그렇게 통곡을 했다. 나는 그 소리를 들을 때마다 내 속에 통곡하고 싶은 욕망과 한 방울의 눈물도 못 짜내리라는 확신이 같이 있는 걸 느낀다. 아직 이른 새벽이다. 경성상회 이면의 동네가 남빛 어둠에 잠겨 있다.

이틀밖에 남지 않았다. 이틀밖에…… 잠이 완전히 깨면서 맨 처 음 떠오른 생각은 이사 갈 날이 이틀밖에 남지 않았다는 것이었다. 살아 있는 애기를 받아낼 가망도 앞으로 남은 이틀로 줄어들었다.

우단의자가 놓인 남창南窓과 반대쪽에 나의 살림방과 진찰실 겸 수술실이 있다. 살림방에서도 수술실에서도 쉽게 구태의연한 ㄱ자 아니면 ㄷ자의 지붕이 무질서하게 밀집한 퇴락한 동네가 내려다보인다. 서울의 눈부신 발전은 귀 있고 입 가진 사람이라면 아무도 이의를 제기할 수 없는 우리 모두의 상투어가 되었건만, 어떻게 된 게 나의 단골들이 살고 떠나가고 들어오는 이 동네는 내가 처음 개업할 무렵과 별로 달라진 게 없다. 한옥도 아니고 양옥도 아닌, 일제 말기 한창 물자가 궁핍할 때 들어선 날림 양기와 집들은 아무리 집 없이 살아도 세간살이라도 좀 반반한 거 가진 사람이라면 아무도 안 부러워하게 간살이 좁고 구질구질하고 늙어빠졌다. 더군다나 경성상회를 위시한 이층 삼층의 상점들이 늘어선 한길로부터 지금은 복개를 했지만 십여 년 전까지도 열린 채로 있던 더러운 개천을 향해 서서히 지대가 낮아지는 웅덩이 같은 동네라 여름마다 물난리를 안 겪고 넘어가는 일이 드물다. 한 집이 차지한 평수가 거의 삼십 평 미만이어서 헐고 신축을 하려고 해도 허가가 안 나온다던가. 그래서 돈을 번 사람은 지딱지딱 딴 동네로 떠난다. 몇 집을 사서 터서 새 집을 짓는 방법도 있겠으나 그래봤댔자 빈촌 속의 호화 주택을 누가 알아줄 것인가. 그것을 무릅쓰고 그런 어리석은 짓을 할 만큼 이 알량한 동네에 애착을 가진 사람이 있을 리도 없고, 그래놓으니 세상이 온통 잘살게 됐다고 떠드는 소리가 이 동네선 한낱 풍문에 불과했다. 그러나 풍문도 못 들은 것보다야 얼마나 좋은가.

모두 겉보기보다는 잘산다. 풍문으로 들은 대로 제각기 흉내는 다 낼 줄 안다. 만득이가 제 월급보다는 즈이 회사 수출고를 믿고 씀씀이가 헤프듯이, 어디서 둥둥 장구 소리 나면 얼씨구 엉덩춤 먼저 추듯이 실속 없이도 잘들 산다. 우선 살림만 하는 여편네들의 속옷과 사타구니가 창녀의 것처럼 깨끗해진 것만 봐도 그동안 얼마나 잘살게 됐나를 알 수가 있다.

창녀의 사타구니와 정숙한 여자의 그것과를 감히 비교하는 것은 정숙한 여자에겐 모독이 되겠지만 나는 다만 외관을 말하고 있을 뿐이다. 상식적으론 창녀의 것은 더럽고 정숙한 여자의 것은 깨끗한 걸로 돼 있지만 육안을 통한 관찰에 의하면 그와 정반대다. 어떤 창녀의 그곳은 거의 백치의 얼굴처럼 청결하다. 그러나 자기의 그곳이 가장 정숙하다고 믿는 여자일수록 그곳의 불결에 파렴치하다. 그것은 마치 뉘 집에서나 응접실이 가장 깨끗한 것과 같은 이치이리라.

이 동네서 창녀가 거의 자취를 감추고 나서 가장 눈에 띄게 달라진 건 교회당이 많이 생긴 거다. 인구가 밀집해서 동회에 가면 늘 차례를 기다려야 할 만큼 복작대지만 면적으로 봐선 과히 넓지 않은 동네에 교회당이 일곱 군데나 생겼다. 내가 이 동네에 자리를 잡을 때만 해도 한 군데도 없었다. 교회당은 자리를 잡았다 하면 해마다 다르게 불어나고 치솟는다. 이 동네서 번영이 풍문이 아닌

곳은 오로지 교회당밖에 없다. 일곱 개의 교회당은 다 같이 예수님을 믿을 터인데도 교파가 다른 제각기의 간판을 가지고 더러는 신도의 이동도 있는 모양이지만 신도가 모자라는 교회당은 없는 모양이다. 최근에 생긴 교회당은 무슨 교파인지는 모르지만 매일 아침 신도들이 모여서 처음엔 울다가 나중에는 박수를 치면서 환희에 찬 목소리로 거룩한 하나님을 찬송하고 헤어진다. 그게 그 교파의 예배 방식인가보다. 신도가 아닌 이웃을 위해선 별로 바람직하지 못한 예배 방식인데도 새벽의 울음소리가 하루가 다르게 드높아지는 걸 보면 그 교회의 교세도 착실히 불어나고 있음에 틀림이 없으리라. 신도들의 반수 이상은 여자들이다. 그러니까 나의 단골들이기도 하다. 그들이 울면서 기구하는 건 뭘까. 허구한 날 어디서 저런 지겨운 통곡이 치받치는 걸까. 원치 않는 애기를 뱃속에 가지고 나를 찾아왔을 때 그들은 거의가 다 당장 죽고 싶은 절망적인 얼굴을 하고 있게 마련이다. 그러나, 그것이 안전하고도 정확하게 제거됐다는 것만 알면 그들은 당장에 개운하고 근심 없는 얼굴이 됐다. 그들의 고통을 털끝만한 잔재도 안 남기고 뿌리 뽑아내는 내 솜씨는 참으로 영검했다. 마음속에 여자가 받는 그런 고통에 대한 뿌리 깊은 증오가 있음으로써만 그럴 수 있는 일이었다. 그들을 고통으로부터 해방시킨 건 나였다.

그런데 그들은 허구한 날 내 새벽잠을 깨우면서 서럽게 통곡을 한다. 도대체 저들을 울게 하는 또다른 고통은 뭘까? 하나님도 그것을 나처럼 족집게로 집어내서 보여줄 만큼 영검하진 못하리라. 그런데도 교회는 늘어나고 치솟는다.

언젠가 나는 이 교회, 저 교회로 옮겨다니는 나의 단골인 가정부인한테 그 까닭을 물었었다. 내 딴엔 그 여자를 무안 줄 마음보다는 각 교파 간의 특색에 대해 뭘 좀 알까 해서였다. 그 여자는 전에 다니던 교회는 병을 잘 고쳐준다는 소문을 듣고 지병인 신경통이 나을까 해서 다녔는데 지금 다니는 교회는 재수를 좋게 해준다고 소문이 났기에 남편 돈벌이나 잘될까 해서 옮겨 갔다고 했다. 그렇다면 새벽마다 통곡의 자리를 마련한 교회선 무슨 약속을 내걸었을까?

하나님 아버지, 저들이 하나님 아버지를 믿는다고 골백번을 맹서해도 하나님 아버지는 저들의 말을 믿지 마소서. 저들은 지금 입으로 하나님 아버지를 찾고 있지만 저들의 밑××이 무엇을 찾고 무엇을 저질렀는지 저는 다 알고 있습니다.

나는 이렇게 저들이 울부짖으며 찾는 분에게 으스대는 마음까지 있다. 그러나 나의 속 내밀한 곳에도 뭉쳐서 마침내 딱딱하게 굳은 한 덩어리의 통곡이 있을지도 모른다는 의구심을 품게 하는 것도 바로 저 새벽의 울음소리이다.

새벽 어둠이 조금씩 걷히면서 제일 먼저 여기저기서 드러나는 건 교회의 첨탑들이다. 아직도 집들은 젖빛 어둠에 가라앉아 있어서 창을 통해 들어오는 시야가 온통 안개 낀 바다 같으면서 문득 교회의 첨탑들이 침몰해가는 선박의 마스트처럼 보인다. 통곡소리는 메마른 아귀다툼으로 변한다. 침몰해가는 선박의 여객들이 서로 먼저 마스트 꼭대기로 기어오르려고 다투는 소리다. 마스트 꼭대기에 아직 사람은 안 보인다. 다투느라 아무도 그곳을 차지하지 못하나보다. 차지하건 못하건 결과는 마찬가지다. 어차피 선체는 침몰할 것이므로.

어둠이 점점 더 엷어지고 ㄱ자 ㄷ자의 지붕이 어렴풋이 떠오르면서 마스트 끝까지 기어오른 사람이 보이는가 했더니, 그건 사람이 아니라 텅 빈 십자가였다.

이틀밖에 남지 않았다. 마지막으로부터 둘째 날은 바른 속도로 밝아오고 있다.

첫번째 환자는 성병 치료를 받으러 다니는 화영이라는 창녀였다. 이 동네 살지는 않지만 전에 여기 살다 떠난 포주들이 보내오는 창녀들이 아직 쏠쏠히 있었다.

오늘은 포주인 전마담까지 따라왔다. 전마담도 이젠 많이 늙었다. 황영감과는 또 다르게 스산하면서도 울긋불긋 원색적인 전마담의 늙음이 남의 일 같지 않게 민망하고 측은하다. 그러나 나는 겉으론 심히 무뚝뚝하다.

"웬일이야 전마담이 다 따라오고…… 참 사람 귀하네. 요샌 고작 저 화영이가 그 집 딸러박슨가보지?"

나는 화영이를 진찰대에 뻗쳐놓고 나서 대기실에 얼굴을 내밀

132

고 퉁명스럽게 한마디했다.

"아냐요. 아무러면 내가 그간 년 밑×× 소식이 궁금해서 따라
왔을라고요. 선생님, 내일까지만 영업하신다며요."

"그래. 왜 섭섭해?"

"그럼 내가 뭐 선생님처럼 목석인 줄 아슈. 섭섭도 하고 부럽기
도 하고. 난 언제나 그놈의 영업 그만두고 편히 살아볼꼬?"

전마담이 담배를 피워 물며 한숨을 푹 쉰다. 살찐 손의 팥죽색
매니큐어가 불결하고 처량해 보인다.

"그 돈 다 뭐 하고 우는소리야?"

나는 이렇게 내뱉고 대기실 문을 탁 닫는다. 전마담은 농업학교
가 미군 부대였을 적부터 단골인 양공주 출신의 포주다. 그녀도 내
신세를 많이 졌지만 그녀가 데리고 있는 아이들도 멀든 가깝든 꾸
준히 나한테로 보내는 진국 단골이다. 오랜 단골이면서도 여보 당
신이라고까진 안 하고 깍듯이 선생님으로 불러주긴 하지만 나의
일이나 자기 일을 똑같이 영업으로 부르는 말투 속엔 의심할 여지
없는 동업자 의식이 깔려 있다.

진찰과 치료를 끝마친 화영이가 묻는 말도 언제부터 영업해도
되냐는 거였다.

"내일서부터라도 해도 되겠지만 핑계 김에 며칠 더 쉬게 해줄
까?"

"안 돼요. 의리가 있죠. 너무 오래 쉬어서 엄마한테 미안해죽겠

는데요."

"그래? 그럼 내일부터 당장 의리를 지키렴."

나는 씹어뱉듯이 말한다.

"선생님, 그래도 우리 엄마만한 엄마도 드물어요."

화영이 늘씬한 가랑이에 팬티를 끼면서 포주를 변명한다. 화장
은 야하지만 본바탕은 수수한 얼굴이다. 그러나 그녀가 팬티를 벗
고 진찰대에 가랑이를 벌리는 동작은 군더더기 없이 극도로 세련
되어 일종의 직업미 같은 걸 느끼게 한다. 나는 그녀를 아름답다고
생각한다.

세 사람이 다시 대기실에 모이자 일종의 가족적인 무드 같은 게
조성이 된다.

"요 앞길이 지금의 곱절로 넓어진다니 이 동네 수 났군?"

"글쎄 말야. 전마담도 그 집 그냥 갖고 있었으면 부자 될 뻔했잖
아?"

"아유 그까짓 옛날 얘긴 해 뭘 해요. 그렇게 부자 될 뻔한 거 놓
친 게 어디 한두 번인가."

"우리 엄마 이번에 또 큰 손해 봤어요, 선생님."

"또 부질없는 욕심을 부렸겠지 뭐."

"선생님도 내가 언제 한눈파는 거 보셨어요? 되나 안 되나 한
우물만 파건만도 사고가 연발이니, 이 노릇도 이제 그만 해먹어라
는 팔잔가 싶은데 뭐 모아놓은 게 있어야죠."

"무슨 일인데 그렇게 풀이 팍 죽어가지고 그래?"

"별일도 아녜요. 늘 있는 일이죠. 돈 많이 든 애가 빚만 들입다 져놓고 도망을 갔지 뭐예요."

"찾겠지 뭐, 다시 기어들든지."

"찾을 마음이 있어야 찾죠. 누가 빼내갔다면 내 성질도 가만히 당하고만 있는 성질은 아닌데 죽자 사자 연애하는 남자 따라 도망을 갔다니 그만 마음 약해서 행복을 빌 수밖에요."

"전마담 천당 가겠어."

"선생님도 아시잖아요. 나 연애 좋아하는 거……"

전마담이 쓸쓸하게 웃는다.

"화영이도 빨리 연애해야겠다. 서러워서도……"

"서럽다고 뭐 연애가 되나요."

나는 늘 거부하는 마음이면서도 너무 오랫동안에 걸쳐 서로를 알아버려 이제 어쩔 수 없이 되어버린 가족적인 무드에서 편안히 마음을 푼다.

"그나저나 집 헐리는 사람만 억울하게 됐잖아요. 경성상회만 안 헐렸으면 선생님도 앞으로 십 년은 넘어 더 영업하실 수 있었을걸."

"아냐, 딱 알맞게 그만두는 것야. 막상 날짜까지 정하고 보니 더는 누가 죽인대도 못 할 것 같아."

"황영감은 어데로 떠난대요? 워낙 구두쇠라 한밑천 잡아놓았겠지만……"

"집터가 이 근처선 제일 넓으니까 보상금도 꽤 받았을걸. 가게 터 달린 반반한 양옥을 사서 가게 물건도 그대로 옮긴다던데."

"그럼 나중에 봅시다. 선생님 영업 그만둔다니까 내가 젤로 한 팔 떨어지는 것 같네요. 약도나 하나 그려줘요. 성냥 사갖고 집 구 경 가도 되죠?"

"안 돼. 양반 동네 가서 양반 행세 하면서 살 참인데 전마담이 뭣하러 찾아와."

나는 그러면서 약도를 그렸다.

"난 오지 말라는 덴 더 드나드는 쥐미니까……"

전마담도 지지 않고 말대꾸를 하고 약도를 간직하고 치료비를 내고 돌아갔다.

이틀밖에 남지 않았다. 그러나 찾아오는 환자는 성병 아니면 소 파를 원하는 임부였다. 이상할 건 하나도 없었다. 그건 내가 닦아 놓은 길이었다. 궤도를 수정하기엔 이미 때가 늦었다. 이틀밖에 남 지 않았다. 그런데도 나는 내 손으로 애기를 한 번만 받고 나서 이 일을 그만두고 싶다는 바람을 못 버리고 있다.

그런 나의 바람을 비웃듯이 오늘 소파를 한 세 임부의 내용물엔 하나같이 삼 개월 미만의 작은 태아의 모습이 조금도 손상되지 않 고 옹글다. 대개는 손상되어 적출되는데 오늘은 좀 이상했다. 새 끼손가락 끝의 한 마디만한 크기의 태아가 인간이 갖출 구색을 얼 추 다 갖추고 있다는 건 아마 임부 자신도 모르리라. 다만 몸의 각

부분의 비율만이 완성된 인간하고는 딴판이어서 크기의 대부분을 두부頭部가 차지하고 있다. 그래봤댔자 기껏 완두콩만한 두부인 것을 놀랍게도 두 개의 눈이 또렷하게 박혀 있다. 눈꺼풀이 아직 안 생겼음인지 그 두 개의 눈이 마치 채송화씨를 박아놓은 것처럼 또렷하게 뜨고 있다.

내가 처형한 눈, 한 번도 의식화意識化되지 않은 눈, 앞으로 의식화될 가망이 전혀 없는 채송화씨만한 눈이 느닷없이 나의 어떤 지난날부터 지금까지를 한꺼번에 꿰뚫어보는 듯한 느낌에 나는 전율한다. 그 채송화씨만한 눈이 샅샅이 조명한 나의 생애는 거러지보다 남루하고 나의 손은 피 묻어 있다. 황영감이 그의 첫 손자를 이 세상에 맞이하는 일을 내 손에 맡기기 싫어한 걸 나는 이해할 수밖에 없다.

그 눈은 의식화되지 않았으므로 오히려 시계視界가 무한한가. 나의 지난날과 현재와 앞날을 종횡무진으로 간섭하고 내가 의지하고 있던 고정관념을 뒤흔들려 든다. 멀리선 포성이, 가까이선 개구리 울음소리 시끄러운 여름의 풀숲에서 당한 치욕을 핑계삼아 그후 한 번도 남자를 사랑하지 않고도 잘만 살아온 잘난 여자를 감히 지지리 못난이처럼 우습게 본다. 그래서 얻은 알토란 같은 이익에 간섭해서 당장 엄청난 손해로 바꾸어놓는다. 그러고도 모자라 나를 의사는커녕 의술자도 못 된다고 비웃는다. 나의 의술은 환자의 고통을 대상으로 하지 않고 자신의 불순한 쾌감을 대상으로 하고 있으므로.

그 일을 할 때마다 되살아나던, 꽃다운 나이가 박해받은 기억과 박해를 또다른 박해로써 갚으려는 비밀스러운 보복의 쾌감까지도 그 작은 눈은 꿰뚫고 있었다.

대기실과 상담실을 겸해서 넓고 쾌적하게 꾸며진 방의 남으로 난 창가에 아직도 우단의자는 놓여 있다. 그 의자는 허구한 날, 내 눈에 거슬렸던 것처럼 오늘도 눈에 거슬린다. 손으로 우단천을 결과 반대방향으로 쓸면 다 바랜 잿빛 속에서 밝은 녹두색이 살아난다. 그 녹두색은 삼십 년 전의 쑥색의 잔재다. 그 의자는 쑥색이었을 적에도 녹두색이었을 적에도 잿빛이 된 후에도 나의 병원과는 안 어울렸다. 단 한 번 아버지가 거기 걸터앉으셨을 때를 빼고는.

아버지가 거기 앉아서 뭐라고 말씀하셨더라. 예로부터 의술은 인술이라 했거늘. 어질게 써야 하느니라. 그때도 그랬지만 지금도 그 말씀을 생각하면 절로 웃음이 복받친다. 그때 이미 나는 나의 기술로 돈 버는 수단을 삼기 위한 만반의 준비를 하고 있었다. 나는 때때로 어쩔 수 없이 그 우단의자에다 신수 좋은 아버지의 모습을 재현시키고 바라다본 적은 있어도 그때 그 말씀으로 내가 하는 일을 간섭받진 않았었다. 나는 오로지 내 뜻대로 하면서 살았다. 그런데도 문득문득 그 우단의자가 나의 넋을 움켜쥐고 있는 것처럼 느낄 적이 있다. 증오로 된 넋이 아닌 또다른 넋을.

아무짝에도 쓸모없고 어떤 것하고도 안 어울리는 우단의자를 버리지도 못하고 천덕꾸러기 취급도 못 하고 여지껏 남으로 난 창가에 모셔놓고 있을 수밖에 없는 것도 그런 까닭이었다. 병원에 있던 건 단 한 가지도 나의 새집으로 가지고 들어가지 않을 작정을 한 지 오래건만 물끄러미 우단의자를 바라보면서 나는 머릿속으로 그 의자가 놓인 새집의 남으로 난 창가를 그리고 있다.

이틀밖에 남지 않았다. 그러나 오늘 그 일이 일어나기엔 너무 늦었다. 나의 간절한 소망에도 아랑곳없이 가을 해는 이미 뉘엿뉘엿하다. 나는 입술을 질겅질겅 씹으면서 하릴없이 이 방 저 방 오락가락하다가 진찰실 탁자 위에 놓인 걸 보고 질겁을 했다. 빈 페니실린 병 속에 오늘 소파한 완두콩에 꼬리가 달릴 만한 크기의 태아가 셋 고스란히 포르말린에 잠겨 있지 않은가. 나는 순간적으로 격노해서 불에 덴 것처럼 급히 간호원 미스 최를 불렀다.

"미스 최, 이게 무슨 짓이야? 왜 이딴 짓을 했어? 응 왜?"

나는 무섭 잘 타는 아이처럼 조금은 겁까지 내면서 이렇게 떨리는 소리로 따졌다.

"선생님, 그거 제가 한 거 아녜요. 아까 선생님이 그렇게 해놓으시고서……"

미스 최는 되려 내 정신 상태가 의심스럽다는 듯이 눈을 똥그랗게 뜨고 항의했다. 미스 최는 그런 실속 없는 거짓말이나 장난을 칠 아이가 아니다. 그리고 보니 내가 그런 것도 같다. 왜 그랬을까? 나는 자신을 이해할 수가 없다. 옹글게 적출되는 태아가 신기

하긴 해도 그런 것을 한두 번 본 것도 아니겠다 왜 그런 짓을 했을
까. 하긴 태아를 월별로 각각 유리병에 나란히 담가 표본을 만들어
놓은 친구의 병원을 본 적도 있긴 있다. 그때 나는 인간으로 젓갈
을 담가놓은 것을 보는 것처럼 속이 메스꺼웠다. 그런 내가 나도
모르게 인간 젓갈을 담가놓았으니.

"선생님, 그럼 버릴까요?"

미스 최가 페니실린 병을 주워 들며 말했다.

"아냐, 버리지 마. 안 돼."

나는 악을 빽 쓰면서 그걸 빼앗았다. 그걸 보관하거나 그 밖에
어떻게 할 생각이 있어서 그런 건 아니었다. 다만 버리는 걸 의식
하면서 버리기가 싫어서였다. 여지껏 그런 것은 다른 오물과 함
께, 버린다는 의식조차 없이 저절로 처리됐었다. 그걸 오물 이상으
로 생각하는 일을 거치지 않은 무의식적인 행동이었다. 근데 오늘
의 무의식은 어쩌자고 그런 엉뚱한 실수를 한 것일까. 나는 그것을
빼앗아 탁자 위에 다시 놓으면서 미스 최가 나 안 볼 적에 그걸 슬
쩍 없애주길 바랐다.

그러면서 나는 자신에 대한 어떤 의구심에 사로잡혔다. 왜 나는
내가 이렇게 이해할 수 없어지나? 자기로부터 가까운 사람일수록
이해할 수 없는 거동이나 기색을 보일 때 기분이 더 나빠진다. 하
물며 자기 자신에 있어서랴. 하긴 그 우스꽝스러운 날림 결혼식 구
경을 하면서 느닷없이 살아 있는 완전한 아기를 받아보고 싶단 생

각을 품기 시작하고부터 나는 나로부터 떨어져나가 내가 도저히 이해할 수 없는 것이 되고 있는지도 모른다. 나는 나 자신에 대해서 될 수 있는 대로 따지지 말고 내버려두자고 벼른다. 건드리면 건드릴수록 분리되는 수은처럼 자신이 산산조각날 것 같아 나는 두렵다.

"선생님, 이따 양장점 집 아줌마랑 물역가겟집 아줌마랑 불러서 이거 줘도 되죠."

미스 최가 플라스틱 접시에 착색하지 않은 명란젓 비슷한 걸 받쳐들고 내 눈치를 살핀다.

"그게 뭔데."

"선생님 정말 오늘 이상하시다. 아까 소파한 태胎지 뭐예요?"

마침내 미스 최의 얼굴에도 의혹이 스친다. 나는 내가 나를 이상해하는 건 참을 수 있어도 남이 나를 이상해하는 건 참을 수가 없다.

"그래그래, 그 여편네들이 참 그거 부탁했었지. 부르렴. 지금이라도."

나는 짐짓 관대하고도 명랑하게 미스 최의 소청을 들어준다. 요새 이 동네 여편네들 사이엔 소파한 태반이 젊어지고 예뻐지는 신기한 영약이라는 소문이 그럴듯하게 유포되고 있다. 나는 의사로서 그게 전혀 근거 없다고는 못해도 떠도는 소문처럼 그런 신기한 효과를 거둔다고도 물론 생각하고 있지 않다. 그러나 젊음이나 미용이 다분히 기분이라는 걸 감안해서 그렇게 믿고 먹으면 효과가 있을지도 모른다고쯤은 여기고 있다.

나한테 몇 번씩이나 가량이 벌린 단골 여자들도 그걸 먹고 싶단 소리를 차마 나에게 직접 못하고, 대개는 미스 최한테 청을 들이는 모양이다. 그럼 나는 그 여자들을 불러들여 미스 최 방에서 먹도록 허락을 해왔다. 뒷구멍으로 빼돌리면 상할 염려도 있고, 또 돈푼이 오고갈 수도 있을 가능성을 미리 막고자 해서였다. 미스 최한테 그만한 청을 들일 만한 단골은 나하고도 곰삭을 대로 삭은 사이라 별로 스스러워하지 않고 그것을 먹으러들 왔다. 그냥 먹기가 비위 상하는 여자는 소주를 한 병 슬쩍 차고 들어와 안주로 회 먹듯이 먹는 여자도 있었다. 회춘제라면 물불 안 가릴 때면 이미 여자가 가장 헤벌어지고 뻔뻔스러워졌을 때라 소주 한잔 들어간 김에 음담패설이 없을 수가 없었다.

그런 여자들을 구경하노라면 진찰대에 치부를 얼굴처럼 쳐드는 자세로 누워 있을 때하곤 또 다르게 여자의 추악함이 그 극한까지 다다른 것을 보는 것 같은 잔혹한 쾌감을 느끼곤 했다. 그러니까 여자들에게 남의 미숙한 태반을 먹이고, 그 비릿한 입으로 음담을 지껄이게 하는 것도 내 나름의 여자들에 대한 박해의 한 방법이었다. 증오로써 할 수 있는 일 중 박해처럼 자연스러운 일도 없다. 이렇게 끊임없이 나는 내가 여자이기에 받은 치가 떨리는 박해의 기억을 수단 방법 가리지 않고 남에게 분배함으로써 나만의 억울함을 덜어보려 하고 있었다. 그러나 그건 결코 덜어지지 않았다. 아무리 남을 비참하고 추악하게 만들어놓고 비교해도 역시 내가 더 비참하고 추악했다.

소주 두어 잔과 색다른 안주로 눈가가 도화꽃처럼 피어오른 물역가겟집 아줌마가 된 소리 안 된 소리 해롱거리더니 비틀대며 대기실로 걸어나와 우단의자에 앉으려고 했다. 나는 질색을 하면서 그녀를 소파로 떠다밀었다. 양장점집 여자도 따라나와 둘이 나란히 앉았다. 두 여자가 심란스러워하는 게 아마 작별의 말을 하고 싶은 것 같았다.

"내일모레죠?"

조신하고 술도 못하는 양장점집 여자가 먼저 말을 꺼냈다.

"선생님 정말 병원 아주 그만두실 거예요? 섭섭해서 어쩌지?"

"지금은 그러셔도 밴 도둑질은 못 그만두실 거니 두고보시오. 쬐금만 쉬시다가 우리가 삘딩 올리거든 한자리 드릴 것이니까 그땐 사양 말고 나오셔야 해요. 안 나오시면 우리들이 작당을 해서 끌어내지 뭐."

물역가게도 양장점집도 이번 도시계획으로 저절로 길가에 나앉게 되어 빌딩을 올린다고 대단히 들떠 있었다. 다른 집들도 그렇게 크게는 못 좋아지더라도 불량주택 개선지구에 든다니까 이 동네도 오랜만에 변화가 있을 모양이었다.

"댁에서라도 단골만은 좀 봐주셨으면 좋겠어요. 딴 병원은 몰라도 산부인과는 단골이 좋은데……"

"그래 그건 맞는 소리요. 나는 딴 사내한테 가랑이 벌릴 생각을 허면 아주 기분 나쁘지도 않더니만, 딴 의사한테 그 짓 헐 생각허면 영 기분이 안 좋습디다요. 선생님 어떡허면 그동안에 애가 안 생기게 헐까요?"

"××하지 말아요."

나는 씩 웃으면서 한마디 해주고는 자리를 일어섰다. 그들은 그들이 하던 음담의 연장인 줄 아는지 몸을 비틀고 킬킬댔다. 아직 젊었을 때만 해도 동네 여자들이 피임에 대해 상담해오면 진지하게 조언을 해주고 도표나 기구 같은 걸 나누어주기도 했었다. 그러나 이 동네 여자들은 만날 가르쳐야 한글도 못 깨치는 저능아처럼 같은 실수를 되풀이했다. 까다롭게 신경쓰는 일도 싫어했고, 쾌락을 줄이는 방법은 더군다나 질색이었으니, 이제 내가 해줄 수 있는 말은 그 말밖에 남아 있지 않았다. 빤연히 그 대답이 나올 줄 알면서도 자주 그런 질문들을 하는 걸 보면 그 쌍소리 자체를 즐기자는 심보이리라. 나 역시 그렇게 말해주고 나면 침을 뱉어준 것처럼 후련해지곤 했다.

"잘 먹었어요, 선생님."

"고마워, 미스 최."

마치 포식을 한 잔칫집의 손님 같은 말을 남기고 두 여자가 돌아가는 소리가 났다.

나는 내 방 창가에 앉아 하나둘 불을 켜기 시작하는 동네를 내려다본다.

황영감네 안마당이 바로 눈앞에 펼친 손바닥처럼 빤히 내다보인다. 마당에까지 불을 밝히고 이삿짐들을 챙기고 있다. 친정 이사를 거들기 위해 왔는지 어제도 안 보이던 황영감의 딸의 모습이 보인다. 그녀도 많이 늙었다. 만득이의 갓난아기를 안고 서서 이것저것 총찰만 하지 직접 일을 하진 않는다. 때때로 아기하고 볼을 비비기도 하고, 뭐라고 지껄이기도 한다. 아기가 방긋 웃었는지 큰소리로 바쁜 사람들을 불러모아 자랑스럽게 보여주기도 한다. 가슴속에서 사랑이 마구 샘솟는 것처럼 자애와 행복으로 충만한 얼굴이다. 겉으로는 고모 행세를 하고 있지만 속으로 할머니일 테니 그럴 수밖에 없겠지. 나는 홀린 듯이 눈 아래 펼쳐진 어수선한 광경 속에서 황영감 딸의 모습만을 뒤쫓는다. 어째 온몸이 꺼풀만 남은 것처럼 허전해지고 있다.

나는 황영감 딸의 비밀스러운 악몽에 동참했던 걸로 마치 내가 그녀를 움켜쥐고 있는 것처럼 여겼었는데 그게 아니었다. 그녀는 이미 오래전에 놓여나서 내가 이해할 수도 손 닿을 수도 없는 고장 사람이 되어 있었다. 아직도 악몽에 갇혀 있는 건 그녀가 아니고 나였다.

이틀밖에 남지 않은 날이 가속이 붙은 것처럼 빠르게 침몰해가는 느낌에 몸을 맡긴 채 나는 생각했다.

홀로 사는 여자보다는 더불어 사는 여자가 아름답다고, 더불어 살되 아들 딸 가리지 말고 둘만 낳는답시고 소파를 열두 번도 넘어했으되 그래도 아들딸이 서넛은 되는 여자가 훨씬 더 아름답다고, 그보다 더 아름다운 여자는 서방이 수없이 있으면서도 평생에 연애 한번 해보기가 소원인 창녀고, 그보다 더 아름다운 여자는 도망간 창녀가 죽자 사자 연애하던 남자를 따라갔대서 찾지 않기로 마음먹은 산전수전 다 겪은 늙은 포주라고, 마치 고정관념을 허물어 거꾸로 쌓듯이 그렇게 생각했다.

이제 밤도 깊었다. 나는 눈 아래 펼쳐지는 야경 속에서 하나, 둘, 셋…… 교회당의 뾰족지붕을 센다. 그것은 일곱까지 있다.

하나님, 제가 지금 연애를 하고 싶다면 얼마나 꼴불견이겠습니까. 조롱거리나 되겠죠. 하나님, 저를 그렇게까지 추악하게 만들지는 마시옵소서. 그 대신 바라옵건대 저에게 살아 있는 아기를 받을 기회를 마지막으로 한 번만 주소서. 그게 왜 그렇게 하고 싶은지는 묻지 마소서. 그건 저도 모르니까요. 지금 저에게 중요한 건 왜?가 아니라 그게 절절히 하고 싶다는 겁니다. 제 소청을 물리치지 마시옵소서.

나는 생전 처음 기도를 하고 있는 자신을 느끼고 쓸쓸하게 실소했다.

3. 마지막 날

나의 새집 뜨락이었다. 양지바르고 전망이 좋아 예쁜 집들과 잔디가 푸르고 온갖 꽃이 만발한 마당들을 한눈에 굽어볼 수 있었다. 나의 집 뜨락만이 텅 비어 있을뿐더러 두텁게 콘크리트까지 쳐져 있었다. 나는 주머니 가득히 꽃씨를 가지고 있었기 때문에 콘크리트 바닥을 발로 쾅쾅 굴러보기도 하고 손톱으로 후벼파보기도 했지만 요지부동이었다. 나는 내 손발 외에는 아무런 연장도 없었다. 연장이 없어 답답하면서도 나는 연장을 안 가져오길 참 잘했다고 생각하고 있었다. 꿈속에서도, 내가 버리고 온 연장은 호미나 곡괭이가 아니라 겸자, 헤걸, 퀴레트 등이었다.

나는 할 수 없이 주머니 속의 꽃씨를 훌훌 콘크리트 바닥에 뿌렸다. 뿌리고 보니 채송화씨였다. 조그만 채송화씨들은 순전히 제 힘으로 콘크리트 바닥을 잘도 뚫고 땅속으로 들어갔다. 콘크리트 바닥은 순식간에 푸실푸실 떡고물처럼 곱게 부서졌다. 작은 씨앗들은 단박 싹이 나고 잎이 나더니 색색 가지 꽃을 피웠다. 빨강, 노랑, 분홍, 자주…… 나의 뜨락은 난만한 채송화 꽃밭이 되었다. 그러더니 꽃들은 저희끼리 싸우기 시작했다. 울고불고 아우성치는 게, 꽃들의 목소리는 아이들의 목소리하고 어쩌면 그렇게 닮아 있는지, 목소리뿐 아니라 꽃들의 얼굴까지 입이 생기고 눈코가 생기면서 아기의 얼굴을 닮아갔다. 나의 뜨락은 이제 꽃밭이 아니었다. 수도 없는 아기들의 얼굴이 땅속에서 얼굴만 내밀고 원성같이 듣기 싫은 소리로 한없이 울어대는 생지옥이었다. 그만, 그만 울라니까, 당장 그치지 못할까. 불도저로 밀고 다시 콘크리트를 입히기 전에 뚝 그치라니까 뚝, 뚝, 그만, 그만……

또 악몽이었다. 꿈에서 깨어났건만 울음소리는 약간 멀어졌을 뿐 여전히 계속되고 있었다. 습관적으로 창문을 열었다. 아스라이 멀어져간 울음소리가 확성기를 댄 것처럼 별안간 커지면서 방안으로 쏟아져들어왔다. 아침 예배 보는 신도들의 울음소리였다. 아직 이른 새벽이다. 교회당의 첨탑들이 침몰해가는 선박의 마스트처럼 보이고 울음소리는 물에 잠긴 선체에서 선객이 마지막으로 외치는 살려달라는 소리처럼 처절하다. 내 속에서 통곡하고 싶은 욕망과 단 한 방울의 눈물도 못 짜내리라는 확신이 어느 때보다도 심하게 갈등한다.

오늘이 마지막 날이다. 카운트다운이 제로를 앞둔 긴박감과 도저히 단념할 수 없는 절실한 소망이 두 가닥의 새끼줄이 되어 나를 쥐어짜는 것 같다.

나는 그 일이 안 일어날 것을 알고 있다. 그러면서도 기다림을 멈추질 못한다. 오늘까지 정상적으로 일을 하자고 했는데도 미스 최는 아침부터 작업복 차림으로 자기 짐을 싸고 있다. 이 거리의 끝에서부터 이미 철거 작업은 시작되고 있다. 봄날의 황사현상처럼 창밖의 공기는 부여니 불투명하고 우수수 우수수 날림집 허물어지는 소리도 간간이 들린다. 이까짓 동네가 뭐가 좋다고 흉흉한 마지막 날을 볼 때까지 남아 있었을까?

황영감, 만득이, 그리고 남의 태반을 신비한 미약媚藥인 줄 알고 탐내지만, 실은 자신이 그것의 제공자이기도 한 여염집 여편네들, 동녀처럼 무구한 사타구니를 가진 창녀들과 그녀들이 엄마라고 부르는 포주들…… 그동안 내가 고통을 덜어주거나 비밀에 관계했던 그 사람들을 나는 통틀어 무시하면서 언제고 아쉬움 없이 떨칠 수 있다고 생각했다. 나는 항상 베푸는 입장이고 그들은 신세지는 입장이라는 걸 의심해본 적이 없다. 그러나 이제 와서 생각하니 신세 진 건 그들이 아니라 나였다. 속속들이 알고 있어 어쩔 수 없이 그렇게 되어버린 소위 가족적인 관계라는 게 두고두고 아쉬울 사람은 그들이 아니라 나였다. 나는 앞으로 그들에 대해서밖에 생각할 게 없으련만 그들은 곧 나를 잊을 것이다.

"오늘도 설마 환자가 있을라구요?"

미스 최는 오늘로 떠나고 싶은 눈치다. 퇴직금도 섭섭잖게 지불해줬고, 며칠 쉬고 나서 입주할 수 있도록 새 직장도 정해줬다. 내일 아침 같이 떠나기로 약속했지만 하루쯤 먼저 떠나고 싶다면 붙잡지 않는 게 야박하지 않은 처사련만 나는 그러지를 못했다.

"미스 최, 언제 하루라도 우리 병원이 환자 없어 공치는 거 본 적 있어?"

이렇게 장사꾼 같은 말투로 미스 최를 윽박질렀다. 마침 이때

스무 살도 안 돼 보이는 앳된 소녀의 얼굴이 계단 밑으로부터 떠올랐다. 소녀는 계단을 다 올라오지 않고 상반신만 내놓고 우선 안의 분위기를 염탐하려는 듯했다. 죄지은 듯 불안한 눈이 내 시선에 붙잡히자 울상이 되더니 꼼짝도 안 했다. 올라올 것인가 뒷걸음질칠 것인가를 망설이는 게 너무 역력히 드러나 차라리 애처로웠다. 나는 소녀가 뒷걸음질쳐주길 바랐다. 고 또래의 그런 울상을 하고 산부인과를 찾는 목적은 보나마나 뻔했다. 나의 마지막 날, 그런 수술은 하고 싶지 않았다.

그러나 미스 최가 부랴부랴 가운을 걸치면서 계단 중턱에 못박힌 소녀를 손수 부축해 끌어올렸다. 나의 철저한 장사꾼 근성에 대한 그녀 나름의 대거리를 하는 셈인 것 같았다.

다 올라온 소녀를 보자마자 나는 가슴이 울렁거리기 시작했다. 뜻밖에 소녀의 배는 상당히 불렀다. 배를 밋밋하게 하기 위해 엉덩이를 뒤로 쑥 빼고 있었지만 내 눈은 못 속인다. 거의 만삭에 가까워 보였다. 어쩌면 소녀는 아기를 분만하려고 왔는지도 모른다. 그렇다면 보호자가 한두 명 따라왔음직한데 아무도 안 보였고, 내 앞에 홀로 선 소녀는 눈에 눈물이 그득한 채 와들와들 떨고 있었다. 수치감인지 공포감인지 나로선 분간을 할 수가 없었다. 우선 소녀를 안심시키는 일이 급했다.

"아기를 가졌군요? 그렇지만 그렇게 두려워할 거 없어요. 좀 이른 나이 같긴 하지만 아기를 가질 수 있는 나이라면 능히 낳을 수도 기를 수도 있는 거예요. 자아, 자아, 마음 푹 놓고 선생님한테 자초지종을 얘기해봐요."

나는 차트를 집어들며 이렇게 곰살궂게 달랬다. 무뚝뚝하고 말 막기로 소문난 나의 어디서 그런 간사스러운 목소리가 나오는 지 내심 신기할 지경이었다.

"아녜요. 선생님, 저 임신 아녜요. 누가 그래요? 제가 임신했다고?"

뜻밖에 소녀가 머리를 세차게 흔들면서 앙칼지고도 분명한 소리로 말했다.

"그래요? 미안해요. 넘겨짚어서…… 그럼 여긴 왜 왔나요?"

"지, 진찰을 받으러요."

"여긴 산부인과 병원이고, 산부인과 병원에선 어떤 병을 진찰한다는 건 알고 왔나요?"

나는 소녀가 혹시 정신이상이거나 지능 미달일지도 모른다는 생각이 퍼뜩 들어서 어린이 다루듯 했다.

"네, 알아요."

소녀가 나를 똑바로 보면서 분명한 목소리로 대답했다. 나는 차트에다 이름이랑 주소랑 생년월일 등 형식적인 사항을 적고 나서 증세를 물어보았다.

언제부터인지 자세한 날짜는 생각 안 나지만 이른봄부터 생리 현상이 없어지고 배가 조금씩 불러오더니 뱃속에서 뭐가 꿈틀대는 지가 두어 달 넘었다는 게 소녀의 증세였다. 깜찍한 소녀였다. 목적이 뭔지는 모르지만 소녀는 나를 우롱할 셈인 것 같았다. 이제 소녀의 눈은 눈물 자국도 없이 메말라 있었고, 태도도 썩 후안무치했다. 나는 위신을 잃지 않고 점잖게 말했다.

"자세한 건 진찰을 해봐야겠지만, 지금까지의 소견은 십중팔구 임신이겠는데."

"전 남자하고 자지 않았어요."

소녀가 제법 날카로운 목소리로 항의했다.

"난 아가씰 퍽 어리게 봤더니만 생년월일을 보니 스무 살이나 됐군. 그 나이에 곧 탄로가 날 거짓말은 안 하는 게 좋아. 미스 최 진찰 준비……"

소녀는 입만 쫑긋대면서 나를 강하게 노려보았다. 미스 최가 소녀를 끌다시피 진찰실로 들어갔다. 내가 가운을 입고 들어갔을 때 미스 최와 소녀의 실랑이가 한창이었다. 소녀는 막무가내 미스 최가 시키는 대로의 진찰을 위한 자세를 거부하고 있었다. 나는 소녀의 부른 배를 훑어보며 그대로 침대에 눕도록 했다. 소녀는 배를 만져보는 것까지 마다진 않았다. 육안으로도 보이게 태아는 잘 놀고 있었고 심음도 확실했고 위치도 좋았다.

"임신이에요. 칠 개월 내지 팔 개월……"

"아니에요. 전 남자하고 자지 않았다니까요."

소녀가 발딱 일어나 앉으면서 울부짖었다. 그러더니 제 스스로 속옷을 훌훌 벗고는 진찰대에 누우면서 말했다.

"아닐 거예요. 절대로 그럴 리가 없어요. 똑똑히 진찰해주세요."

소녀의 이런 태도는 필사적인 데가 있었다. 진찰을 끝마치고 임신이란 소리를 또 한번 하는 게 너무 무자비한 것 같아 망설여질 지경이었다.

"아니죠? 선생님, 제가 죽을병이 든 거죠?"

소녀는 팬티도 안 입고 꼿꼿이 서서 말했다. 나는 내가 되려 허물을 추궁당하고 있는 것처럼 무안해하면서 더듬거렸다.

"죽을병이라니 당치도 않아. 엄마도 아기도 건강해. 아가씨는 곧 애엄마가 되는 거야."

소녀가 왈칵 내 가슴으로 쓰러졌다.

"안 돼요. 안 돼. 그럴 순 없어요. 나 죽어. 내가 죽을 테야. 난 살 수 없어. 내가 죽을 수밖에 없어……"

소녀는 몸부림쳤다. 얼굴은 눈물로 범벅이 되고 어깨와 가슴은 경련하듯 꿈틀대고 있었다. 소녀의 눈물이 내 블라우스 깃을 적시고 팔은 내 목고개를 감았다.

"선생님 어떡하면 좋죠? 전 어떡하면 좋죠? 죽을 수밖에 없어요. 선생님, 선생님……"

나는 소녀를 감싸 안았다. 소녀는 내 품안에서 더욱 격렬하게 몸부림쳤다.

"언니 어떡하면 좋지? 난 어떡하면 좋지. 죽을 수밖에 없을 거야. 언니, 난 당장 죽어버릴 테야."

나도 내 뱃속에 원치 않은 아이가 생겼다는 걸 알았을 때 이리에서 개업하고 있는 선배 언니네 병원에 가서 이렇게 울부짖었었다. 소녀를 안고 있는 나에게 그때의 생지옥 같은 고통이 생생하게 되살아났다. 죽고 싶다는 게 그때처럼 거짓말이 아닌 적은 그후에도 그전에도 없었다. 나는 소녀를 그렇게 만든 자에 대해 살의에 가까운 분노를 느꼈다. 나는 소녀와 마찬가지로 눈물이 솟았고 분하고 억울해서 살점이 있는 대로 떨렸다. 이미 그건 소녀에 대한 동정의 분노가 아니라 아득한 지난날로부터 고이고 고인 나의 한이었다.

"미스 최, 진정제, 진정제를……"

미스 최가 진정제를 가져다 소녀에게 먹였다. 소녀가 엉엉 울면서 그것을 받아먹었다.

"미스 최, 일 인분만 더……"

나도 진정제를 먹고 소녀를 부축하고 내 방으로 갔다. 진정제 때문인지, 격분이란 마냥 지속되는 게 아니어선지, 소녀는 울음을 그치고, 자초지종을 차근차근 얘기했다. 홀어머니 밑에서 중학교까지 다닐 때만 해도 넉넉지는 못해도 단란한 집안이었다고 했다. 홀어머니가 무슨 병인지 미처 병원에 갈 새도 없이 돌아가신 후, 삼 남매가 삼촌, 이모, 고모네로 흩어졌는데 장녀인 소녀는 자진해서 가장 어렵게 사는 고모네를 택했다고 했다. 고모네는 싸구려 하숙을 치면서 근근이 살고 있어 소녀도 자연히 식모처럼 잔심부름을 거들며 잔뼈가 굵었는데 나이들수록 그럴 바에야 차라리 남의 집 식모를 사는 게 월급이라도 제대로 받을 수 있을 것 같아 마땅한 기회를 엿보고 있던 중 그런 일을 당했다고 했다. 소녀는 부득부득 남자하고 잔 일이 없다고 우길 만도 한 게 늘 고모의 딸인 사촌동생하고 같이 자다가 그애가 수학여행을 가서 혼자 잔 날 밤, 잠결에 어둠 속에서 이미 온몸을 짓눌린 연에 깨어나긴 했어요, 죽을 기를 쓰고 버둥거려 그 일을 오래 당한 것 같진 않다고 말하면서 그렇게 쉽사리 아이를 밸 수도 있느냐고 다시 못 미더워했다. 여인숙 비슷한 하숙집에서 어둠 속에서 잠결에 당한 일이라 그가 누구라는 건 짐작도 할 수 없거니와 짐작한들 뭐하냐는 것이었다.

어림짐작이라도 할 수 있으면 그자를 찔러 죽이고 자기도 죽으려면 또 모를까, 그자와 어떤 인연을 갖는 것은 생각할 수도 없는 일이라고 했다. 내가 그것 비슷한 얘기를 비쳤더니 당장 겨우 가라앉은 발작이 재발하려고 했다.

"어떡하면 좋죠? 선생님. 그게 확실해졌는데 어떻게 살겠어요? 창피란 것도 둘째예요. 그냥 죽고 싶어요. 아니 뱃속의 그걸 죽이고 싶어요. 그걸 죽이겠어요. 그걸 죽이고 제가 죽는 거예요."

소녀는 한차례 체머리를 흔들더니 고개를 꼿꼿이 곧추세웠다. 소녀의 눈이 눈물 없이도 번들거렸다. 그건 명확한 살의殺意였다.

증오의 극한이 살의라면, 살의 중에서도 가장 냉혹하고도 열렬한 살의는 자기 몸속에 있는 것에 대한 살의라는 걸 나는 경험으로 알고 있었다. 그때 그 선배 언니네 병원에서 나를 내 뱃속에 있는 것으로부터 자유롭게 해주지 않았으면 나도 아마 죽음을 택했을 것이다. 결코 창피해서가 아니었다. 내 몸속에 있는 걸 죽이는 유일한 방법이 내가 죽는 거니까 죽으려고 했을 뿐이다. 어떤 살의도 자기 살 구멍은 터놓으려 들지만, 제 몸속에 있는 것에 대한 살의는 그 목적을 달성하는 유일한 방법이 자기 목숨을 내놓는 일이라도 마다하지 않을 만큼 엄청난 것이라는 걸 나는 알고 있었다.

나는 소녀를 죽게 내버려둘 순 없다고 생각했다. 선배 언니가 나한테 베푼 걸 나도 소녀에게 베풀기만 하면 됐다. 더군다나 나는 선배 언니보다 몇 배나 그 방면의 도통한 기술자가 아닌가. 그러나 나는 맹세코 세상 밖에 나와서 고고呱呱의 소리를 지를 수 있을 만큼 자란 애기를 떼는 일, 그야말로 죽이는 일을 한 적은 한 번도 없었다. 실상 그런 일이 도처에서 얼마나 성행한다는 걸 모르진 않았다. 그러나 나는 거기까지 가진 못했다. 누가 시켜서도 보아서도 아닌, 스스로 지킨 꽤나 엄격한 경계였다.

하필 마지막 날, 그 경계에서 어쩔 줄을 모를 줄이야. 마지막 날이기에 그것만은 지킨 채로 끝마치고 싶고, 마지막 날이기에 그 경계를 한 번쯤 슬쩍 넘어든들 어쩌랴도 싶다. 그러나 단 한 번 그 짓을 해도 사람백정 소리가 평생을 따라다닐 것 같다. 황영감으로부터 사람백정한테 내 손자를 맡길 성싶으냐는 지독한 수모를 당하고도 황영감하고 의가 상하지 않을 수 있었던 건, 고약한 말버릇 이상으론 안 받아들였기 때문이었고, 그럴 수 있었던 것은 사람백정 노릇만은 안 했다는 자신감이 있었기 때문이었다. 마지막 날 막상 그 경계를 침범하려니 제일 먼저 황영감의 사람백정 소리가 가슴에 저리게 고깝다.

그러나 원치 않는 아기를 가진 생지옥의 괴로움은 이미 소녀의 것이 아닌, 내가 지닌 깊고 어두운 곳으로부터 되살아난 나의 것이었다. 나는 조금도 과장 없이 소녀의 고통을 나의 고통으로 하고 있었다. 아니, 소녀를 제쳐놓고 혼자서 살의의 날刀을 갈고 있었다.

황영감의 눈치 볼 것 없었다. 나는 여지껏 내 뜻대로만 살아왔다. 남을 받아들인 적이 없다. 혹시라도 아기를 살릴 수 있는 바늘구멍만한 가망이라도 있을까 생각하고 또 생각한 끝이니 이젠 망설일 게 없다.

나는 마침내 마음을 굳히고, 소녀에게 태아를 처리해줄 것을 승낙했다. 소녀는 안도와 감사의 눈물을 흘렸다. 소녀가 바란 것이 처음부터 그거였다고 생각하니 내가 마음속으로 겪은 폭풍 같은 우여곡절이 슬그머니 열없어졌다. 그러나 나의 증오가 대상으로 하고 있는 건 이미 소녀가 아니라, 원치 않은 아기, 태어나기 위해서가 아니라 화근이 되기 위해 생긴 아기였다.

초산이라 진행이 더딜 각오를 하고 일을 시작했다. 우선 자궁경

관에 라미나리아를 세 개쯤 삽입해놓고 소녀를 편히 쉬게 하면서 경과를 보기로 했다. 저녁때쯤 뜻밖에도 자궁구가 삼횡지三橫指나 되게 열려 있었다. 초산부치곤 빠른 진행이었다. 경관도 부드럽고 위치도 좋았다. 자궁 내부에 물리적인 자극을 주어 진통을 유발하면서 촉진제를 주사하기 시작했다. 분만은 순조롭게 유도되고 있었다. 소녀가 점점 심하게 자주 고통을 호소해왔다.

나는 소녀를 위로하고 잘 견디도록 격려하면서도 한편으론 고함치고 발광하길 기다렸다. 소녀가 마침내 짐승처럼 고함치기 시작했다. 창밖은 몇 시쯤 됐는지 헤아릴 길 없는 깊은 밤이었다. 두터운 어둠을 배경으로 검은 거울로 변한 유리창에 비친 나의 땀으로 번들대는 얼굴에선 옴팍한 눈이 잔인하게 빛나고 있었다. 그건 고문자拷問者의 얼굴이었다. 삼십 년 동안을 고문을 고문으로 갚는 일로 일관해온 가장 가혹한 고문자는 마침내 발광하려 하고 있었다.

소녀가 지옥의 소리처럼 처참한 소리로 발악을 하자 나의 밑바닥에서도 고열의 증오가 불타올랐다. 그 순간 태아는 만출되고, 후산도 순조로웠다. 약간의 피비린내가 남은 것 말고는 산실로 변한 내 방은 모든 것이 꿈이었던 것처럼 평온했다. 세상모르게 잠이 든 소녀의 얼굴은 순결하고, 고역을 함께한 미스 최는 하품을 하며 비틀댔다. 나는 몸뚱이가 눅진눅진 녹아서 흘러내릴 것처럼 고단했지만 뭐라 형언할 수 없는 허탈감이 되려 정신을 말똥말똥하게 했다.

시계를 몇 번이나 봤건만 지금이 오늘인지 내일인지 알 수가 없었다. 나는 피비린내가 안 섞인 신선한 공기를 마시려고 산실을 빠져나갔다. 그러나 어디에고 피비린내는 조금씩 스며 있었다. 처음 주어진 것 같은 해방감 속에서 피비린내를 배제할 수가 없다는 건 안타까운 일이었다. 나는 무턱대고 서성거렸다.

어디선가 희미하고도 확실하게 무슨 소리가 들리고 있었다. 처음엔 창밖에서 나는 소리인 줄 알았으나 그게 아니었다. 마치 한옥韓屋의 무거운 대문을 여닫을 때 나는 소리 같은 끼익 하는 소리가 아스라이 멀리서 들리는 것 같으면서 분명히 지척에서부터 들려오고 있었다.

이상한 예감으로 가슴을 울렁이며 대기실의 밝은 불을 켰다. 제일 먼저 우단의자가 떠올랐다. 그 소리는 우단의자로부터 들려오고 있었다. 우단의자 위에 방금 분만한 소녀의 미숙아未熟兒가 강보에 싸여 그런 기성으로 아직 목숨 붙어 있음을 알리고 있었다.

"미스 최, 미스 최, 왜 이런 짓을 했어? 응 누가 이런 짓을 하라고 시키더냐구?"

나는 큰 소리로 미스 최를 불렀다. 미스 최가 잠옷을 꿰다 말고 나오더니 되려 기분 나쁜 얼굴로 나를 관찰하듯 바라보면서 말했다.

"선생님, 참 요새 이상하시더라. 선생님이 그러셨잖아요. 산모 뒤처리는 다 저한테 맡기시고, 선생님은 아기를 맡으셨잖아요?"

내가? 정말 내가 그랬을까? 살려두지 않을 목적으로 조산한 아기는 배꼽처리랑, 모든 뒤처리를 정상대로 할 필요가 없었다. 엎어놓는다거나 더러는 물속에다 넣는 동업자도 있다는 소리까지 소문으로 들은 바 있지만, 그렇게까진 안 하더라도 방치하면 곧 사망할 수밖에 없는 게 미숙아의 이슬 같은 운명이다. 그런데 소녀의 미숙아는 아직도 살아 있었다. 내가 나도 모르게 미숙아에게 베푼건 완벽하고 따뜻한 신생아 취급이었다. 배꼽처리도 잘돼 있었고 기저귀까지 차고 있었다.

아아, 이제부터 나는 아무것도 숨길 필요가 없겠다. 나는 아기를 갖고 싶었던 것이다. 기르고 사랑할 수 있는 아기를. 마지막으로 한 번 살아 있는 아기를 내 손으로 받아보고 싶단 소망도 실은 아기에 대한 욕심이 쓰고 있는 가면에 불과했다. 나는 나의 정직한 소망이 모든 억압과 가면을 박차고 생명력처럼 억세게 분출하는 걸 느꼈다.

나는 가냘픈 기성을 지르는 아기를 품에다 품고 미친년처럼 계단을 뛰어내려 문을 박찼다. 미스 최가 떨리는 목소리로 뭐라고 악을 쓰는 소리가 등뒤에서 들렸다. 도시는 어둠을 빗장처럼 잠그고 깊은 잠에 빠져 있었다. 큰 병원, 인큐베이터가 있는 큰 병원⋯⋯ 나는 아기를 품에 안고 쏜살같이 달음질쳤다. 인큐베이터가 있는 큰 병원은 멀고도 멀었다.

어디선지 야경꾼이 내 덜미를 잡았다. 호루라기 소리가 사방에서 나를 포위했다. 나는 품안에 것을 조금만 내보이면서 아기, 아기, 내 아기를 살려야 해요, 하면서 서럽게 흐느꼈다. 미친년이군,

내버려둬, 호루라기 소리는 산산이 흩어지고 내 앞길은 다시 열렸다. 그러나 아직도 인큐베이터가 있는 큰 병원은 멀고도 멀었다. 그것보다 더 먼 건 아기를 살릴 수 있는 일루의 희망이었다. 내 의식 속에서 그 희망은 반딧불처럼 너무도 희미하게 명멸했다.

큰 병원은 아직 아직 멀었다. 그러나 나는 벌써 당직 의사의 발밑에 몸을 던지고 아기를 살려달라고 애원하고 있었다. 선생님, 제발 살려주세요. 내 애기예요. 하나밖에 없는 내 애기예요. 지금 낳았어요. 조산이었어요. 벌 받은 거죠. 전 애기를 원치 않았거든요. 그러나 지금은 아녜요. 살려주세요. 제발…… 안 믿을 거야. 의사는. 난 이렇게 늙어빠진걸. 난 누가 보아도 아기를 낳을 수 있는 여자가 아닌 늙은이일 뿐이야. 그럼 손자라고 해야지. 이왕이면 5대 독자라고 하는 게 좋을 거야. 선생님, 우리집 5대 독자를 살려주세요. 제발 선생님 은혜는 죽도록 안 잊을 거예요. 살려주세요. 살려주세요……

눈물이 끊임없이 볼을 타고 흘러내리고 목이 뜨겁게 메었다. 그래도 정작 큰 병원에 당도해서 당직 의사한테 품안의 것을 내밀면서 아무 말도 못 했다.

품안의 것은 죽어 있었다. 나는 당직 의사의 얼굴에 미친년이군, 내버려둬, 하던 야경꾼의 표정과 닮은 연민이 스치는 걸 보았다. 나는 아기를 다시 소중하게 품에 품고 큰 병원을 등졌다. 빨간불을 켠 택시가 내 옆을 천천히 스쳤다. 통금이 해제된 도시가 여기저기서 몸을 뒤척이고 눈을 비비고 있었다. 아기는 어제 태어나서 오늘 죽었다. 어제는 내가 살아 있는 아기를 받아보고 싶단 소망을 건 마지막 날이었다. 내 소망은 마지막 날에야 이루어졌고, 오늘은 새날이었다. 그게 무효가 되고 나서야 비로소 나는 그게 이루어졌음을 깨닫고 있었다.

나는 아기를 품에 품은 채 나의 새집이 있는 동네를 향해 천천히 그러나 쉬지 않고 걸었다. 오늘은 새집으로 드는 날이다. 나는 나의 아기와 함께 새집으로 들 터였다. 아기를 내 새집 뜨락, 양지바른 곳에 깊이 잠재울 터였다. 나의 아기가 죽다니. 그러나 한 번도 아기를 못 가져본 여자보다는 아기의 무덤이라도 가진 여자가 훨씬 아름다울 것 같았다. 내년 봄엔 아기가 잠든 땅 위에 채송화씨를 뿌리리라. 내가 죽인 수많은 아기의 한 번도 의식화되지 못한 작은 눈 같은 채송화씨를.

어디만치 왔는지 교회당에서 신도들이 흐느껴 우는 소리가 났다. 그 동네에도 신도들이 울면서 아침 예배 보는 교회가 있는 모양이다. 신도들이 꾸역꾸역 모여들고 있었다. 작은 성경책을 들고, 한 줌의 통곡을 가슴속에 간직한 신도들이 어디선지 끝없이 모여들고 있었다.

어느 틈에 나도 신도들 틈에 섞여서 교회당으로 가고 있었다. 작은 아기와 모든 신도들의 울음 위로 범람할 것 같은 큰 통곡을 품고.

내 속의 통곡은 이제 한 방울의 눈물도 못 짜낼 것같이 굳은 게 아니었다. 다만 크게 터져서 마음대로 범람할 수 있는 장소까지 갈 동안을 주리 참듯 참고 있을 뿐이었다.

(1980)

엄마의 말뚝 2

여지껏 우리집에서 일어난 크고 작은 불상사는 하나같이 내가 집을 비운 사이에 일어났다고 나는 믿고 있다.

내 경험에 의하면 집을 비우되 몸과 마음이 함께 떠났을 때, 그러니까 집 걱정은 조금도 안 하고 바깥 재미에 흠뻑 빠졌다가 돌아왔을 때 영락없이 집에선 어떤 사고가 기다리고 있었다.

첫애 젖을 떼고 났을 무렵이었다. 애 기르는 일의 가장 어렵고 손 많이 가는 고비에서 놓여났다는 해방감에서였는지 동창계 모임에서 느긋하게 화투판에 끼어들게 되었다. 층층시하 핑계, 젖먹이 핑계로 어깨너머로 잠깐잠깐씩 구경이나 하다가 남 먼저 자리를 뜨던 화투판에 처음으로 끼어들고 보니, 선무당이 사람 잡는다고 재미도 재미려니와 손속까지 나는 바람에 그만 날 저무는 것도 몰랐다.

"쟤 좀 봐. 시어머니 모시고 사는 애가 이렇게 늦게 들어가도 무사하려나 몰라."

누군가의 귀띔으로 나는 퍼뜩 정신이 났다. 그때도 나는 어쩌다 하루쯤 밖에서 친구들하고 어울리는 재미에 시간 가는 줄 몰랐다고 해서 그걸로 시어머니한테 주눅이 들 만큼 순진하진 않았다. 그것보다는 온종일 한 번도 집 걱정을 안 했었다는 데 생각이 미치면서 매우 기묘한 느낌을 맛보았다. 첫애라 더했겠지만 자나깨나 한시반시 마음을 놓지 못하고 골몰했던 엄마 노릇에서 그렇게 완벽하게 놓여나게 한 게 다름 아닌 화투놀이의 매혹이었다는 게 문득 나를 어리둥절하게 했다. 뒤미처 매우 기분 나쁘게 섬뜩한 느낌으로 내가 경험한 매혹 속에 악의惡意에 찬 속임수가 숨겨져 있었을지도 모른다는 생각이 들었다. 놀음의 트릭 따위가 아닌 운명의 마수 같은.

나는 곧 그런 생각의 터무니없음을 스스로 알아차렸지만 섬뜩한 느낌만은 구체적인 물건의 촉감처럼 생생했다. 나는 그 기분 나쁜 것을 떨어버리기 위해 애써 그날의 수입을 계산하려 들었다. 반찬값은 번 것 같았다. 시간 가는 줄 모르게 즐거웠는데다가 덤으로 수입까지 잡았으니 어디냐 싶은 치사한 계산으로 기분을 돌이키려 들었다.

나중에야 알았지만 그 섬뜩한 건 예감이었다. 내가 집을 비운 동안에 아장아장 걸음마를 하던 첫애가 끓는 물주전자를 들어엎어 다리에 심한 화상을 입고 병원에서 응급조치를 받고 있었다. 차마 못 들어줄 소리로 신음하고 있는 그애 곁에서 같이 울고 있던 시어머님은 나를 보자 온종일 어디 갔다 이제 오느냐고 나무라기보다는 우선 당신이 애 잘못 본 변명부터 하시려고 했다.

"글쎄 눈 깜빡할 사이에 이런 일이 일어났구나. 저녁나절 출출하길래 저 하나 나 하나 먹으려고 달걀을 두 개 삶아서 주전자째 들여놓고 소금을 가지러 돌아서려는데……"

시어머님은 말끝을 못 맺고 어린애처럼 입술을 비죽대더니 아이고, 아이고, 숫제 통곡을 하시는 것이었다.

"제 탓이에요."

나는 떨리는 소리로 겨우 그렇게 한마디했다.

"애 본 공은 없다더니……"

"제 탓이라니까요."

"선생님이 그러는데 덧나지만 않으면 흠은 안 난다더라. 야안 살성이 나 닮았으니까 덧나진 않을 게야. 나도 어려서 꼭 야아처럼 왼발로 국그릇을 들어엎어서 어찌나 몹시 데었던지 버선을 벗기니까 살가죽이 홀라당 묻어나더란다. 그때야 덴 데 바르는 약이라면 간장밖에 더 있었냐 참 옛날 고렷적 얘기지. 간장 몇 번 발라준 것밖에 없다는데도 감쪽같이 아물었으니까 살성 하난 본받을 만하지. 요새야 약이 좀 좋으냐. 참 주사꺼정 맞았다."

시어머님은 그런 얘기를 내 눈치 봐가며 띄엄띄엄 했기 때문에 끝없는 수다처럼 견디기 어려웠다. 그런 소리가 내 아이가 지금 혼자서 겪고 있는 고통과 무슨 상관이 있단 말인가. 나는 나로 말미암아 이 세상에 있게 된 내 아이가 이 세상에서 처음으로 당면한 엄청난 고통 중 털끝만한 부피도 덜어 가질 수 없다는 게 부당해서 곧 환장을 할 지경이었다. 사람들은 서로 남남끼리요, 사람도 결국은 외톨이라는 걸 받아들이기엔 그 아이는 너무 작고 어렸다. 그래서 더욱 나는 그 아이에 대한 온종일의 방심 끝에 내가 체험한 그 기묘한 섬뜩함에 어떤 의미를 붙이려 했는지도 모른다. 나는 그 섬뜩함을 내 아이와 나 사이에만 있는 눈에 보이지 않되 분명히 있긴 있는, 신비한 끈을 통한 계고戒告였다고 생각했다. 그것이 계고라는 걸 진작만 깨달았어도 일을 안 당할 수도 있었으련만⋯⋯ 나는 내 미련함을 깊이 뉘우치고 다시는 미련하지 않을 것을 별렀다.

그때 내 아이의 화상은 시어머님의 살성을 닮았든지 약이 좋았든지 간에 조금도 흠집을 안 남기고 곱게 아물었다. 그후 두 살 터울로 아이를 넷이나 더 낳아서 도합 오 남매를 기르려니 어찌 화상뿐이었으랴. 골절상, 낙상, 교통사고, 약물중독 등 가슴이 내려앉고 하늘이 노래지는 사고를 수없이 겪게 됐고 처음 사고가 그랬던 것처럼 번번이 내가 집에 없는 사이에만 일어났다. 집안일에 대한 철저한 방심 끝에 오는 섬뜩한 느낌도 여전했으나 모든 일이 그렇듯이 그것도 타성이 붙으니까 조금씩 미심쩍어지기 시작했다. 그게 정녕 예감이나 계고라면 사고보다 미리 와야 마땅하련만 시간적으로 거슬러올라가보면 거의가 다 나중에 왔음을 알 수 있었고 사고마다 영락없이 내가 집을 비운 사이에 일어났다고 치더라도 내 핏줄과 관계없는 사고—시어머님의 낙상, 보일러 폭발 사고, 도난 사고 등도 역시 나 없는 사이에만 일어날 건 또 뭔가. 신기할 건 아무것도 없었다. 집안의 안전을 다스리는 사람이 없는 사이를 틈타는 게 사고의 속성일 뿐이었다.

그 섬뜩한 건 핏줄 사이에만 있는 신비한 끈과 관계가 있다기보다는 내 철저한 방심放心과 더 깊은 관계가 있음직했다. 집안일에 대한 일시적인 방심은 나 자신만의 일이나 재미에 대한 몰두를 뜻하기도 했고, 그런 모처럼의 이기利己에서 헤어났을 때, 한 집안의 안주인 노릇만을 숭상했던 평소의 의식이 느낄 수 있는 가책과 당황이 그런 섬뜩한 이물감으로 와 닿았다고 생각하는 게 훨씬 지당하고도 속 편했다. 내적인 심리 상태와 외부의 현상 사이에 있다고 가정한 어떤 초월적인 힘의 작용에 대해 이런 온당하고 상식적인 해석을 붙이고 나니 섬뜩한 느낌의 영험도 차츰 무디어지기 시작했다.

실상 이미 타성화된 섬뜩한 느낌은 허탕 치는 일이 더 많았다. 그도 그럴 것이 애들은 이제 다 자랐고 시어머님은 돌아가셨고 집도 마치 비우는 것을 목적으로 지은 것 같은 아파트로 옮겼으니 집을 비우는 일은 나에게 다반사가 되었고 그사이에 무슨 일이 일어날 만한 건덕지가 집안에 남아 있을 리도 없었다. 식구들이 사고를 저지를 수 있는 무대는 이제 집안이 아니라 집밖이었다.

이상하게도 그 섬뜩한 느낌이 영험을 상실한 후에도 나는 계속해서 그것을 경험할 수 있기를 바랐다. 그것은 집을 비울 때마다 번번이 오는 헤픈 느낌이 결코 아니었다. 집을 비우되 반드시 몸과 마음을 함께 비울 것을 전제로 했다. 몸을 비우는 일은 임의로 할 수 있지만 마음을 비우는 일은 그렇지가 않았다. 집밖에서도 늘 집안일과 집안 걱정에 쫓기는 게 여편네 팔자였다. 또 집안일에 대한 철저한 방심이 사고의 원인이라는 내 나름의 미신이 밖에서 일부러라도 자주 집안일을 생각하거나 걱정하게 했고 때로는 전화질 같은 행동으로 그걸 나타내기도 했다. 그렇건만도 어쩌다가 바깥 재미에 빠져 집 생각을 한 번도 안 하는 수가 있고 그럴 때마다 섬뜩한 느낌과 함께 제정신이 들었다. 나는 그 섬뜩함 자체를 사랑했다. 그 섬뜩함은 일순 무의미한 진구렁의 퇴적에 불과한 나의 일상, 내가 주인인 나의 살림의 해묵은 먼지를 깜짝 놀라도록 아름답고 생기 있게 비춰주기 때문이다. 그 요술 같은 조명 효과 때문에 나는 마치 첫 무대에 서는 배우처럼 가슴 울렁거리며 새롭고도 서툴게 나의 일상으로 되돌아갈 수가 있었다. 비록 일순의 착각에 불과한 것이더라도 권태가 행복처럼, 먼지가 금가루처럼 빛나는 게 어찌 즐겁지 않으랴. 뜻밖의 삶의 축복이었다.

그뿐 아니라 불길한 것의 감지 능력이 거의 백발백중이었을 소싯적의 그 기분 나쁜 섬뜩한 느낌 또한 나는 얼마나 사랑하고 있는

지. 지금의 나의 안주인으로서의 당당한 권세—일종의 터줏대감 의식도 실은 그 시절 그 느낌에 근거하고 있을 것이다.

나만 없어봐라, 이 집안 꼴이 뭐가 되나? 기껏 3박 4일쯤의 여행에서 돌아와 신나게 총채를 휘두르며 이런 푸념을 하는 것도 실은 그 시절의 영광의 헛된 반추에 지나지 않을지도 모르겠다. 그럴 땐 나 없는 동안에 잘못된 건 장식장 선반의 부우연 먼지와 방구석에 쑤셔박아놓은 양말짝이 고작이라는 게 오히려 섭섭할 지경이었다. 그래서도 더더욱 나만 없어봐라는 상투적인 공갈을 되풀이했다. 이런 나를 아이들은 하여튼 우리 엄마는 못 말린다는 눈초리로 바라보며 저희끼리 킬킬거리곤 했다. 물론 언제나 이 구질구질한 살림 걱정 안 하고 살아보냐는 푸념을 나라고 안 하는 바는 아니다. 나만 없어봐라? 보다 더 자주 써먹는 소리인지도 모른다. 그러나 그건 입술 끝에 달린 엄살일 뿐 내 속셈은 어디까지나 내 살림의 종신 집권(?)이다.

그날은 오래간만에 즐거웠다. 친구의 농장에 닿기 전부터 내리기 시작한 눈은 오후부터 폭설로 변했다. 동구 밖 거목들이 동양화 속의 원경처럼 꼭 필요한 고결한 몇 가닥의 선으로 단순화되면서 아득하고도 부드럽게 흐려 보였다. 어린 과수果樹들은 눈의 무게를 이기지 못해 간간이 잔가지가 부러지는 소리가 뚝뚝 비명처럼 들렸다. 벽난로 속에서 청솔가지가 싱그러운 냄새를 풍기며 활활 타올라 방안을 훈훈하게도 정겨웁게도 했다. 바로 유리문 밖 뜨락 앵두나무엔 눈꽃이 탐스럽게 만개해서 황홀했다. 선경仙境이었다. 비록 제 차가 있다고는 하지만 친구 남편이 아침저녁 서울 한복판에 있는 그의 사무실까지 출퇴근하기에 불편이 없을 만큼 가까운 거리에 그런 선경이 있을 줄이야. 지난봄 뜨락에 앵두꽃이 만개했을 때도 나는 친구의 농장에 초대된 적이 있었다. 그때는 딴 친구들도 여럿 함께여서 뜨락과 과수원 길엔 그들이 타고 온 승용차가 즐비했고 만발한 복사꽃 사이론 따라온 아이들의 즐거운 웃음소리가 가득했었다. 그때 이 농장은 이 같은 도시의 여파餘波와 잘 어울려 마치 도시 근교의 관광 농장처럼 들뜬 모습을 하고 있었다. 나는 그때의 농장과 지금의 농장을 마치 별개의 두 개의 농장처럼 각각 다른 느낌으로 좋아하고 있었다. 나에겐 그 둘이 별개의 것이기 때문에 거리감도 물론 달랐다. 나는 마치 난리를 피해 천신만고 계룡산을 찾아든 『정감록』의 신도처럼 평화롭고 달콤하게 피곤했다.

청솔가지가 활기 있게 타면서 내는 소리를 들으며 나는 나무도 환성歡聲을 지를 줄 안다고 생각했다. 창밖에선 여전히 눈이 내리고 있어 레이스 커튼이 움직이고 있는 것처럼 보였다. 그런 느낌은 우리가 앉은 방안이 전체적으로 어디론지 한없이 떠오르는 것 같은 환각으로 이어졌다. 방이 움직여 어디로 가고 있다면 그건 공간적인 이동이 아니라 시간적인 이동일 거라는 생각이 나를 그 이동에 고분고분 순종케 했다. 푸짐한 눈은 인간의 발자국은 물론 인간의 업적까지를 말끔히 말살해서 온 세상을 태곳적으로 돌려놓고 있었다.

　친구가 달덩이같이 생긴 유리병에 든 빨간 액체를 크리스탈 잔에 따랐다.

　"맛봐. 앵두주야."

　앵두주는 루비처럼 고운 빛으로 투명했다.

　"얘, 지어보니 농사처럼 좋은 것은 없더라. 저 앵두나무도 뜰에 그냥 화초 삼아 있는 줄 알았더니 그게 아니더라구. 어떻게 다부지게 열매가 여는지 글쎄 몇 그루 안 되는 나무에서 앵두를 서 말이나 땄지 뭐니, 일 봐주는 집 아이들이 들며 나며 실컷 따먹고, 나도 친척들이랑 그이 친구들이랑 구경 오는 손님마다 자랑 삼아 따 보내고 했는데도 말야. 서울 집에서 포도주 담그던 병 갖고는 어림도 없어서 숫제 큰 독을 묻고 술을 담갔으니까 실컷 마셔."

　"얘는 누굴 모주 취급하고 있어."

　그러면서도 나는 그 달콤하고도 아름다운 술을 홀짝홀짝 겁 없이 들이켜고 있었다.

　봄에서 겨울, 앵두꽃에서 눈꽃 사이 이 아름다운 술을 빚을 수 있는 새빨간 열매를 서 말, 아니지 다섯 말쯤을 그 작은 키에 다닥다닥 매달고 서 있었을 앵두나무의 고달픈 시기를 생각하며 나는 찬탄을 주체 못 하고 있었다.

　"글쎄 그 농사라는 게 말이지."

　친구가 또 농사 자랑을 할 기세였다. 나는 앵두꽃 필 무렵의 친구 초대가 이 집의 집들이 잔치를 겸한 거였다는 게 생각나서 슬며시 비꼬고 넘어가려 했다.

"너 농사 몇 해나 지어봤다고 자랑부터 하니? 남 샘나게. 좀더 두고 쓴맛 단맛 다 보고 나서 얘기하자. 한탄도 좀 들어야 생전 콘크리트 닭장 못 면하는 나 같은 사람도 좀 위안이 될 게 아니니?"

"아직 일 년도 안 됐지만, 앞으로 몇 년을 여기서 산대도 내가 쓴맛 볼 게 뭐 있니?"

하긴 그랬다. 과수원도 농토도 친구와 남편의 소유일 뿐이지 농사는 남을 줘서 시키고 있었다. 그렇다고 소작을 준 것하고도 다른 게 거기서 조금도 수입을 기대하지 않았다. 다만 먹고 싶은 만큼은 따먹고, 바라보고, 저게 다 내 거로구나, 만족하는 게 그들이 그들의 농장에서 거두길 바라는 소출의 전부였다. 생계는 도시의 업체에서 벌어들이는 걸로 충분했고 다만 친구의 건강이 구체적인 병명을 집어낼 수 없는 상태인 채 수년간 좋지 않아 전지요양 삼아 마련한 농장이었다. 그러니까 친구가 농사 농사 하고 으스대는 건 순전히 뜨락의 몇 그루의 앵두나무가 올린 수확을 뜻하는 것이었다.

나는 맥도 빠지고 약간은 기가 죽기도 했다. 신경성인가 뭔가 하는 병답지도 않은 병을 위한 전지요양치곤 너무 호화판이다 싶어서였다. 그러나 나의 처진 기분은 앵두술 때문에 별로 오래가지 않았다. 나는 술이 들어가기 시작하면 딴사람처럼 기분이 고조되고 말이 많아지고 웃음이 헤퍼지는 버릇이 있었다. 꼭꼭 싸둔 생각, 황당한 불안, 맺힌 마음이 거침없이 술술 말이 되어 넘쳤다. 퍼내어도 퍼내어도 넘치는 맑은 샘물처럼 말이 범람했다. 듣는 상대방에게도 그게 맑은 샘물이 될 것인지 구정물이 될 것인지는 내 아랑곳할 바도 아니었다. 오로지 나는 내 속에 갇힌 것들이 말을 통해 자유로워지는 쾌감에 급급했다. 그건 또한 내가 그것들로부터 자유로워진 느낌이기도 했다. 나는 그런 방법으로 자유를 맛보고 있는지도 몰랐다. 평소 나에게 있어서 자유란 나뭇가지 끝에 걸린 별이나 다름없었다. 당장 딸 수 있을 것 같아 나무를 기어올라가 봤댔자 허사였다. 올라갈수록 별은 멀고 돌아갈 수 있는 땅 역시 멀어져서 얻어 가질 수 있는 것은 위기의식밖에 없었다.

평소의 그런 감정이 술주정 비슷한 품위 없는 방법으로나마 자유를 향유코자 했음직하다. 친구가 몇 번을 자랑해도 과함이 없을 만큼 친구의 농사는 정말 대단한 것이었다. 앵두술은 달콤하고 영롱하고 아름다웠고 주정酒精은 향기롭고 순도 높아서 나를 온종일 유쾌하고 황홀하게 했다.

친구의 남편이 돌아왔다. 폭설은 멎었지만 논, 밭, 길, 개울의 구별 없이 망막한 눈밭에 새로운 길을 내면서 돌아온 그의 귀가는 휘황한 헤드라이트를 앞세우고 엔진 소리도 요란하게 돌아왔음에도 불구하고 위험을 무릅쓴 동물의 귀소歸巢처럼 야성적으로 보였다. 나는 크게 감동해서 예의 거나한 다변으로 찬사를 퍼부었다. 나의 주정의 또하나의 미덕은 아무리 마셔도 거나한 것 이상은 취하지 않는 거였다.

나의 찬사에 마냥 수줍어하던 그는 서울 가는 길이 위험하니 자기 차로 데려다주마고 했다. 친구는 남편의 목에 팔을 감고 펄쩍펄쩍 뛰면서 좋아했다.

"정말 그래주시겠어요? 나도 아까부터 이 귀한 손님을 그 털털거리는 시외버스에 맡기고 어떻게 오늘 밤을 편하게 자나 걱정했었다우."

"털털거리는 시내버스나마 다니는 줄 알아. 지레 겁을 먹고 벌써부터 안 다닌다구. 주무시고 가신다면 모를까 가시려면 내 차가 유일한 교통수단이야. 그러니까……"

그러니까 나를 쫓아 보내려면 별수 있겠느냐는 그의 다음 말을 나는 취중에도 총기 있게 짐작하고 얼른 자리를 떴다.

"당신 졸면서 운전하면 난 싫어."

그러더니 친구도 따라나섰다. 친구 부부가 나란히 앞자리에 앉았기 때문에 나는 뒷자리에서 안심하고 깊은 잠에 빠졌다. 얼마 동안 걸렸는지 친구 부부가 나를 엘리베이터에 쑤셔박고 가버린 후에야 겨우 잠에서 깼다. 콤팩트를 꺼내려고 핸드백을 여니까 맨 위에 웬 껌이 한 통 들어 있었다.

"이거 씹어. 냄새 안 나게."

친구가 그러면서 내 핸드백에 쑤셔넣던 생각이 어렴풋이 났다. 어디쯤에서였더라까지는 생각이 안 났지만 남편과 아이들 앞에

술냄새 풍기지 않고 귀가하길 바라는 친구의 자상한 마음은 알고도 남았다. 그러고 보니 친구가 내 집 생각을 해줄 때까지, 아니 그 후까지 어쩌면 나는 단 한 번도 집 생각을 안 한 것이다. 집으로부터의 완전한 방심…… 여기에 생각이 미치면서 그 섬뜩한 게 또 등덜미를 지나갔다. 그것은 내가 여지껏 경험한 섬뜩함 중에서도 최악의 것이었다. 마치 나의 맨살 위로 피血가 찬 기어다니는 짐승이 기는 것 같은 느낌을 맛보았다. 그 느낌의 생생한 현실감에 비기면 하루의 청유淸遊는 꿈처럼 자취 없이 헛된 것이었다. 나는 휘청거렸다. 술기운 때문이 아니었다. 술은 이미 말끔히 깨 있었다. 내 나이를 생각했다. 이제 재난이나 화禍를 견딜 수 있을 것 같지가 않았다. 앞으론 내가 식구들의 화가 되는 게 순서, 아니 권리일 것 같았다. 근래에 와선 섬뜩한 느낌이 허탕을 친 경우가 더 많았음에도 불구하고 나는 내 식구 중 하나가 당하고 있을 재난을 조금도 의심하지 않았다. 그만큼 그날의 섬뜩함은 각별하고도 새로웠다. 엘리베이터가 멎고 문이 열렸다. 거기 나의 식구들이 고스란히, 그리고 무사하게 서 있었다. 마치 제막된 동상처럼.

정말 동상으로 고정된 사람처럼 그들은 나를 보고도 꼼짝도 안 했고 꾸민 듯 데면데면한 표정도 고치지 않았다. 숫제 나를 몰라보는 것 같았다. 그런 일이 있을까. 그야말로 재난이었다. 온전한 나만의 재난…… 그러나 역시 견딜 수 있을 것 같지가 않았다.

진저리를 치고 빠져나갔던 생활이라도 돌아와 보니 나를 모른다고 할 때 돌연 그 생활은 얼마나 사랑스러운 게 되어 있는 것일까?

나는 온몸으로 아부하며 만면에 웃음을 띠었다. 생전 처음 웃어보는 것처럼 살갗이 당길 뿐 웃음은 마냥 서툴렀다.

"내가 너무 늦었나보지. 말도 마라 그게 웬 눈인지, 버스가 끊겨 혼났다. 자고 가라는 걸 사정사정해서 그 집 자가용을 얻어 타고 오는 길야. 운전수도 안 두고 사는 집 차를 얻어 타려니 어찌나 황공한지. 귀한 사람들이 목숨 걸고 여기까지 데려다준 거란다. 정말 지독한 눈이었어."

나는 그들의 어깨너머로 눈과는 무관한 우리 집 골목, 아파트의 복도를 바라보며 말했다.

"엄마, 놀라지 마세요."

"여보 놀라지 말아요."

"그동안에 일이 좀 생겼어요."

"놀라지 마 엄마."

놀라지 말라는 말처럼 사람을 놀라게 하는 데 효과적인 말이 또 있을까. 그러나 나 역시 후들대는 가슴을 진정하기 위해 생각나는 말도 그 말밖엔 없었다. 놀라지 마. 네 식구는 네 눈앞에 저렇게 건재하지 않니? 사람이 성한 그 나머지 재난 같은 건 나는 하나도 안 무서워. 암 안 무섭고 말고, 설사 그들이 공모를 해서 나를 생전 모른다 하기로 작정을 했다고 하더라도 놀랄 건 없어.

"외할머니가 다치셨대 엄마."

"눈에서 넘어지셨는데……"

"중상인가봐."

"정신을 잃으셨는데 아직 못 깨어나셨대."

"엄마 오시길 얼마나 기다렸다고요."

"기다리다 못해 우리끼리 먼저 지금 병원을 가는 길이오. 당신도 같이 가겠소?"

식구들이 모두 한마디씩 했다. 나를 비난하는 투는 조금도 없었는데도 나는 부끄러워서 그들로부터 숨어버리고 싶었다.

"아, 아니에요. 얼른 먼저들 가세요. 곧 뒤미처 갈게요. 가슴이 떨려서요. 다리도 떨리고요."

나는 울먹이며 화끈대는 얼굴을 두 손으로 감쌌다.

"거봐. 엄마 쇼크 받았잖아. 그렇게 한꺼번에 말해버리는 게 어디 있니?"

"어때? 아무 때 알려도 알려야 할 건데."

"그래그래. 자식이 나쁜 일 당한 걸 부모에게 속이는 건 봤어도 부모한테 일 생긴 거 자식한테 숨기는 건 못 봤다."

아이들 사이에서 작은 말다툼이 생겼다. 남편은 말없이 아이들 중 하나를 쇼크받은 아내를 위해 떼어놓고 먼저 병원으로 갔다. 나는 그 아이마저 떼어놓고 내 방을 걸어 잠그고 방바닥에 쓰러졌다. 충격 때문이 아니라 부끄러움과 졸음 때문이었다. 나 없는 동안에 일어난 재난의 당사자가 내 식구가 아니라 친정어머니라는 걸 알아들으면서 속으로 나는 얼마나 안도하고 기뻐했던가. 그 사실이 나를 심히 민망하고 부끄럽게 했지만 그런 죄책감조차 별로 절실하지도 못해 들입다 잠이 쏟아져서 견딜 수가 없었다. 나는 나에게 힘이 되어주려고 집에 남아서 어쩔 줄을 모르고 있는 아이에겐 끝내 슬픔을 가장한 채 허겁지겁 잠 속으로 빠져들었다. 마치 불륜의 쾌락처럼 단 잠이었다.

짧고 깊은 잠에서 깨어났을 때 찬물을 끼얹듯이 제일 먼저 떠오른 생각은 내 아이들이 나에게 가장 가까운 육친이듯이 어머니 역시 가장 가까운 육친이라는 거였다. 소위 말하는 일촌一村 사이가 서로 동등하거늘 나는 내 아이들 대신 어머니가 당한 재난을 마치 타인에게 그것을 떠맡긴 양 다행스러워했던 것이다.

더군다나 어머니에게 나는 단지 하나 남은 일촌이었다. 나에겐 다섯씩이나 있어도 얼고 떠는 일촌이 어머니에겐 하나밖에 남아 있지 않았다. 자식 사랑이 결코 그 수효에 따라 수박 쪽 나누듯이 분배되어 줄어드는 게 아니라는 뜻으로 '열 손가락 깨물어 안 아픈 손가락 있느냐'는 속담이 있다. 그렇더라도 하나밖에 안 남은 손가락에 대한 집착과 애정은 도대체 어떤 것일까? 그 생각이 나를 소스라치게 했다.

6·25 때 여읜 오빠 생각이 났다. 친척이나 이웃 간에 효자로 널리 알려졌던 오빠였다. 소년 시절의 그의 모습이 선연하게 떠올랐

다. 엄마와 오빠와 나, 세 식구가 한창 곤궁했을 적, 엄마가 바느질 품 판 돈을 졸라 군것질을 일삼다 마침내 구멍가게 유리창까지 깨뜨려 엄마에게 큰 손해를 입힌 나를 그는 인왕산 성터로 데리고 올라가 눈물로 매질을 했었다. 그때의 매질이 나를 두들겨 일으킨 것처럼 잠은 깨끗이 사라지고 그는 참으로 오래간만에 나에게서 가까이 있었다. 그때의 그의 눈물이 지금도 나를 울게 했다. 그를 가까이 느낄수록 그를 잃었다는 상실감도 그만큼 컸다.

어머니에게 무슨 일이 나든 그것을 제일 먼저 책임져야 할 사람은 나밖에 없다는 걸 더는 회피할 수가 없었다. 나는 몸과 마음을 가다듬고 병원으로 향했다.

뜻밖에도 어머니는 의식을 회복해서 나를 보자 희미하게 웃기까지 하셨다. 오빠가 남긴 두 아들이 이젠 오빠보다 훨씬 더 나이를 먹어 의젓하게 처자식을 거느리고 있고, 거기다 우리 집 대식구까지 합해 응급실의 어머니의 병상은 제법 근엄했다. 나는 그때까지 줄창 오빠 생각을 하고 있었기 때문에 죽은 사람은 나이를 먹을 수 없다는 평범한 사실이 새삼스럽게 쓸쓸한 감회가 되었다.

나는 일촌답게 허둥지둥 그들을 헤치고 왈칵 어머니의 손을 잡았다. 시신도 감동시킨다는 일촌의 당도였다. 어머니의 눈에 눈물이 그렁이더니 하염없이 흘러내렸다. 어머니에게 내가 단 하나 남은 자식이란 사실이 서러운 눈물이 되어 모녀 사이를 흘렀다.

"어쩌다가 이 지경을 당하셨어요?"

"석이 애비가 밖에서 눈을 치는 걸 들창으로 내다보다가 마음은 젊어서 좀 거들어줄까 싶어 마당으로 한 발짝을 내딛다가 그만……"

석이 애비란 현재 어머니를 모시고 있는 오빠의 큰아들, 어머니의 장손, 나의 장조카였다.

"거들긴 뭘 거드셔? 잔소리가 하고 싶으셨겠지."

석이 에미가 혼잣말처럼 종알거렸다.

"그럼 느이들이 다 옆에 있으면서 할머니를 이 지경으로 만들었단 말이냐?"

나는 나도 모르게 그만 조카 내외 탓을 하고 있었다.

"할머니가 총찰 안 하시는 게 있는 줄 아세요? 또 총찰하시고 싶어 나오시나보다 할 수밖에요."

조카가 얼른 제 아내 역성을 들고 나섰다. 어머니는 팔십을 훨씬 넘어선 연세였고 조카 내외는 서른 안팎이었다. 시부모 모시기도 꺼리는 세상에 한 세대를 건너뛰어 조손祖孫이 한지붕 밑에 사는 게 쉬운 일은 아닐 터였다. 그러나 어머니의 달갑잖은 존재가 이렇게 드러나 보이긴 처음이었다.

응급실이라 여기저기 신음소리, 울음소리, 가족들이 술렁이는 소리가 들렸다.

"다친 덴 어디예요?"

조카며느리가 홑이불을 젖히고 다리를 가리켰다. 어머니의 왼쪽 다리가 엉치 밑에서 휙 밖으로 돈 채 퉁퉁 부어 있는 게 남의 다리를 얻어다가 어설프게 이어놓은 것처럼 이물스러워 보였다. 한눈에 사태가 심상치 않다는 걸 짐작할 수 있었다. 어머니는 여든여섯이었다.

"빨리 공구리를 해주지 않고……"

어머니가 우리 모두를 위로하듯이 중얼거렸다.

"안 아프세요?"

"안 아프긴, 다시 기절이나 했으면 싶구나."

"아, 어머니!"

이때 간호원이 우리 가족을 불렀다. 우리는 우르르 담당 의사한테로 몰려갔다. 응급실 담당 레지던트는 너무 젊고 피곤해 보였다. 벽에 붙은 전자시계의 빨간 초침은 소리 없이 자정을 넘고 있었고, 엑스레이 감광판에서 어머니의 앙상한 엉치와 대퇴골이 심판을 기다리고 있었다.

"우선 입원시키고 경과 봐서는 수술을 해야겠는데요."

"무슨 말씀이신지?"

"경과를 본다는 건 수술을 견딜 수 있나를 체크해본다는 뜻이지 자연 치유의 가능성을 말하는 게 아니니까요."

"그분은 여든여섯이세요. 어떻게 수술을…… 참 그분은 깁스를 원하시던데, 오래 걸려도 상관없어요. 깁스를 해주세요."

"고령이기 때문에 수술을 하라는 겁니다. 깁스로 뼈가 붙기엔

182

너무 늙으셨어요. 그 나이에 깁스는 살아 있는 관棺이죠. 이런저런 합병증으로 깁스한 채 돌아가실 게 틀림없으니까요."

젊은 의사가 냉담하게 말했다.

"그분은 깁스를 하는 걸로 알고 있는데…… 저어…… 어떻게 깁스로 안 될까요?"

나는 거의 애원조로 빌붙었다.

"진단이나 치료는 환자가 하는 게 아닙니다."

"그러니까 우린 선택의 여지도 없다는 말씀이군요?"

"그렇죠. 방법은 수술밖에 없으니까요."

"수술하면 다시 걸으실 수 있을까요?"

"경과가 좋으면……"

"그러니까 수술 결과도 장담 못하겠단 말씀 아녜요? 말도 안 돼요."

나는 싸울 듯이 언성을 높였다. 그러나 젊은 의사는 좀처럼 덩달아 흥분할 것 같지 않았다. 그의 냉담은 명철한 지성에서 온다기보다는 직업적인 과로에 연유하고 있는 것 같았다.

"내일 주치의 선생님하고 자세한 걸 의논하시죠. 우선 입원 수속이나 밟으시고……"

"선생님이 주치의도 아니면서 어쩌면 그렇게 단정적으로 수술을 권하세요?"

"오늘의 의술이 할 수 있는 거의 유일한 방법이니까요."

"흥, 결과도 보장을 못하면서……"

"유일한 방법이라고 했을 뿐이지 안전한 방법이라곤 안 했습니다. 유일한 방법일수록 위험부담이 더 따른다고도 볼 수 있어요."

마침내 의사가 발끈했다.

"고모 왜 그러세요? 병원에 온 이상 의사 선생님 말씀에 따라야죠."

뒤에서 구경만 하고 있던 두 조카가 나섰다.

"너희들은 모른다. 아무것도 몰라."

나는 무턱대고 치미는 격정에 못 이겨 악을 썼다.

"뭘 모른다고 그러세요?"

"할머니는 여든여섯이셔. 그런 큰 수술을 견디실 수 있을 것 같니?"

"도리가 없잖아요? 우선 입원 수속 밟고 자세한 건 내일 주치의 선생님과 의논합시다. 고모, 여긴 응급실이에요."

조카들이 나를 난동 분자 다루듯이 거칠게 복도로 끌어냈다. 그러나 그때 그런 방법으로 젊은 의사와 나눈 대화가 가장 자세한 의논이 될 줄은 미처 몰랐었다.

큰 대학부속병원 회진 시간이 다 그렇듯이 다음날 아침 한 떼의 레지던트, 인턴, 간호원을 거느리고 나타난 주치의 선생님은 한눈에 믿음직스럽고도 권위 있어 보였다. 권위란 상대방으로 하여금 하고 싶은 말을 참게 하는 어떤 힘이 아닐까? 나는 한편에 다소곳이 비켜서서 무슨 말이 떨어지기만을 기다렸다. 그는 거느린 수련 의들한테만 내가 알아들을 수 없는 외국어로 짤막하게 몇 마디 하고 나가버렸다. 나는 허둥지둥 뒤따라나갔지만 수련의 중에 섞여 있던 어젯밤의 응급실 당직 의사를 붙드는 게 고작이었다. 그는 내가 묻기 전에 수술 날짜는 사흘쯤 후가 될 거라고만 말하고 다른 병실로 사라졌다. 그 사흘 동안에 주치의를 이리저리 쫓아다녀서 알아낸 건 골절된 부위가 과히 예후豫後가 좋지 못한 부위라는 것, 저절로 진이 나와서 붙을 걸 기대할 수 없는 연세이기에 금속을 집어넣어서 뼈와 뼈를 잇게 하는 수술은 불가피하다는 것, 간단한 수술은 아니라는 것들이었다. 주치의가 그 많은 말을 한꺼번에 다 한 게 아니라 어렵게 마지못해 한마디씩 한 걸 내 상상력으로 뜯어 맞추면 대강 그런 뜻이 되었다.

그의 권위에 주눅이 들어선지 과묵寡默이란 전염성이 있는 건지 나는 아무리 벼르던 말도 그 앞에선 제대로 다 말하지 못했다. 주치의가 가족들을 답답하게 하는 것처럼 가족들 역시 어머니를 답답하게 했다.

"얘, 숫제 접골원으로 갈걸 그랬나보다. 어긋난 뼈 맞추는 덴 아무래도 접골원이 신효하다는데. 괜히 병원으로 끌고 와가지고 너희들 큰돈 없애게 생겼다. 얼른 부러진 다릴 맞춰서 공구리할 생각은 안 하고 이 꺼풀만 남은 늙은이 피는 왜 맨날 빼가고 검사는 무슨 놈의 검사가 그리 많은지 아픈 거 참는 것도 참는 거지만 그게 하나라도 공짜일 리가 있냐. 공구리만 해서 내보내자니 억울해서 잔뜩 돈을 뜯어낼 심산인가본데 느이들이 가서 궁색한 소릴 좀 해야 한다. 아이구! 다리야. 이게 내 다린가? 내 웬순가? 공구리를 하고도 이렇게 아프려거든 제발 지금 죽여주소. 죽여줘. 자식 앞세우고 남부끄러우리만큼 오래 살았으면 됐지 무슨 죄가 또 남아 이 몹쓸 고생을 할꼬."

어머니는 이렇게 괴로워하면서도 깁스에 한 가닥 기대를 걸고 있었다. 깁스보다 더 나쁜 일이 자기에게 일어나리라곤 아예 상상도 못했다. 식구들은 노인에게 그걸 알리는 일을 미적미적 미루면서 내 눈치만 봤다. 설득과 위로를 필요로 하는 일을 딸이 맡아서 하는 건 당연했다.

마침내 수술 날짜가 내일로 박두해 침대에 금식禁食 팻말이 붙은 날 밤 나는 어머니가 받아야 할 수술에 대해 알릴 수밖에 없었다.

"수술? 누구 맘대로 수술을 해? 안 된다. 안 돼, 누구 맘대로 내 몸에 칼을 대? 내가 남 못 당할 몹쓸 꼴만 골라 당하고도 이날 입때 목숨을 못 끊고 살아남은 건 죽는 게 무서워서가 아냐. 주신 목숨을 내 맘대로 건드렸다가 받을 벌이 무서워서지. 수술 안 하면 죽는대도 내버려둬. 내 나이 구십이 내일모레야. 나 내버려뒀다고 자손들 흉볼 사람 아무도 없어."

어머니는 망설이지도 않고 단호하게 수술을 거절했다. 이미 장손이 수술 동의서에 도장까지 찍은 후였고, 내일 아침 어머니를 수술실로 보내는 일은 어머니의 의사와는 상관없이 자동적으로 되게 되어 있었다. 그러나 나는 어머니의 육신에 그런 모욕을 가하고 싶지 않았다. 퉁퉁 부어오른 한쪽 다리를 뺀 어머니의 나머지 육신은 뭉치면 한줌도 안 될 꺼풀처럼 가볍고 무력해 보였다. 그 작은 육신에나마 자존심이라는 게 남아 있는 이상 앞으로 당할 일을 알고 있을 권리가 있을 것 같았다. 그것은 어머니 속으로 난 단 하나밖에 없는 자식으로서의 애정이자 미움이기도 했다.

나는 망설이지도 감추지도 않고 내가 아는 한 소상하게 어머니가 받아야 할 수술에 대해 설명을 했다. 대퇴골 골절을 부러진 막대기에 비유할 여유마저 생겼다.

"생각해보세요. 부러진 나무 막대기를 꼭 이어서 써야 할 일이 생겼을 때 아교풀로 잇는 게 더 튼튼하겠어요, 쇠붙이로 끼고 나사로 죄는 게 더 튼튼하겠어요? 더군다나 아교풀이 모자라거나 아주 없을 땐 어떡하겠어요? 두려워하실 거 조금도 없어요. 박사님이 어머니의 부러진 뼈에다 쇠붙이를 끼고 튼튼히 이어놓을 테니까요. 단 며칠을 사셔도 수족을 쓰셔야 그게 사시는 거죠, 안 그래요? 어머니."

뜻밖에 어머니의 얼굴에 밝은 미소가 떠올랐다. 그동안 정기 없이 흐려졌던 눈도 난데없이 꿈꾸는 소녀의 눈빛처럼 은은하게 빛났다.

"그러니까 지금도 뼈 부러진 덴 산골이 제일이란 말이지?"

"네?"

나는 어머니의 말뜻을 전혀 알아들을 수가 없을뿐더러 돌변한 어머니의 태도는 막연히 기분 나쁘기까지 했기 때문에 생급스러운 소리로 악을 썼다.

"의술이 제아무리 발달해도 뼈 부러진 덴 산골밖에 없다고? 암 산골이 제일이고 말고…… 산골은 영약인걸."

어머니는 마치 잃었던 어린 날의 동요를 주워올리듯이 그립고 달콤한 목소리로 이렇게 읊조렸다.

"어머니, 무슨 말씀이세요? 정신 차리세요."

나는 어머니의 가냘픈 어깨를 마구 흔들었다.

"잔뼈만 부러졌어도 산골을 먹으면 되는 건데 굵은 뼈가 부러졌으니 수술을 해서라도 끼울 수밖에. 얘들아. 나 수술 받는 거 조금도 안 무섭다. 느이들도 걱정할 거 하나도 없어. 산골로 붙여놓은 뼈는 부러지기 전보다 더 튼튼해진다는 걸 난 잘 알지. 이 손목 좀 보렴."

어머니는 오른손을 높이 쳐들어 보이면서 우리 모두를 감싸고도 남을 듯이 너그럽고 훈훈하게 미소지었다. 그러나 누가 보기에도 어머니의 오른손 손목은 정상이 아니었다. 뼈가 불거져나오고 한쪽으로 약간 삐뚤어져서 성한 손목보다 굵어 보이긴 했지만.

나는 그게 그렇게 된 까닭을 알고 있었다. 뒤늦게 산골이 무엇을 뜻하는지도 알아차렸다.

다음날 아침 어머니는 수술실로 들어가기 위해 틀니를 빼고도 시종 그렇게 웃으셨기 때문에 마치 갓난아기 같았다. 여든보다 아흔에 더 가까운 연세에 크나큰 시련을 앞두고 갓난아기처럼 웃을 수 있는 어머니의 비밀이 나를 참을 수 없이 슬프게 했다.

우리 세 식구가 처음으로 서울에 장만한 내 집인 현저동 꼭대기 괴불마당집에서의 첫겨울은 가혹했다. 추위도 예년에 없이 혹독했지만 여름철 장마처럼 눈이 한번 내리기 시작하면 몇날 며칠 계속됐다. 제아무리 충직한 함경도 물장수 김서방도 그 겨울의 지독한 눈구덩이만은 헤칠 엄두가 안 났던지 자주 물장사를 걸렀다. 그러나 그건 그리 큰 문제가 아니었다. 우리는 안마당, 바깥마당, 장독대, 지붕 위에 지천으로 쌓인 눈을 퍼다가 가마솥에 붓고 장작불만 지피면 됐다. 물보다는 불 걱정이 훨씬 더 심각했다.

우린 가늘게 패서 새끼로 한아름씩 묶은 단 장작을 매일 한두 단씩 사다 때며 살았었는데 어머니는 그걸 이웃 구멍가게에서 안 사고 꼭 전차 종점께에 있는 나무장까지 가서 사왔다. 겉보기엔 부피가 비슷해 보이지만 들어보면 판이하게 나무장 것이 올차다는 거였다. 한꺼번에 열 단만 사도 거뜬히 지게로 져다 주건만 당시의 우리에겐 그만한 경제력도 없었던지 어머니가 손수 그 멀리서 단 장작을 한두 단씩 날라다 땠다. 허구한 날 퍼부어 쌓인 눈으로 산동네 비탈길이 위험해지자 오빠는 그 일을 자기가 맡겠다고 나섰다. 그러나 어머니가 오빠에게 그 일을 시킬 리가 없었다.

"에민 너한테 이까짓 장작단 심부름이나 하는 효도 안 바란다. 넌 더 큰 효도를 해야 할 외아들이야. 공부 잘해 출세해서 큰돈 벌거든 우선 청량리 나무장에서 통나무를 한 바리 들여다가 쓱쓱 톱질하고 짝짝 패서 한 광 가득 차곡차곡 쟁여놓고 겨울을 나보자꾸나."

"그때는 그때고 지금은 지금 아녜요. 다 큰 자식 놓아두고 어머니가 그 일 하시면 사람들이 흉봐요. 자식 된 도리도 아니고요."

"장차 큰일 할 자식을 몰라보고 탐탁잖은 일이나 시켜먹는 건 그럼 에미 도리라던?"

이렇게 한마디로 딱 잘라 거절을 하는 데야 제아무리 효성이 지극한 오빠도 어쩔 수가 없었다. 그러던 어느 추위가 그악스럽던 날 어머니는 장작단을 이고 눈에서 미끄러져 만신창이가 돼서 돌아왔다. 여기저기 난 생채기는 보기만 잠깐 흉할 뿐 아무것도 아니었다. 단박 퉁퉁 부어오르면서 심한 동통을 호소하는 손목이 문제였다.

오빠와 나는 엄마의 짓눌린 것처럼 나지막한 신음소리에 귀기울이느라 밤새도록 제대로 잠을 잘 수 없었다. 기둥이 흔들리는 것처럼 불안했다. 그러나 다음날 아침부터 어머니는 평상시와 다름없이 집안일을 해냈고 억지로 꾸민 티 없이 씩씩하게 명랑했다. 그래도 삯바느질만은 도저히 안 되는 모양이었다. 어머니에게 기생집 삯바느질을 대던 노파를 불러다가 아직 끝맺지 못한 바느질거리를 돌려주면서 미안해했다. 노파는 어머니의 부어오른 손목을 보더니 대경실색을 하면서 당장 장안의 용한 침쟁이들을 줄줄이 엮어댔지만 어머니는 별로 귀담아듣는 것 같지 않았다.

"곧 나을 거예요. 오늘만 해도 벌써 어제보다 손 놀리기가 훨씬 수월한걸요."

나중에 노파는 치자를 몇 개 가지고 와서 말했다.

"치자떡을 해 붙여보우. 부기 내리는 데는 그저 치자떡이 그만이니까."

그리고 혼잣말처럼 덧붙였다.

"부기만 내리면 뭐하누. 정작 부러진 뼈가 붙어야지. 부러진 뼈 붙는 데는 산골이 그만인데, 저 여편넨 돈 드는 거라면 귓등으로도 안 들으니. 제 몸 위하는 게 새끼들 위하는 거라는 걸 왜 모르누. 미련한 사람 같으니라구."

오빠도 그 소리를 들었다. 오빠는 어머니가 못 듣는 데서 노파의 집을 아느냐고 나한테 물었다. 우리는 엄마 몰래 노파의 집을 방문했다. 오빠는 노파에게 산골이란 뭐고 어디서 구할 수 있는 건가를 물었다.

"느이 엄마가 보내던? 아니야? 저런 그러면 그렇지. 아이고 신통한 새끼들. 그럼 그래야지. 이래서 사람은 자식을 낳아 기른다니까. 자식 없는 인생이란 천만금이 있으믄 뭘 해. 말짱 헛거지."

이런 호들갑스러운 수다로 시작해서 노파의 산골 얘기는 황당하기 짝이 없는 거였지만 신화처럼 매혹적이었다. 우리는 이미 신화 속에 한 발을 들여놓고 있었다. 사람이 바늘구멍만한 구원의 여지도 없는 곤경에 빠졌을 때 신화는 갑자기 우리 앞에 그 신비의 문을 활짝 열고 그곳의 주인이 되라고 유혹한다.

산골이 나는 굴窟은 우리나라에 하나밖에 없는데 현저동에서 과히 멀지 않은 무악재 고개 마루턱에 있다고 했다. 생기기는 주사위 모양이지만 크기는 그저 좁쌀보다 클까 말까 한 반짝거리는 쇠붙이인데, 네모반듯한 주사위 모양이 어느 한군데라도 이지러진 건 약효가 없기 때문에 미리 골라서 팔지만 사는 사람도 잘 봐서 사야 한다고 했다. 그것이 부러진 뼈를 붙게 하는 효력은 실로 놀라워서 노파가 들은 바론 생전에 산골을 사다먹고 뼈 부러진 걸 고친 사람의 시신屍身을 면례緬禮하면서 보니까 반짝거리는 잔다란 쇠붙이가 다닥다닥 한군데 붙어서 뼈를 이어주고 있는데 산 사람의 기운으로도 떼어놓을 수가 없을 만큼 단단하더라는 것이었다.

약으로 먹은 게 직접 부러진 부위로 가서 붙여놓는 역할을 한다는 걸 우리가 곧이곧대로 믿을 수 있었던 건 우린 이미 신화 속의 주인공이 되어 있었기 때문이다.

"그게 비쌉니까?"

오빠가 얼굴을 붉히며 물었다.

"아냐, 비싸긴. 돈 들 게 뭐 있담. 흙이나 모래처럼 저절로 나는 걸. 그 굴을 차지한 사람이 자릿세처럼 좀 받기야 받지만서두 얼마 안 될 거야. 병원이나 침쟁이한테서 못 고친 사람들도 오지만 침한 대 맞을 형편도 못 되는 사람꺼정두 오니까."

"가자."

우리 남매는 눈구덩이를 뚫고 무악재 고개를 더듬어 올라갔다. 적설 강산에 혹한까지 겹쳐 길은 험했지만 집에서 비교적 가깝고 열두 고개 너머도 아니었기 때문에 신화적인 감동을 맛보기 위해선 길이라도 험해야 했다.

묻고 물어서 당도한 산골 굴은 암벽에 빈지문이 달린 굴속이었다. 대낮인데도 촛불을 켜놓고 있었다. 한눈에 보통 토굴이나 암굴하곤 다르다는 걸 알 수 있었다. 벽이고 천장이고 온통 반짝이는 쇠붙이로 뒤덮여 있었다. 오톨도톨 모자이크 된 잗다란 쇠붙이들이 촛불이 출렁이는 대로 물결처럼 흔들려 신비한 몽환의 세계를 이루고 있었다. 산골 굴의 주인은 흰 무명 두루마기를 입은 젊은 남자였다. 만약 그가 나이 들고 흰 수염이라도 기르고 있었더라면 우리 남매는 다짜고짜 그의 발밑에 몸을 던지고 어머니를 위한 영약을 주십시사 간절히 빌었을지도 모른다.

그러나 그 젊은 남자도 우리 마음으로 신격화시키기에 충분했다. 세상 사람들하곤 다르게 빼빼 마르고 멍한 게 영적靈的으로 보였다. 그 남자와 비교해보니 오빠가 다 자란 건강한 청년이라는 것도 새삼스럽게 나를 감격케 했다. 나는 그 남자를 우러러보면서 오빠에게 찰싹 매달렸다.

오빠는 그 남자에게 공손히 인사를 하고 나서 용건을 말했다. 남자는 두 자루의 촛불이 켜진 소반으로 가서 산골을 고르기 시작했다. 노파의 말대로 그 굴에선 산골이 무진장 나지만 산골이라고 다 약이 되는 게 아니라 어느 한군데도 이지러지거나 삐뚤어진 데 없이 정확한 여섯 모 꼴이어야만 비로소 신효한 약효가 나타난다는 거였다. 그래도 그 남자는 산골이 직접 부러진 뼈에 가서 다닥다닥 붙어서 뼈를 이어놓는다고까지 말하진 않았다.

그 남자가 산골을 고르는 모습은 특이했다. 소반 앞에 단정히 꿇어앉아 조는 듯 미미하게 고개를 끄덕이며 한 되나 되게 쌓인 산골 중에서 몇 알씩을 집어내어 흰 종이에 쌌다. 깡마르고 창백한 얼굴이 더욱 영적으로 돋보이고 육안으로 고르는 게 아니라 심안으로 고른다 싶게 그 일에 힘 안 들이고 몰입해 있었다.

오빠를 쳐다보니 숙연한 얼굴로 두 손을 마주 잡고 허리를 굽히고 읍하고 있기에 나도 얼른 그대로 했다.

"우선 열홀치를 줄 테니까……"

남자가 흰 종이에 나누어놓은 걸 싸면서 말했다. 메마르고 허한 목소리였다.

"신령님께 정성 들이면 약효가 더 있을 것이니까, 이리 와봐."

소반 말고 굴속의 가장 후미진 곳에도 두 자루의 촛불이 켜져 있었고 산골로 된 자연의 단 위에 신령님의 영정이 모셔져 있었다. 단에는 정화수를 떠놓은 불기가 있고 10전짜리, 50전짜리 동전도 흩어져 있었다.

"자아 신령님께 절하고, 약값 가져온 것 있으면 신령님께 바쳐. 그리고 이 정성 받으시고 영험을 내려주십사 빌어, 이렇게."

오빠는 그대로 했다. 꾸벅꾸벅 절을 하고 또 했다. 내가 평소 오빠를 속으로 깊이 사랑하면서도 어려워해서 깍듯이 예절로 대했던 것은 십 년이나 되는 연령 차도 있었지만 함부로 할 수 없는 오빠의 특이한 사람됨 때문이었다. 어떤 깜깜한 무지도 꾀 많은 미신도 현혹시킬 수 없을 것 같은 명석함과 떳떳함은 오빠의 사람됨의 가장 뚜렷한 특징이었다. 나는 가난한 동네의 미천한 사람들 속에서 오빠의 그런 인품이 저절로 돋보이는 걸 마치 자신의 때때옷처럼 자연스럽게 여겨왔다.

그런 오빠가 어린 눈에도 서투른 솜씨임이 빤히 드러나는 속악한 신령님의 영정에 수없이 머리를 조아리고 있었다. 이상하게도 오빠의 이런 미신적인 의식은 그의 떳떳함을 한층 돋보이게 할지언정 조금도 모순되어 보이지 않았다. 정성이 그 극치에 이르면 서로 반대되는 방법까지도 화합하게 하는 것인지. 나는 누가 시키지 않았건만 공손하게 읍하고 오빠가 올리는 의식을 지켜보았다.

오빠가 신령님 앞에 바친 돈이 산골값으로 넉넉한 것이었는지 모자라는 것이었는지 모르지만 오빠의 정성은 그 산골 장수까지도 흡족하게 한 것 같았다.

"아까는 우선 열흘만 잡쉬보라고 했는데 보아하니 더 잡술 것도 없이 열흘 안에 거뜬해지실 거구먼. 내 말 틀림없으니 두고 보소. 이 산골이라는 게 약 기운보다는 신神 기운을 더 타는 영물인데 젊은이 효성이면 어떤 신령님인들 안 동하고 배기겠수? 더구나 우리 신령님 영검이 어떻다구."

오빠의 산골이 어머니를 감동시킨 건 말할 것도 없다. 어머니는 안 다쳤을 때보다 훨씬 더 행복해졌고, 매일매일 모래시계처럼 정확하게 손목의 부기와 아픔을 덜어가다가 더도 아니고 덜도 아닌 열흘 만에 완쾌를 선언했다.

우리 보기엔 아직도 손목의 모양이 정상이 아니었지만 어머니의 설명에 의하면 그곳에 산골이 모여서 뼈를 붙여주고 있기 때문이라는 거였다. 어머니는 완쾌가 틀림없는 사실이라는 걸 증명하기 위해 열흘 되던 날부터 다시 삯바느질을 시작하셨고 그 솜씨는 전과 다름없이 빼어났다. 어머니는 또 산골 먹고 붙은 뼈가 얼마나 튼튼하다는 걸 과시하기 위해 우리 앞에서 무거운 걸 번쩍번쩍 들어 보이길 즐기셨다. 영천 시장에서 장작을 날마다 한두 단씩 사다 때는 버릇도 여전했다. 해동할 때까진 오빠가 그 일을 하겠다고 해도 어머니는 막무가내였다.

"걱정 마라. 야아. 또 넘어지게 되면 이 오른손으로 콱 짚으면 되니까. 내 오른 손목은 이제 예전과 달라 무쇠보다 더 튼튼한걸."

이렇게 뽐내면서 보기 싫게 삐뚤어진 손목을 휘둘러 보였다.

텔레비전 연속극이나 영화 같은 데서 보면 수술실로 들어가기 직전의 집도의와 환자 가족 사이가 사뭇 감동스럽다. 초조해하는 가족 앞에서 의사는 잠깐 권위의 갑주甲冑를 벗고 인간적인 온정과 성의를 내비친다. 실수할 확률을 전혀 배제할 수 없다손 치더라도 인간을 인간에게 맡겼다는 게 인간을 백발백중의 기계에게 맡긴 것보다 훨씬 마음 놓이게 한다. 그런 마음이 의사에게 당치 않은 응석도 부리게 하고 때로는 추태에 가까운 애걸이나 부탁, 다짐까지 하게 되고 의사는 가족들의 그런 인간적인 약점에 잠깐이나마 그 어느 때보다도 너그러워지는 아량을 보인다. 어쩌면 그건 아량이라기보다는 동정이나 감상인지도 모르지만.

나 역시 어머니의 주치의인 홍박사와 수술실 밖에서 잠깐이나마 그런 따뜻한 인간적인 교감이 있길 바랐다. 진과 기름이 다 빠진 앙상한 노구, 그러나 아직도 여체인 어머니의 몸이 의식을 박탈당한 채 그에게 맡겨지는 광경은 상상만으로 충분히 참혹했다. 나는 내가 위로받고 싶어서도 그가 필요했다.

그러나 큰 병원 수술실은, 수술실이 아닌 수술장이었다. 그 수술장에서 수술을 받은 환자는 하루에 이삼십 명을 헤아렸다. 마치 컨베이어 시스템에 의해 제품이 완성되며 운반되듯 종합병원이란 거대한 메커니즘이 환자에게 필요한 조치를 베풀어가며 제시간에 수술실로 보내고 일정한 시간이 경과하면 저절로 수술실에서 내보냈다. 수술실로 들어가기까지 수많은 사람의 손길이 닿았지만 그 누구도 내가 진심으로 부탁하고 매달리고 싶은 책임자는 아니었다.

더군다나 수술장은 저만큼서부터 가족들에게 금단의 구역이었고 그 속에서 일어나는 일을 볼 수 없는 것과 마찬가지로 그 속에서의 일을 책임질 사람도 만날 길이 없었다. 집도의는 수술장에 상주하는 것인지 그들만의 전용 출입문이 따로 있는 것인지, 환자를 들여보내고 아무리 그 앞에서 서성대도 홍박사뿐 아니라 어떤 의사도 만나볼 수 없었다.

딴것도 아닌 사람들의 목숨을 맡고 맡기는 관계에 있어서 사전에 잠시라도 그런 인사치레 내지는 교감이 없다는 게 나는 몹시 허전했다. 수술 동의서에 도장 찍는 일보다는 그게 더 필요한 일일 것 같았다. 그런 중에도 수술장에 들어가기까지의 어머니의 밝고 천진한 태도는 많은 위안이 되었다. 팔십 노구에 가해질 대수술에 대해서 어쩌면 그렇게 불안 없이 마냥 편안할 수가 있는지 어머니는 산골 요법과 수술을 동일시함으로써 그런 편안함에 도달한 것이다. 어머니에게 아직도 오빠는 종교였다.

수술장은 커다란 ㄱ자 꼴로 되어 있어서 그 양끝이 입구와 출구로 나누어져 있었다. 출구에서 그 안에서 일어나는 일을 엿볼 수 없기는 입구나 마찬가지였다. 수많은 수술 환자 가족들이 출구 쪽 복도에서 초조하게 서성대고 있었다. 아이를 수술실에 홀로 들여보낸 젊은 엄마가 남편 어깨에 얼굴을 묻고 흐느끼고 있는가 하면

장정 아들을 수술실로 들여보낸 노모가 염주를 세며 염불을 외고 있기도 했다. 가족들의 그런 초조한 심정을 위한 배려로 가끔 간호원이 나와서 벽에 붙은 환자 명단에다 숫자를 기입하고 들어갔다. 숫자는 수술이 끝난 환자가 회복실로 옮겨진 시간을 의미했다. 회복실로 옮겨진 지 한 시간가량이 되면 대개 환자가 실려나왔다. 환자가 실려나올 때마다 가족들은 덮어놓고 몰려가서 확인하려 들었다.

수술실 문이 열리고, 아직 수술복인 채인 의사가 눈만 반짝거리는 커다란 마스크의 한쪽 끝을 천천히 귀에서 벗기면 입가엔 어려운 일을 성공적으로 끝낸 사람 특유의 만족스러운 피곤이 감돌고, 마침내 입을 열어 "안심하십시오. 수술은 성공적이었습니다" 하면 가족들이 혹은 우러러보기도 하고, 혹은 머리를 조아리기도 하면서 감격과 감사의 눈물을 흘리는 광경은 출구 쪽에서도 일어나지 않았다. 입구는 환자를 받아들이고 출구는 환자를 토해내고 가족은 전송하고 마중할 뿐이었다.

나붙은 명단엔 성별과 연령도 기입돼 있었다. 86세, 어머니가 최고령이었다. 그다음 고령이 57세란 걸로 86세의 수술이 심히 무모한 모험으로 여겨졌다. 아홉시에 수술실로 들어간 어머니는 한시가 지나서야 회복실로 옮겨졌다는 고지가 나붙고, 그다음은 감감무소식이었다. 출구가 열리고 환자가 실려나올 때마다 나는 경박하게 놀라면서 달려가서 얼굴을 확인하곤 했다. 방정맞은 생각과 피곤과 공복으로 눈이 침침해져서 나는 아무 환자나 따라다니면서 오래 들여다보았다.

"고모도 참, 할머니가 뭐 주름살 성형수술이라도 하고 나올 줄 아슈?"

이렇게 이죽댈 수 있는 조카들의 여유가 밉살스러웠지만 그 어느 때보다도 조카들이 믿음직스러운 것도 어쩔 수 없었다.

마침내 어머니가 실려나왔다. 어머니도 우리를 알아보고 뭐라고 중얼거렸다. 틀니를 빼버린 어머니의 발음은 가냘프고 불확실했다. 병원 마크가 붙은 홑이불이 어머니의 벌거벗은 어깨를 미처 다 못 가리고 반쯤 드러내주고 있었다. 나는 그런 무례를 참을 수 없어 홑이불을 끌어올려 목만 내놓고 꼭꼭 여몄다. 링거 줄이랑 피 받아내는 줄 때문에 홑이불이 여기저기 떠들썩한 건 어쩔 수 없었다. 벌거벗은 어머니는 홑이불 속에서 덜덜 떨고 있었다.

"추우세요?"

"아냐 그냥 저절로 떨린다."

그 소리를 알아들을 수 있는 게 신기해서 식구들이 우루루 모여들어 차례차례 어머니를 시험하려 들었다.

"할머니 제가 누군지 아시겠어요?"

"석이 애비지 누군 누구야?"

"할머니, 할머니, 저는요?"

"석이 에미."

"저는 누구게요?"

"경아 애비."

시험을 무사히 통과한 어머니는 자랑스럽게 웃으면서 나를 쳐다보았다. 방금 수술실에서 나온 어머니의 이런 웃음은 나를 또다시 섬뜩하게 했다.

장정 둘이서 미는 바퀴 달린 침대는 긴 복도를 신속하게 통과해서 엘리베이터 앞에 멎었다. 그러니까 우린 경망스럽게도 이런 시험을 바퀴 달린 침대를 경정경정 따라가면서 치른 것이다. 더 경망스러운 것은 그런 간단한 시험으로 우린 어머니의 수술이 성공적이었다고 믿어버린 것이다. 엘리베이터 속에서 우린 벌써 어머니에 대해 무관심했다.

"아아, 피곤하다. 오늘 저녁엔 다리 뻗고 자야지."

"점심을 얼렁뚱땅 걸렀더니 속이 쓰린데, 병원 식당 설렁탕 먹을 만합디까, 형?"

"오늘 저녁은 누가 병원에서 잘 차례지?"

"야아, 차례 따질 거 없다. 아무리 저러셔도 마취 깨면 오늘밤 지내시기 안 힘들겠니? 내가 모시고 샐 테니 느이들은 집에 가서 푹 쉬렴."

"그래요, 그러는 게 좋겠어요. 고모. 그럼 오늘 저녁은 고모가 수고 좀 해주세요. 내일 일찌거니 석이 엄마 보내서 교대해드릴게요."

"우리 할머니 강단 센 건 하여튼 알아줘야 돼. 구십 고령에 그런 대수술을 치르시고도 정신이 저렇게 말짱하실 수가 있으니……"

"못된 것들 그럼 할머니가 못 깨어나셨으면 느이들 속이 시원했
겠구나. 회복실에서 얼마나 오래 걸렸게 그러니? 난 꼭 뭔 일 당하
는 줄 알고 얼마나 마음을 조였게 그러니? 사람마다 나이는 못 속
여. 남들은 회복실에서 한 시간도 안 걸리는데 할머니는 세 시간을
넘어 걸렸잖니?"

"아니다. 야아, 나도 금세 깨어났어. 깨어나서 아이들 있는 데로
데려다달라고 아무리 악을 써도 누가 거들떠나 봐야지. 떨리긴 또
왜 그렇게 떨리는지 추워 죽겠다고 애걸을 해도 소용이 없고 정신
은 났는데도 목소리는 속에서 끌어 잡아당기는 것처럼 잘 안 나오
긴 하더라만 거기 사람들도 너무 무심한 것 같더라."

우리끼리 수군대는 소리에 어머니는 이렇게 긴소리로 참견까지
하셨다. 우린 서로 눈짓만 했다. 우리의 눈짓에는 구십 노인의 수
술의 성공을 재확인하고 경탄하는 뜻에다 노인의 지나친 강단을
비웃는 뜻까지 포함돼 있었다.

병실에 돌아오자 우린 더욱 말이 많아지고 어머니는 말끝마다
참견을 하려 드셨다. 나도 어머니의 강단이 지겨운 생각이 나서 간
간이 핀잔까지 주기 시작했다. 틀니를 빼놓았기 때문에 발음이 헛
소리처럼 불확실한 걸 알아듣기도 피곤했지만 무엇보다도 조카들
이나 조카며느리들 보기가 면구스러웠다. 엄살로라도 대수술 후
의 빈사 상태를 가장했으면 좀 좋으랴 싶었다. 참다못해 나는 조카

들을 일찌거니 집으로 쫓아 보냈다.

"얘들아 어서 가보렴. 할머니보다 느이들이 더 피곤해 뵌다. 뭣 좀 배불리 먹고 일찌거니 자거라. 할머니도 느이들이 가야 잠을 좀 주무시지 않겠니? 다 나으신 줄 알고 저러시지만 노인네 일인데 무슨 변사를 부릴지 아니? 조심조심 아무쪼록 어려운 고비를 잘 넘겨야지."

조카들을 보낸 후에도 어머니는 쉬지 않고 무슨 소리든지 하려 들었다. 귀담아듣지 않으면 소의 되새김질 같은 입놀림으로만 보였다. 나는 점점 더 어머니의 지칠 줄 모르는 근력이 짜증스러워지기 시작했다.

밤에 홍박사가 수련의들을 거느리고 병실에 들렀다. 회진 시간이 아닌데 들른 걸 보면 그날 수술한 환자만을 특별히 한 번씩 돌아보는 모양이었다. 그러나 회진 때와 마찬가지로 일진의 질풍처럼 순식간에 몰려왔다가 순식간에 몰려갔다. 회진은 늘 질풍이었고 복도에서 마주치는 의사 개개인의 걸음걸이나 행동도 마찬가지였다. 그들은 어디에고 머물기를 꺼리는 바람처럼 신속하고 정 없이 스쳐갔다.

나는 홍박사에게 최고의 치사致謝의 말을 준비하고 있었지만 이루지 못했다. 그건 정중하고 은밀하고 약간 더듬거리는 것이어야 하거늘 그러기엔 너무 기회가 빨리 지나가고 말았다. 나는 허둥지둥 복도까지 쫓아가서 수고했다는 상투적이고도 경박한 인사말을 중얼거리고 수술 경과에 대해 물었다.

"잘됐어요. 크게 염려 안 해도 될 겁니다. 워낙 고령이니까 간병에 신경은 좀 쓰셔야죠."

그에게서 처음으로 긴 말을 들은 게 황송해서 더 묻진 못했지만 미진했다.

어머니는 여전히 중얼거렸다. 수련의들과 간호원이 자주 드나들며 환자의 상태를 체크하고 몸에 매달린 여러 개의 줄을 점검했다. 내가 밤 동안 보살피고 기록해놓을 것에 대해서도 지시를 받았다. 내가 할 일은 자주 기침을 시켜 가래를 뱉게 할 것, 링거가 다 되기 전에 알릴 것, 소변량의 체크, 수술 자리에서 흐르는 피를 흡입하는 비닐 팩이 다 차면 알릴 것 등이었다.

나는 홍박사에게 속 시원히 못 물어본 걸 그들에게 꼬치꼬치 물으려 들었지만 그들은 한결같이 대체로 정상이라는 소견에다 워낙 고령이시니까라는 주를 달기를 잊지 않았다. 하긴 고령이라는 건 이상도 병도 아닌 주註일 뿐이었다.

어머니는 기운이 없다는 핑계로 기침을 하지 않으려 했다. 그러다가도 가래가 괴면 목에 경련을 일으키며 괴로워해서 나를 깜짝깜짝 놀라게 했다. 가래를 삼키면 폐렴을 일으킬 수도 있다고 아무리 일러도 소용이 없었다. 그러면서도 쉬지 않고 무슨 말인지 웅얼거렸다. 기력이 쇠진해서 사람의 육성 같지가 않고 미풍이 가랑잎 흔드는 소리가 났다.

"제발 좀 눈 감고 잠을 청하세요."

나는 짜증을 내면서 어머니를 구박했다. 어머니가 원망스러운 듯이 눈을 크게 뜨고 나를 쳐다보았다. 오싹하도록 푸른 기가 도는 눈이었다.

"불을 끌까요?"

나는 떨리는 소리로 말했다.

"싫어, 싫어."

어머니가 도리질을 했다.

"그럼 제가 눈을 감겨드릴게요. 마음을 편안히 가지시고 잠을 청해보세요."

나는 한 손으로 어머니의 손을 잡고 한 손으로 어머니의 눈꺼풀을 지그시 눌러 감겼다. 어머니는 잠시를 못 견디고 나를 뿌리쳤다.

"수술 자리가 아프셔서 그렇죠? 오늘 밤만 잘 넘기면 내일부턴 한결 수월해질 거예요. 정 몹시 아프시면 말씀하세요. 진통제를 놓아달라고 그래볼 테니까요."

"아니, 하나도 안 아파. 잠이 안 와서 그래."

"그럼 수면제를 달래볼게요."

간호원실에 가서 그런 얘기를 했더니 알았으니 가 있으라고 했다. 잠시 후에 인턴이 작은 알약을 한 알 갖다주면서 될 수 있으면 실내를 어둡게 해드리는 게 좋을 것 같다고 했다. 알약을 들게 한 후 보조 침대 옆에 붙은 희미한 벽등 하나만 남기고 불을 껐다. 이번에는 어머니도 저항하지 않았다. 약효가 곧 나타나려니 안심하는 마음은 간사스럽게도 당장 참을 수 없는 잠을 몰고 왔다. 나는 잠깐만 눈을 붙일 양으로 반나마 남아 있는 링거병과 아직은 반도 차지 않은 소변통과 피 받는 통을 확인하고 나서 침대에 쓰러졌다.

얼마나 잤는지 몹시 술렁이는 기미에 퍼뜩 깨어났다. 병실은 소리 없이 술렁이고 있었다. 어머니가 두 손으로 허공을 휘젓고 있었던 것이다. 그러나 무작정 휘젓는 헛손질하곤 달라 보였다. 열심히 무슨 일인가를 하고 있는 것처럼 신중하고도 규칙적이었다. 나는 찬물을 뒤집어쓴 것처럼 잠이 달아나버린 것을 느끼며 화들짝 몸을 솟구쳐 우선 불 먼저 켰다. 어머니는 얼굴을 잠깐 찌푸렸지만 두 손으로 하던 일만은 멈추지 않았다.

"엄마 뭐 해?"

나도 모르게 어릴 때의 말투로 물었다.

"보면 모르냐? 빨래를 했으면 웃도리는 웃도리, 빤쓰는 빤쓰, 양말은 양말끼리 개켜놔야지 한데 쑤셔박아놓으면 쓰나?"

어머니의 목소리는 힘차고 또렷했다.

"빨래라뇨? 좀 주무시지 않고……"

"이걸 이 모양으로 늘어놓고 잠이 와? 못된 것들."

어머니가 쨍 하는 쇳소리를 내면서 나를 쳐다보았다. 눈의 푸른 기가 한층 깊어져서 귀기鬼氣가 감돌았다. 나는 불현듯 도망가 구원을 청하고 싶은 충동을 느꼈다. 어머니의 손놀림은 허공에서 분

주하게 빨래를 분류하고 개키고 있었고, 전체적으로 기세가 등등
했다. 하루 전부터의 금식, 관장, 마취, 대수술 끝에 느닷없이 그런
기운이 솟다니. 나는 놀랍다기보다는 다리가 후들댈 만큼 겁부터
났다. 이때 간호원이 들어왔다.

"어머니가 좀 이상하세요. 들입다 헛손질을 하시고 헛것도 보이
시는 모양이에요."

"마취 끝에 더러 그런 환자들도 있어요. 차차 나아지겠죠."

간호원은 심드렁하게 말하고 체온과 맥박을 체크하고 나가버렸
다. 나는 따라나가서 어머니가 주무시게 해달라고 졸랐다.

"아까도 그러셔서 약을 드렸잖아요?"

"그 약이 안 들잖아요. 참 그 약 잡숫고 더하신 것 같아요. 맞았
어요. 그 약을 드시기 전엔 잠은 못 주무셔도 헛것을 보시진 않았
어요. 어떡하면 좋죠?"

"그럴 리는 없지만, 혹 그 약의 부작용이라고 해도 별일은 없을
테니까 안심하세요. 임상 시험 결과 가장 부작용이 없는 걸로 알려
진 신경안정제를 투약했을 뿐이니까요."

"이것보다 더 큰 별일이 어디 있어요. 우리 어머닌 지금 제정신
이 아니라니까요."

"차차 나아지실 거예요."

"그까짓 신경안정제 말고 수면제를 주든지 주사를 놓아주든지
하세요."

"그럴 순 없어요."

"아니, 이 큰 병원에서, 별의별 수술을 다 하는 대종합병원에서 그래 잠 못 자 고생하는 환자 잠도 못 재워준대서야 말이 돼요."

"환자를 위하는 일은 우리가 더 잘 알아서 하고 있으니 가족들은 협조를 해주셔야지 덮어놓고 이렇게 떼를 쓰시면 어떡해요?"

간호원이 휙 돌아서면서 쏘아붙였다. 나는 무안하고 노여워서 다시는 네 따위한테 애걸을 하나봐라, 중얼중얼 뇌까리며 돌아왔다.

아직도 빨래를 덜 개켰는지 허공에서 규칙적인 손놀림을 계속하고 있던 어머니의 손이 별안간 나를 향해 두 손바닥을 보이며 방어의 자세를 취했다. 푸른 귀기가 돌던 두 눈이 극단적인 공포로 튀어나올 듯이 확대됐다.

"왜 그래 엄마!"

나는 덩달아 무서움에 떨며 어머니한테로 달려갔다. 어머니의 팔이 내 목을 감으며 용을 쓰는 바람에 나는 숨이 칵 막혔다. 굉장한 힘이었다. 숨이 막혀 허덕이는 나의 귓전에 어머니는 지옥의 목소리처럼 공포에 질린 소리로 속삭였다.

"그놈이 또 왔다. 하느님 맙소사 그놈이 또 왔어."

어머니는 아직도 한 손으론 방어의 태세를 취한 채 문 쪽을 보고 있었다. 나는 혹시 내 뒤에 누가 따라 들어왔는가 해서 돌아다보았지만 아무도 없었다. 순간 머리끝이 쭈뼛했다.

"엄마!"

무서움증이 큰 힘이 되어 나는 어머니의 팔에서 벗어났다. 어머니는 악귀처럼 무서운 형상을 하고 와들와들 떨면서 문 쪽을 보고 있었다. 문 쪽엔 아무도 없었지만 어머니는 혼신의 힘으로 누군가와 대결을 하고 있었다. 순간 나는 저승의 사자가 어머니를 데리러 와 거기 버티고 서 있는 게 어머니에게만 보일지도 모른다는 생각이 들었다. 그러니 누구한테 구원을 요청할 가망도 없었다. 여든여섯의 노인의 병실을 저승의 사자가 넘보는 건 당연했다. 오늘의 수술 환자 중에서뿐 아니라 이 거대한 종합병원에 입원한 모든 환자 중에서도 어머니는 최고령일지도 모른다. 그만큼 분별이 있는 저승의 사자라면 앙탈을 해봤댔자일 것 같았다. 나는 이미 저승의 사자한테 어머니를 내줄 각오를 하고 있었다. 여든여섯이면 누가 감히 천수를 못 누렸다 하랴. 다만 몸에 큰 칼자국을 내고 거기서 나는 선혈이 아직 마르기도 전에 끌고 가려는 게 괘씸하지만 세상의 죽음치고 그 정도의 여한도 자식에게 안 남기는 죽음이 어디 있으랴. 각오는 하고 있으니 제발 네 모습을 어머니에게 보이지만 말게 해다오. 백 살을 살다 죽어도 죽기는 싫은 게 인간의 상정이라면 생의 마지막 순간까지도 네 모습만은 드러내지 않는 게 저승의 사자 된 도리요, 유일한 자비가 아니더냐. 사라져라. 제발. 휘이 휘이.

나는 어머니의 참혹한 공포를 차마 눈뜨고 볼 수 없어 이렇게 속으로 부르짖었다. 그놈이 내 눈에까지 보이는 일이 일어날까봐

더더욱 겁이 났다. 그러나 그는 사라지기는커녕 다가오고 있음이 분명했다. 어머니의 부릅뜬 눈동자의 초점거리가 그걸 말해주고 있었다. 맙소사 나 혼자 어머니의 임종을 지키게 되다니.

"그놈 또 왔다. 뭘 하고 있냐? 느이 오래빌 숨겨야지, 어서."

"엄마, 제발 이러시지 좀 마세요. 오빠가 어디 있다고 숨겨요?"

"그럼 느이 오래빌 벌써 잡아갔냐."

"엄마 제발."

어머니의 손이 사방을 더듬었다. 그러다가 붕대 감긴 자기의 다리에 손이 닿자 날카롭게 속삭였다.

"가엾은 내 새끼 여기 있었구나. 꼼짝 마라. 다 내가 당할 테니."

어머니의 떨리는 손이 다리를 감싸는 시늉을 했다. 그때부터 어머니의 다리는 어머니의 아들이었다. 어머니는 온몸으로 그 다리를 엄호하면서 어머니의 적을 노려보았다. 어머니의 적은 저승의 사자가 아니었다.

"군관 동무, 군관 선생님, 우리집엔 여자들만 산다니까요."

어머니의 눈의 푸른 기가 애처롭게 흔들리면서 입가에 비굴한 웃음이 감돌았다. 나는 어머니가 환각으로 보고 있는 게 무엇이라는 걸 알아차렸다. 가엾은 어머니, 차라리 저승의 사자를 보시는 게 나았을 것을……

어머니는 그 다리를 어디다 숨기려는지 몸부림쳤다. 그러나 어머니의 다리는 요지부동이었다.

"군관 나으리, 우리집엔 여자들만 산다니까요. 찾아보실 것도 없다니까요. 군관 나으리."

그러나 절체절명의 위기가 어머니에게 육박해오고 있음을 난들 어쩌랴. 공포와 아직도 한 가닥 기대를 건 비굴이 어머니의 얼굴을 뒤죽박죽으로 일그러뜨리고 이마에선 구슬 같은 땀이 송글송글 솟아오르고 다리를 감싼 손과 앙상한 어깨는 사시나무 떨듯 떨고 있었다.

가엾은 어머니, 하늘도 무심하시지, 차라리 죽게 하시지, 그 몹쓸 일을 두 번 겪게 하시다니……

"어머니, 어머니 이러시지 말고 제발 정신 차리세요."

나는 어머니의 어깨를 흔들면서 울부짖었다. 어머니는 어디서 그런 힘이 솟는지 나를 검부러기처럼 가볍게 털어내면서 격렬하게 몸부림쳤다.

"안 된다. 안 돼. 이노옴. 안 돼. 너도 사람이냐? 이노옴, 이노옴."

나는 벽까지 떠다밀린 채 와들와들 떨면서 점점 심해가는 어머니의 광란을 지켜볼 수밖에 없었다. 어머니의 몸에서 수술한 다리만 빼고는 온몸이 노한 파도처럼 출렁였다. 그래서 더욱 그 다리는 어머니의 몸이 아닌 이물질처럼 괴기스러워 보였다. 어머니의 그 다리와 아들과의 동일시가 나한테까지 옮아붙은 것처럼 나는 그 다리가 무서웠다.

"안 된다 이노옴"이라는 호통과 "군관 나으리, 군관 선생님, 군관 동무"라는 아부를 번갈아 하며 몸부림치는 서슬에 마침내 링거 줄이 주삿바늘에서 빠져버렸다. 혈관에 꽂힌 채인 주삿바늘을 통해 피가 역류逆流해 환자복과 시트를 점점 물들였다. 피를 보자 어머니의 광란은 극에 달했다.

"이노옴, 게 섯거라. 이노옴, 나도 죽이고 가거라 이노옴."

어머니는 눈물이 범벅된 얼굴로 이를 갈았다. 틀니를 빼놓아 잇몸만으로 이를 가는 시늉을 하는 게 얼마나 처참한 것인지 나 말고 누가 또 본 사람이 있을까. 이게 꿈이었으면, 꿈이었으면, 어머니는 이 세상 소리가 아닌 기성을 지르며 머리카락을 부득부득 쥐어뜯다가 오줌을 받아내는 호스도 다 뜯어버렸다. 피비린내가 내 정신을 혼미케 했다. 퍼뜩 정신이 나서 구원을 청하러 나가려는데 어머니의 기성이 바깥까지 들렸던지 간호원이 뛰어왔다. 뒤미처 나이 지긋한 수간호원도 달려왔다. 어머니의 몸에 부착시켰던 의료기구들을 원상복귀시키기 위해선 여러 사람의 힘이 필요했다. 어머니는 힘이 장사였다. 내가 수간호원과 다른 간호원과 함께 어머니를 힘껏 찍어 누르는 동안 담당 간호원이 어머니가 뽑아낸 것들을 다시 삽입했다. 링거는 숫제 발등으로 옮겨 꽂았다.

"세상에 이런 일도 있습니까?"

나는 수간호원에게 원망스럽게 말했다.

"너무 심려 마세요. 흔하진 않지만 이런 특이체질이 아주 드문 것도 아니니까요. 곧 나아지실 겁니다."

수간호원이 이렇게 나를 위로했다. 어머니의 악몽이 특이체질 탓이라구? 하긴 타인의 꿈에 대해 누가 감히 안다고 할 수 있으랴?

이제 "너 죽고 나 죽자"는 발악으로 변한 어머니의 몸부림은 지칠 줄 몰랐다. 수간호원이 간호원에게 지시해서 침대 양쪽 난간을 올리고 끈을 가져다가 어머니의 사지를 꽁꽁 묶게 했다.

"따님 된 마음에 좀 안됐다 싶으셔도 참으세요. 이런 경우는 이수밖에 없으니까요. 이제 안심하고 눈 좀 붙이세요. 지레 병나시겠어요. 곧 정상으로 돌아오실 테니 염려 마시고……"

그들은 어머니를 묶어놓고 나를 위로하고 병실을 나갔다. 나는 지칠 대로 지쳐서 신 신은 채 보조 침대에 상반신을 꺾었다. 그러나 웬걸, 원한 맺힌 맹수처럼 으르렁대던 어머니가 에잇 하고 한 번 기합을 넣자 사지를 묶은 끈은 우지직 끊어지기도 하고 혹은 풀리기도 했다. 어머니는 다시 길길이 뛰기 시작했다. 참으로 불가사의한 괴력이었다. 목소리도 뜻이 통하는 말이 아니라 원한의 울부짖음과 독한 악담이 섞인 소름 끼치는 기성이었다. 조금도 과장 없이 간장을 도려내는 아픔과 함께 내 속에서도 불가사의한 괴력이 솟았다. 나는 이를 악물고 어머니에게로 돌진했다. 다시는 아무의 도움도 청하지 않고 어머니와 맞서리라 마음먹었다. 이건 아무의 도움도 간섭도 필요 없는 우리 모녀만의 것이다.

나는 어머니를 힘껏 찍어 눌렀다. 온몸으로 타고 앉다시피 했다. 어머니의 경련처럼 괴로운 출렁임이 고스란히 전해왔다. 조금이라도 마음이 움직이거나 약해져선 안 된다고 생각했다. 그렇게 되면 어머니가 나를 타고 앉게 될지도 모른다. 내가 아무리 전심전력으로 대결해도 어머니의 힘과는 막상막하여서 내 힘이 위태로워질 때마다 나는 어머니의 뺨을 쳤다.

"엄마, 정신 차려요 엄마, 정신 차려요."

처음으로 엄마의 뺨을 치고 나는 내 손이 저지른 패륜에 경악해서 두번째는 더욱 세차게 때렸고, 어머니의 뺨에 솟아오른 내 손자국을 보고 이것은 악몽 속 아니면 지옥일 거라는 일종의 비현실감이 패륜에 패륜을 서슴없이 보태게 했다. 어머니의 힘도 무서웠지만 더 무서운 건 어머니의 얼굴이었다. 그건 내 어머니의 얼굴이 아니었다. 이제 나는 어머니와 싸우고 있는 게 아니라 내 나름의 공포와 싸우고 있었다.

나는 어머니를 사랑했고 내가 사랑한 것 중엔 물론 어머니의 얼굴도 포함돼 있었다. 어머니는 늙어갈수록 아름다운 분이었다. 그건 드물고도 귀한 일이 아닐 수 없었다. 그런 아름다움은 어머니가 말년에 믿게 된 부처님과도 깊은 관계가 있을 것 같았다. 어머니는 부처님을 믿는 걸로 어머니가 당한 남다른 참척의 원한을 거의 극복한 것처럼 보였다. 뿐만 아니라 부처님을 닮은 곱고 자비롭고 천진한 얼굴로 늙어가셨다. 비록 아들은 잃었으나 거기서 난 손자들을, 그의 짝들을, 거기서 난 증손자들을, 딸과 외손자들을 사랑하며, 그러나 결코 집착하진 않으시며 행복하게 늙어가셨다. 누구보다도 화평하게 누구보다도 아름답게 거의 황홀하리만큼 아름답게 늙으신 어머니를 볼 때마다 나는 저분이야말로 참으로 보살菩薩이라고 숙연해지곤 했었다.

사람 속의 오지奧地는 아무 끝도 없고 한도 없는 거라지만 그런 어머니에게 그런 격정이 숨겨져 있었을 줄이야. 내 어머니의 오지에 감춰진 게 선善과 평화와 사랑이 아니라 원한과 저주와 미움이었다는 건 정말 너무했다. 설사 인간이 속속들이 죄의 덩어리라고 하더라도 그건 너무했다.

악과 악의 대결처럼 살벌하고 무자비한 모녀의 힘의 대결에서 어머니가 패색을 보이기 시작했다. 나는 나의 손바닥 자국대로 선명하게 부풀어오른 어머니의 뺨에 비로소 내 뺨을 비비며 소리내어 통곡했다.

어머니가 그때 왜 현저동 꼭대기를 우리의 은신처로 생각했는지 모를 일이다. 그때 우린 그 동네의 가난으로부터 벗어나서 남부럽지 않게 산 지 오래되었지만 그때 우리가 처한 곤경은 참으로 억울하고 난처한 것이었다. 죽을 수도 살 수도 없는 곤경이었다. 그런 막다른 곤경이 엄마가 서울 와서 처음 말뚝 박은 동네를 고향 다음가는 신뢰감으로 의지하게 했는지도 모른다. 또 우리의 곤경의 특수성과도 관계가 있음직하다. 그때의 우리 곤경은 6·25라는 커다란 민족적 비극 속의 한 작은 단위에 불과했지만 중산층이 모여 사는 점잖은 동네의 인심의 간사함, 표리부동성과도 불가분의 관계가 있었다. 오빠가 의용군에 지원한 일만 해도 그랬다. 오빠는 해방 후 한때 좌익 운동에 가담했다가 전향한 적이 있는데 그것 때문에 남하를 못하고 적 치하의 서울에 남은 걸 극도로 불안해했다. 이런 불안과 공포를 혼자 견디기엔 벅찼던지 비슷한 처지의 전향자들의 동태에 대해 몹시 알고 싶어했다. 그가 어설프게 알아낸 바로는 어떡하든 남하를 하지 않았으면 다시 변신해 있는 것도 오빠를 새로운 불안에 빠뜨렸다.

그 요란한 포성보다 서울을 사수할 것이라는 방송만 믿고 피란의 기회를 놓친 자신의 고지식함과 국민을 그렇게 기만하고 저희끼리만 달아나버린 정부의 엄청난 무책임을 홀로 저주하고 분노했다. 그렇다고 새로운 변신을 꾀할 만큼 비루하지도 못했다. 그는 그가 기왕에 한 전향이, 잘못을 뒤늦게 깨닫고 신념과 용기를 가지고 한 것이었음에도 불구하고 전향이란 말 자체엔 늘 도덕적인 불쾌감을 가지고 있었다. 만약 그의 최초의 선택이 웬만큼만 잘못된 것이었더라도 그는 전향을 해서 잘못을 시정하느니 차라리 최초의 신념에 일관함으로써 자신과의 신의를 지키고자 했을 것이다.

그만큼 그는 지조를 최고의 이상으로 삼는 선비 기질을 간직하고 있었고, 그런 선비 기질이 목적을 위해 수단을 안 가리는 좌익 사상의 본심本心을 참을 수 없는 데서 그의 갈등은 불가피했다.

동란 전의 한때 좌익 사상이 청소년들을 선동하는 마력이 대단했을 적에도 내가 그 방면에 무관할 수 있었던 것은 오직 오빠 같은 사람이 여북해야 전향을 했을까 하는 오빠의 고통스러운 경험에 대한 믿음 때문이었다.

살기 위한 방편으로서의 변신이란 생각조차 하기 싫은 그의 인품이기에 더욱더 국민을 듣기 좋은 말로 달래 적 치하에 팽개치고 저희끼리 뺑소니친 꼴이 된 정부에 대한 원망도 컸다. 원망과 불신, 불안, 그리고 고독으로 그는 날로 정신이 망가져갔다. 이런 그가 이웃의 고발로 기습을 당해서 끌려가는 걸 가족들은 발을 동동 구르며 지켜볼 수밖에 없었는데 그후 들려온 소식은 전혀 예상을 빗나간 것이었다. 인민재판에 회부돼서 당장 목숨을 잃었거나 모진 벌을 받고 있을 줄 알았는데 인민총궐기대회에서 제일 먼저 의용군을 지원해서 많은 젊은이들로 하여금 감격해서 동조케 했다는 소식이었다. 남은 식구들은 그저 그렇다니 그렇게 알밖에 보이지 않는 곳에서 어떤 농간이 그의 운명을 희롱하고 있는지 알아볼 도리는 없었다.

실상 운명의 희롱은 가족도 당하고 있었다. 전향자라고 지목해서 따돌리고 고발까지 한 이웃은 적 치하에서 대단한 세력을 누리고 있었는데 돌변해서 우리 식구들의 보호자 노릇을 해주었다. 초기엔 그렇지도 않았지만 나중판으로 접어들수록 청장년이 있는 집치고 의용군으로 빼앗기지 않은 집 없다고 할 만큼 사람 수탈이 극심해져서 의용군 나갔다는 게 하등 특별대우받을 만한 일이 못 되었음에도 불구하고 식량 배급이다 뭐다 해서 우리는 특별한 혜택을 받고 있었다. 받고 보니 그 세력 부리는 이웃의 귀띔이 동인 민위원회까지 작용했기 때문이었다. 우리는 이런 혜택을 받을 것인가를 망설이거나 취사선택할 경황도 기력도 없었다. 망연자실 목숨을 부지하는 게 고작이었는데, 목숨을 부지하기 위해 먹어야 한다는 건 선택의 여지가 없는 절대적인 조건이었다.

남은 죽도 못 먹는데 보리밥이라도 아귀아귀 먹다가 문득 깜짝 놀라곤 했지만 그건 한 식구를 판 대가라는 생각 때문이었지 그게 옳지 못한 밥이라고 생각해선 아니었다.

"세상에 아무리 목구멍이 포도청이라지만, 그 아들이 어떤 아들이라고 그 아들 목숨하고 바꾼 밥뎅이가 걸리지도 않고 이리 술술 넘어가노……"

어머니도 느닷없이 수저를 놓으며 이런 탄식을 하면 했지 그 후유증을 우려하진 않았다.

만 석 달 만에 세상이 바뀌자 우리는 이웃 인심의 극심한 박해를 받지 않으면 안 되었다. 빨갱이 집이라고 고발을 해서 청년 당원들이 몽둥이와 총을 들고 달려들어 온 집안을 들들 뒤지고 쓸 만한 기물을 파괴하고 만삭의 올케의 배를 몽둥이 끝으로 쿡쿡 찔러 보는 행패를 동네 사람들은 굿 구경하듯 신명까지 내면서 즐겼다. 우리는 그들이 겪은 석 달 동안의 고초를 위한 복수의 표적이 되어 어떤 재앙이 쏟아지든 다만 순종할밖에 없었다.

"여보슈 백성들을 불구덩이에 버리고 도망간 사람은 누구유? 거기서 살아남은 죄로 죽여줘도 난 원망 안 할 테니 그 사람 얼굴 좀 보고 그 죄나 한번 묻고 죽읍시다."

가끔 어머니가 통곡하며 이렇게 푸념을 해봤댔자였다. 독종이니, 빨갱이 족속치고 말 못하는 빨갱이 없더라느니 하는 욕이나 먹는 게 고작이었다.

그 정도는 그래도 약과였다. 우리를 이용하고 비호해주던 고위층 빨갱이를 우리가 감춰두고 있다는 고발까지 당해 어머니와 올케, 나 세 식구가 따로따로 붙들려가서 며칠씩 심문을 받고 나오기까지 했다. 그동안 어린 조카가 친척집에서 받은 구박은 먼 훗날까지 우리 식구에게 깊은 상처로 남았다. 빨갱이라면 젖먹이 어린것까지도 덮어놓고 징그러워하고 꺼리던 때였다.

그런 중에 다시 전세가 기울어 후퇴가 시작되자 어머니는 우선 만삭의 며느리와 손자를 친정으로 보냈다. 어머니가 끝까지 남아 있으려는 건 오빠가 혹시 돌아올까 해서였던 건 말할 것도 없다. 의용군 갔다가 도망쳐 오는 젊은이도 꽤 있어서 기대를 걸어볼 만했고 만약 도망을 못 치면 인민군이 돼서라도 돌아올 것만 어머니는 믿었다. 어머니에겐 아들이 살았느냐 죽었느냐가 문제지 빨갱이냐 흰둥이냐는 문제가 아니었다.

어느 날, 기적처럼 아니 흉몽처럼 오빠가 돌아왔다. 그렇게 믿고 기다리던 어머니까지도 감히 오빠를 반기지 못했다. 헐벗고 굶주려 몰골이 흉한 것까지는 예상한 대로였지만 그때 오빠는 이미 속속들이 망가져 있었다. 눈은 잠시도 한군데 머무르지 못하고 희번덕댔고, 심한 불면증으로 몸은 수척했고 피해망상으로 하루에도 몇 번씩 깜짝깜짝 놀라고 사람을 두려워했다. 가족들한테도 전혀 친밀감을 나타낼 줄 몰랐고 집에 없는 처자식을 궁금해하거나 보고 싶어할 줄도 몰랐다. 그동안 무슨 일이 그를 그토록 망가뜨렸는지 알아낼 수는 없었다. 그는 문을 꼭 잠그고 그 안에서 두려움에 떠는 심약한 집 보는 어린이처럼 자기를 단단히 폐쇄하고 외부의 모든 것을 배척하려 하고 있었다.

설상가상으로 전세는 더욱 불리해져서 서울을 비우고 모든 사람들이 남쪽으로 남쪽으로 내려가야만 했다. 여름의 실수를 되풀이하지 않기 위해 정부는 미리미리부터 서울의 위기를 예고하고 피란의 편의를 봐주었고 시민 역시 다시 적 치하를 겪으니 죽는 게 낫다 싶은 비장한 각오로 남부여대 엄동설한에 집을 나섰다.

오빠의 다 망가진 정신도 피란에만은 적극적이었다. 어서 가자고 조바심이 대단했다. 오빠의 정신력 중에서 마지막까지 남아 있는 건 오로지 빨갱이를 피해야겠다는 생각 하나뿐이었다. 그 몸과 그 몰골로 탈출을 하고 격전지를 돌파할 수 있었던 것도 그 힘에 의하지 않고는 불가능했을 것이다.

그러나 오빠에겐 시민증이 없었다. 젊은 남자가 시민증 없인 피란은커녕 잠깐의 외출도 어려울 만큼 그 단속은 날로 심해졌다. 피란민 중에 패잔병이나 간첩이 섞여 있을 가능성 때문이었다. 시민증을 내기 위해선 우선 신청서에 이웃에 사는 두 사람의 보증을 받아야 하는데 아무도 오빠의 보증을 서주려 들지 않았다. 어머니가 아무리 애걸해도 이웃 인심은 냉담했다. 경찰서에 가서 직접 심사를 받고 시민증을 내는 절차를 밟으라는 거였다. 빨갱이가 아니면 그 절차를 겁낼 까닭이 없지 않겠느냐는 말은 지당했다. 오빠가 돌아오기 전 우리 세 식구가 시민증을 낼 때도 물론 이웃 사람들은 도장을 안 찍어줘서 경찰서에 몇 번씩 불려다니고 나서 맨 나중에 그걸 교부받을 수 있었으니까.

그러나 오빠의 경우는 그게 난처했다. 경찰서 소리만 해도 그는 안색이 단박 바래면서 덜덜 떨었다. 피란도 못 가고 생전 집밖에 못 나가도 좋으니 경찰서에 제 발로 걸어들어갈 순 없다는 거였다. 그러다가도 피란 갑시다, 앉아서 또 당할 순 없어요, 피란 갑시다, 이렇게 잠꼬대처럼 얼른 소리로 중얼대면서 안절부절을 못했다. 그럼 이판사판이니 시민증 없이 그냥 피란길에 나서보자고 하면 스파이로 몰려 누구 총살당하는 걸 보고 싶으냐고 그 초점 없는 눈을 희번덕댔다.

식구들을 이럴 수도 저럴 수도 없이 만들면서 오빠가 바라는 건 자기는 가만히 앉았고, 식구들이 무슨 수를 써서든지 그걸 입수해다 주는 거였다.

"어머니 다 팔아요. 집이고 세간이고 다 팔면 그까짓 시민증 하나 못 살라구요. 그까짓 거 애꼈다 뭐 하려고 안 팔아요."

이런 터무니없는 응석으로 어머니의 피눈물을 흘리게 하는가 하면 나한테까지 못할 소리를 마구 해댔다.

"야아, 너 빽 있는 놈 하나 물어서 이 오빠 좀 살려주면 안 되니? 누이 좋다는 게 뭐냐?"

이런 창피스러운 억지가 실은 오빠의 망가진 정신의 마지막 경련이었다. 서울을 포기하겠으니 남은 시민들은 질서 있게 피란을 하라는 마지막 후퇴령이 내린 날, 우리 세 식구도 피란짐을 이고 지고 덮어놓고 집을 나섰다. 그래도 혹시나 하고 끝까지 남아 있다가 그제야 떠나는 이웃도 있어 그들에게나마 우리도 피란을 가는 것을 보여주지 않으면 훗날 또다시 빨갱이로 몰릴까봐 겁도 났지만 그 집에서 또다시 빨갱이 세상을 맞기는 더 무서웠다. 의용군에서 도망친 건 보통 전향하곤 달라서 극형까지도 각오해야 될 것 같았다. 그때 우리 식구의 사고나 행동은 오로지 빨갱이냐 아니냐 하는 문제에 의해 지배당하고 있었다.

노도처럼 남으로 밀리는 피란 행렬에 끼었으면서도 검문을 피하느라 도심을 몇 바퀴 배회한 데 지나지 않았고, 오빠는 검문이 있을 만한 곳을 더듬이처럼 예민한 감촉으로 예감하고 재빠르게 피하는 능력 빼고는 아무런 생각도 의지도 없는 폐인처럼 돼 있었다. 나는 이런 오빠가 짐스러운 나머지 혼자 도망칠 기회만 엿보고 있었다. 그때 어머니가 말했다.

"얘들아, 우리 현저동으로 가자꾸나."

어머니로부터 현저동 소리를 듣자, 나는 마치 오랜 방탕 끝에 고향으로 돌아가기로 결심한 탕아처럼 겸손하고 유순해졌다. 번들거리는 불안한 빛을 빼면 텅 빈 오빠의 눈에도 일순 기쁨 같은 게 어렸다.

"그 처녑 속처럼 구질구질한 동네는 우리가 숨어 지내기 알맞을 거다."

어머니는 이제 마음이 놓이는지 편안한 목소리로 이렇게 덧붙였다. 처녑 속처럼 구질구질하다는 어머니의 표현이 경멸보다는 그리움으로 다가오고 있었다.

"그 동네도 텅 비었겠지. 아무 집에서나 숨어 지내다가 우리 국군이 돌아오거든 우리집으로 가자꾸나. 내 생전에 이렇게 사람이 무서워보기도 처음인가보다. 내 마음이 고약한지 세상 인심이 고약한지. 그렇지만 그 동네 사람은 한두 사람 만난대도 덜 무서울 것 같다. 워낙 진국들이니까."

내로라고 뽐내는 사람들의 인심에 초개처럼 농락당하고 상처받은 우리는 처음 서울 와서 가장 고난의 시절을 보냈던 빈촌에 아직도 남아 있는 고전적인 가난과 진국스러운 인심을 생각하고 마치 구원의 실마리를 찾아낸 것처럼 마음이 밝아지고 있었다. 오빠의 망가진 정신이 어쩌면 치유될지 모른다는 희망까지 생겼다. 우리는 마치 귀향처럼 아니, 크고 너그러운 품으로의 귀의歸依처럼 조용한 희열에 넘쳐 허위단심 현저동 꼭대기를 기어올랐다. 골목마다 낯익고 정다워서 우리를 감싸안는 듯했다. 작전상 후퇴의 마지막 날 저녁나절이라 동네는 움직이는 거라곤 개미 새끼 한 마리 못 만나게 완전히 비어 있었다. 내려다본 시가지도 불빛 하나 없이 황혼에 잠긴 게 갯벌처럼 공허해 보였다. 어머니가 나직하게 한숨을 쉬며 속삭였다.

"빨갱이란 사람들도 참 딱한 사람들이지. 여기 사는 가난뱅이들 인심도 못 얻고 무슨 명분으로 빨갱이 정치를 할 셈인고."

어머니가 그때까지 알고 지낸 몇 집을 찾아갔으나 물론 다 비어 있었다. 우린 그중에 우물이 있는 집을 골라 문을 따고 들어갔다. 집이 허술하니까 문도 수월하게 딸 수가 있었다. 모든 집이 비어 있어서 어차피 무단 침입할 바엔 좀더 나은 집을 차지할 수도 있었지만 어머니는 어디까지나 나중에 사과하고 신세를 갚는 걸 전제로 하려 했기 때문에 아는 집 중에서 골라잡을 수밖에 없었다.

그후 며칠 동안 우린 사람이라곤 못 만났고 세상이 바뀐 건지 안 바뀐 건지 알아낼 수도 없었다. 우린 한 달가량의 양식을 가지고 있었고 그 집엔 잡곡과 김장김치와 장작과 우물이 있었다. 우린 그 생활에 만족했다. 오빠가 먼 길을 도망쳐 오며 꿈꾸던 것도 바로 그런 만족한 생활이 아니었을까? 나는 문득 생각하곤 했다. 무엇보다도 자기가 어떠어떠한 사람이라는 걸 나타내 보이려고 말씨나 행동을 꾸밀 필요가 없다는 게 오빠의 치유에 도움이 되리라는 희망이 생겼다. 벌써 조금씩이나마 그런 조짐이 보이고 있었다. 오빠는 남쪽 친정에 가서 몸을 푼 아내와 아들에 대해 비록 불확실하게나마 염려하고 궁금해하는 눈치를 보일 때가 가끔 있었다. 여지껏 없던 일이었다. 우선 가장 가까운 사람을 향한 마음으로부터 열릴 가능성이 뵈는 것 같아 반가웠다.

우린 우리의 완벽한 은신을 감지덕지할 줄만 알았지 그 허점을 모르고 있었다. 어느 날 우리는 흰 홑이불을 망토처럼 뒤집어쓴 일단의 인민군에 의해 발각되었다. 그들은 서대문 형무소에 주둔하고 있는데 거기서 산동네를 쳐다보면 매일 아침저녁 굴뚝으로 연기가 오르는 집이 몇 집 있더라는 것이었다. 연기 나는 집을 하나하나 다 뒤져봐도 재수 없게 다 죽게 된 늙은이 아니면 병자가 고작이더니 이 집엔 웬 젊은 여자가 다 있냐고 마침 문을 열어준 나를 호시탐탐 노려보았다.

"네 그러믄요. 이 집엔 여자들만 산다니까요. 찾아보실 것도 없다니까요."

어머니가 급히 뒤따라 나오면서 안 해도 될 소리를 두서없이 지껄였다. 그들이 어머니를 밀치고 안으로 들어갔다.

"동무도 여자요?"

앞장선 군관이 싸늘하게 웃으면서 오빠에게 물었다. 인민군을 본 오빠가 갑자기 실어증에 걸렸는지 으, 으, 으, 하고 신음할 뿐 뜻이 통하는 소리는 한마디도 못했다.

"가안 여자는 아니지만서두 병신이에요. 사람값에 못 가는 병신이니까 여자만도 못하죠. 웬수죠. 병신자식은 평생 웬수죠."

어머니의 얼굴에 공포와 비굴이 처참하게 엇갈렸다. 어머니가 그렇게까지 강조할 것도 없이 오빠는 누가 보기에도 성한 사람은 아니었다. 우락부락 거친 그들과 비교되어 더욱 그랬다. 몸은 파리하게 여위고 눈은 공허하고 입에선 알아들을 수 없는 외마디소리가 새어나올 뿐이었다. 어머니가 병신자식이라는 걸 너무 강조하지 말았으면 좋았을 것을.

그후 그들은 겨끔내기로 자주 우리집에 드나들었다. 그중엔 보위부 군관도 있었는데 오빠에 대해 뭔가를 눈치채고 있는 것 같았다. 우리들하고 천연덕스럽게 고향 얘기나 처자식 얘기를 하다가도 갑자기 오빠를 노려보면서 딴사람같이 카랑카랑한 목소리로 동무 혹시 인민군대에서 도주하지 않았소? 한다든가 동무, 혹시 국방군에서 낙오한 게 아니오? 하면 간이 콩알만큼 오그라들었다. 그러나 오빠는 그들만 나타나면 사색이 되어 떠는 증이 그런 소리로 더해지거나 덜해지지 않았고, 인민군복을 보자마자 새로 생긴 실어증도 끝내 그대로여서 병신노릇에 빈틈이 없었다. 문제는 우리였는데 우리도 오빠가 병신이 된 걸 연기로서가 아니라 실제로 받아들이고 있었다. 슬프고 원통한 일이었지만 오빠가 치유될 가망성은 없어 보였다.

그러나 그 보위부 군관은 남달리 집요한 데가 있었다. 위협도

하고 회유도 하고 때론 애원까지 하면서 진상을 알고 싶어했다.

"어머니, 어머니를 보면 딱해죽갔어. 아들 하나가 어쩌다 저 꼴이 됐을까? 그렇지만 배 안의 병신은 아니지? 그치? 배 안의 병신만 아니면 고칠 수 있어. 우리 북반부 의술은 세계적이거든. 그러고도 가난한 사람 우선이야. 내가 얼마든지 좋은 의사 보내줄 수 있으니까 바른대로만 말해. 언제부터 왜 저렇게 됐나."

자주 드나들면서 언제부터인지 우리 어머니를 어머니라고 부르면서 이렇게 응석 섞인 반말지거리까지 했다. 차고 모질게 굴 때보다도 그럴 때의 보위 군관이 우리 모녀는 가장 싫고 무서웠다. 그럴 때는 어머니도 벌벌 떨면서 횡설수설하기가 일쑤여서 곁에서 지켜보는 나를 불안하게 했다. 그러나 그가 돌아가면 어머니는 눈을 찡긋하면서 일부러 그랬다고 말해서 나를 어이없게 했다.

사람이 살기 위해선 못 익숙해질 게 없었다. 독사와 더불어 춤을 추는 것 같은 섬뜩하고 아슬아슬한 곡예로 하루하루를 넘겼다.

다시 포성이 가까워지고 그들의 눈에 핏발이 서기 시작했다. 어머니는 앉으나 서나 그들이 곱게 물러가기만을 축수했다.

"그저 내 자식 해코저만 마소서. 불쌍한 내 자식 해코저만 마소서."

마침내 보위 군관이 작별하러 왔다. 그의 작별 방법은 특이했다.

"내가 동무들같이 간사한 무리들한테 끝까지 속을 것 같소. 지금이라도 바른대로 대시오. 이래도 바른 소리를 못하겠소?"

그가 허리에 찬 권총을 빼 오빠에게 겨누며 말했다.

"안 된다. 안 돼. 이노옴 너도 사람이냐? 이노옴."

어머니가 외마디 소리를 지르며 그의 팔에 매달렸다. 오빠는 으, 으, 으, 짐승 같은 소리로 신음하는 게 고작이었다. 그가 어머니를 휙 뿌리쳤다.

"이래도 이래도 바른 말을 안 할 테냐? 이래도."

총성이 울렸다. 다리였다. 오빠는 으, 으, 으, 으, 같은 소리밖에 못 냈다.

"좋다. 이래도 바른 말을 안 할 테냐? 이래도."

또 총성이 울렸다. 같은 말과 총성이 서너 번이나 되풀이됐다. 잔혹하게도 그 당장 목숨이 끊어지지 않게 하체만 겨냥하고 쏴댔다.

오빠는 유혈이 낭자한 가운데 기절해 꼬꾸라지고 어머니도 그가 뿌리쳐 나동그라진 자리에서 처절한 외마디소리만 지르다가 까무라쳤다.

"죽기 전에 바른 말 할 기회를 주기 위해 당장 죽이진 않겠다."

그후 군관은 다시 나타나지 않았다. 며칠 만에 세상은 또 바뀌었다.

오빠의 총상은 다 치명상이 아니었는데도 며칠 만에 운명했다. 출혈이 심한데다 적절한 치료를 받을 수가 없었기 때문이다. 그 며칠 동안에도 오빠의 실어증은 회복되지 않았다. 그 며칠 동안의 낭자한 유혈과 하늘에 맺힌 원한을 어찌 잊으랴. 그러나 덮어둘 순 있었다. 나는 남자를 만나 사랑을 하고 자식을 낳아 또 사랑하는 걸로, 어머니는 손자를 거두어 기르며 부처님께 귀의하는 걸로.

마취가 깨어날 때 부린 난동으로 어머니는 어찌나 많은 힘을 소모하였는지 그후 오랫동안 탈진 상태가 계속됐다. 부피도 무게도 호흡도 없이 불면 날아갈 듯 한 장의 백지장이 되어 누워 있었다. 간혹 문병을 와주는 친척이나 친구 보기에도 도저히 회복될 가망이 없어 보였던지 모두 심각하게 고개를 저었다. 그들 중에는 어머니가 아예 의식이 없는 줄 알고 서슴지 않고 장례 절차 얘기를 하는 이가 있는가 하면 상갓집에 온 줄 착각을 하는지 천수를 누리셨으니 너무 서러워 말라고 우리를 위로하는 이도 있었다. 우리 역시 그런 그들을 말리거나 언짢게 생각하지 않았다. 한두 숟갈 유동식을 받아 넘긴다든가 주삿바늘을 찌를 때 찡그리는 것 외엔 어머니에게 의식이 남아 있다는 표시는 참으로 미미했다.

어느 날, 문병을 와준 내 친구도 이런 어머니를 일별하더니 대뜸 이렇게 말했다.

"수의는 장만해놨니?"

"아니, 뭐 그런 끔찍한 걸 미리 장만을 하니?"

"얘 좀 봐, 그럼 묘지는?"

"묘지? 그런 것도 미리 장만하는 거니?"

"얘 좀 봐, 그것도 안 해놨구나. 넌 하여튼 알아줘야 해."

"뭘?"

"너 나이롱 딸인 거, 말야."

"나이롱 딸?"

"그래 나이롱 딸, 이런 엉터리. 아들도 없는데 딸까지 이런 순 엉터리니……"

나는 내가 나일론에다 엉터리인 건 상관없었지만 어머니를 위해선 좀 안된 것 같아 변명할 마음이 생겼다.

"우린 고향에 선영이 있지 않니?"

"느이 고향이 어딘데?"

"몰라서 묻니? 개성 쪽, 개풍군이야."

"거기 있는 선영이 무슨 소용이 있어?"

"그래도."

"그래도라니? 변명치곤 너무 구차스럽다 애. 이북에 두고 온 논밭 저당잡고 돈도 꿔달랠라."

입이 험한 친구는 사정없이 나를 몰아세웠다.

"그게 아니라 일종의 묵계 같은 거지. 어머니는 비록 살아생전에 못 가셨더라도 돌아가신 후에만은 선영에 아버님 곁에 누우시길 바라실 거 아니니? 말씀은 안 하셔도 속으로 간절히 바라시는 걸 빤히 알면서 어떻게 딴 데다 묘지를 사놓니? 그야 막상 돌아가시면 문제가 달라지겠지? 그때 가서 묘지를 사도 늦을 거 없잖아. 묘지란 어차피 사후의 집이니까."

이때 어머니가 눈을 떴다. 백지장 같은 모습과는 딴판으로 또렷하고 생기 있는 눈이어서 친구는 앉은자리에서 에그머니나 비명을 지르며 내 옷소매에 매달렸다.

"호숙 에미 나 좀 보자."

어머니가 정정한 목소리로 나를 곁으로 불렀다.

"네 어머니."

나는 어머니에게로 조심스럽게 다가갔다. 어머니의 손이 내 손을 잡았다. 알맞은 온기와 악력握力이 나를 놀라게도 서럽게도 했다.

"나 죽거든 행여 묘지 쓰지 말거라."

어머니의 목소리는 평상시처럼 잔잔하고 만만치 않았다.

"네? 다 들으셨군요?"

"그래 마침 듣기 잘했다. 그러잖아도 언제고 꼭 일러두려 했는데. 유언 삼아 일러주는 게니 잘 들어뒀다 어김없이 시행토록 해라. 나 죽거든 내가 느이 오래비한테 해준 것처럼 해다오. 누가 뭐래도 그렇게 해다오. 누가 뭐라든 상관하지 않고 그럴 수 있는 건 너밖에 없기에 부탁하는 거다."

"오빠처럼요?"

"그래, 꼭 그대로, 그걸 설마 잊고 있진 않겠지?"

"잊다니요. 그걸 어떻게 잊을 수가……"

어머니의 손의 악력은 정정했을 때처럼 아니, 나를 끌고 농바위 고개를 넘을 때처럼 강한 줏대와 고집을 느끼게 했다.

오빠의 시신은 처음엔 무악재 고개 너머 벌판의 밭머리에 가매장했다. 행려병사자 취급하듯이 형식과 절차 없는 매장이었지만 무정부 상태의 텅 빈 도시에서 우리 모녀의 가냘픈 힘만으로 그것 이상은 가능한 일이 아니었다.

서울이 수복되고 화장장이 정상화되자마자 어머니는 오빠를 화장할 것을 의논해왔다. 그때 우리와 합하게 된 올케는 아비 없는 아들들에게 무덤이라도 남겨줘야 한다고 공동묘지로라도 이장할 것을 주장했다. 어머니는 오빠를 죽게 한 것이 자기 죄처럼, 젊어 과부 된 며느리한테 기가 죽어 지냈었는데 그때만은 조금도 양보할 기세가 아니었다. 남편의 임종도 못 보고 과부가 된 것도 억울한데 그 무덤까지 말살하려는 시어머니의 모진 마음이 야속하고 정떨어졌으련만 그런 기세 속엔 거역할 수 없는 위엄과 비통한 의지가 담겨 있어 종당엔 올케도 순종을 하고 말았다.

오빠의 살은 연기가 되고 뼈는 한줌의 가루가 되었다. 어머니는 앞장서서 강화로 가는 시외버스 정류장으로 갔다. 우린 묵묵히 뒤따랐다. 강화도에서 내린 어머니는 사람들에게 묻고 물어서 멀리 개풍군 땅이 보이는 바닷가에 섰다. 그리고 지척으로 보이되 갈 수 없는 땅을 향해 그 한줌의 먼지를 훨훨 날렸다. 개풍군 땅은 우리 가족의 선영이 있는 땅이었지만 선영에 못 묻히는 한恨을 그런 방법으로 풀고 있다곤 생각되지 않았다. 어머니의 모습엔 운명에 순종하고 한을 지그시 품고 삭이는 약하고 다소곳한 여자 티는 조금도 없었다. 방금 출전하려는 용사처럼 씩씩하고 도전적이었다.

어머니는 한줌의 먼지와 바람으로써 너무도 엄청난 것과의 싸움을 시도하고 있었다. 어머니에게 그 한줌의 먼지와 바람은 결코 미약한 게 아니었다. 그야말로 어머니를 짓밟고 모든 것을 빼앗아간, 어머니가 도저히 이해할 수 없는 분단分斷이란 괴물을 홀로 거역할 수 있는 유일한 수단이었다.

어머니는 나더러 그때 그 자리에서 또 그 짓을 하란다. 이젠 자기가 몸소 그 먼지와 바람이 될 테니 나더러 그 짓을 하란다. 그후 삼십 년이란 세월이 흘렀건만 그 괴물을 무화無化시키는 길은 정녕 그 짓밖에 없는가?

"너한테 미안하구나, 그렇지만 부탁한다."

어머니도 그 짓밖에 물려줄 수 없는 게 진정으로 미안한 양 표정이 애달프게 이지러졌다.

아아, 나는 그 짓을 또 한번 할 수밖에 없을 것 같다.

어머니는 아직도 투병중이시다.

(1981)

아저씨의 훈장

그 거리엔 유난히 열쇠고리 장수들이 많았다. 그 밖에 손톱깎이 장수, 병따기장수, 만능칼장수 등 잔다란 쇠붙이들을 벌여놓은 잡상인들이 즐비했음에도 불구하고 왠지 열쇠고리장수만이 내 눈에 자주 밟혔다.

"얼마요?"

나는 그중에도 제법 좌판이 큰 열쇠고리 장수 앞에 쭈그리고 앉으며 물었다.

신문을 보고 있던 청년은 나를 흘긋 한번 쳐다보고는 이백원짜리도 있고 삼백원짜리도 있다고만 무뚝뚝하게 대답하고 다시 신문을 보았다. 뜻밖에 매섭고 심각한 눈빛이었다. 청년이 열심히 보고 있는 건 어느 대학교수가 극일克日을 주장하는 긴 논설이었다.

열쇠고리장수 청년이 항일투사의 후예인지도 모른다고 생각했다.

마침 잔돈이 없었다. 다행히 청년은 내가 주머니를 뒤지며 어쩔 줄을 모르는 데는 관심 없이 신문만 보고 있었다. 하필 천원짜리도 없이 만원짜리뿐이었다.

아무리 팔아주고 싶어도 좌판에 있는 것을 모조리 살 만한 고액권을 내놓고 거스름돈을 달래기가 돈이 없다는 것보다 더 미안하게 여겨져서 나는 열없게 웃으면서 일어섰다.

청년이 또 한번 흘긋 쳐다봤다.

"저어, 왜 자물쇠장수는 없죠?"

미안해서 뭔가 한마디 한다는 게 그만 이런 엉뚱한 소리를 하고 말았다. 청년은 대답하지 않았다.

그렇다고 내가 자물쇠가 필요했던 건 아니다. 내 집에도 내 사무실에도 필요할 때 잠글 수 있는 문은 수도 없이 많았다. 현관문을 비롯해 방문, 욕실문, 옷장서랍, 책상서랍, 문갑 문, 냉장고 문에까지 열쇠구멍이 있어서 필요할 때 열고 잠글 수 있었지만 따로 자물쇠가 필요한 구닥다리 문은 하나도 없었다.

빠리제과점은 그렇게 시끌시끌하면서도 어딘지 시난고난 쇠잔해가는 것 같은 거리 중간쯤에 있었다. 나는 약도를 다시 꺼내보았다. 제과점과 사격장 사이로 난 골목으로 들어가 여인숙이 있는 삼거리에서 왼쪽으로 꼬부라져 오른쪽으로 셋째 집이었다. 제과점과 사격장은 나란히 있는 것처럼 보일 만큼 그 사이로 난 골목은 좁았다. 그러나 골목이 있는 이상 약도대로 찾아온 건 틀림이 없는

데도 나는 잘못 찾은 것처럼 찜찜하고 낭패스러웠다.

노인네 문병이기 때문에 뭘 좀 사야 하는 건데 빠리제과점에서 케이크를 사면 된다는 생각으로 아직 빈손이었다. 빠리제과점 골목이라고 들었을 때부터 세련되고 정결한 고급 제과점을 연상한 게 잘못이었다. 시골의 구멍가게도 샌프란시스코니, 베니스니, 모나코니 하는 이름으로 행세하고 싶어하는 풍속도 모른대서야 간첩으로 오인받아 쌀 만큼 도처에 흔해빠진 게 그런 상호였다. 그런데도 그런 착각을 얼핏 한 것은 중동 출장길에 빠리를 거쳐온 지가 얼마 안 됐기 때문인지도 모른다.

잠깐 거쳤지만, 어쩌면 잠깐 거쳤기 때문에 더더욱, 세상에 사람이 이렇게 살 수도 있었구나! 하는 찬탄과 선망이 아직도 가슴에 멍이 되어 남아 있었다.

나는 유리가 부옇게 흐린 진열장 속에 원색적인 조화로 장식한 싸구려 케이크와 양회 바닥이 고르지 못한 침침한 내부를 일별하고는 필요 이상의 혐오감에 사로잡혔다. 그리고 돈으로 드려야지, 돈이 나을 거야, 라고 생각을 고쳐먹었다.

너우네 아저씨가 오랫동안 병석에 계시고 근래엔 사람도 못 알아볼 만큼 병세가 악화됐다는 걸 알기는 성표 형을 통해서였다.

십 년 넘어 서로 소식이 끊겼던 성표 형을 우연히 만난 건 며칠 전 거래처 사무실에서였는데 몸이 많이 불고 경기도 좋아 보였다.

"형님, 운동 좀 하셔야겠수."

나는 수인사 끝에 할말도 없고 해서 이렇게 그의 비만증을 건드렸었다.

"말도 말게. 집사람하고 나하고 합치면 자그만치 이백 킬로가 넘는다네. 게다가 막내딸년이 국민학교 오학년에 벌써 오십 킬로가 넘으니 오죽해야 차가 못 배겨나겠나. 자꾸만 뒤가 내려앉아서 이번엔 큰마음 먹고 육기통으로 바꾸었는데 견딜라나 모르겠어."

나는 속으로 무슨 화제든지 제 자랑, 제 자랑 중에도 재력 자랑으로 몰고 가는 성표 형 버릇은 여전하구나 싶어 아니꼬운 생각이 들었지만 또 만날 사람도 아니겠다 적당히 상대해주다 먼저 일어서면서 한번 찾아뵙겠다고 인사치레를 했다. 그때도 그는 요새 새로 이사했다는 아파트를 가르쳐주면서 그 아파트의 평수가 오십 평이 넘으며 평당 가격이 얼만데 요새도 매일매일 치솟는다는 문지도 않는 얘기를 중언부언했다.

"참, 아저씨도 여전히 건강하시겠죠?"

나는 그의 돈 많은 척이 울컥 듣기 싫어서 중동을 자를 겸 뒤늦게 너우네 아저씨 안부를 물었다.

"으응? 삼촌 그 양반……"

성표 형은 뒤가 켕기는 것처럼 묘하게 끄는 소리로 이렇게 더듬대고 나서 건강치 못할뿐더러 얼마 못 사실 것 같단 얘기를 했다.

"형님도, 그 얘길 어쩌면 이제야 하세요. 하마터면 돌아가시기 전에 못 뵐 뻔했잖아요? 일간 꼭 찾아뵙겠어요."

이러면서 수첩을 꺼내 건성으로 들은 그의 아파트 동호수를 적어놓으려고 했다. 그제야 그는 아저씨하고 같이 살고 있지 않다고 했다.

"삼촌 딴살림 내드린 지가 벌써 언제부터라고. 자네 뭘 그렇게 놀라나? 친부모도 함께 살기가 힘든 세상인데 그만하면 오래 모셨지. 살림 나셨다고는 하지만 그 어른이 모아놓은 재산이 있나, 경제력이 있나, 생활비는 전적으로 내 책임이니 요즈음 세상에 삼촌한테 그만큼 하는 조카자식 없네, 없어."

처음엔 좀 기가 죽은 듯하던 성표 형이 점점 기고만장해지면서 언성을 높였다.

"그럼 혹시 그동안에 아저씨가 새장가라도?"

"새장가?"

성표 형이 큰 소리로 반문하면서 한바탕 웃어제쳤다. 부자연스럽도록 호탕한 너털웃음에 거대한 배가 강진强震에 흔들리는 땅덩이처럼 경망을 떨었다.

"새장가는 아무나 드나? 돈이 있든지 사내 구실을 제대로 하든지……"

그는 미처 말을 마치기도 전에 또 껄껄대기 시작했다. 그가 그의 삼촌을 그렇게 말해도 되는 걸까. 딴사람도 아닌 내 앞에서. 나는 성표 형하고도 너우네 아저씨하고도 촌수가 닿는 친척은 아니었지만 그들의 근본을 누구보다도 잘 알고 있다는 걸 그가 모르지 않으련만.

나는 성표 형이 너우네 아저씨를 그렇게 잔혹하게 깔아뭉개는 게 나에게 대한 간접적인 모욕까지 겸하고 있는 것처럼 불쾌했다.

"그럼 지금 위중하신 양반이 혼자 사신단 얘기예요, 뭐예요?"

나는 볼멘소리로 이렇게 물었다. 그러나 성표 형은 조금도 주눅 들지 않고 피둥피둥했다.

"집사람들이 죽을 지경이라네. 다니면서 수발을 들다가, 뒤도 못 가리게 위중해지시고부터는 숫제 똥 치는 사람을 하나 따로 뒀지. 두면 뭘 하나, 똥 치는 것도 전문직이라고 똥 치고 빼는 것 외엔 생판 몰라라 하는걸. 숨넘어가는 낌새도 몰라라 할까봐 하루 걸러라도 안 들여다볼 수가 없지. 시부모 없는 데로 시집와서 마냥 편하다가 요새 된통 걸렸지. 그 분풀이가 다 어디로 가겠나. 허구 한 날 바가지를 박박 긁어쌓는데, 그 눈치 보랴 비위 맞추랴 그것도 똥 치는 수고 못지않다네."

그가 똥 소리를 어쩌나 걸쩍하고 실감나게 하는지 나는 코를 감싸쥐고 싶었고 될 수 있는 대로 빨리 그 자리를 피하고 싶었다. 그때 바쁜 일을 핑계로 먼저 자리를 뜨면서 물어본 너우네 아저씨의 현재 거처가 바로 P동의 빠리제과점과 사격장 사이로 난 골목으로 들어가 여인숙이 있는 삼거리에서 왼쪽으로 꼬부라져 오른쪽으로 셋째 집이었다.

나는 그가 일러준 대로 약도를 그리면서 그의 똥 소리를 들으면서 느낀 분노와 혐오감이 차츰 너우네 아저씨가 그래도 인간적인 대접을 받고 있으려니 싶은 안도감으로 바뀌는 걸 느꼈다. 성표 형의 태도가 그만큼 거침없이 떳떳한 때문이기도 했고, 내가 아는 P동이 예로부터 내려오는 도심의 품위 있는 주택가인 때문이기도 했다. 그러나 무엇보다도 빠리제과점 골목이란 소리가 나로 하여 금 밝고 편안한 거처를 연상하게 했던 것이다.

나는 나의 착각이 쑥스러워, 애꿎은 빠리제과점한테 한껏 모멸 의 시선을 던지고 나서 사격장 앞에서 잠시 망설였다. 사격장 안 은 그 속에 사람이 있는지 없는지도 분간할 수 없을 만큼 껌껌했 고, 한길로 튀어나온 나무시렁 위에는 대여섯 자루의 권총이 음산 한 무쇠빛으로 나동그라져 있었다. 나는 사내답지 못하게 총부리 만 보면 가슴이 철렁 내려앉는 버릇이 있었다.

집의 아들녀석이 한창 장난이 심할 때였다. 장난감총으로 내 가 슴을 겨냥하고, 땅땅땅 총소리를 낼 적에 나는 죽는 시늉을 하면서 쓰러지는 대신 당장 아이한테서 총을 뺏어 집어던지고 나서 그런 못된 장난을 어디서 배웠는지 대라고 따귀를 때리면서 호령을 했 었다. 그 일은 두고두고 아내로부터 비난을 받았고, 부부싸움을 할 때마다 나의 아비 자격을 트집 잡는 좋은 꼬투리가 되곤 했었다.

나는 총구를 조심하며 사격장의 권총을 잡아보았다. 음산한 무 쇠빛과는 달리 플라스틱제였다. 가쁜한 권총 총구는 끈 달린 코르 크 마개로 막혀 있었다. 그런 놀이를 본 적이 생판 없는 것도 아닌데도 나는 배신감 비슷한 불쾌감을 느꼈다. 문병을 그만둘까 하는 생각도 들었다. 나의 목적이 문병 외에 딴 저의가 있을지도 모른다는 생각도 들었다.

너우네 아저씨는 어느 만큼 중태인 것일까. 뒤도 못 가린다니 사람도 못 알아볼지도 모르지. 목숨만 붙어 있다뿐 의식은 이미 죽은 환자를 문병한들 무슨 소용이 있을까. 더구나 생전에 한번 뵈었다는 걸로 가책이나 비난을 면할 만큼 의리를 지켜야 할 사이도 아니었다. 중태란 소식 대신 부음을 들었대도 문상을 해도 그만 안 해도 그만인 사이였다.

그러나 나는 되돌아서지 않았다. 나는 너우네 아저씨가 지금 처한 상황을 똑똑히 봐두고 싶었다. 내가 보길 원하는 게 그분의 행복한 말로인지 비참한 말로인지는 분명치 않았다. 만약 그분이 지금 비참한 처지에 놓여 있다면 성표 형을 용서할 수 없었다. 성표 형의 유들유들한 비만증까지도 치가 떨렸다. 그러나 그분의 임종의 자리가 정결하고 편안하고 유복해도 역시 내 마음이 편할 것 같지가 않았다.

도대체 네가 바라는 건 뭐냐? 나는 엉뚱한 음모를 꾸미고 있을지도 모를 자신에게 이렇게 따졌다. 그러나 확실한 건 너우네 아저씨가 어떻게 죽어가나를 보고 싶다는 것뿐이었다.

P동은 내 기억 속의 품위 있는 동네와는 얼토당토않았다. 옛날의 고래등 같은 기와집은 땅 속으로 반쯤 가라앉은 것처럼 쇠잔

해 보였고, 아침마다 싸리비 자국이 정결하던 골목길엔 보도블록
이 고르지 못하게 깔려 더럽고 울퉁불퉁했다. 집집마다 다투어 간
살을 추녀 끝까지 내밀어 집 꼴을 추악하게 만들고, 가뜩이나 좁은
골목을 더욱 좁게 만들어놓고 있었다. 나는 그런 누추한 골목길을
더듬어 여인숙이 있는 삼거리까지 오는 동안에 벌써 그런 동네에
사는 사람들을 싸잡아 오죽잖은 사람들로 얕보고 있었다.

　여인숙이 있는 삼거리에서 왼쪽으로 꼬부라져 오른쪽으로 셋째
집 역시 기둥이 삐딱하게 기울고, 대문 문지방이 길보다 낮아 침몰
해가는 폐선처럼 보이는 고옥이었다. 문패도 번지수도 없었다. 나
는 앞집 대문 앞까지 물러나 그 집의 푹 꺼진 용마루와 기왓골 사
이에서 자라는 풀을 바라보고 나서 대문 틈으로 안의 동정을 살폈
다. 다 쓰러져가는 집이지만 간살은 넓어 보였고 가지각색의 쓰레
기통이 여러 개 놓여 있고 하나같이 꾸역꾸역 넘치는 걸로 봐서 여
러 가구가 살고 있는 것 같았다.

　나는 큰기침을 하면서 대문을 밀었다. 문간방 연탄아궁이 앞에
쭈그리고 앉아 끓어넘는 빨래를 막대기로 뒤적이고 있던 여자가
흘긋 쳐다봤다. 열린 중문으로 꽤 넓은 안마당과 여러 가구의 세든
방들이 보였지만 나는 꼭 그 문간방에 너우네 아저씨가 누워 있을
것 같았다. 성표 형한테 들은 똥 소리를 단박 연상할 만한 퀴퀴한
냄새를 맡았기 때문이다.

　빨래를 삶던 아주머니는 나를 다시는 쳐다보지 않고 빨래만 들

여다보고 있었다. 여러 가구가 사니까 드나드는 사람도 많은 데 익숙해져 있는 눈치였다.

"저, 말씀 좀 여쭤보겠는데요."

그러나 나는 확신을 가지고 그 아주머니한테 말을 시키고 있었다.

"안에 들어가 물어봐요. 난 이 집에 눌러사는 사람이 아니니까 암것도 몰라요."

"너우네 아저씨가 여기 사신다고 들었는데요?"

"글쎄, 난 이 방에 출근해서 일하는 사람이라 이 집 일은 암것도 모른다니까요. 들어가서 물어봐요. 자그만치 여섯 가구나 사는 집이니 너우네 아저씨가 없으면 여우네 아저씨라도 안 있겠어요?"

아주머니는 농지거리까지 하면서도 쳐다보진 않았다. 나는 개의치 않고 그 아주머니한테 말을 시켰다.

"영감님이에요, 홍씨 성 가진. 노환으로 위중하시다고 듣고 문병을 왔는데요."

비로소 여자가 부스스 일어섰다.

"홍씨 성인지는 모르지만 죽을 날만 기다리는 노인이 있는 건 이 집에서 이 문간방밖에 없는데……"

"아주머니는 그 노인 시중을 들러 출근하시는 분이군요?"

"맞았어요. 근데 아들 손주도 들여다보지 않는 산송장을 문병 온 댁은 뉘시우?"

"한 고향 어른이에요. 진작 와 뵈었어야 하는 건데 몰랐어요. 며느님은 자주 들르나요?"

"들르면 뭘 해요. 굶겨 죽였단 소린 안 들으려고 먹을 거 떨어질 만하면 들렀다간 노인을 들여다도 안 보고 가는걸."

"좀 뵐 수 있겠습니까?"

"벌써 사람 못 알아보는 지 오래예요. 그래도 뵙고 가는 게 도리지. 암, 도리구말구."

아주머니가 횡하니 삶은 빨래 대야를 마당 수돗가에 갖다놓고는 문간방 미닫이문을 열었다. 하마터면 게울 뻔하게 야릇한 냄새가 끼쳐왔다.

아주머니가 먼저 방으로 들어서면서 말했다.

"뒤를 보시는 족족 깨끗이 치워드리건만 욕창 때문에 그래요. 살 썩는 냄새가 똥오줌 냄새보다 훨씬 더 고약하거든요."

내가 도망치고 싶은 걸 가까스로 참을 수 있었던 것은 순전히 아주머니 때문이었다. 아주머니의 시선은 거의 매달리다시피 내가 문병을 완수하길 촉구하고 있었다. 나는 요령껏 호흡을 절제하며 구두를 벗고 올라섰다. 방문은 내 키보다 낮고 방 속은 침침했다. 아주머니의 얼굴엔 옳지, 옳지, 부추기면서 어린애에게 쓴 약을 먹이려는 어머니의 그것과 같은 부드러운 강요와 아부의 빛이 서려 있었다. 나도 마지못해 방안에 들어서긴 했지만 낮은 반자를 머리에 인 채 뻣뻣이 서 있었다.

"자아, 문병을 왔으면 가까이서 뵈어야죠. 사람을 못 알아보신다고 했지만 말로 표현을 못 해 그렇지 속으론 다 아실 거예요. 며느님이 밖에서만 와자지껄 떠들다 간 날은 영감님 얼굴에 섭섭하고 괘씸해하시는 티가 완연한걸요. 말을 못 해 그렇지 듣기도 다 들으실 테니 하고 싶은 말 있으면 다 해요. 어여."

아주머니가 등을 미는 바람에 나는 풀썩 주저앉았다. 저게 너우네 아저씨일까? 나는 멍청하게 눈을 치뜨고 누워 있는 노인을 가까이서 보면서 이렇게 생각했다. 나는 어쩌면 이분은 제가 찾는 너우네 아저씨가 아닙니다, 라고 외치면서 도망을 치고 싶은지도 몰랐다. 키는 작달막했지만 다부진 몸매가 살이 내리고 뼈와 가죽만 남으니까 어린애만했다. 그의 부피는 겨우 요 위에 비닐을 깔고 덮은 다후다 이불이 주름잡힐 만했다. 융으로 된 파자마의 목둘레가 맞지 않아 뼈만 남은 어깨까지 드러나 보이는 게 무참했다. 나는 뭐라고 말하는 대신 이불로 그것을 가려주려다 말고 목과 어깨뼈 사이가 앙상하다 못해 너무 깊이 파인 걸 보면서 가슴이 철렁 내려앉았다. 그리고 궁지에 몰린 것처럼 마지못해 이분은 너우네 아저씨임에 틀림이 없다고 생각했다.

사람은 누구나 살을 뺀 골격 모양이 그렇게 생겼으련만 그 무참히 파인 곳을 보자 나는 불현듯 앞뒤로 번쩍번쩍 빛나는 자물쇠를 주렁주렁 늘이고 다닐 때의 너우네 아저씨를 떠올렸다. 너우네 아저씨가 월남해서 처음 잡은 직업이 자물쇠장수였다. 그때만 해도 제대로 된 자물쇠 공장도 없을 때라 그의 상품도 신품이 아닌 중고

품이었다. 특히 미군 부대를 통해 흘러나온 미제 자물쇠는 값도 비싸고 이윤도 많았다. 너우네 아저씨는 이런 중고 놋쇠 자물쇠를 특수한 약으로 반짝반짝 닦아서 끈이 달린 조끼 비슷한 방수천에다 앞뒤로 빈틈없이 달아매고 장사를 나섰다.

나의 어린 눈에 그런 너우네 아저씨는 마치 가슴에 훈장을 하나 가득 달고 백만 대군을 사열하러 나가는 장군처럼 위대해 보였다. 앞뒤로 놋쇠 자물쇠가 금빛으로 반짝거려서만은 아니었다. 너우네 아저씨의 하늘을 찌를 듯 기고만장한 몸짓과 어떤 긍지 때문이었다.

"내가 누구 땜에 이 고생을 하는데, 내 자식 뿌리치고 대신 데리고 나온 내 장조카, 우리 홍씨 문중의 종손, 성표놈 하나 공부 잘시켜 성공하고, 손 퍼뜨리는 거 볼 욕심 하나야, 다른 거 없어. 시체 젊은이들은 내 마음 몰라줘도 지하에 계신 조상님네들은 다 아실 거구면."

그가 너무도 당당했기 때문에 과연 자기 아들을 뿌리치고 장조카만을 데리고 월남한 게 그렇게 잘한 일일까 하는 의문을 품는 것조차 그의 앞에선 나쁜 마음처럼 죄스러웠다.

그가 하찮은 자물쇠 행상을 하면서도 무훈이 혁혁한 장군처럼 당당하게 행세할 수 있었던 것은 순전히 도덕적인 만족감 내지는 도취감 때문이었다. 그는 그 도덕을 완수하기 위해 치러야 했던 그의 인간적인 갈등과 고뇌를 어쩌다 내비치는 적은 있었지만, 그 도덕 자체의 가치를 의심하거나 재고해본 적은 한 번도 없으리라. 그의 당당함이 흔들리는 걸 본 적이 없으니까.

그가 그의 장조카이자 홍씨 문중의 귀중한 종손인 성표 형을 데리고 나오기 위해 뿌리쳐야만 했던 친아들 은표는 나하고 동갑내기였다. 은표는 홍씨 문중의 씨족마을인 너우네에 살았고, 나는 너우네보다 개방적이고 마을도 큰 편인 범바위골에 살았었다. 우리 마을에서 작은 등성이만 하나 넘으면 너우네여서 동갑내기끼리 놀기도 잘하고 싸움도 잘했다. 은표는 나보다 힘이 좀 셌지만 나에겐 형이 있어서 팽이도 깎아주고 썰매나 연도 만들어주는 게 큰 빽이었다. 나는 빽을 믿고 그애를 약올렸고, 그애는 힘으로 나에게 앙갚음을 했다. 같이 읍내 국민학교에 들어감으로써 우리는 싸움을 거의 안 하고 줄창 붙어다니게 되었다. 주로 은표가 우리집으로 나를 부르러 왔고 학교가 끝나면 우리집에서 숙제를 하다가 늦으면 저녁까지 먹고 갔다. 나보다도 형이 잘해주는 데 은표가 더 끌렸던 것 같다. 가끔 나는 형이 우리 둘한테 똑같이 잘해주는 것도 마음에 안 들었고 은표가 나보다 더 형에게 알랑거리는 것도 샘이 나서 심술을 부릴 적도 있었다.

"너도 형 있잖아? 느네 형한테 해달래지 왜 남의 형만 못살게 구냐?"

이러면서 형이 깎아준 팽이나 접어준 딱지를 완살스럽게 압수하면 은표는 기가 죽어서 성표 형은 친형이 아니잖아, 사촌형이란 말야, 하면서 변명을 했다.

그때도 성표 형은 그를 낳자마자 과부가 된 홀어머니와 함께 작은집인 은표네하고 같이 살면서 삼촌의 극진한 보살핌을 받고 있었다. 형이나 아우가 소생을 남기고 죽었을 때, 남은 형이나 아우가 조카자식을 친자식처럼 돌보고 책임지는 건 우리의 전통적인 미풍이라지만 너우네 아저씨는 그 정도가 좀 심했다. 입히는 거 먹이는 게 누가 보기에도 층하가 지게 키웠다. 이밥도 귀한 시절, 성표 형의 밥그릇엔 이밥을 퍼담고 은표 밥그릇엔 여름엔 시커먼 보리밥 겨울엔 샛노란 조밥인 걸 나도 몇 번이나 보았었다. 설빔도 성표 형만 해입혔고, 신발도 성표 형은 운동화, 은표는 검정 고무신을 사신겼다. 신발이나 설빔처럼 돈 드는 건 몰라도 부엌에서 밥 푸는 것쯤은 여자들 마음대로 할 수 있을 법한데 너우네 아저씨가 쥐고 있는 가도家道가 하도 엄해서 식구들은 그가 안 보는 데서도 감히 거역할 엄두를 못 내는 것 같았다. 동서끼리 아무리 의가 좋다 해도 은표 어머니 마음이 편할 리 없었고, 청상과부가 되어 시동생한테 얹혀사는 성표 어머니라고 속 편할 리가 없었다. 소풍 가는 날이나 운동회날 같은 때, 큰어머니 몰래 준 돈이라고 자랑하면서 은표가 군것질하는 것만 봐도 그 여자의 편치 않은 마음이 충분히 짐작됐다.

그러나 어떻게 된 게 너우네 아저씨의 이런 편애를 너우네 사람들은 한결같이 칭송해 마지않았다. 나 보기에 너우네 사람들은 참으로 이상한 사람들이었다. 일가 문중의 이런 칭송에 힘입어 너우네 아저씨는 그때부터 그렇게 당당했었다. 피난 내려와 자물쇠장수가 되기 전부터도 너우네 아저씨는 가슴에 훈장 단 것처럼 으스대며 다녔고, 남의 후레자식까지도 너우네 아저씨만 만났다 하면 일장의 설교를 들어야 했다. 그는 자기 자식은 막 기르고 조카자식을 어르고 떠는 걸로 아무도 감히 용훼容喙할 수 없는 도덕적인 완벽성을 획득하고 있었다.

삼팔선이 가까운 우리 마을은 6·25 때 제일 먼저 인민군이 들어왔고 패주할 때도 나중까지 머물러 있었다. 나의 어린 눈에 그들은 장난감총으로 장난을 하는 것처럼 사람들을 잘도 죽였다. 마을 앞을 흐르는 시냇가에 곧게 자란 미루나무에 사람들을 동여매놓고 난사하는 걸 은표와 나는 끈끈한 손을 맞잡고 구경했었다. 사람들은 죽어서도 눕지 못하고 고개만 떨구었다. 그때의 뙤약볕과, 무수한 은화銀貨를 매달아놓은 것처럼 뙤약볕에 반짝이던 미루나무 잎과, 죽음을 뿜던 음산한 총신은 오래도록 나의 기억에 악몽으로 남아 있었다.

나의 아버지는 이때 일찌거니 처가로 피신했기에 망정이지 그들이 달아나고 나서 헤아려보니 부역하지 않고 살아남은 청장년은 한 명도 없대도 과언이 아니었다. 너우네 아저씨가 피난도 안 가고 부역도 안 하고 마을 속에서 숨어 지낼 수 있었던 것은 순전히 그의 인덕이었다. 남에게 후하게 베풀고 착한 일을 쌓아서 얻은 인덕이라기보다는 순전히 제 자식보다 조카자식을 더 위해 길렀다는 데서 얻은 인덕을 나는 이해할 수 없었고, 마땅치가 않았다. 그때 나는 너우네 아저씨가 무사해서 은표가 그 억울한 신세를 못 면하게 된 게 은근히 속상했는지도 모른다.

그해 겨울, 나는 은표하고 놀 수가 없었다. 나는 너우네에 얼씬도 못 하게 식구들의 감시를 받았다. 너우네에 염병이 돈다는 거였다. 여자들이 싸울 적에 염병을 할 년, 또는 염병을 하다 땀도 못 낼 년, 하고 욕하는 소리를 들은 적은 있지만 도깨비나 귀신처럼 가상적인 공포였을 뿐 그걸 정말 앓는 사람이 생길 줄은 몰랐다. 딴 집도 아닌 은표네서 그걸 앓는다고 했다. 처음엔 은표가 앓는다고 했고, 다음엔 성표가 앓는다고 했고, 할머니도 걸렸다고 한다.

읍내 미군 부대에서 나와서 소독을 철저히 했기 때문에 아직 집 밖으로 번지지는 않았다고 했다. 소독뿐 아니라 좋은 약도 지어주는 모양이니 죽지는 않을 거라고 어머니는 나를 위로했다. 그렇지만 약이 아무리 좋아도 노인네가 살아나긴 힘들걸, 하면서 혀를 차는 걸로 봐서 그 병이 얼마나 고약한 병이라는 걸 알 수 있었다.

어른들은 또 너우네에서 부음이 왔을 때 조문을 갈 것인가 말 것인가를 심각하게 고민하기도 했다. 옛날엔 염병을 앓는 집은 몰살을 하게 마련이고, 아무도 시체를 쳐주는 사람이 없기 때문에 집 안에서 썩는 내를 정 참을 수 없으면 마을 사람들이 불을 질러 집과 함께 태운다는 끔찍스런 얘기들도 했다.

"쓸데없는 소리, 지금이 옛날이야? 남의 나라 병정도 겁 없이 드나들며 소독을 해준다 약을 지어준다 하는데 한 마을 사람들이 한다는 소리들이……"

아버지는 이렇게 못마땅해하셨지만 혼자서 문병을 갈 용기는 없는 것 같았다.

"하긴, 딴 집으로 옮지도 않고, 그 집에서도 연달아 앓는 사람이 안 생기는 걸 보면 미제 소독, 미제 약이 좋긴 좋은가봐."

사람들도 이 정도로 마음을 고쳐먹었지만 선뜻 은표네를 드나드는 사람은 안 생겼다. 살아나긴 세 식구가 다 살아났는데 머리칼이 몽땅 빠지고, 다리 살이 말라붙어 걷지도 못하고 엉금엉금 기어다니는 게 꼭 귀신 같더라는 소문도 돌았다. 너우네에 사는 가까운 친척들끼리는 더러 드나드는 모양이었지만 우리 범바위골 사람들은 아직 너우네를 지나다니는 것도 두려워했다.

은표네 염병을 고쳐놓은 미군 부대가 슬그머니 읍내 학교를 비우고 어디론지 떠나버렸다. 인민군도 끔찍한데 중공군까지 합세해서 다시 내려온다는 소문이 돌았다. 염병의 소문보다 훨씬 불길한 소문이었다.

어느 고약스럽게 추운 날, 우리는 마을을 비우고 피난을 떠나지 않으면 안 되었다. 여름 난리에 마을엔 소 한 마리 남아나지 않았기 때문에 이고 지고 떠날 수밖에 없었다. 가다 죽느니 집에 앉아서 죽겠다고 버티는 노인이 생기면 대개의 남자들은 노인네를 돌보라고 아내를 떼어놓고 떠났다. 자연히 젖먹이도 남게 되고, 막상 길에 나선 건 살아남은 청장년과 길을 걸을 만한 사내아이들이 대부분이었다.

우리 식구가 너우네를 지날 때 나는 아버지 바짓가랑이를 붙들고 거치적대면서 은표네 집에 들렀다 가자고 졸랐다. 아버지는 가타부타 말없이 앞만 보고 걸었다. 그때였다. 지게를 진 너우네 아저씨가 집을 나서고 있었다. 지게에 진 건 피난보따리가 아니라 성표 형이었다. 솜 두루마기를 입고 솜 포대기를 뒤집어쓰고 눈만 내놓고 있어서 머리칼이 몽땅 빠졌는지는 알 수 없었지만 열 살이 넘는 소년이 지게에 탄 걸로 봐서 염병의 예후가 얼마나 무섭다는 걸 알 수 있을 것 같았다.

"성표만 데리고 가시게요?"

사람들이 물었다.

"어차피 하나밖에 못 데리고 떠날 바엔 조카자식을 구해야죠. 안 그렇습니까?"

"여부가 있나요."

그를 잘 아는 사람들이 건성으로 이렇게 맞장구를 쳤다. 병석에 있는 노모를 혼자 놔두고 떠날 그가 아니었고, 아내와 형수를 남겨두고 혼자 떠나려니 못 걷는 두 아이 중의 하나를 선택할 수밖에 없었을 것이다. 나는 그 선택을 함에 있어 고뇌나 갈등이 조금도 없었던 것처럼 자신만만하고 고집스러워 뵈는 그에게 맹렬한 적의를 느꼈다.

너우네 아저씨까지를 포함한 우리 일행이 동구 밖을 벗어나려고 할 때였다. 여자의 통곡 소리가 들렸다. 은표 아부지, 은표 아부지, 통곡에 간간이 이런 소리가 섞이는 걸로 봐서 은표 어머니가 통곡하는 소리였다.

그 억장이 무너지는 소리에 우리 일행은 발길을 멈추었다. 그러나 너우네 아저씨만은 지게를 지고 잘도 걸었다. 그후 나는 오래도록 그 억장이 무너지는 소리를 잊지 못했다.

피난 내려와서도 한동안은 너우네 아저씨와 이웃해 살았다. 밤새도록 반짝반짝 닦은 크고 작은 자물쇠를 앞뒤로 주렁주렁 달고 장군처럼 거만하고 당당하게 장사를 나가는 너우네 아저씨의 권위는 완벽했다. 내 자식을 사지에 뿌리치고 조카자식을 구해내서 공부시킨다는 게 그렇게 위대한 일일까? 나는 그의 당당함에 압도된 채, 속으론 언제고 그의 위대성이 터무니없는 가짜라는 걸 보고 말 테다, 라는 엉큼한 생각을 키우고 있었다.

휴전이 되었지만 우린 고향에 돌아갈 수 없었다. 삼팔 이남이었기 때문에 꼭 돌아갈 수 있을 것을 믿었던 우리는 하필 우리 고향 쪽에서 남으로 쳐진 휴전선이 억울하고 원망스러웠다.

너우네 아저씨인들 그때 이별이 영이별 될 줄만 알았으면 설마 지게에 은표 대신 성표를 올려놓지는 않았으련만…… 형과 나는 고향을 아주 잃은 비감 때문에 이렇게 너우네 아저씨의 처사를 인간적으로 해석하려 들었다.

그러나 그게 아니었다. 너우네 아저씨는 한술 더 떠서 이렇게
될 줄 미리 알고 장조카를 구했노라고 으스댔다. 장조카를 공부시
킬 위대한 사명을 띤 그의 행상이 조그만 점포로 발전할 무렵 우리
도 생활이 좀 나아져서 딴 동네로 이사를 가게 됐다. 그러나 자주
소식을 주고받았고, 만날 기회도 심심찮게 있었다.

일 년에 두 번 있는 동향인의 군민회도 우리 식구가 모두 기다
리고 기다렸다가 참석하는 즐거운 모임이었지만 너우네 아저씨네
도 꼭 숙질叔姪이 함께 참석했다. 또 실향민끼리의 의리라는 것도
각별해서 고향땅에선 서로 모르고 지냈던 사이끼리도 경조사를
서로 연락하고 적극 참석했다.

결혼식장 같은 데서 가끔 만나는 너우네 아저씨는 성표를 대동
할 적도 있었고 혼자일 적도 있었다. 물론 앞뒤에 자물쇠를 주렁주
렁 달고 다니던 왕년의 행상 티는 조금도 나지 않았다. 그러나 내
눈엔 언제나 그가 자물쇠를 훈장처럼 달고 다니는 것처럼 보였다.

제 자식을 모질게 뿌리치고 장조카를 데리고 나와 성공시키기
위해 온갖 고생 다 했다는 걸로 자신을 빛내려 들었기 때문이다.
나는 그가 자물쇠 행상일 적에 매일 밤 그것을 닦아 훈장처럼 빛냈
듯이, 요새도 매일 밤 자신의 내력을 번쩍번쩍 빛나게 닦고 있다고
생각했다. 그는 그 특이한 내력으로 어디서나 빛났다. 동향 사람들
중에서도 특히 나잇살이나 먹은 이들은 그의 자랑을 끝까지 들어

254

주고 아낌없이 그를 칭송하고 존경하는 걸로 자신의 도덕적인 결함까지 은폐하려 드는 것 같았다.

그러나 나는 은표 어머니의 억장이 무너지는 소리를 잊지 못하는 한 그의 위대성이 가짜라는 게 드러나 그가 웃음거리가 되는 걸 보고야 말겠다는 생각을 단념할 수 없었다.

동향인의 결혼식도 잦았지만 장례식도 잦아졌다. 동향인이 모이는 자리에도 세대교체 현상이 나타나 나잇살이나 먹은 이들이 점점 줄었다. 너우네 아저씨의 자랑을 들어주고 칭송할 사람도 그만큼 줄었다. 자신의 내력이 더이상 자신을 빛내줄 수 없다는 걸 알았는지 너우네 아저씨는 눈에 띄게 풀이 죽어갔다. 나는 그런 허점을 놓칠세라 젊은 사람들한테 그가 한 짓을 풍겼다. 젊은이들의 반응은 노인들의 반응과 판이했다. 우린 이미 너우네 아저씨가 신봉하던 케케묵은 도덕과 상관없는 세대였다. 그건 한낱 웃음거리에 지나지 않았다. 그게 웃음거리라면 너우네 아저씨는 더 큰 웃음거리였다. 좀더 생각이 깊은 젊은이라면 너우네 아저씨가 자기 처자식에게 저지른 비인간적인 처사에 분개해 마지않았고, 그를 숫제 징그러운 괴물 취급을 하려 들었다.

그 무렵부터 성표 형이 삼촌과 동행해서 나타나는 일은 거의 없어졌고, 삼촌의 행색은 어딘지 자꾸만 초라해졌다. 성표 형이 돈 잘 번다는 소문 때문에 그의 초라함은 더욱 눈에 띄었고 악의에 찬 놀림감이 되기도 했다. 돈 잘 버는 조카한테 자가용 좀 내달랠 것이지 왜 걸어오셨느냐는 둥, 돈 잘 버는 조카 둔 삼촌치곤 너무 추비한데 돈 잘 버는 조카가 싸구려 양복을 해드렸을 리는 없고, 홀아비 티가 그렇게 추비한 모양이니, 돈 잘 버는 조카한테 새장가나 들여달래라는 둥, 버르장머리 없는 젊은이들이 맞대놓고 놀려먹었다.

그러다가 나의 아버지가 돌아가신 후 나도 동향인이 모이는 자리에 발을 끊게 됐다. 아버지의 등쌀에 못 이겨 동향인의 모임에 나갔다뿐 나의 고향은 이제 서울이었다. 내 자식의 고향이 서울이니까, 그사이에 나도 중년으로 접어들어 아버지에 속하기보다는 자식들에 속하는 게 자연스러웠다.

"아저씨, 저를 알아보시겠어요?"

나는 멍청하게 치뜬 아저씨의 눈에 내 눈을 맞추려고 애쓰면서 이렇게 악을 썼다.

"아무도 못 알아봐요."

아주머니가 옆에서 일러줬다.

"말은요?"

"말을 하면 사람을 알아보게요."

아주머니는 말은 못 해도 속으론 사람을 다 알아볼 거란 자신의 말을 이렇게 번복했다.

"언제부터 이 지경이 되셨습니까?"

"내가 돌봐드린 지가 석 달이 넘는데 그전부터 그랬나봐요. 나

같은 사람이 수없이 갈렸다니까……"

"가만히 좀 계셔보세요. 뭐라고 말씀을 하시려고 하는데요."

나는 노인이 입을 중긋대는 것 같아 이렇게 아주머니의 말을 가로막았다.

"글쎄, 알아듣지도 못하고 말도 못 한다니까요. 인기척이 나니까 먹을 걸 줄 줄 알고 그러는 거예요. 사람 목숨이 뭔지, 저 지경이 되고도 먹는 거라면 저렇게 상성이에요. 사람 그림자만 얼씬대도 입 먼저 내두르는 걸 보면 불쌍하기도 하고 징그럽기도 하고."

"그런 줄 아시면 얼른 잡술 걸 좀 해다드리세요."

나는 벌컥 화를 냈다.

"아니, 이 양반이 누구한테 함부로 역정을 내고 그래요. 창자가 말라 죽지 않을 만큼은 드리니까 걱정 말아요. 그래도 똥에서 헤어나질 못하는데 입 내두르는 대로 퍼넣었다간 누구 똥구뎅이에 빠져죽는 꼴 보려고 그래요?"

말은 그렇게 하면서도 아주머니는 밖으로 나가 냄비를 덜컥댔다.

"아저씨, 저 알아보시겠어요? 네, 아저씨?"

나는 아저씨의 입이 괴롭게 중긋대는 게 암만 해도 무슨 말을 하고 싶어서 그러는 것 같아 또다시 이렇게 악을 썼다. 입만 아니라 멍청하던 눈에도 초점과 빛이 생기는 것 같았다. 그러나 그 정도의 감정 표현도 힘에 겨운 듯 이불 밖으로 나온 앙상한 손이 꿈틀꿈틀 경련을 치고 있었다.

아주머니가 멀건 죽냄비를 갖고 들어와 노인의 쫑긋대는 입에 퍼넣으려고 했다. 그러나 뜻밖에 그는 이를 악물면서 도리질을 했다.

"에그머니, 이제 죽을 날이 정말 가까웠나봐. 곡기 끊으면 죽는 다는데……"

아주머니가 경망스럽게 숟갈을 내던지며 놀랐다. 그러나 나는 그가 무슨 말을 하고 싶어서 그런다는 확신을 얻고, 그의 경련치는 손을 잡고 애타게 외쳤다.

"아저씨, 너우네 아저씨, 저를 알아보시겠어요? 네, 너우네 아 저씨, 뭐라고 말씀 좀 해보세요."

이윽고 아저씨의 손에 힘이 쥐어지는 듯하더니 입놀림이 확실 해졌다. 나는 그의 멍청하던 눈에 그윽한 환희가 어리는 걸 똑똑히 보았고 그의 입이 말하는 소리를 분명히 들었다.

"은표야, 아아, 은표야."

아저씨는 그렇게 말하고 있었다. 나는 아저씨가 그의 아들을 뿌 리치고 대신 조카를 데리고 피난 내려온 뒤 한 번도 아들의 이름 을 입에 올리는 걸 들은 적이 없었다. 은표의 단짝이었던 나를 보 면 은표도 어느 하늘 밑에 죽지 않고 살았으면 저만할 텐데 하고 비감하는 눈치라도 보일 법한데 한 번도 그런 적조차 없었다. 그는 아들을 뿌리침과 동시에 아들의 이름까지 잊어버렸을뿐더러 아예 기억에서 지우고 사는 사람 같았다. 아들 대신 장조카 데리고 피난

나왔다고 자랑할 때의 아들도 보통명사로서의 아들이지 은표라는
고유명사로서의 아들이 아니었다.

그가 처음으로 입에 올린 은표 소리는 나만 겨우 알아들을 만큼
희미했다. 그러나 내 귀엔 억장이 무너지는 소리로 들렸다. 그는
사력을 다해 억장이 무너지는 소리를 내고 있었다. 아아, 삼십여
년 전 은표 어머니의 억장이 무너지는 소리는 이제서야 앙갚음을
완수한 것이다.

나는 그렇게 되길 오랫동안 바라고 기다려왔을 터인데도 쾌감
보다는 허망감에 소스라쳤다.

다시 열쇠고리장수가 늘어선 거리로 나왔을 땐 해가 뉘엿뉘엿
했다. 해가 뉘엿뉘엿할 무렵이면 가슴에 하나 가득 갖가지 자물쇠
를 늘인 채 봉지쌀과 자반고등어를 사들고 뒤뚱뒤뚱 걸어오던 너
우네 아저씨의 모습이 떠올랐다. 봉지쌀과 자반고등어 때문인지
자물쇠가 훈장으로 보이는 엉뚱한 착각은 일어나지 않았다. 그는
외롭고 초라한 자물쇠장수에 지나지 않았다.

내가 그를 직시할 수 있기까지 자그마치 서른두 해가 걸렸던 것
이다.

(1983)

지 알고 내 알고 하늘이 알건만

"참 혼자된 마나님이 안 보이네. 슬픔에 겨워서 기함이라도 했남?"

"기함은, 그 마나님이 그래 봬도 보통내기가 아니라던데 제 살 궁리 하기에 바쁘겠지 뭐."

"쯧쯧 삼우제나 치르고 제 살 꿍꿍이속 차려도 늦지는 않으련만 누가 당장 내칠 것도 아니고……"

"뉘 아니래. 삼우까지도 안 바라고 내일 장례 때까지만이라도 의젓하게 마나님 노릇 해주면 이 집 체면이 서련만……"

"아 보통 사람 수준은 돼야 그런 사람 노릇을 바라지. 내 보기엔 처음부터 그럴 위인이 못 되더구먼. 진태 엄마가 암만 약은 척해도 헛약았다니까. 잠깐 눈에 뭐가 씌었던지. 그 거렁뱅이 할멈을 어쩌자고 집에다 끌어들여가지고……"

"거렁뱅이는 아니었대요. 성남 모란시장 근방에서 광주리장수를 했다던데……"

"성남이 아니라 잠실 굴다리 밑에서 채소장사를 했다니까……"

"아냐 잠실은 맞는데 굴다리 밑이 아니라, 새마을시장에서 고무
줄이랑 덧버선이랑 그런 걸 조금씩 보자기에 싸갖고 다니면서 팔
다가 진태 엄마 눈에 띄었나보던데……"

"암튼 그 마나님 이 집에 들어올 땐 내가 제일 잘 아는데 거렁뱅
이나 다름없었다구. 봉두난발에 땟국에 전 등거리에선 쉰내, 썩은
내가 코를 찌르구, 손톱 발톱, 갈라진 발뒤꿈치에 낀 새까만 때만
긁어모아도 아마 연탄 한 뎅이는 실컷 만들고도 남을 만했으니까."

"설마?"

여자들이 깔깔댔다. 영감님이 숨을 거두자 일 거든답시고 겸음
내기로 드나드는 이 집 맏며느리인 진태 엄마의 동창 계 친구 꽃꽂
이 친구 동네 친구들은 말이 많고 웃기들을 잘했다. 어젠 그래도
말소리들이 나직나직하고 웃음소리도 조심스럽더니 오늘은 벌써
상가라는 걸 깜박깜박 잊는 모양이었다.

"이렇게 큰 소리로 웃어도 되는 거니?"

"어떠니? 호상인데."

"진태 엄마도 그새를 못 참고."

"뭘 말야?"

"마나님 끌어들인 지 삼 년도 채 안 됐잖아. 그동안만 어떡하든
지 혼자서 시아버지 시중들었더라면 지금 얼마나 개운할 거냐 말

야. 그야말로 호상이구."

"남의 일이니까 삼 년이 잠깐이지 중풍 들린 홀시아버지 시중 삼
년이 수월해? 그리고 제아무리 효자 효부도 악처만 못하단 소리도
못 들었어? 마나님 얻어드린 게 진태 엄마로선 큰 효도 한 거지."

"하긴 진태 엄마만한 효부도 드물 거야. 어젠 어찌나 서럽게 우
는지, 그리고 여직껏 곡기를 끊고 저렇게 누워 있으니. 딸들이 셋
이나 있으면 뭘 해. 모다 입 꼭 다물고 울음을 삼키고 있는 시늉들
을 하더구만. 그 말똥말똥헌 눈 보면 몰라? 딸도 소용없고 아들도
소용없고, 돌아가시는 날까지 모신 며느리가 제일이라니까."

"참 진태 엄마 우유라도 좀 뎁혀다 먹여야지. 효부도 좋지만 여
직껏 곡기를 끊고 저렇게 기진해 있으니."

"그래 말야. 국하고 우유하고 가지고 들여다보자. 동서고금을
털어도 시아버지 따라 죽는 효부는 없다던데, 맹추 같으니라구."

여자들이 우르르 진태 엄마가 몸져누워 있는 안방으로 몰려가자
부엌이 비었다. 부엌에 딸린 작은 골방에서 꼼짝도 못하고 웅숭그
리고 있던 성남댁 할머니가 문을 빠끔히 열고 부엌 눈치를 살폈다.

"저 여편네들은 다녀도 꼭 작당을 해서 다닌다니까." 성남댁은
이렇게 중얼거리며 혀를 찼다. 뭔 일을 나누어 할 줄도, 찾아서 할
줄도 모르고 그저 한데 어울려서 손보다 입으로 더 많이 법석들을
떨던 여자들이 일제히 사라진 부엌은 난장판이었다. 가스레인지
는 넷이나 되는 구멍마다 푸른 불을 넘실대며 뭔가를 맹렬히 끓이

262

고 있었고, 부엌 바닥엔 다듬다 만 파단과 긁다 만 무 토막이 슬리 퍼짝과 함께 나동그라져 있었고, 부엌문을 가로막은 큰 교자상은 보다 만 상인지 물려온 상인지 분간을 못 하게 어수선했다.

성남댁은 어제 받은 수모를 생각하면 못 본 척해야 된다고 생각하면서도 살금살금 나와서 국이 끓어 넘치는 쪽 가스불을 알맞게 줄이고, 물이 다 졸은 제육은 젓갈로 찔러보니 다 익은 것 같아 불을 껐다. 동태찌개는 잘 끓고 있었다. 간을 보니 슴슴했지만 시원했다. 간을 보느라 입맛을 다시기가 잘못이었다. 느닷없이 아귀같이 맹렬한 식욕이 치밀었다. 뱃속에서 창자가 용틀임을 하면서 단말마의 비명을 지르려는 것 같았다. 어제 새벽 영감님 임종 후 성남댁은 아직까지 한 번도 요기가 될 만한 걸 먹어보질 못했다. 며느리가 곡기를 끊고 애통해하는데 명색이 마누라가 무얼 꾸역꾸역 먹을 수가 없었다. 그러나 진태 엄마가 애통 끝에 몸져누운 방엔 우유네 잣죽이네 요구르트네 박카스네 인삼차네 안 들어가는 게 없었지만 성남댁의 허기에 대해선 아무도 헤아려주는 사람이 없었다. 부엌에 나오지도 못하게 했지만, 끼니때 부르지도 않았고 누구 하나 밥상을 차려 들여보내주지도 않았다.

부엌엔 맨 먹을 것 천지였다. 설거지를 기다리는 교자상 위의 음식찌끼만 해도 제육, 전유어, 나물, 찌개국물, 국에 말아 남긴 밥 등 주린 배엔 다 진수성찬이었다. 깨끗한 척하기 좋아하는 여편네들이 그런 것들을 휘뚜루 쓰레기통에 처넣을 생각을 하면 성남댁은 가슴이 아렸다. 후딱 제육을 김치에 싸서 꿀떡 삼키려다가 체면이란 말이 생각나면서 반사적으로 손이 오므라들었다. 성남댁이 영감님 시중을 들고 나서 삼 년 동안 진태 엄마한테 가장 자주 들은 잔소리가 바로 "저희 집 체면을 생각해주셔야죠"였던 것이다.

성남댁은 허리띠를 질끈 동여맨 몽당치마를 입어야만 몸이 편했고, 엄동설한 아니면 버선이고 양말이고 갑갑해서 못 신었고, 우거지찌개하고 신 김치만 있으면 밥이 마냥 꿀맛 같은 대식가였고, 목에 왕방울을 단 것처럼 목소리가 컸고, 머리에 무거운 임을 이고 다니던 버릇으로 걸을 땐 엉덩이를 몹시 흔들었고, 골목을 드나드는 리어카나 광주리장수가 외치는 소리만 나면 경정경정 뛰어나가 사지도 않을 물건을 살 듯이 만수받이하고 싶어했고, 말끝마다 걸쩍한 욕지거리를 덧붙이지 않으면 맨밥 먹은 것처럼 속이 메슥메슥해하는 고약한 버릇들을 가지고 있었다. 그런 성남댁이 지금처럼 안존한 보통 마나님으로 닦달질이 된 것은 진태 엄마의 자기네 체면에 대한 줄기차고 차디찬 경고 때문이기도 했지만 성남댁 자신이 주리 참듯 참은 결과이기도 했다. 성남댁은 자신의 참을성이 흔들리려 할 적마다 열세 평짜리 아파트를 생각하고 이를 악물었었다. 가르친 게 없어서 막벌이밖에 할 게 없는 아들이 일생을 벌어도 살까 말까 한 아파트를 단 몇 년 동안의 참을성만 가지고 얻어가질 수 있다는 생각을 하면 자다가도 신바람이 나서 절로 엉덩이가 휘둘러졌다. 그러나 아들 며느리에 손자까지 있다는 건 어디까지나 성남댁 혼자만의 비밀이었다. 팔자가 이렇게 바뀔 줄 처음부터 알았던 건 아니건만, 아들 가진 늙은이가 너무 고생하는 건 아들 욕 먹이는 일밖에 더 되나 싶어 혼자 사는 박복한 늙은이로 행세해왔었다. 진태 엄마 역시 체면에 관계되는 상스러운 거동에 대해선 매우 까다롭게 굴었지만 과거는 묻지 않았다. 그녀는 성남댁같이 막돼먹은 여자의 과거에 대해선 본능적인 혐오감마저 품고 있는 것 같았다. 자기네 체면을 생각해달라고 애걸할 때마다 매번 덧붙이는 말을 들어도 알 만했다.

"성남댁 할머니, 제발 그 광주리 이고 이리 쫓기고 저리 쫓길 때 티 좀 작작 낼 수 없어요? 창피하지도 않아요? 난 아무한테도 할머니가 그런 출신이란 걸 얘기 안 했단 말예요. 아이들한테도, 우리 애아빠한테까지도 숨긴 할머니 본색을 그렇게 아무 때나 드러낼 때마다 난 아찔아찔하다니까요. 할머니만 그 티를 안 내면 감쪽같이 점잖은 집 안방마님 노릇 할 수 있다는 걸 왜 몰라요."

그런 소리를 귀에 못이 박히게 들었건만 진태 엄마 친구들은 벌써 어제부터 수군수군 속닥속닥 좀을 집듯이 성남댁 과거를 들추어내더니 오늘은 숫제 성남댁도 들으라는 듯이 서로 목청을 돋우어 그 소문을 풍기고 있었다. 그 얌전하고 새침한 진태 엄마가 시아버지 숨 끊어지기가 무섭게 그 소문부터 냈단 말인가? 진작부터 다 풍겨놓고 성남댁한테만 간특을 떨었단 말인가? 성남댁의 아둔한 소견으론 도무지 종잡을 재간이 없었다. 실상 성남댁은 자신의 본색이 드러난 게 그닥 무안하거나 억울한 건 아니었다. 비록 광주리를 이고 온종일 쫓겨다닌 적이 편히 퍼더버리고 앉아 장사를 한 적보다 더 많은 고달픈 신세였지만 뭘 잘못해서 쫓겨다닌 건 아니란 생각 하나는 제법 확고했다. 그래서 이다음에 저승에 가서 벌을 받아도 행상들을 못살게 구는 데 이골이 난 시장 경비들이 받을 것이지 쫓겨다닌 행상이 받지는 않을 거라고 믿고 있었기 때문에 진태 엄마가 쉬쉬 숨기려 드는 것만큼 성남댁은 부끄러움을 느끼고 있었다.

"저희들끼리 실컷 찧고 까불라구. 털어서 먼지 안 나는 사람 없다카지만 난 잘못한 거 하나 없으니까."

이런 배짱이기 때문에 진태 엄마 친구들이 그녀의 근본을 드러내서 웃음거리로 삼는 걸 탓할 마음은 없었다. 모란시장이나 굴다리 밑, 새마을시장에서 장사한 게 그렇게 신기한 거라면 내 모가지가 마늘 열 접을 이고도 끄떡없었다는 걸 알면 저 여편네들이 아마다 진태 엄마 곁에 나란히 기함을 해 자빠질걸. 이런 익살스러운 마음까지 동했다.

성남댁이 이렇게 진태 엄마 친구들한테 너그러울 수 있는 건 진태 엄마에 대해 새롭게 품게 된 석연치 않은 마음 때문인지도 몰랐다. 성남댁이 부탁한 것도 아닌데 말끝마다 본색을 숨겨주는 걸 그렇게 생색을 내고 나서 제가 먼저 풍긴 것도 성남댁으로선 도무지 이해할 수 없는 요망한 짓거리였지만 그녀의 표변한 태도는 더욱

266

괘씸했다.

어제 새벽 영감님이 운명하시자 며느리의 애통은 거의 난동에 가까웠다. 상주는 물론 진태 진숙이까지 그녀의 애통을 달래고 돌보느라 정작 시체는 본 체 만 체였다. 정말 숨이 끊어졌나를 확인하고 팔다리를 곧게 뻗게 해서 손은 배 위에 모아놓고, 발도 모아놓고, 목을 바르게 하고 홑이불을 덮어주는 일을 성남댁 혼자서 정성스럽게 했다. 그리고 장 속에서 망인이 평소에 입던 저고리를 꺼내놓으면서 초혼招魂을 부를 때 쓰라고 일렀다. 그건 성남댁이 알고 있는 장례 절차였고 그 이상은 잘 알지도 못했지만 진태 엄마가 애곡을 그치고 차차 알아서 할 일이지 자기가 간섭할 일이 아니라는 분수쯤은 알고 있었다. 그러나 영감님 시중에 전적으로 매달려 있다가 갑자기 놓여나니까 허전하기도 심심하기도 해서 뒤늦게 눈물이 나오려고 했다. 성남댁은 소리 죽여 흐느끼면서 할 일을 찾는다는 게 사잣밥을 짓는 일이었다. 성남댁이 막 쌀을 씻어 안치고 가스불을 당기는데 애곡을 그친 진태 엄마가 뿌르르 부엌으로 나왔다. 진태 엄마는 애통한 사람답지 않게 살기등등해서 묻는 것이었다.

"아니, 거기서 뭘 하는 거예요?"

"사잣밥을 지으려고…… 참, 기별할 데는 빨리빨리 기별을 해요. 부엌 걱정은 말고. 초혼은 시신을 안 본 사람이 부른다지 아마. 요샌 장의사 사람이 그것도 불러주겠지 뭐."

"성남댁, 빨리 들어가 있지 못해요! 여기가 어디라고 성남댁이 감히 감 놔라 배 놔라 하는 거예요?"

진태 엄마가 표독하게 말하면서 성남댁을 노려보았다. 성남댁은 한 대 얻어맞은 것처럼 어안이 벙벙해서 아무 말도 못 했다. 영감님이 살아 계실 때는 그래도 꼬박꼬박 '성남댁 할머니'라고 불렀었다. '성남댁 할머니'는 진태 엄마뿐 아니라 진태 아빠, 진태, 진숙이 등 이 집 식구는 물론 고모들, 파출부나 드나드는 손님에게까지 휘뚜루 통용되는 성남댁의 호칭이었다. 실은 그 호칭도 성남댁에게 그렇게 흡족한 건 아니었다. 우선 약속이 틀렸다.

진태 엄마가 성남댁을 맞아들일 때는 단순한 시아버지의 시중꾼으로서가 아니라 계모繼母로서였다. 깍듯이 시어머니로 모시고, 시아버지가 돌아가시면 아직도 시아버지 명의로 돼 있는 열세 평짜리 아파트를 주겠다는 조건을 무수히 되풀이했었다. 그 열세 평짜리 아파트에서 영감님하고 단둘이 살 때는 그래도 행복했었다. 영감님은 중풍으로 한쪽이 불편했지만 부축만 해주면 곧잘 걸었고, 식성도 좋았고 마음씨도 너그러웠다. 돈 아껴 쓰라는 잔소리가 처음엔 좀 듣기 싫었지만 다달이 며느리가 갖다주는 빠듯한 생활비에서 얼마간이라도 남겨서 성남댁에게 주고 싶어서 그런다는 걸 곧 알게 됐다. 이 년 남짓 그렇게 살다가 다시 한번 중풍이 도진 영감님은 몸져누워서 의식이 오락가락했고 대소변을 받아내야 했다. 그렇게 되자 진태 엄마는 자식 된 도리를 내세워 합치자고 했고 성남댁은 알뜰히 정들인 열세 평짜리 아파트를 내놓고 영감님을 따라 진태네로 들어갈 수밖에 없었다. 따로 살 때도 어머님 소리를 들어본 것 같진 않았지만, 합치고 나서 휘뚜루 부르는 '성남댁 할머니'도 처음에만 좀 섭섭하다가 곧 예사로워졌다. 가끔 '댁'은 빼고 성남 할머니라고만 해도 듣기에 한결 붙임성 있으련만 하는 정도의 욕심이 날 적도 있었지만 그걸 입 밖에 낸 적은 없었다. 그 정도가 성남댁의 욕심의 한계였다. 그녀 역시 진태 엄마처럼 귀부인 티가 철철 흐르는 여자를 감히 며느리뻘이 된다고 생각해본 적이 없었다. 그래 그런지 할머니를 뺀 성남댁이란 하대를 당하고도 분하고 괘씸한 생각이 오래가지 않았다. 다만 영감님 장사나 지내고, 셈이나 끝내고 나서 남 돼도 늦지는 않으련만, 하고 진태 엄마의 조급한 성미를 딱하게 여기는 게 고작이었다. 셈이란 물론 열세 평짜리 아파트의 인수인계를 의미했다.

진태 엄마 친구들이 우르르 부엌 쪽으로 몰려나올 기미에 성남댁은 얼른 방으로 숨었다. 먹을 거라고 가지고 들어온 게 겨우 무꽁지토막이었다. 성남댁은 손톱으로 대강 껍질을 까고 아귀아귀 무를 먹기 시작했다. 꽁지토막이라 지린 맛밖에 안 났지만 뱃속으로 들어가선 제법 독하고 쓰리게 창자를 무두질했다.

뭐니뭐니 해도 배고픈 설움이 제일인데, 성남댁은 영감님 생각이 나서 꽁지토막이나마 무를 끝까지 다 먹지 못했다. '정작 살 대고 자식 낳고 산 서방이 죽었을 때는 젊으나 젊은 나인데도 그저 자식새끼들하고 앞으로 먹고살 걱정만 태산 같아 눈물이고 콧물이고 한 방울 안 흘려서 독종 소리도 들었건만 이게 무슨 꼴이람. 아무리 배지가 부른 탓이라지만 죽은 서방이 알면 섭하겠다.' 속으로 이러면서 성남댁은 치맛자락으로 눈시울을 눌렀다.

아파트에서 영감님하고 둘이서만 살 때는 끼니때마다 요것조것 챙겨서 영감님 공경을 극진히 했었다. 영감님은 워낙 식성이 좋은 데다가 할 일 없는 늙은이의 식탐까지 겹쳐 잘 잡수면서도 가끔 식비가 너무 많이 든다고 잔소리를 했었다. 영감님은 자기가 죽은 후에 그 아파트를 주기로 며느리가 성남댁에게 약조한 걸 모르는 것 같았다. 그래서 다달이 며느리로부터 받는 생활비에서 한푼이라도 더 여퉈서 성남댁에게 주고 싶어서 하는 잔소리기 때문에 듣기 싫지가 않았었다. 이차 중풍이 들어 아들네로 들어오고 나서도 영감님의 식욕은 줄지 않았다. 그러나 진태 엄마는 밥은 반공기, 라면이면 반개 이상은 주지 않았다. 점심때면 부엌에 나와 칼로 라면을 탁 반으로 내리쳐서 반은 봉지에 도로 넣어 서랍 속에 챙겨넣고, 반만 남겨놓으면서 "아버님 점심 준비하세요" 할 때의 진태 엄마의 목소리는 어찌 그리 정 없이 야멸차던지. 영감님은 말도 못하고 늘 눈으로 걸근걸근했다. 누운 채 꼬불꼬불한 라면 줄기를 쪽쪽 빨아들이다가 그릇이 비어갈 무렵엔 빈 그릇과 성남댁 얼굴을 번갈아 바라보면서 슬픈 빛이 가득하던 영감님 눈을 생각하면 성남댁은 지금도 하늘이 무섭다. 앞으로는 벼락 치는 밤에 제대로 잠을 잘 것 같지 않다. 낸들 무슨 수가 있었어야 말이지. 성남댁은 하늘에겐지 자신에겐지 어설프게 변명을 한다. 정말 어쩔 수가 없었다. 진태 엄마는 라면 반개 끓일 때 외엔 성남댁에게 부엌 출입을 안 시켰고 냉장고까지 꼭꼭 잠가놓고 살았다. 성남댁이야 실컷 먹을 수 있었지만 파출부하고 따로 식당 바닥에 앉아서 하는 식사니 무얼 남겨 빼돌릴 엄두를 못 냈다.

"다 성남댁 할머닐 위해서 그런 거예요. 자시고 싸시는 게 일인 양반 양껏 드려보세요. 그 똥을 이루 다 어떻게 치고 그 빨래는 이루 다 어떻게 빨려고 그러세요?"

영감님 진지를 조금씩만 더 드리자고 성남댁이 애걸할 때마다 진태 엄마는 이렇게 성남댁을 생각해주는 척했다. 그러나 영감님은 아무리 진지를 조금밖에 안 드려도 똥은 많이도 쌌다. 그동안 성남댁은 밤낮없이 똥오줌에 파묻혀 살았다고 해도 과언이 아니었다. 기저귀고 바지고 호청이고 이루 빨아댈 수가 없이 금방금방 싸놓고는 낑낑댔다. 탈수기란 게 있었게 망정이지 어쩔 뻔했을까. 성남댁은 하루에도 몇 번씩 탈수기란 신기한 기계를 고마워했었다. 조금 먹고 많이 싸는 것만큼 영감님은 하루하루 여위어갔다. 그 신수 좋던 영감님이 갈비뼈가 앙상하게 드러나고 무릎뼈는 고목의 옹이처럼 불그러지고 장딴지는 말라붙었다. 성남댁은 지금 영감님이 죽은 게 아니라 사그라진 것처럼 여기고 있었다.

영감님이 살아 있을 땐 진태 엄마가 성남댁에게 부엌 출입을 잘

안 시키더니, 돌아가시고 나니 진태 아빠가 또 성남댁을 빈소에서
내몰았다. 빈소는 영감님이 운명하신 방에 차렸기 때문에 성남댁
은 으레 거기 있어야 될 줄 알았다. 그러나 진태 아빠는 몹시 데면
데면한 말투로 조객들 보기에 뭣하니 남의 눈에 안 띄는 데 가 있
으라고 말했다. 뭣하다는 게 무슨 뜻일까? 진태 엄마만 같아도 따
지고 넘어갔으련만 진태 아빠는 어려워서 하라는 대로 빈소가 있
는 방을 쫓겨났다. 허구한 날 똥 치고 씻기느라 공깃돌 다루듯 하
던 영감님이건만 염습하는 것도 입관하는 것도 못 보게 했다. 입관
후 남들의 어깨 너머로 얼핏 본 관은 칠이 얼굴이 비치게 번들대고
자개로 된 무늬까지 박혀 있었고 엄청나게 컸다. 관의 호사스러움
과 크기는 더더욱 영감님은 죽은 게 아니라 사그라졌다는 느낌을
더했다. 영감님은 점점 부피와 무게가 줄다가 어느 날 마침내 사그
라졌기 때문에 저 관은 비어 있으리라고 성남댁은 생각했다.

부엌으로 돌아온 여자들이 시아버지의 죽음을 애통해하다 지친
진태 엄마의 효성을 한바탕 칭송도 하고 못마땅해하기도 하다가
어째 화제가 이상한 방향으로 흐르기 시작했다.

"얘, 너 이런 거 생각해본 적 없니?"

여자는 낄낄대기부터 했다.

"뭘?"

"난 그 생각만 하면 자다가도 웃음이 난다니까."

"뭔데 무엇 본 벙어리처럼 웃기부터 하고 지랄이야."

"있잖아, 이 집 후취 마나님인지 성남댁인지 그 여자하고 돌아가신 영감님하고 자봤을까?"

"자보다니? 으응 잡것, 생각하는 것하고……"

"나도 그건 궁금하더라 뭐. 아파트에 사실 때야 영감님 신수가 좀 훤했어? 살집 좋고 정정하기가 매일 밤이라도 자겠더라."

"정정한 거 좋아하네. 그때 벌써 중풍 들어서 한쪽 팔다리는 건덩건덩 맥을 못 추었잖아?"

"그렇다고 가운뎃다리까지 맥을 못 추는 걸 네가 봤냐, 봤어?"

"아유 잡것, 재만 끼면 나까지 입이 걸어진다니까. 상종을 말아야지."

"말럼, 네가 아무리 얌전한 척해도 네 남편은 지금 이층 와이당 판에서 가오 잡고 있더라."

"건 또 어떻게 알았어?"

"음식 나르면서 귓결에 그것도 못 들을까?"

"상갓집에서 와이당 한판 못 벌여도 바보다. 네 남편은 정견 발표라도 하고 있다던?"

"우리 남편은 노름 쪽이야. 입 꾹 다물고 눈에 불을 켜고."

"잘해보시라지. 선거자금 톡톡히 보탤 수 있을걸."

"쟤네들은 어디서고 만났다 하면 싸움이라니까. 그만 해두고 본론으로 들어가지 않을래?"

"본론이 뭐였지?"

"마나님하고 영감님이 잤을까 안 잤을까 말야."

"잤을까 못 잤을까지."

"못 잤으면 마나님이 여직껏 붙어 있었을라구."

"마나님이 나이 몇인데 설마 그런 거 바라고 재가를 해왔을까?"

"확실한 나이는 모르지만 워낙 건강하고 상스럽잖아?"

"건강은 몰라도 상스러운 게 그런 욕망하고 무슨 상관이니?"

"상관이잖구. 상스럽다는 건 고상하다는 것보다는 단순하단 뜻이고 단순한 사람일수록 그런 재미밖에 바칠 게 뭐가 있겠어."

"네 말도 일리는 있다. 우리 남편 말야, 회사 그만두고 뒤늦게 석사 박사해서 겨우 지방대학 교수 자리 하나 얻고부턴 머리만 센 게 아니라 그것도 못 하는 거 있지. 나 역시 자원봉사니 뭐니 이것저것 신경 쓰는 데가 많다보니 통 그 방면에 뜻이 없어지더라."

"얘 좀 봐. 느이나 우리나 나이 생각을 해라. 그럴 때가 돼서 그런 거지 느이가 특별히 고상해서 그런 줄 아니?"

"그러니까 우리 나이가 다 이미 그 방면의 사양길이다 이거지?"

"그렇다. 왜 아쉽냐? 이 시대가 워낙 조숙하고 조로하는 시대 아니냐?"

"거창하게 나오네. 시대까지 들먹이고. 저희들은 그따위로 조로하는 주제에 사실 만큼 사시고 돌아간 영감님하고 마나님을 가지곤 그 무슨 불결한 상상들이니?"

"다 그럴 만해서 하는 소리야. 너 아직 그 망측한 얘기 못 들었구나, 진태 엄마한테."

"무슨 얘긴데?"

"글쎄 말야……"

여자가 말끝을 흐리며 웃기부터 했다. 음란한 상상력을 유발하기에 알맞은 육감적인 웃음이었다.

"쟤는, 누굴 약올리고 있어, 빨리 말해봐."

"진태 엄마한테 들은 얘긴데, 마나님이 보통내기가 아니었다더라. 대소변을 받아내게 되고부터 저 아니면 누가 그 노릇 하랴 싶었던지 제법 세도가 당당했대. 또, 한번 싸고 나면 방으로 물을 몇 대야씩 가져오게 했는데, 아무리 깨끗하게 거두는 것도 좋지만 어떤 때는 너무 오래 걸리는 것 같아 살그머니 들여다보면, 글쎄 영감님 아랫도리를 마냥 주무르고 있더라지 뭐니?"

"어머머 망측해라."

"아이 징그러워."

여자들이 계집애처럼 생경한 교성을 지르면서 자지러지게 웃기시작했다.

저, 저런 해괴망칙한 것들이 있나. 저희들도 자식 길러보았으면 똥 싼 머슴애 아랫도리 씻기기가 얼마큼 더 손이 간다는 것쯤은 모르지 않으련만 늙은이들을 가지고 어떻게 그런 흉측한 생각들을 할 수가 있을까? 성남댁은 분해서 부들부들 치가 떨렸다. 영감님이 똥 싸 뭉갠 걸 치고 씻기는 일은 정말 못 할 노릇이었지만, 특히

늙어서 겹겹의 주름만 남은 아랫도리에 늘어붙은 걸 말끔히 씻겨
주는 일은 여간한 비위와 참을성 가지곤 어림없는 일이었다. 자꾸
자꾸 싸는 거 대강대강 해둘까 하다가도 내가 이 일을 소홀히 하고
아파트를 바란다면 그건 도둑놈의 배짱이니 죄받지 싶어 욕지기
를 주리 참듯 참으면서 정성을 다했었다.

성남댁은 부엌에서 찧고 까부는 여편네들보다 그 일을 그렇게
고약하게 풍긴 진태 엄마한테 만정이 떨어지고 오장육부가 다 떨
려서 구정물 맞은 개처럼 연방 온몸으로 진저리를 쳤다.

"내 그럴 줄 알았다니까."

"뭘?"

"마나님 걸음걸이 보면 모르냐? 이렇게 엉덩이를 맹렬히 돌리
면서 걷는 걸음걸이 말야. 이렇게."

여자는 몸소 흉내까지 내는 듯 다시 숨이 끊길 듯 자지러진 웃
음소리가 들렸다. 아직도 부들부들 떨고 있는 방안의 성남댁에게
그 웃음은 모닥불을 끼얹는 듯이 사정없이 화끈거렸다.

"난 흉내도 못 내겠어."

"암튼 너희들도 봤으니까 짐작하지? 그런 걸음걸이는 아직도
그 방면에 왕성하단 표시야."

성남댁이 영감님을 모시기로 작정한 것은 진태 엄마가 제시한
아파트에의 유혹도 유혹이지만 첫 대면한 영감님이 한눈에 남자
로서의 기능이 없어 보였기 때문이기도 했다. 아무리 아파트에 욕

심이 나도 다 늦게 그 짓까지 하고 싶진 않았었다. 한창 나이에 과부가 됐지만, 먹고살 걱정이 태산 같아 몸으로 남자 생각을 해본 적이 없는 성남댁은 그 방면의 결벽증이 남달랐다. 만일 영감님이 성남댁의 짐작대로가 아니었다면 그녀는 아파트가 아니라 빌딩이 한 채 생긴대도 어마 뜨거라, 뿌리치고 달아났을 것이다. 고맙게도 영감님은 성남댁을 믿음직한 친구처럼 대해줬다. 그래서 성남댁은 나중에 저승에 가서 먼저 죽은 서방을 만날 일이 조금도 겁나지 않았다. 누가 뭐래도 서방만은 그녀가 일부종사했다는 걸 알아주겠거니 싶어서였다.

"아무튼 여러 가지로 마나님이 안됐다."

"그래도 처음엔 좀 즐겼겠지."

"즐겨봤댔자지. 그 정력적인 엉덩잇짓에 중풍 들린 영감님이 아랑곳이니?"

"그러고 보니 영감님도 안됐다."

"너무 쎈 마나님 얻어서 명 재촉한 거 아냐? 몇 년은 더 사실걸."

"그 노인도 살 만큼 사셨어. 말년에 한번 화끈하게 살아보셨겠다, 아까울 거 하나도 없어. 진태 엄마도 홀가분하게 좀 살아봐야지 않니. 저것들은 시집살이들을 안 해봐서 남의 사정을 저렇게 모른다니까."

"하긴 그래. 네 말이 맞다. 혹시 성남댁이 시어머니 행세하고 눌어붙는 일은 없겠지?"

"안 그럴 거야. 영감님 돌아가시자마자 빈소고 부엌일이고, 모른 척 꼴도 안 비치는 걸 보면 알잖니?"

"호적엔 올렸을까?"

"누굴, 성남댁을? 쟤는 어림 반푼어치도 없는 소리를 하고 있네. 진태 엄마가 누군데 그런 후환을 남길 짓을 하겠어?"

"돈이나 얼마간 주어서 내보내면 되겠군, 그럼."

"돈 문제는 성남댁이 진태 엄마보다 훨씬 더 영악했다나봐. 아무튼 두 분이 그 쬐끄만 아파트에 살면서 생활비는 진태네 이 큰 살림 하는 것하고 똑같이 타갔는데도 다달이 한푼도 안 남는 것처럼 우는 소리를 했다니까. 하도 기가 막혀서 사는 꼴을 가보면 그렇게 안 해먹고 살 수가 없었다니 그 돈이 다 어디로 갔겠어? 이 년을 넘어 그렇게 살았으니 성남댁은 그동안 한 재산 챙겼을 거야. 그래도 늙어서도 부부간이라는 게 뭔지 영감님은 한푼이라도 마나님을 더 주고 싶어 그렇게 못 얻어먹으면서도 뒤론 또 며느리한테 손을 내밀었나보더라. 그럴 때마다 속상해하는 소리를 나도 여러 번 들었느니라."

"그래도 왕년엔 한가닥 하던 양반이 늘그막엔 돈줄이 설마 아들 며느리밖에 없었을까?"

"당신 재산 있던 건 아마 다 아들 명의로 넘겨줬을걸. 아주 다 주긴 섭섭했던지 쬐끄만 아파트 하나 당신 명의로 갖고 있던 거가 그래도 말년엔 꽤 쓸모가 있었지. 거기서 새 마나님하고 꿀 같은 신접살림을 했으니까. 어떻든 생전에 다 자식 줄 건 아니더라구."

"그 아파트가 그럼 영감님의 유일한 유산이겠네."

"유산이 되기 전에 벌써 팔아치웠다더라. 중풍이 도져 이 집으로 합칠 때, 다시 그 집으로 들어가시게 될 것 같지도 않고, 놔둔다고 큰 재산 될 것도 아니어서 후딱 팔아치웠나봐. 잘했지 뭐. 대단찮은 것도 유산이랍시고, 세금이니 분배 문제니 구질구질한 문제가 생길지도 모르니까."

아니 우리 아파트를 팔다니, 내 집을 누가 팔아, 누구 맘대로 내 집을 팔아먹어? 대명천지 밝은 날에 이런 법이 어디가 있어?

성남댁은 벌떡 일어났다. 당장 진태 엄마한테로 달려가서 따질 작정이었다. 늘 반짝이는 금줄이 걸린 희고 상큼한 진태 엄마의 멱살을 와살스럽게 움켜잡고 들입다 흔들면서 따지고 싶어서 근질대는 주먹을 쥐었다 폈다 어쩔 줄을 몰랐다. 그러나 문밖에 있는 그 해괴한 소문을 퍼뜨리던 요사스러운 입들을 생각하면 선뜻 발이 떨어지질 않았다. 문밖의 소문의 울타리에 성남댁은 진저리를 쳤고 공포감을 느꼈다. 따져야 돼, 암 따져야 하구말구. 제까짓 것들이 무서워서 죽은 듯이 들엎드려만 있을까보냐. 성남댁이 소문의 울타리에 지레 겁을 먹고, 당하기도 전에 허우적대기부터 하는 자신에게 이렇게 용기를 불어넣으려고 할 때였다. 문밖의 소문은 계속되었다.

"미리 엄마야, 네가 떡집에 갔다 올래? 인절미를 두 말쯤 맞출까?"

"얘는 누가 떡을 그렇게 먹는다고…… 그리고 전화로 해도 될
걸. 애, 그건 내일 쓸 전유어야. 뒤꼍으로 내놔. 여기 놔뒀다간 또
금방 다 없어지겠다. 상엔 제육이나 놓으렴. 제육도 다 떨어졌다
고? 아유, 먹성들도 좋아. 나물도 내일 쓸 걸 다시 무쳐알까보다."

"산소도 아니고 화장장인데도 먹을 걸 이렇게 잔뜩 해가야 되는
거니?"

"그럼, 화장장이라고 거기까지 온 손님들을 맨입으로 보낼 수는
없잖니?"

"참, 이만큼 살면서 여직껏 산소 자리 하나도 못 장만해놨나, 산
사람 체면이 있지, 어떻게 화장을 하니?"

"산소 쓰려면야 미리 장만 안 해놔도 요샌 공원묘지라는 게 얼
마나 편한데. 그게 아니라 영감님이 화장을 해달라고 유언을 하셨
다나봐. 진태네가 미국 가 있을 동안 시어머니가 돌아가셨지 않
니. 그때 영감님은 딸들만 데리고 장사를 치르면서 심정이 착잡했
나봐. 이다음 세상에야 조상의 묘소 알뜰히 돌볼 자손이 어딨겠느
냐고 부득부득 마나님을 화장하자고 하셨나봐. 딸들도 못 말리고
영감님 뜻대로 됐는데, 영감님은 그걸 두고두고 마음에 두고, 아무
리 죽어서라도 무슨 재미로 혼자 땅에 묻히겠느냐고, 절대로 싫다
고 하셨다는군. 마나님이 연기가 됐으니 당신도 연기가 돼야 만날
수 있으리라 생각하셨나보지 아마. 자식 된 도리로 화장으로 모시

기가 섭섭한 건 당연하지만 유언을 지키는 것은 더 큰 자식 된 도리 아니겠어."

성남댁은 조용히 그 자리에 주저앉았다. 그녀는 자신 속에서 앙심과 분노의 결의가 빠져나가는 피익, 소리를 멀리서 나는 소리처럼 아스라이 듣고 있었다. 이윽고 그런 것들이 다 빠져나가자 그녀는 터진 풍선처럼 참담하고 무력해졌다. 영감님이 화장을 원하고 유언까지 남겼다는 건 새빨간 거짓말이었다. 먼저 간 마나님을 영감님이 우겨서 화장을 한 건 사실이었지만, 어머니가 돌아가셨다는데도 귀국하는 대신 조위금 몇 푼 보냈다는 전화로 때운 아들에 대한 노여움으로 그렇게 했다고 했다. 영감님은 성남댁한테 먼저 마나님과의 유별난 금슬을 숨기려 들지 않았기 때문에, 그 마누라가 불구덩이에 들어갈 때 얼마나 뜨거웠을까 생각만 하면 금창이 미어지는 것 같다는 하소연을 자주 했었다. 나 죽거든 집도 없는 마누라 혼백이라도 내 무덤에 불러들여 지난날의 그 몹쓸 짓을 사과하고 위로하고 잘해줘야지, 하는 소리도 들은 적이 있었다. 가끔 꿈에 뵈는 마누라는 이마가 지글지글 타고 있거나 불붙은 옷을 입고 뜨겁다고 펄펄 뛰더라고 말하는 소리만 들어도 영감님이 마나님을 화장한 걸 얼마나 마음속 깊이 후회하고 있는지 알 만했다. 그런 영감님이 자신의 화장을 유언으로 부탁했다니 말도 안 되는 소리였다. 두번째로 중풍이 들고 나선 임종 때까지 유언을 할 만한 의식은 돌아오지 않았었고, 임종이 임박한 걸 가족들에게 알린 것도 성남댁이었다.

　그렇지만 성남댁이 이제 와서 그게 아니라고 한들 대체 누가 믿어준단 말인가? 진태 엄마의 친구들 말짝으로 사람됨이 단순한 성남댁이지만 사정은 너무도 뻔했다. 성남댁은 비로소 자기만 빼놓고 모든 사람이 가담해서 진행시키고 있는 교묘한 음모를 감지했다. 그 음모는 불과 이틀 전까지 이 집안을 드높은 기성奇聲과 지독한 똥구린내로 가득 채우고 거침없이 지배하던 영감님을 흔적도 없이 말살하려 하고 있었다. 그녀가 진태 엄마와 둘이서만 맺은 약속쯤 감쪽같이 없던 걸로 하는 건 문제도 아닐 터였다. 자기에게 이롭지 않은 건 가차없이 무화無化시키는 간악한 음모의 톱니바퀴에 성남댁은 스스로 곁다리로 말려들면서 누가 흠씬 밟아놓은 것처럼 입체감을 잃고 짜부라졌다. 한동안 그러고 있었다. 체념이 너무 속도가 빨랐던지 아직 얼얼한 배신감이 남아 있었지만, 덤으로 편안했다.

　그날 밤 성남댁은 잘 잤다. 다음날 그녀는 흰 치마저고리로 갈아입고 아무의 허락도 받지 않고 영구차에 올라탔다. 아직도 진태 엄마는 곡기를 끊고 애통중이었으므로 조객들의 심심한 위로와 관심을 한몸에 모으고 있었다. 친구들이 앞뒤 좌우에서 다 죽어가는 맏며느리를 삼엄하게 부축을 하며, 병원에 가서 링거라도 꽂고 가야지 쌍초상 나겠다고 방정맞게 설쳤지만 그녀는 점잖게 도리머리를 흔들고 영구차에 올라탔다. 조객들은 여기저기서 요새도

저런 효부가 있다니, 하고 수군대기도 하고 인기배우의 연기를 구경하듯이 얼빠진 얼굴로 들여다보기도 했다. 장례식에서조차 주역은 망인이 아니라 진태 엄마였다. 보다 못한 시누이들이 영구 위에 엎드려 한바탕 통곡을 했지만 그 주역의 자리는 끄덕도 안 했다. 그녀는 백랍처럼 핏기가 바랜 얼굴로 남편의 무릎 위에 하얀 손수건처럼 떨어져서 또 한바탕 소동을 빚었고, 남편도 연기가 좀 지나치다 싶었던지,

"이 사람이 워낙 아버님을 지극정성으로 모셨으니까 그만큼 충격도 컸겠지만 몸살도 날 만해요. 꼬박 열 달을 대소변을 받았으니까요. 성질은 또 지랄같이 깔끔해서 뭘 대강대강 하는 건 모르니까 그 고초가 이만저만했겠어요?"

그걸 들은 사람들은 더욱 크게 감동해서 기를 쓰고 턱들을 주억거리고 있었다. 성남댁은 무안해서 얼굴이 달아올랐다. 영구차 속에서 성남댁은 단 하나의 진짜였기 때문에 조마조마하고 무섭고, 당당치가 못했다. 그녀는 자신이 진짜임이 탄로날까봐 될 수 있는 대로 몸을 작게 웅숭그리고 골똘히 창밖만 내다보았다. 볼품없는 건물들, 멍청히 서 있는 사람, 똘똘하게 정신 차리고 걷는 사람, 악착같이 버스에 매달리는 사람, 짐을 산더미같이 싣고 차 사이를 누비는 오토바이, 고래고래 외치는 행상, 연근토막 같은 다리를 내놓고 구걸하는 거지, 임을 인 여자, 짐을 진 남자…… 이런 사람 사는 모습들은 실로 얼마 만인가? 성남댁은 걸신들린 것처럼 주린

눈으로 이런 것들을 실컷 바라보았다.

화장장은 매점이나 화장실 등 잗다란 부속건물 말고 크게 두 개의 건물로 나누어져 있었다. 굴뚝이 높이 솟은 화장장 내부는 바깥이 화창한 봄날인 것과는 상관없이 음습하고 썰렁한 회색빛이었다. 거기선 영구가 차례를 기다리기도 하고 간단한 종교의식도 치를 수 있다지만, 영구를 밀어넣을 수 있는 아궁이의 쇠문이 나란히 다섯 개 붙어 있는 벽만 아니라면 겨우 지어만 놓고 내부장치를 못한 건물처럼 황량한 미완의 빈터 같은 게 흐르고 있을 뿐, 화장장이라고 특별한 덴 없었다.

화장장과 평행으로 마주 선 건물은 대기실과 식당으로 돼 있고, 두 건물을 지붕 달린 양회바닥 통로가 이어주고 있고, 통로 양편 황토흙엔 온실에서 꽃 피워서 심어만 놓고 돌보지 않은 서양화초가 시들시들 늘어져 있었다. 대기실에 붙어 있는 식당에선 음식 냄새가 지독했다. 벌써 찬합과 양동이를 끄르고 나물과 지짐질과 두부조림을 은박지 접시에 담는 가족이 있는가 하면, 시뻘겋게 취한 얼굴에 건강한 이빨로 소주병을 따는 아저씨도 있었다. 죽은 사람은 죽은 사람이고 산 사람은 먹어야 한다고, 눈이 부은 어린 상제를 달래는 아주머니는 먼저 식사를 한 듯 번드르르한 입가에 고춧가루가 묻어 있었다.

화장장 굴뚝에서 깃털구름처럼 살짝 나부끼는 건 도무지 사람 타는 연기 같지 않았고, 그곳 역시 화장장 식당 같지 않았다. 화장장에 식당이 있다는 것부터가 어울리지 않았다. 왕성하게 먹는 사람, 뭘 더 가져오라고 악쓰는 소리, 밀치고 뛰고 장난치는 아이들, 서로 부르고 찾는 소리, 김치 냄새…… 영락없이 시간이 많이 늦은 시골 소읍의 결혼 피로연장이었다. 가끔 양복 소매에 헝겊을 감은 젊은 상제가 신랑처럼 피곤하게, 신랑보다는 눈치 보며 웃는 모습도 보였다.

아직 영구가 불아궁이로 들어가기 전의 가족이 모인 대기실은 시외버스 정류장처럼 붐비고 시끌시끌하고 초조해 보였다. 영구가 차례를 기다리고 늘어선 화장장과 대기실, 식당 사이를 사람들은 자주 오락가락했고, 장소에 따라 사람들은 헤까닥헤까닥 민첩하게 잘도 표정을 바꾸었다. 화장장 쪽에선 울음소리 염불 소리가 그치지 않았고, 입 다물고 있는 사람도 비통을 온몸에 예복처럼 걸치고 있었고, 어쩌다 밤샘에 지친 상제가 꾸벅꾸벅 조는 게 약간 민망해 보일 정도였다.

사람들은 아직도 몸을 가누지 못하는 진태 엄마를 대기실 나무 의자에 눕혔다. 그녀는 화장장과 식당 사이의 완충지대처럼 고요하고 평화롭고 품위 있게 누워 있었다. 식당과 화장장은 극과 극이어서 과연 완충지대가 있을 만했다. 헤까닥헤까닥 표정을 바꾸는 일에 서투른 사람은 애매한 웃음과 애매한 근심으로 얼굴을 애매하게 흐리고, 그 효부 근처에서 얼쩡거리면 됐다. 진태네와 아무 상관 없는 딴 집의 조객이나 상주도 그 여자 곁을 그냥 지나치지 못하고 한참 들여다보고 나서 심심한 우려와 경의를 표했다. 그들은 자기네의 슬픔이 그녀에게 훨씬 미치지 못함을 마음으로부터 부끄러워하고 있음이 역력했다. 누가 보기에도 그녀의 고요와 평화와 품위는 슬픔이 고도로 정제된 상태로 보였다.

초조하게 화장장 쪽을 다녀온 진태 아버지가 아내의 이마를 짚어보고 나서 "못난 사람 같으니라구, 사람이 이렇게 허해가지고야⋯⋯" 하면서 입맛을 다셨다. 그리고 흩어진 머리를 쓸어올려주는 양 허리를 굽히고 날카롭게 속삭였다.

"아직 아직 멀었어, 시체도 나라빌 섰다니까."

"돈을 써요."

그들이 주고받는 말은 화살처럼 신속하고 정확하게 서로의 의중에 명중했다. 진태 아버지가 슬며시 화장장 쪽으로 돌아갔다. 이윽고 차례가 됐다는 전갈이 왔다. 사람들은 진태 엄마에게 그대로 거기 누워 있으라고 했지만 그녀는 다 죽어가는 소리로 맏며느리가 어떻게 하직인사를 안 드릴 수가 있냐고 비틀비틀 일어섰다. 사람들이 다투어 그녀를 부축했다. 영구를 보자 그녀의 슬픔은 새로운 기운을 얻어 크게 목놓아 울기 시작했다. 이제 눈물이 말라버린 그녀의 울음은 슬픔이라기보다 히스테리에 가까웠고, 바퀴 달린 판이 영구를 아궁이 쪽으로 싣고 가자 마침내 발작적인 히스테리로 변했다. 그녀는 영구를 따라 곧 불아궁이로 들어갈 듯이 날뛰었다. 사람들이 힘을 합해 그녀를 영구로부터 떼어냈고, 그동안에 직원들은 재빨리 영구를 문 안으로 밀어넣었다. 문이 닫히고 문 위에 빨간 신호등이 들어오자 진태 엄마는 사지를 비틀면서 정신을 잃었다. 진태 아버지가 외마디소리를 질렀고, 진태 진숙이가 울었고, 친척 젊은이가 나서서 그녀를 들쳐업었다. 다시 대기실에 눕히고 다리팔을 주무르고 포도주를 입속에 흘려넣고 한바탕 법석을 떤 후에야 그녀는 눈을 떴다. "여기가 어디예요. 암만 해도 죽을 것 같아요." 그녀가 이렇게 입술을 달싹거렸다. 그녀의 친구들이 암만 해도 병원에 옮겨서 기운 날 주사를 맞히고, 푹 쉬게 하는 게 좋을 거라고 떠들었다. 그럼그럼, 진작 그럴 일이지. 모든 사람이 이의가 없자 진태 아버지는 차를 대기시키고 아내를 부축했다. 진태 진숙이도 뒤따랐다. 그 식구들이 떠나자 사람들의 얼굴이 한결같이 홀가분해졌다. 점잖은 문상객들은 슬금슬금 자기 차로 꽁무니를 빼고 나머지들은 콜라병 아니면 소주병을 땄다. 뭐 안주 좀 없습니까? 하는 소리에 찬합이 하나 둘 열렸다.

혼자서 화장장 쪽에 남은 성남댁은 영감님 영구가 들어간 철문만 바라보고 서 있었다. 그 철문은 영락없이 그녀가 살던 아파트의 쓰레기통 문처럼 생겼다고 생각했다. 사람 팔자도 쓸모없어지면 버려지긴 쓰레기보다 나을 게 없다는 생각도 했다. 언젠가 과일껍질과 함께 과도를 쓰레기통에 버린 적이 있었다. 영감님은 한사코 쓰레기가 모이는 지하실로 데려다달래더니, 반나절을 쓰레기를 뒤져서 과도를 찾아냈다. 그때 영감님 몸에선 아주 고약한 냄새가 났었다. 목욕시키고 빨래하느라 혼났지만, 영감님은 대단한 공을 세운 것처럼 자랑스러워했었다. 지금 성남댁은 몸에다 영감님이 다달이 얼마간씩 여뤄준 목돈을 감고 있었다. 어젯밤에 전대를 만들어 그걸 배에 찼더니 안 먹어도 배가 불렀다. 이런저런 생각을 하고 있는 사이에 철문 위에 빨갛게 켜졌던 불이 돌연 나갔다. 성남댁은 그게 무엇을 의미하는지 모르면서도 영감님이 운명하셨을 때처럼 한번 가슴이 크게 내려앉았다. 철문이 나란히 붙은 벽 옆으로 난 골목에서 진태 아버지 이름을 부르는 소리가 났다. 성남댁은 놀라서 그 안을 휘둘러보았지만 진태네 식구라곤 자기밖에 없었기 때문에 두려워하면서도 부르는 쪽으로 갔다.

벌써 유골이 나와 있었다. 그건 유골이라기보다는 재였다. 바퀴 달린 철판 위에 남아 있는 건 잘 타고 난 모닥불 자국처럼 사위어가는 분홍빛 불빛과 희고 포실포실한 재뿐이었다. 색이 바랜 군청색 제복을 입은 직원이 수상쩍은 듯 할머니가 인수하실 거냐고 물었다. 성남댁은 얼떨결에 고개를 끄덕거렸다. 보통으로 생긴 직원이 보통 빗자루로 그 모닥불 자국 같은 재와 불기가 있는 뜬숯 같은 걸 보통 쓰레받기에 쓱쓱 쓸어담기 시작했다. 보통 비질과 다르지 않은 직원의 이런 행동을 지켜보면서 성남댁은 당초에 두려워한 것과는 다르게 속속들이 편안해졌다. 그리고 그것을 보길 참 잘했다고 생각했다. 진태 엄마한테 남아 있던 뭔가 청산되지 않은 감정의 찌꺼기, 남아서 할 일이 있을 것 같은 치사한 미련 등이 깨끗이 가시는 걸 느꼈다. 비질해 쓸어담은 걸 가지고 뒤쪽으로 돌아간 직원이 한참 만에 멜빵이 달린 흰 상자를 가지고 나왔다. 성남댁이 그걸 멜 수는 없다고 미처 손을 내세울 새도 없이 달려온 딸과 사위가 그것을 받았다.

혼자 남겨진 성남댁은 식당 쪽으로 가지 않고 곧장 화장장을 빠져나왔다. 그녀는 여러 사람에게 묻고 물어서 한 번만 갈아타고 성남까지 갈 수 있는 버스 노선을 알아냈다. 그 노선버스를 타려면 한참을 걸어야 했다. 어떤 사람은 택시 기본요금 거리라고 했고, 어떤 사람은 천오백원 거리는 될 거라고 했다. 육백원 거리고 천오백원 거리고 상관없었다. 그녀는 택시를 타보지 않아서 그 거리를 짐작도 할 수 없었지만 걷는 데는 자신이 있었다. 머리에 임도 안 이고 걷는 걸음이라면 그까짓 거 하루 백 리는 못 걸을까 싶었다. 그동안 너무 오래 편하게 지냈지만 차츰 왕년의 걸음걸이가 살아났다. 임을 일 자신까지 생기면서 어느 틈에 엉덩이를 신나게 휘두르고 있었다. 그녀도 스스로 그걸 느꼈고, 어제 여편네들한테 들은 해괴한 흉이 생각났다. 천하 잡년들! 엉덩잇짓이라면 그저 잠자리에서 그 짓 하는 생각밖에 할 줄 모르는 몸 편한 것들이 나의 엉덩잇짓이야말로 얼마나 질기고 건강한 생명의 리듬이란 걸 어찌 알까보냐는 비웃음을 그녀는 그렇게밖에 표현 못 했다. 임을 안 이고도 엉덩잇짓은 되살아났지만 그 이상의 욕은 생각나지 않았다.

진태네서 혹시 나를 찾을까? 찾아봤댔자 죽은 주인 찾아 집 나

간 똥개 찾는 것만큼밖에 더 찾을까? 그런 생각도 했다. 그러나 무
엇보다도 전대의 것을 풀어서 아들에게 줄 생각을 하면 즐겁고 신
이 났다. 아들에게 아파트 얘기까지 안 하길 참 잘했다. 크게 바랐
으면 실망도 크련만 그러지 않았으니 그만한 목돈만 봐도 감지덕
지하리라. 다 주진 말고 조금 떼어놨다가 다시 장사를 해야지. 곧
마늘장아찌 철이 될걸. 내 모가지에 마늘 열 접이면 고작인 것을
감히 아파트 한 채를 이고 가려 했으니. 사람이 분수를 모르면 죄
를 받는다니까. 그렇지만 아파트 한 채는 지 알고, 내 알고, 하늘까
지 아는 일이건만 어쩌면 그렇게 감쪽같이 사람을 속여넘길 수가
있담. 천벌을 받을 년.

성남댁은 진태 엄마한테만은 더 걸쩍한 욕을 해줘야 속이 후련
해질 것 같은데, 삼 년 동안 점잖은 집 체면 봐주느라 잊어버린 욕
은 쉬 되살아나지 않았다. 그녀는 욕 대신 카악 가래침을 한 번 뱉
고 나서 걸음을 재촉했다. 욕이야 두고두고 풀어먹어도 늦을 건 없
지만, 그동안 주리 참듯 참은 아들, 며느리, 손주새끼 보고 싶은 마
음은 걸음을 앞질러 애꿎은 엉덩잇짓만 한층 요란하게 했다.

(1984)

나의 가장 나종 지니인 것

전화 바꿨습니다. 어쩐 일이세요? 형님이 전화를 다 주시구. 거는 건 언제나 제 쪽에서였잖아요. 말도 저만 하고 형님은 듣기만 하셨죠. 여북해야 혼자서 마냥 지껄이다가 문득 형님은 시방 수화기를 살짝 문갑 위에 올려놓고 딴 일 보고 계실 거다 싶은 생각이 들 적이 다 있었겠어요. 그러면 저도 입 다물고 전화기를 귀에다 바싹 대고 기다렸죠. 숨도 크게 안 쉬시는 고상한 우리 형님이시니 무슨 소리가 들릴 리 없죠. 형님은 나빠요. 어쩜 그렇게 인기척이라곤 없이 남의 말을 들을 수가 있어요. 연결된 전화통에서 아무 소리도 안 들리는 느낌이 어떤 건지 아마 형님은 모르실 거예요. 절벽 같아요. 내가 뛰어내리지 않으면 누가 떠다밀기라도 할 것 같은 절벽 말예요. 그래요. 형님은 제 수다가 정 듣기 싫으면 이제 그만 해두게, 말로 하시지 그러실 분이 아니라는 건 저도 알아요. 마음이 꼬이면 별생각을 다 하나봐요. 그렇지만 절벽 같은 적막 끝에 들려오는 소리도 뭐 그렇게 정붙는 소리는 아니더라구요.

듣고 있네, 계속하게나.

사극에 나오는 대비마마처럼 이렇게 감정이 섞이지 않은 형님의 목소리를 들을 때마다 창석이 처가 참 안됐단 생각이 들어요. 형님은 맏며느리를 직장에 그냥 다니게 한 것만 큰 선심 쓴 것처럼 말씀하시지만 형님 같은 시어머니 모시기가 얼마나 힘들겠어요. 알아요. 형님 생각으로야 모시게 한 적도, 잔소리한 적도 없으시겠죠. 그렇지만 절벽 같은 침묵과 잔뜩 꾸민 목소리는 안 힘든 줄 아슈, 뭐. 형님 화나셨어요? 네에, 참 하실 말씀이 있으셔서 거셨을 텐데 제 소리만 했네요. 그그제가 증조모님 제사였다구요? 이를 어쩌나. 그만 깜박했어요. 형님도 잊어버리셨다구요? 우리 둘 다 잊어버렸으니 제사를 못 지냈겠네요. 못 지낸 건가, 안 지낸 건가. 창석이 처가 기억해냈을 리는 만무하구. 형님이 그런 일에서 며느리를 제쳐놔 버릇하기가 잘못이에요. 너 아니면 안 되는 일이다, 라고 못 박아준 책임도 질까 말까 한 게 요즘 아이들인데 처음부터 신경쓸 것 없다는 식으로 길들여놓고 뭘 그러세요. 형님도 아시죠. 창석이 처가 즈이 방 달력에는 친정집 대소사를 조카들 생일까지 동그라미 쳐놓은 거. 모양으로 쳐놓은 동그라미는 아닐 테니 일일이 챙겼을 거 아녜요. 형님, 미안해요. 내가 왜 안 하던 짓을 했을까. 조카며느리 흉을 다 보구. 형님도 흉보고 싶을 땐 좀 보세요.

남만 무안하게 만들지 말구.

　그나저나 형님, 잘됐지 뭐예요. 이 참에 아주 이대봉사로 줄이세요. 우리한텐 증조지만 이젠 창석이가 제준데, 그애로 치면 고조 아녜요. 요새 누가 사대봉사씩이나 해요. 가정의례준칙에도 이대까지만 하라고 돼 있답디다. 기억나는 조상까지만 지내자는 게 얼마나 합리적이에요. 하긴 형님은 증조할머니 뒤까지 받아내셨으니 기억나는 정도가 아니겠네요. 단 석 달이라도 그게 어디예요. 증손부한테 아랫도리까지 내보이시다가 돌아가셔선 또 해마다 그 손으로 지극정성 차린 제사 받아잡숫고 그만하면 호강하셨죠. 안 그래요? 그나저나 형님, 혼령이 정말 있을라나. 계시다면 조금은 섭섭하셨겠지만 그러려니 했을 거예요. 사대봉사까지 받아잡숫는 혼령이 요즈음 세상에 어디 그리 흔할라구요. 혼령도 호강이 지나치면 딴 혼령들한테 미움받을지도 모르잖아요. 굶고 가셔서 안되었단 생각일랑 마세요. 혼령이 먹은 자리 난 건 여적지 못 봤으니까. 자리도 안 나게 먹을 거면 아무 데선 못 얻어먹겠어요. 형님네 동네엔 서울서도 이름난 먹자골목까지 있겠다 형님네 아파트까지 찾아오시는 동안 시장기만 면하셨을라구요. 속세음식에 질려서 절레절레 머리를 흔들고 가셨을 텐데요, 뭐. 알아요, 저도. 운감이란 제사음식에 한한다는 것쯤. 돌아가신 조상이 운감을 못 해 큰일났단 생각보담은 저를 나무라고 싶으셔서 전화 거셨으리라는 것도요. 그래요, 해마다 형님한테 제삿날을 일깨워드린 건 저였죠. 그렇지만 제가 안 알려드리면 잊어버릴 형님인 줄은 정말 몰랐다구요. 저는 다만 제삿날을 사흘이나 이틀쯤 앞두고 나박김치 담그러 갈 날을 의논드린다는 게 자연히 제삿날을 아는 척하는 구실을 했을 뿐인데 저를 그렇게 믿고 계셨다니, 형님 이제부터 저 믿지 마세요.

뭐 외는 건 질색이에요. 특히 숫자는 안 돼요. 요전에 밖에서 집에다 전화 걸 일이 있었는데 전화카드를 집어넣고 나서 숫자판을 누르려는데 집 전화번호가 생각나지 않지 뭐예요. 황당하더군요. 어둑어둑할 무렵이었어요. 차들은 헤드라이트를 켜고 질주하고, 길 건너 상가엔 네온이 켜지기 시작하더군요. 수화기를 들고 망연히 서 있었죠. 뒤에서 기다리던 청년이 빨리 걸라고 재촉을 하더군요. 성질이 급하거나 버릇없는 젊은이 같진 않았어요. 참을 만큼 참다가 나온 소리였을 거예요. 나한테 시간이 정지돼 있었다고 해서 남들까지 그러했을 리는 없으니까요. 저는 청년을 돌아다보면서 말했죠. 우리집 전화번호 좀 가르쳐줘요. 청년이 비실비실 뒷걸음질을 치더니 몸을 돌려 줄행랑을 치더군요. 머리로 아무것도 생각해낼 수가 없으니까 온몸이 꺼풀만 남은 것처럼 무력해지던데 그런 늙은이를 청년이 뭣 하러 두려워했을까요? 형님, 참 묘한 기분이었어요. 내가 살아 있다는 게 믿어지지 않았으니까요. 기억이 지워졌는데 어떻게 살아 있다고 할 수 있겠어요. 거리를 오고 가는 사람들이나 요상하게 춤추는 불빛들이나 다들 실재하는 것들이 아니라 내 눈에만 그렇게 보이는 환상이다 싶었어요. 건물이고 차들이고 형체는 지워지고 거기서 내뿜는 불빛만이 서로 얽히고설키는 게 마치 물체들의 혼령이 너울너울 자유롭게 교감하는 것 같더라구요. 마음이 편안하고도 슬펐어요. 세상을 하직하면서 한평생의 헛되고 헛됨을 돌아다보는 기분이 그런 거 아닐까요. 편안한데도 이상하게 위로받고 싶었어요. 형님, 그날 제가 스스로를 위로할 실마리를 어디서 찾았는 줄 아세요? 느닷없이 얼마 전에 텔레비전을 통해서 본 어떤 성우 생각을 해냈어요. 형님도 누구라고 이름만 대면 알 만한 아주 유명한 성우였어요. 성우 경력이 이십 년이 넘는다니 우리보다 젊어봤댔자 십 년 안짝일 텐데 가꾸고 살아서 그런지 사십대도 안 돼 보입디다. 그런데도 좀처럼 모습을 드러내지 않아 목소리하고 이름으로만 알려진 인기인이죠. 그가 성우생활에 얽힌 이런저런 에피소드를 들려주다가 어느 날 갑자기 자기 이름이 생각나지 않더라는 얘기를 하지 뭐예요. 웃기려고가 아니라 아주 심각했어요. 이십여 년을 차분한 목소리로 주로 음악 프로를 진행해오면서 처음과 마지막에는 꼭 자기 이름을 멘트해왔으니까 자기처럼 제 입으로 제 이름을 여러 번 말한 사람도 대한민국에 흔치 않을 거라면서, 그러나 어느 날 생방송을 끝내고 진행에 누구누구였노라고 말을 하려는데 이름이 생각나지 않더래요. 그래도 노련한 방송인답게 당황하지 않고 이름은 내일 말씀드리겠습니다라고 했다나요. 그때 그 생각을 하니까 내 집 전화번호가 생각나지 않는 것이 좀 덜 불안하더라구요. 별것도 아닌 걸 다

뛰다가 위안을 삼으려는 걸 보면 정신을 놓칠까봐 겁이 나긴 났었나봐요. 제 마음은 저도 잘 모르겠어요. 정신이 나간 상태를 즐기는 줄 알았는데 실은 두려웠나봐요. 얼마나 그러구 있었는지 모르겠네요. 전화는 못 걸었지만 그날 밤에 집에 찾아들어가긴 했으니까요. 우리집 동 호수는 안 잊어버렸냐구요? 제 집을 누가 동 호수로 찾수? 다리가 저절로 집까지 데려다주니까 가는 거죠. 정신으로 기억하는 것과 몸으로 기억하는 게 어떻게 다른지 모르겠어요. 그나저나 혼령이 정말 있을라나.

아이들이 전화도 안 걸고 늦었다고 야단치더라구요. 우리집은 거꾸로예요. 걔들이 어른이고 나는 물가에 내놓은 어린애라니까요. 그날도 친구 회갑을 호텔 뷔페로 먹고 나서 차 마시고 수다 떨고 하다보니 좀 늦었길래 그거 고하려고 전화 걸려다가 그만 그리된 거였어요. 그애들이 날 그렇게 길들였다니까요. 내가 무슨 여고생인 줄 아는지, 어디 갈 때는 가는 장소와 돌아올 시간을 분명히 하고 나가라, 나가서도 제시간에 못 돌아올 일이 생기면 반드시 전화 걸어라, 이런 식이에요. 걱정하기 싫다 이거겠죠. 전화번호 잊어버렸단 얘기는 하기 싫어서 딸년들 호령을 잠자코 듣기만 하다가 내 방으로 들어와버렸는데 평소하고 달라 보였나봐요. 그애들이 안 하던 짓을 하더라구요. 창희년이 내 방까지 따라 들어와 따지는 거예요. 창희가 제 언니에 비해 성미가 좀 파르르하잖아요.

엄마, 해도 너무해. 이제 그만해. 오빠 죽은 지 벌써 칠 년째야,

오빠만 자식이야? 딸은 자식 아냐? 언니가 왜 여태 시집도 못 가고 있는 줄 알아? 엄마 모실 신랑 고르느라고 좋은 사람 다 놓친 거라구. 엄만 그것도 모르구 있지? 알 리가 없지, 관심도 없으니까. 난 엄마 입에서 딸 혼기 놓쳐 큰일이라고 걱정하는 소리 한마디만 들어도 원이 없겠어. 세상에 그런 엄마가 어딨어. 언니 나이나 알아? 것도 모르겠지. 오빠가 나이를 안 먹으니까 우리도 생전 스물셋, 스물하나인 줄 알죠? 하긴 세월도 엄마 같은 바윗덩이한테 부딪치면 딱 멎어야지 별수 있겠어. 난 언니 같은 효녀 될 자신은 없지만 그래도 엄마한테 잘하려고 애써왔어. 이젠 지쳤어. 언니도 곧 지칠 거야. 엄마한테 잘하는 건 밑 빠진 가마솥에 물 붓기야. 엄마가 우리한테 어쩌다 보이는 관심이 뭔 줄 알아? 저 계집애들 중 하나를 잃었으면 내가 이렇게 원통하진 않았으련만, 하는 표정으로 우리를 볼 때야. 그런 표정 정말 소름 끼쳐. 엄만 우리가 살아 있는 걸 미안해하게 만들어. 우리도 우리에겐 한 번뿐인 인생인데 그래야 돼? 엄만 정말 해도 너무해.

글쎄 이렇게 퍼붓더라구요. 형님도 잘 들어두슈. 창숙이년이 에미 때문에 여태 시집을 못 갔답니다. 그만하면 천하에 광고칠 만한 효녀 아니겠수. 내가 딸년들 나이 먹는 거 일일이 신경쓰고 살지 않는다는 건 사실이지만서두 즈이들한테 얹혀살 생각 같은 건 꿈에도 해본 적 없건만, 기가 막혀서. 이제 와서 이런 소리 해도 아무 소용이 없게 됐지만, 저 실은 창환이도 결혼하는 즉시 내보내려고 했지 데리고 살 생각 안 했어요. 왜는 왜예요? 형님 때문이지. 형님이 좀 오래 시집살이 하셨수. 시집살이 면한 지 겨우 삼 년 만에 과부 되시고 며느리 보셨으니 두 내외만의 오붓한 재미도, 혼자 사는 자유 맛도 모르시잖아요. 그 세대는 그렇게 살 수밖에 없는 시대이기도 했지만 형님 시집살이는 그래도 어진 시어른 때문에 보기 좋았더랬어요. 저는 애를 들쳐업고 시장도 가고 밥도 해먹을 때, 형님네 애들은 할머니 할아버지 손바닥에서 금이야 옥이야 방바닥에 등 붙일 겨를이 없는 걸 제가 얼마나 부러워했는지 형님도 아시죠? 제가 샘내는 소리를 비치면 형님은 난 애 들쳐업고 밥 해먹기가 소원이라네, 라고 한숨 섞인 소리로 말씀하시곤 했죠. 그건 저를 위로하려고 꾸민 소리가 아니라 은밀하고 애틋한 형님의 속마음이라는 걸 여자끼리의 직감으로 느낄 수가 있었죠. 형님뿐 아니라 아주버님도 같은 생각일 거라는 것까지도요. 부부끼리 고통의 나눔이 없이 어떻게 형님처럼 완벽하게 좋은 며느리 노릇을 할 수가 있겠어요. 형님은 또 우리집에 들르실 때마다 아이들하고 지지고 볶으면서 사는 걸 보시고는 부러운 듯이, 자네네 사는 것에 비하면 나 사는 건 반세상이라네, 라고도 하셨죠. 나는 우리 창환이가 장가들어 반세상 살게 하고 싶지가 않았어요. 온세상을 주고 싶었답니다. 암, 온세상을 주어야 하구말구요. 아들도 같이 살 생각을 안 했는데 딸하고 같이 살 생각을 꿈에라도 했겠어요. 먹고살 게 없다면야 또 모르죠. 사람 목숨은 모진 거니까, 나는 절대로 자식 신세 안 진다는 입바른 소리를 어떻게 하겠어요. 그이가 다행히 연금을 남겨줬으니 이런 흰소리라도 할 수 있는 거죠. 그래도 자식들이 말이라도 그렇게 하는 걸 고마운 줄 알라고요? 네에, 형님 고마울 것까지는 없어도 탄할 생각까지는 안 했는데 그 다음 소리가 맹랑하잖아요. 세상에 에미 가슴에 비수를 꽂아도 분수가 있지, 감히 그런 소리를 어떻게 입 밖에 낼 수가 있을까요? 형님, 전 한 번도 창환이 목숨을 제까짓 것들과 비교하거나 바꿔치기해서 생각한 적 없어요, 맹세코. 아들딸을 층하하지 않겠다는 지어먹은 마음 따위하곤 달라요. 창환인 전무후무한 하나뿐인 창환이고 아무하고도 비교할 수 없이 잘났기 때문이에요.

하긴 내 딸 나무래 무엇하겠어요. 내가 창환일 잃고 나서 친척이고 친구고 멀쩡하게 아들 잘 기른 사람들이 나한테 괜히 미안해하는 거, 나 알아요. 아들 자랑 하다가도 내 앞에선 입을 다물고, 장가보낼 때 나한테 청첩장을 보낼까 말까 망설이고, 내가 행여 즈이들이 부러워 마음 상할까봐 그런다는 거 알아요. 명애라고, 형님도 아시죠? 우리가 성북동 살 때 아래윗집 살면서 부추전만 부쳐도 담 너머로 나눠먹던 제 여고동창 말예요. 걔 아들하고 창환이하고도 국민학교에서 중학교까지 동창이었다구요. 서로 사는 내막 속속들이 알고 마음이 통해 숨기는 거 없기는 형님보다 훨씬 가까웠더랬죠. 형님도 물론 그러시겠지만 시집 쪽 친척은 아무리 촌수가 가까워도 어느 정도 이상은 친해질 수 없는 껍질 같은 걸 가지고 대하게 되더라구요. 창환이가 그 지경 당하고 나서도 어느 친척도 명애만큼 놀라고 슬퍼하지 못했을 거예요. 내가 통곡하면 같이 통곡하고, 펄쩍펄쩍 뛰면 같이 펄쩍펄쩍 뛰고, 내가 몸져누웠을 때는 하루도 거르지 않고 온갖 죽을 다 쑤어서 날랐죠. 형님도 죽 쒀온 적 있으시다구요? 꼭 안 듣는 척하시다가도 틀린 말은 한마디도 못 참으신다니까, 글쎄. 그런 명애도 즈이 아들 장가들일 때는 나한테 쉬쉬하더라니까요. 혼인날 딴 동창한테 듣고 알았어요. 식장이 찾기 어려운 변두리 동네 교회라 나한테 길을 물어온 동창도 내가 그때까지 모르고 있다는 걸 알고는 처음에는 안 믿다가 나중에는 자기 생각이 명애에 못 미쳤노라고 사과를 하면서 제발 모르는 걸로 해달라나요.

형님 제가 뭘 잘못했다구 이렇게 손도를 맞습니까? 제가 손도를 맞는다는 건 창환이의 죽음을 부끄럽게 여기는 게 되거든요. 그럴 수는 없었어요. 저는 떨치고 일어나 즉시 준비를 하고 환하게 웃으며 결혼식장으로 달려갔죠. 명애가 어쩔 줄을 몰라했지만 저는 늠름하게 굴었어요. 마음으로부터 축하도 했구요. 명애 아들이 장가드는 거 저 정말로 안 부러웠어요. 걔 아들하고 창환이하곤 델 것도 아니니까요. 껄렁한 대학도 삼수까지 해서 들어갔고 젊은 애가 야망이 있나 이상이 있나 오로지 말초신경만 발달해가지고 달고 다니는 여자가 맨날 바뀐다더니 아마 그중에 하나가 배라도 불러왔나봅디다. 부자도 아닌 집에서 졸업도 하기 전에 서둘러 식을 올린 걸 보면. 그런 녀석이 어떻게 창환이하고 비교가 됩니까? 말도 안 되지. 그렇다고 형님, 제가 남의 잘난 아들을 보면 마음이 아린 줄 아시진 마슈. 우리 친정 조카 얘긴 형님도 종종 들으셨죠. 친정에 번듯하게 출세한 사람 없기는 형님네나 우리 친정이나 마찬가지지만 그래도 전 친정으로 해서 으스대고 싶을 때는 늘 그 장조카 자랑을 하곤 했으니까 형님도 생각나실 거예요. 재학중에 고시 패스한 애 말예요. 참, 우리집에서 보신 적도 몇 번 있죠. 머리만 좋은 게 아니라 인물도 자알났죠. 그애가 장가갈 때는 창환이 잃은 지 일 년 안이기도 했지만 글쎄 친정 식구들이 하나같이 이 하나밖에 없는 고모가 오지 말았으면 하는 눈치더라구요. 내 참 아니꼽고 더러워서. 누가 그까짓 판검사를 대수롭게 알 줄 알구. 그동안 나도 민가협 엄마들 덕에 의식화된 것도 있고 해서 죽은 우리 창환이가 산 법관보다 골백번은 더 잘나 보이더라구요. 그러니 내가 걔 결혼하는 것 보고 꿀리거나 부러울 게 뭐 있겠어요. 더군다나 그 며칠 전엔 민가협 엄마들 따라 민주투사 공판하는 거 방청하러 가서 말도 안 되는 죄목을 나열하는 법관을 실컷 야유하고 퉤퉤 침까지 뱉고 온 끝인데 그 새파란 법관이 부럽기는커녕 한심해 보입디다. 민가협 엄마들 덕에 언짢은 기색 하나도 안 하고 그날도 고모 노릇을 얼마나 씩씩하게 잘해냈다구요.

형님, 밍개헴이 아니라 민가협이라니까요. 딴 발음은 똑똑하게 잘하시면서 그 소리는 왜 그렇게 어눌하게 얼버무리시나 몰라. 형님 일부러 그러시는 거 아네요? 저하고 그 사람들을 한 묶음으로 능멸하려구요. 아이구 깜짝이야. 그 소리에 뭘 그렇게 화를 내세요? 암만 해도 찔리는 데가 있는갑다. 형님 미국 딸네 집에 한 달도 못 있다 오셔가지고도 밧데리를 꼬박꼬박 배러리라고 하셨잖아요? 그렇게 잘 따라 하시는 형님 혀가 민가협 소리를 못 할 리가 없을 것 같아서요. 능멸까지는 안 하신다고 해도 못마땅해서 일부러 그러실 거예요. 아무튼 전 듣기 싫어요. 요다음부터는 그러지 마세요. 별걸 다 갖고 시집살이시킨다구요? 그러믄요, 동서도 시집은 시집이죠. 형님은 뭐 저한테 시집살이시킨 적 없는 줄 아시우.

형님, 제가 어디까지 말씀드렸죠? 아, 네에, 아들 장가들일 때 다들 절 따돌리는 것 같다는 얘기였죠. 자격지심이라구요? 그럴지도 모르죠. 따돌리는 것만 아니꼬운 줄 아세요. 너무 잘해주는 것도 싫어요. 그게 다 한통속이거든요. 형님만 해도 창석이 장가들일 때 저한테 얼마나 신경을 썼어요. 그 바람에 창석이 처가만 혼났죠. 저한테까지 시어머니하고 똑같은 예단을 해왔으니 속으로 얼마나 욕을 했겠어요. 시아버지 예단을 안 해도 되니까 작은어머니한테 대신 했을 거라고 형님이 아무리 그러셔도 저는 그게 그 집에서 자발적으로 그렇게 한 게 아니라는 거 알아요. 창석이 장가들 땐 창환이 죽은 지 오 년도 넘었을 텐데도 제가 그렇게 신경이 쓰이던가요? 폐백 받을 때도 형님은 저를 영감님처럼 곁에 앉히셨죠. 처음에는 쌍과부가 나란히 폐백 받기가 민망해서 사양하다가 좌중의 분위기가 어째 이상하게 가라앉는 것 같아 제가 졌죠. 창환이 생각이 나서 언짢아하고 있는 것처럼 보이기가 싫었어요. 그건 사실이 아니니까요. 저 창석이 장가갈 때도 조금도 안 부러웠어요. 창환이를 창석이하고 비교하는 마음이 없었으니까요. 그때 형님은 아주버님 안 계신 핑계로 절 부득부득 끌어다 앉히셨지만 아주버님이 계셨더라도 마찬가지였을 거예요. 남들이 처첩을 거느리고 폐백을 받는 줄 알건 말건 상관 안 하고 새 며느리한테 저를 시부모와 똑같이 인식시키려 드셨을 테죠. 우리 그이도 아주버님 돌아가신 후 조카들한테 잘하려고 우리 아이들은 뒷전이었던 건 형님도 인정하시죠. 그래봤댔자 겨우 형제간의 나이 차이만큼밖에 더 못 살았지만서두요. 남의 집 남자들보다 좀 단명한 거 하나가 흠이지 형님이나 저나 중매로 혼인했어도 남편은 잘 만났었다 싶어요. 우리 그이가 회갑도 못 넘기고 세상 뜬 데 대해서도 여한 없어요. 창환이를 앞세우지 않고 자기가 휘딱 앞서갔으니 참 복도 많다 싶어 부럽다 못해 얄밉기까지 한걸요. 제가 부러운 건 오직 그이뿐이에요. 자다가도 그이가 부러워 가슴이 저리기 시작한 밤을 홀딱 새우고 말죠. 그러나 그건 남의 산 자식을 부러워하는 것하곤 달라요. 창석이가 나무랄 데 없는 아이라는 건 저도 인정해요. 그러나 우리 창환이하곤 그릇이 다른 걸 비교가 되나요. 부모 속 안 썩이고 명문 대학 척척 들어가고, 졸업도 하기 전에 대기업에서 모셔가고, 윗사람 눈에 얼마나 들었으면 중매까지 서줘서 좋은 집 규수한테 장가들고, 형님이 아들 잘 기른 거야 세상이 다 아는 일이죠. 그렇지만 형님, 창석이가 대학 들어간 해가 언제예요? 바로 80년 아녜요. 80년에 대학 들어간 애가 세상이야 어찌 돌아가든 알 바 아니라는 듯이 공부만 팠다는 건, 제 보기에는 인간성이 의심스러워요. 어떻게 그럴 수가 있었을까? 사람이 그러면 못쓴다구요. 우리 창환이도 창석이보다 삼 년 뒤에 같은 대학에 들어갈 때만 해도 창석이처럼 공부밖에 모르는 아이였죠. 그러나 우리 창환이는 캠퍼스의 최루탄 냄새를 괴로워했어요. 그건 창석이도 마찬가지였다구요? 그야 그렇겠죠. 지나가던 사람도 눈물 콧물을 짜면서 펄쩍펄쩍 뛰었으니까요. 창석이는 몸으로 괴로워했을 뿐이지만 우리 창환이는 마음으로 더 많이 괴로워했다구요. 그래요, 우리 창환이가 운동권이 아니었다는 건 형님 말이 맞는지도 몰라요. 에미도 눈치를 못 챘으니까요. 그러나 그걸 누가 단정을 하겠어요. 자식을 겉을 낳지 속까지 낳는 건 아니란 말도 그래서 생겨난 거 아니겠어요. 그런데 그게 왜 그렇게 중요하죠? 말끝마다 형님은 꼭 그 소리를 하시더라, 마치 오금을 박듯이. 이럴 때는 전화로 얘기하고 있다는 게 얼마나 다행인지 몰라요. 아녜요, 전화로 말하면서도 전 형님의 시선을 느껴요. 대단한 비밀을 알고 있는 사람이 그걸 모르는 사람을 바라볼 때의 기분 나쁜 눈길 말예요. 그래봤댔자 우리 창환이가 단순 가담자에 불과할 거라는 것밖에 형님이 저보다 더 알고 있는 게 뭐가 있겠어요. 그게 왜 그렇게 중요하죠? 처음에야 저도 그게 미치게 억울했죠. 그놈의 쇠파이프가 눈이 멀어도 분수가 있지 앞장선 열렬한 투사들 다 제쳐놓고 하필 우리 창환이었을까, 하구요. 그러나 죽음은 어차피 돌이킬 수 없는 운명인 거 아닌가요? 게다가 철저하게 개개의 것이구. 그게 너무 무서워서 우선 피하고 싶었어요. 우선 개별적인 것에서 피하는 방법은 휩쓸리는 일이었죠. 집단적인 열정 속으로. 형님도 기억하시죠. 우리 창환이의 장엄한 장례식을요. 백만학도가 창환이를 열사로 떠받들었죠. 형님, 제발 그렇게 말씀하시지 마세요. 젊은이들이 제 몸에다 불을 붙여 시대의 횃불을 삼으려 든 세상이었잖아요? 죽은 목숨을 횃불 삼으려 든 것쯤 아무것도 아니었죠. 형님이나 저나 하도 궁핍한 어린 시절을 보내서 그랬던가, 먹을 것 흔하고 흥청망청 물건 아쉬운 것 모르는 세상만 꿈인가 생신가 좋기만 하던데, 젊은이들 눈엔 세상이 얼마나 깜깜했으면 제 몸으로 불을 밝히려 들었을까요? 중요한 건 창환이가 운동권이었나 아니었나가 아니라 죽음까지 횃불로 삼지 않을 수 없을 만큼 시대가 깜깜했다는 거 아닐까요.

형님, 우리가 참 모진 세상도 살아냈다 싶어요. 어찌 그리 모진 세상이 다 있었을까요? 형님, 그나저나 그 모진 세상을 다 살아내기나 한 걸까요? 형님은 당연히 비웃으시겠지만 세상이 정말 달라졌다면 그 달라지게 한 힘 중엔 우리 창환이 몫도 있다고 생각해요. 그래요, 허튼소리 같지만 저는 수도 없이 창환이의 부활을 경험했죠. 민가협 엄마들한테 세뇌받아서 그렇게 됐다는 식으로 말씀하시지 마세요. 누가 누굴 세뇌해요. 그 지경을 당하고도 하루 하루를 죽은 목숨처럼 살지 않을 수 있는 유일한 방법이었을 뿐이에요. 6·10항쟁 때도 형님이 저한테 얼마나 깊은 상처를 입혔는지 모르고 계시죠? 그땐 창환이 죽은 지 얼마 안 돼서이기도 하지만 뭔가 심상치 않은 일이 생길 것 같아 정신을 번쩍 차리고 일어 났더니 형님이 뭐랬는 줄 아세요? 자식을 잡아먹고도 데모가 그렇게 좋으냐고 악을 쓰셨죠. 언제는 언제예요. 6·10 때라니까요. 형님 제발 6·10하구 6·29하고 헷갈리는 거, 4·13하고 4·19도 분간 못 하는 거, 5·16하고 5·18이 왔다갔다하는 거, 정말 참을 수가 없어요. 어떤 때는 내 앞에서 일부러 그렇게 시침을 떼는 게 아닐까 싶어지면 형님하고 다시는 상종도 하기가 싫어져요. 그런 날짜는 그렇게 잘 외면서 증조모님 제삿날은 어떻게 그렇게 감쪽같이 까먹었느냐고요? 형님이 그렇게 나오실 줄 알았어요. 오금을 박는 데는 선수시니까요. 좋아요, 솔직히 말씀드리죠. 증조모님 제사가 저한텐 하나도 안 중요하니까 잊어버릴 수도 있는 거죠, 뭐. 창환이 잃고 나서 저에게 일어난 가장 큰 변화가 뭔 줄 아세요. 그때까지 중요하게 생각해온 것이 하나도 안 중요해지고 하나도 안 중요하게 여겨온 것이 중요해진 거예요. 증조모님 제사도 안 중요해진 것 중의 하나일 뿐이지, 다는 아녜요. 그런 변화엔 저 스스로도 놀랄 수밖에 없었어요. 처음엔 내가 남이 된 것처럼 낯설기까지 했죠. 내가 돈 게 아닌가 싶기도 했구요. 그래서 될 수 있는 대로 남들한테는 예전처럼 굴리고 애썼죠. 창환이 잃고도 여전히 제 샛날을 형님보다 먼저 아는 척할 수 있었던 것도 아마 그런 노력의 일환이었을 거예요. 아니면 타성이든지. 형님도 그런 타성은 있잖아요. 제수 차리는 데는 지극정성이면서 날짜 돌아오는 건 저만 믿고 내 몰라라 하는 습관 말예요.

제삿날 말고 또 안 중요해진 게 뭐가 있느냐고요? 많지요. 이루 말할 수 없이 많지만 과연 형님이 이해하실 수 있으실라나 몰라. 형님을 무시해서가 아니라 제삿날처럼 그렇게 꼭 집어서 말할 수 있는 게 아니기 때문이에요. 이를테면 전엔 남이 나를 어떻게 볼까가 중요했는데 이젠 내가 보고 느끼는 내가 더 중요해요. 남을 위해서 나를 속이기가 싫어요. 무엇보다도 피곤하니까요. 가장 쓰잘데없는 걸로 진 빼기 싫어요. 또 있구말구요. 그전엔 장만하는 게 중요했는데 이젠 버리는 게 더 중요해요. 형님보담은 좀 덜했지만 저도 물건 욕심이 꽤 있었잖아요. 누구네 집에 가서 예쁜 접시나 찻잔만 봐도 어디 제인가 물어보고, 역시 다르다고 감탄하고, 눈독들인 건 기어코 장만하고, 그게 사는 재미였죠. 육십년대든가, 형님이나 저나 아직 새댁 티가 남아 있을 적 말예요. 그때는 모든 물자가 귀할 때이기도 했지만 우린 사재기 선수였잖아요? 화학솜이 처음 나왔을 땐데 그까짓 화학솜 이불이 뭐가 그렇게 신기했는지 이불계를 모아서 두 집이 한 채씩 그걸 장만했었죠. 그러고 보니 제가 지금 쓰고 있는 자개장롱도 곗돈 타서 장만한 거네요. 갖고

싶은 걸 애써 장만하고 나면 그리 기쁘더니만 지금은 그 모든 것
들이 다 짐스러워요. 왜 그게 거기 있을까, 몇십 년 손때 묻은 것들
이 뜨악하고 낯설어지기도 하죠. 잠 안 오는 밤이면 주로 하는 짓
이 뭔 줄 아세요? 장롱이나 찬장 속을 들들들 뒤져서 버릴 것을 찾
는 거예요. 버릴 것 천지지요, 뭐. 남들은 쓰자니 마땅찮고 버리자
니 아까운 거 천지라고 하더니만 전 아까운 게 하나도 없어요. 딸
들 눈이 무서워서 한꺼번에 못 버릴 뿐이지요. 또 장롱 같은 거야
무슨 수로 버리겠어요. 누굴 주든지 고물상을 부르든지 해야 할 텐
데, 그것도 번거롭고 고물상이나 남의 집에 그게 있다는 것도 신경
쓰일 것 같아요. 그게 혹시 손때가 묻은 것들에 대한 책임감이라면
그것도 소유욕의 일종인지도 모르겠네요. 아무튼 세상에 귀한 거
라곤 없으면서 버리기도 쉽지 않은 건, 내 눈앞에서만 없어지는 게
아니라 아주 없어지길 바라기 때문이에요. 가끔 아궁이가 있는 집
이라면 패 땔 수도 있을 텐데 하는 생각도 해보죠. 그것도 생각뿐
이지 요즈음 물건들은 그렇게 쉽게 재도 안 되는 것들이잖아요. 생
때 같은 목숨도 하루아침에 간데없는 세상에 물건들의 목숨은 왜
그렇게 질긴지, 물건들이 미운 건 아마 그 질김 때문일 거예요. 생
각만 해도 타지도 썩지도 않을 물건들한테 치여죽을 것처럼 숨이
답답해지네요. 죽는 건 하나도 안 무서운데 죽을 것 같은 느낌은
왜 그렇게 싫은지 모르겠어요.

　내가 물건이 싫으니까 남에게도 물건을 선물한 적이 없어요. 물

론 창환이 잃고 난 후에 생긴 새 버릇이지만서두요. 그전에야 형님도 아시다시피, 친정이나 시댁 어른들 생신이나, 조카들 손주뻘 되는 아이들의 혼사나 돌잔치 등 무슨 날이 돌아올 때마다 뭘 선물할까가 즐거운 고민이었죠. 돈을 절약하기 위해서이기도 하지만 두고두고 지니게 하고 싶은 욕심으로 저는 친척이나 친구들의 기념할 만한 날 돈으로 부조를 한 적이 거의 없었죠. 마땅한 물건이 잘 떠오르지 않을 때는 손수 재봉틀을 돌려 옷가지나 소품을 만들어서 선물을 장만하기도 해서 형님한테 알뜰이 지나치다는 눈총도 꽤 맞았을걸요. 그러면서도 형님은 그런 제 손재주를 은근히 부러워하셨죠. 실상 그건 손재주만 갖고 되는 노릇이 아니라 눈썰미와 상대방에 대한 관심이 있어야 되거들랑요. 요샌 그런 짓 안 해요. 거의 다 돈으로 해결하죠. 꼭 뭘 사가지고 가야 할 데는 먹을 걸 사가요. 외식으로 때우든지. 물건으로 나를 생각나게 만들고 싶지 않아요. 물건으로 남을 짓누르는 것 같아 안 하고 싶어요. 그렇다고 뭘 주고 싶은 사람이 아주 없는 건 아니죠. 오랫동안 예쁘게 연애하다가 결혼한 신혼부부가 인사를 왔다든지, 친구가 미국 사는 자식을 따라 아주 이민을 떠난다든지 할 때는 뭔가 주고 싶어져요. 그래도 물건은 아녜요. 호화로운 식사를 한 끼 사죠. 즐거웠던 기억이 물건보다는 속절없으니까요.

그런 특별한 경우가 아니더라도 전에는 어떡하면 같은 돈이라도 낮게 쓰나가 중요했는데 지금은 안 그래요. 흐지부지 쓰는 게 훨씬 더 중요해요. 낮나게 쓴다는 게 뭔가요? 남에게 잊혀지지 않을 만한 부담감을 주는 거 아닌가요? 그러기 싫어요. 같이 차 마시고 나서 찻값을 내는 거, 몇이서 택시를 같이 탔을 때 택시값을 혼자서 내는 것 따위가 흐지부지 쓰는 건데 바보같이 보이기 십상이지 누구 하나 고마워하지 않는 씀씀이죠. 그렇지만 차 한 잔씩 마시고 나서 서로 눈치 보는 그 짧은 동안이 싫어요. 일상의 바퀴가 삐그덕 소리를 내면서 잘 안 구르는 것 같은 느낌이 들거든요. 흐지부지 쓴다는 건 바퀴에 기름을 치는 행위에 다름아니죠. 그러잖아도 하루하루 살기가 힘이 들어 죽겠어요. 조금이라도 덜 힘들 수 있는 방법이 있는데도 힘들일 거 뭐 있어요. 일상의 바퀴에 기름을 치는 일은 하나도 표가 안 나서 남들은 낭비라고 생각하지만 나에겐 여간 중요한 씀씀이가 아니고, 물론 안 아까워요. 창숙이 창희는 그런 나를 여간 못마땅해하지 않아요. 낭비벽이 있다고 생각하나봐요. 그냥 놔뒀다가는 살림 다 들어먹을 것 같은지 즈이들 버는 돈도 나를 안 갖다주고 즈이끼리 저금도 붓고 해서 아마 상당히 모았을 거예요. 밥값은 내죠, 밥값도 안 내놓고 제 낭탁만 할 아이들도 아니구요. 스크립터, 디자이너, 이런 직업을 형님은 좀 우습게 보시는 것 같지만 얼마나 고소득이라구요. 걔네들 내는 밥값만 가지고도 나 하나 얹혀살 만해요. 연금은 흐지부지 쓰기에 부족함이 없구요.

형님이 무슨 권리로 혀까지 차시면서 못마땅해하세요? 하긴 하루하루를 살기가 무거운 수레를 끄는 것처럼 힘들다는 걸 형님이 아실 리가 없죠. 저도 창환이를 잃기 전까지는 저절로 살아졌어요. 세월이 유수 같았죠. 한참 자라는 아이나 달력을 보지 않고서는 세월이 빠르다는 걸 느낄 겨를이나 어디 있었나요. 너무 빨라 거스르고 싶었나봐요. 젊어 보인다는 소리 듣는 게 제일 기분이 좋았으니까요. 지금은 아녜요. 젊어졌다는 소리도, 좋아졌다는 소리도 꼭 욕같이 들려요. 그렇다고 늙어 보인다거나 야위었다는 소리를 듣고 싶은 것도 아녜요. 그런 소리 들으면 내가 하루하루를 얼마나 힘들게 보내고 있다는 걸 들킨 것 같아서 기분이 안 좋아요. 왜 우리나라 사람들은 만나면 젊어졌다 좋아졌다, 아니면 어디 아팠느냐, 못쓰게 됐다는 식으로 남의 신체를 가지고 들먹이는 인사를 그렇게 좋아하는지 모르겠어요.

전에는 중요하던 게 지금은 하나도 안 중요해진 게 또 뭐가 있냐구요? 형님이야말로 왜 안 하던 짓을 하실까? 전혀 귀담아들으실 것 같지 않은 얘기에 관심을 보이시니 말예요. 전에는 형체가 있어 눈에 보이는 것만 중요한 줄 알았는데 그후엔 아니었어요. 눈에 안 보이는 걸 온종일 쫓을 적도 있어요. 아녜요, 육체와 영혼의 문제가 아니라구요. 그건 나한테는 너무 거창해요. 장미꽃과 향기의 문제예요. 장미꽃은 저기 있는데 향기는 온 방안에 있다. 향기는 도대체 어떤 모양으로 존재하는 걸까? 고작 그 정도예요. 우리 집 행운목이 올해 꽃을 피웠잖아요. 꽃 모양이나 빛깔이 볼품없어서 핀 줄도 몰랐어요. 어느 날 집에 들어서니까 온 집안이 향기로 가득 차 있더군요. 현기증이 날 정도였어요. 꽃향기 때문에 질식도 할 수 있다는 게 실감이 되더군요. 그 향기가 좋았단 얘기는 아녜요. 물건은 분명히 하난데 두 가지 방법으로 존재할 수도 있다는 문제에 며칠 동안 몰입할 수가 있었죠. 알아요, 꽃이 지면 향기도 없어진다는 거, 근데 그 소릴 왜 그렇게 야멸차게 하시죠? 접때는 창숙이가 쇠꼬리를 하나 통째로 사왔습디다. 몇 번에 나눠서 과 먹으라는 거예요. 나 누린 음식 싫어하는 거 번연히 알면서 무슨 심산지, 에미 꼴이 꼭 바스러질 것처럼 기름기가 없이 남부끄럽다고 창희년까지 옆에서 거들고 나서더군요. 싸가지가 없어도 분수가 있지, 에미더러 제년들 체면 세워주도록 피둥피둥하란 소린지 뭔지. 탄하기도 싫어서 하라는 대로 큰 스텐 통에다 넣고 고기 시작했죠. 물도 넉넉히 부었고, 바닥이 이중이라나 삼중이라나, 아무튼 두껍게 특수처리한 스텐 통이라기에 믿거라 하고 온종일 고아댔더니 그만 바싹 태워버렸지 뭐예요. 성의가 없어서라고요? 맞는 말씀이에요. 제 몸 보하자고 성의가 날 에미가 어딨겠어요. 고약한 냄새가 진동을 할 때서야 겨우 불 위에 뭘 올려놓았다는 걸 깨달았으니까요. 그놈의 꼬린지 뭔지 숯덩이가 되니까 바싹 오그라붙어 얼마 되지도 않던데 냄새는 왜 그렇게 지독한지, 온 집안에 가득 차서 아이들한테 안 태운 척 속여먹을 수도 없이 만들지 뭐예요. 꼬리는 오그라붙은 게 아니라 팽창을 한 거였어요. 숯덩이는 즉시

없앴지만 고약한 냄새는 달포도 넘어 가더라구요. 구석구석 그 냄새가 안 스민 데가 없어요. 요새도 돌아누우려면 그 냄새가 훅 끼칠 때가 있는 걸 보면 베갯잇 사이에도 끼어 있나 봐요. 꼬리 제까짓 게 뭐라고 숯뎅이 아닌 다른 무엇이 되어 남아 있는 걸까요? 형님, 꼬리를 태워먹은 건 하나도 안 아까우면서 다른 무엇이 되었길래 이렇게 오래 남아 있는 것일까, 가 궁금한 정도가 아니라 마냥 집착하게 돼요.

형님, 그렇다고 제가 그까짓 꽃이나 꼬리 따위에서 사람의 정신과 유사한 걸 찾고 있다고 생각하진 마세요. 일종의 습관일 뿐이에요. 밖에 나갔다가 집에 들어왔을 때 열쇠로 문을 따고 들어가야 할 때와 안에서 창숙이나 창희가 열어줄 때가 있잖아요? 안에서 맞아줄 사람이 있을 때가 없을 때보다 좋은 게 인지상정이련만 전 그 반대예요. 그들의 마중을 받으면 창환이의 빈자리가 왜 그렇게 크게 느껴지는지, 나도 모르게 무너져내리듯이 밖에서 꾸민 나를 포기해버리죠. 그러나 열쇠로 문을 따고 빈집에 들어섰을 때는 딴판이에요. 창환아, 에미 왔다. 그렇게 활기 넘치는 소리로 말을 걸며 들어가는 거예요. 핸드백을 내던지면서 옷을 벗으면서도 냉장고에서 찬물을 꺼내 벌컥벌컥 들이마시면서도 연방 말을 시키죠. 그럴 때는 집 구석구석이 창환이로 가득 차는 거예요. 내가 그애 안에 있다는 걸 실감하죠. 어느 쪽이 진짜 나인지 모르겠어요. 걔가, 생때같은 내 아들이 어느 날 갑자기 없어졌다는 걸 어떻게 믿을 수가 있겠어요. 형님, 우리가 참 모진 세상도 살아냈다 싶어요. 어찌 그리 모진 세상이 다 있었을까요? 형님, 그나저나 그 모진 세상을 다 살아내기나 한 걸까요?

여직껏 꿋꿋하게 잘 버티기에 그냥저냥 극복한 줄 알았더니 이제 와서 웬 약한 소리냐구요? 형님 보시기에도 제가 그렇게 아무렇지도 않아 보입디까? 아무렇지 않지 않은 사람이 아무렇지도 않아 보였다면 그게 얼마나 눈물겨운 노력의 결과였는지는 한 번도 생각해본 적 없으시죠. 형님도 아마 은하계란 말은 들어보셨을 거예요. 그렇지만 그 크기나, 우주엔 우리 태양계가 속한 은하계 말고도 얼마나 많은 은하가 있고, 앞으로도 자꾸 발견될 거라는 건 저만큼 모르실걸요. 그렇게 단정을 하면 혹시 일제시대에 여고 입학한 걸 요새 서울대학 들어간 것보다 더 높이 평가하시고 자랑스러워하시는 형님한테는 모욕적일지도 모르지만서두요. 느닷없이 웬 은하계냐구요? 제가 너무 견딜 수 없을 때 외는 주문이 바로 은하계로부터 시작하기 때문이죠.

은하계는 태양계를 포함한 무수한 항성과 별의 무리. 태양계의 초점인 태양과 지구 사이의 거리는 빛으로 약 오백 초, 태양계의 가장 바깥쪽을 도는 명왕성은 태양에서 빛으로 약 다섯 시간 반. 그러나 은하계의 지름은 약 십만 광년, 태양은 은하계의 중심에서 삼만 광년이나 떨어진 변두리의 항성에 불과함. 광년은 초속 삼십만 킬로미터의 빛이 일 년 동안 쉬지 않고 갈 수 있는 거리의 단위.

그러나 은하계가 곧 무한은 아님. 우주에는 우리 은하계 말고도 다른 은하가 허다하게 존재하니까. 우리 은하계에서 가장 가까운 은하의 거리가 이백만 광년. 십억 광년인 은하도 있는데 초속 몇만 킬로의 속도로 계속 멀어져가고 있으니 우주라는 무한은 무한히 팽창하고 있는 중. 광년은 빛이 일 년 동안 쉬지 않고 갈 수 있는 거리의 단위, 구조사천육백칠십 킬로미터.

대강 이 정도가 제 주문의 요지예요. 그걸 다 어디서 주워들었느냐고요? 집에 굴러다니는 『소년우주과학』인가 하는 책에서 본 거예요. 아이들이 어려서 보던 꽤 낡은 책이니까 정확하지 않을 수도 있어요. 제가 틀리게 외고 있는 부분이 있을 수도 있구요. 틀려봤댔자죠, 뭐. 백만 광년이나 십억 광년이나 어차피 제 상상력이 미칠 수 있는 한계 밖의 수치니까요. 정확도가 문제가 아니라, 그런 천문학적 단위는 우리가 사는 지구를 망망한 바닷가의 모래알만도 못하게 극소화시키는 효과는 그만이에요. 그 모래알에 붙어사는 인간의 운명이나 수명 따위도 덩달아서 아무것도 아닌 게 되죠. 이제 아시겠어요? 그 소리가 왜 저한테 주문이 되는지. 잠시 동안이라도 제 태산 같은 설움이 안개의 입자처럼 미소하고 하염없어져요. 이젠 뜻 같은 건 생각할 필요도 없어요. 정확도 같은 건 더구나 문제도 안 되고요. 그 소리만 일단 달달달 외고 나면 조건반사처럼 나른하고도 감미로운 허무감에 잠기게 되거든요. 형님, 그동안 제가 그렇게 살았다우. 주문이 계속해서 효과가 있었더라

면 형님한테 가르쳐드리지도 않았을 거예요. 글쎄 그 주문 가지고
도 도저히 안 될 때가 있더라구요. 안 듣는 주문이 돼버렸으니까
가르쳐드린 거예요.

한 열흘 됐나. 명애가요, 아까도 얘기한 제 제일 친한 동창 명
애 말예요. 명애가 저더러 같이 문병 갈 데가 있다는 거예요. 얘기
를 들어보니 내가 꼭 가봐야 할 데가 아닌 것 같아 내키지가 않았
어요. 같은 동창이지만 나하고는 전혀 안 친했고 졸업하고 나서도
우연히 만난 적도 없는 친구고, 아픈 사람도 그 친구가 아니라 그
의 아들이라는데 제가 불쑥 뭣하러 가겠어요. 싫다고 했더니 명애
가 꼬드기는 말이 창환이 장례 때 와준 친구라는 거였어요. 저는
속으로 우리 창환이야 온 국민의 애도 속에 보낸 아인데 그 친구
도 온 국민 중의 한 사람이었을 테지 뭐 특별한가 싶으면서도 마음
이 움직이더라구요. 그래서 그 아들이 어디가 어떻게 아픈지 자세
한 건 묻지도 않고 그냥 따라나섰어요. 참 생명이 위독한 병이냐고
는 물어봤군요. 명애 대답이 어째 이상했어요. 그러면 오죽이나 좋
겠니? 글쎄 이러지 뭐예요. 그때 자세한 걸 캐물었어야 하는 건데
남의 자식 목숨에 대해 어떻게 저렇게 말할 수가 있을까, 울컥 치
미는 명애에 대한 불쾌감 때문에 암말도 안 하고 말았어요. 명애
는 오지랖도 넓지 어떻게 이렇게 멀리 사는 친구 집 우환까지 찾아
다니며 챙겼을까 싶게 그 집은 같은 서울이면서 하룻길이었어요.
저희 집은 강남의 동쪽 끝이고 그 집은 강북의 서쪽 끝이었으니까

316

요. 아직도 이런 동네가 남아 있었구나 싶게 골목이 좁고 꼬불탕한 허름한 동네였죠. 와본 적이 있다는 명애도 몇 번씩이나 길을 잘못 들어 헤맨 끝에 겨우 당도했으니까요. 친구는 병든 아들과 단둘이 살고 있었어요. 병든 아들이 막내고 형과 누나는 다들 혼인해서 번듯이 살고 있다고 해요. 병이 보통 병이 아니었어요. 몇 년 전에 차 사고로 뇌와 척추를 다치고 나서 하반신 마비에다 치매까지 된 거였어요. 뺑소니 운전사한테 치여서 오랫동안 방치됐었는데도 숨은 안 넘어갔었나봐요. 가족한테 알려지고 난 후에야 최선의 치료를 다했겠지요. 가산도 그때 탕진했다니까요. 오랜 병구완 끝이라 그러하겠지만 이 친구가 정말 우리 동창일까? 믿어지지 않을 만큼 파파할머니가 돼 있더라구요. 더군다나 한 번도 안 친했던 동창의 모습을 그 노파한테서 떠올리는 건 불가능했어요. 역시 오는 게 아니었다는 생각 먼저 들더군요. 친구는 우리를 보고 반기지도 놀라지도 않고, 늘상 드나드는 동네 사람 대하듯 했어요. 그의 아들도 나이를 짐작할 수가 없었어요. 누워 있는 뼈대로 봐서는 기골이 장대한 청년이었음직한데 살이 푸석푸석하게 찌고, 또 표정도 근육이 씰룩거리고 있다는 것밖에는 상식적인 희로애락하고는 동떨어진 거여서 마주 보기가 민망했어요.

아이구 이 웬수, 저놈의 대천지 웬수, 친구는 아들을 이름 대신 그렇게 부르더군요. 그 밖에도 말끝마다 욕이 주줄이 달렸어요. 오죽 악에 받치면 저럴까, 지옥이 따로 없다는 생각이 들었어요. 우리가 사간 깡통 파인애플을 아들의 입에 쳐넣어주면서도 이 웬수야, 어서 처먹고 뒈져라, 이런 식이었으니까요. 저한테도 내쳐 늘 보던 이웃사람 대하듯 하다가 문득 알은체를 하면서 한다는 소리가, 흥, 죽는 것보다 더 못한 꼴 보러 왔구나, 였어요. 저는 울컥 모욕감을 느꼈지만 그 친구한테는 아무 소리도 못 했어요. 게서 더한 소리를 할 권리라도 있는 것처럼 겁나게 황폐해 보였으니까요. 그 친구보다는 명애한테 더 유감이 있어서이기도 했구요. 그 집에 들어설 때부터 어렴풋이 짐작이 된 거긴 하지만 명애가 날 왜 거기까지 데리고 왔는지가 마침내 분명해지더군요. 즈네들 아들 경사가 있을 때마다 내가 부러워할 것 같아 쉬쉬 초대하기를 꺼리던 것과 정반대의 이유로 그 집 모자의 비참한 꼴을 보여주고자 한 거였어요. 죽는 것보다 못한 경우를 보고 위로받아라, 이거겠죠. 인간성 중 가장 천박한 급소죠. 그 급소만은 드러내 보이고 싶지 않았기 때문에 남의 아무리 잘나고 건강한 아들을 보고도 부러워하지 않는 것으로 미리 보호막을 친 거였는데, 딴 친구도 아닌 명애가 나를 그렇게 취급하다니, 정말 견딜 수 없는 기분이었어요. 그래도 그쯤해서 그 집을 물러났더라면 또 모르죠. 은하계 주문 대신 그 집 아들을 떠올리는 것으로 위로받을 수 있었을지도요.

아들에게 파인애플을 세 조각이나 먹이고 난 친구는 우리가 보는 앞에서 아들이 깔고 있는 널찍한 요 위에서 아들을 공기를 굴리듯이 굴리기 시작했어요. 정말이지 믿을 수 없을 만큼 신기한 묘기였어요. 욕창이 생길까봐 하루에도 몇 번씩 그 짓을 한다나봐요. 엎어 뉘었다가, 바로 뉘었다가, 모로 뉘었다가, 그 장대한 아들을 자유자재로 굴리면서 바닥에 닿았던 부분을 마사지하는데, 그동안도 잠시도 쉬지 않고 입을 놀리는 거였어요.

아이고 이 웬수덩어리는 무겁기도 해라. 천근이야, 천근. 근심이 있나 걱정이 있나, 주는 대로 처먹고, 잘 삭이고 잘 싸니 무거울 수밖에. 내가 이 웬수덩어리 때문에 제 명에 못 죽지 못 죽어, 이 웬수야. 니가 내 앞에서 뒈져야지 내가 널 두고 뒈져봐라, 나도 눈을 못 감겠지만 니 신세가 뭐가 되니. 사지나 멀쩡해야 빌어먹기라도 하지, 아이고, 하느님, 전생에 무슨 죄가 많아 이 꼴을 보게 하십니까?

이러면서 병자를 요리조리 굴리고 주무르는데 그 말라빠진 노파가 어디서 그런 기운이 나는지, 거짓말 안 보태고 꼭 공깃돌 갖고 놀듯 하더라니까요. 아이들 말짝으로 환상적이었어요. 우리는 그저 넋을 잃고 바라보기만 하다가 명애가 먼저 아이 참, 하면서 손을 내밀어 거들려고 했죠. 나도 덩달아 환자를 뒤집는 일을 도우려고 손을 내밀었구요. 그러나 웬걸요. 우리의 손이 몸에 닿자마자 환자가 이상한 괴성을 질렀어요. 여직껏 흐리멍덩 공허하게 열려 있던 환자의 눈이 성난 짐승처럼 난폭해지더군요. 얼마나 놀랐는지요. 손끝이 오그라붙는 것 같았어요. 그의 흐리멍덩한 눈은 신뢰와 평안감의 극치였던 거였죠. 그때 비로소 악담밖에 안 남은 것 같은 친구 얼굴에서 씩씩하고도 부드러운 자애를 읽었죠. 아이구이 웬수덩어리가 또 효도하네, 하는 친구의 말로 미루어 어머니 외에 아무도 그를 못 만지게 한 게 한두 번이 아닌가봐요.

저는 별안간 그 친구가 부러워서 어쩔 줄을 몰랐어요. 남의 아들이 아무리 잘나고 출세했어도 부러워한 적이 없는 제가 말예요. 인물이나 출세나 건강이나 그런 것 말고 다만 볼 수 있고, 만질 수 있고, 느낄 수 있는 생명의 실체가 그렇게 부럽더라구요. 세상에 어쩌면 그렇게 견딜 수 없는 질투가 다 있을까요? 형님, 날카로운 삼지창 같은 게 가슴 한가운데를 깊이 훑어내리는 것 같았어요. 너무 아프고 쓰라려 울음이 복받치더군요. 여기서 울면 안 돼. 나는 황급히 은하계 주문을 외려고 했죠. 소용이 없었어요. 은하계 그까짓 거 아무것도 아니더라구요. 저는 드디어 울음이 복받치는 대로 저를 내맡겼죠. 제가 그렇게 많은 눈물을 참고 있었을 줄은 저도 미처 몰랐어요. 대성통곡, 방성대곡보다 더 큰 울음이었으니까요. 제 막혔던 울음이 터지자 그까짓 은하계쯤 검부락지처럼 떠내려가더라구요. 은하계가 무한대건 검부락지건 다 인간의 인식 안에서의 일이지, 제까짓 게 인간 없이는 있으나 마나 한 거 아니겠어요. 그 집에서 그렇게 울어버리니까 명애도 그 친구도 기가 막힐밖에요. 동정이 지나치다고 생각했나봐요. 친구는 자기를 그렇게까지 불쌍해할 것 없다고 화를 내더군요. 명애는 아니었어요. 명애는 제 속을 어느 만큼은 읽어낸 것 같았어요. 우리 사이엔 우정이라는 게 있었으니까요. 잘못했다고 사과를 하더군요. 그날 말고 며칠이나 그랬어요. 잘못한 거 하나도 없는데.

전 그 울음을 통해 기를 쓰고 꾸민 자신으로부터 비로소 놓여난 것 같은 해방감을 느꼈어요. 그러고 나서 요 며칠 동안은 울고 싶을 때 우는 낙으로 살고 있죠. 그러느라고 증조모님 제삿날도 깜박했을 거예요. 은하계도 떠내려가는 판에 한번 뵙지도 못한 시댁 조상 제삿날이 남아났겠어요. 이제부터 울고 싶을 때 울면서 살 거예요. 떠내려갈 거 있으면 다 떠내려가라죠, 뭐. 아무렇지도 않은 것처럼 꾸미는 짓도 안 할 거구요. 생때같은 아들이 어느 날 갑자기 이 세상에서 소멸했어요. 그 바람에 전 졸지에 장한 어머니가 됐구요. 그게 어떻게 아무렇지도 않은 일이 될 수가 있답니까. 어찌 그리 독한 세상이 다 있었을까요, 네, 형님? 그나저나 그 독한 세상을 우리가 다 살아내기나 한 걸까요? 혹시 그놈의 것의 꼬리라도 어디 한 토막 남아 숨어 있으면 어쩌나 의심해본 적, 형님은 없죠? 형님, 뭐라고 말씀 좀 해보세요. 아니, 형님 지금 울고 계신 거 아뉴? 형님, 절더러는 어찌 살라고 세상에, 형님이 우신대요? 형님은 어디까지나 절벽 같아야 해요. 형님은 언제나 저에게 통곡의 벽이었으니까요. 울음을 참고 살 때도 통곡의 벽은 있어야만 했어요. 통곡의 벽이 우는 법이 세상에 어디 있대요.

(1993)

너무도 쓸쓸한 당신

그녀가 경험한 졸업식은 하나같이 추웠었다. 그녀 자신의 졸업식을 비롯해서 아들딸의 각급 학교 졸업식의 공통점은 혹독한 추위였다. 그러나 가장 추운 졸업식은 교장 관사의 따뜻한 아랫목에서 목소리로만 듣던 시골 초등학교 졸업식이었다. 시골 공기는 도시보다 보통 삼사 도는 더 춥게 느껴지게 마련이다. 도시 아이들보다 입성이 부실한 시골 아이들이 얼마나 추울까 하는 최소한도의 배려조차 없이 교장의 졸업식사는 장장 반 시간 이상 계속됐다. 해마다 같은 소리였다. 짖어대듯 정열 없는 고성도 변함이 없었다. 아이들은 발을 동동 구르며 무슨 생각을 할까? 그녀는 자신의 분노를 보태어 살의까지도 감지할 수 있었다. 귀를 틀어막아도 보고, 절레절레 머리를 흔들어보아도 그 소리를 참을 수 없기는 마찬가지였다. 언 발이 결국은 무감각해지듯이 들끓는 분노가 체념으로 잦아들 무렵에나 교장의 식사는 끝났다. 그녀는 남편 직장과 겨우 담 하나를 사이에 두고 살고 있다는 데 절망적인 염증을 느꼈다.

　교장선생님은 그녀의 남편이었다.

　후기 졸업식은 처음이었다. 후기 졸업식을 코스모스 졸업식이라고도 한다는 소리를 어디선지 들은 것 같지만 그 가냘픈 꽃들이 피어나게 할 산들바람이 스며들 여지가 있을 것 같지 않게 늦더위는 견고하고도 끈끈했다. '파바로티'라는 밝고 넓은 찻집안은 별천지처럼 냉방이 잘돼 있었다. 갑작스러운 냉기가 데친 토마토처럼 농익은 신열을 얄팍하게 개칠해서 그녀의 감각을 헷갈리게 했다. 종업원들은 다들 타이츠처럼 몸에 착 달라붙는 검정 유니폼을 입고 있었다. 적나라하게 드러난 몸매는 청년이라기보다는 소년처럼 군더더기 없이 청순하고 깡말라 보였다. 저런 걸 유니섹스라고 하는 걸까. 여자인지 남자인지 도저히 분간이 안 되는 젊은이들이었다. 하나같이 화장기 없이도 얼굴은 희고 곱살하고, 정결한 생머리를 짧게 커트한 애도 있고 뒤로 묶은 애도 있었다. 바지에 비해 다소 헐렁한 윗도리를 걸친 가슴은 아무렇지도 않게 빈약했다. 그녀는 그애들의 중성적인 엉덩이나 넓적다리를 슬쩍 만져보고 싶다는 강렬한 충동을 느꼈다. 그곳은 아이스바처럼 단단하고도 시릴 것 같았다. 그애가 만일 남자라면 그 짓은 성추행이 될 것이다. 온몸 도처에서 개칠한 냉기를 뚫고 열꽃처럼 피어나는 열망에 그녀는 으스스 전율했다.

이런 요상한 느낌은 얼마 만인가. 난생처음인 듯도 했다. 대학가 커피숍은 나이 지긋한 이들이 갈 데가 아니라는 소리는 여러 번 들어서 나름대로 알고 있었다. 그러나 이곳은 은밀하거나 퇴폐적이지 않을뿐더러 음악이 옆사람 말귀를 못 알아듣도록 시끄럽지도 않았다. 나무랄 데 없이 건강하고 정결하고 쾌적한 분위기였다. 음악도 첼로인 듯싶은 음색이 파스텔 조로 은은하게 실내에 번져들도록 있는 듯 마는 듯 낮춰놓고 있었다. 튀는 점이 있다면 종업원들의 검정 유니폼 정도였다. 그럼에도 불구하고 아직 오기도 전인 남편의 촌티에 자꾸 신경이 써질 만큼 그녀가 보기에 이 커피숍의 세련미는 완벽했다.

남편과 만날 장소를 파바로티로 정해준 것은 딸 채정이었다. 채정이 졸업식 때도 그들 부부는 별거중이었다. 시골서 당일로 올라오는 남편과는 졸업식장 근처에 있는 초대 총장 동상 앞에서 만나기로 했는데 그 대학에는 그 동상 말고도 동상이 너무 많았다. 남편은 누구 동상이라는 것은 확인해보지 않고 제일 먼저 눈에 띄는 동상 앞에 마냥 죽치고 앉아 있었으니 식구들하고 만나질 리가 없었다. 더군다나 그날은 채정이가 오랫동안 연애하던 남자친구네 부모하고 처음으로 상견례를 치르기로 한 날이기도 했다. 식이 다 끝난 후까지 찾아헤맨 끝에 가까스로 만나긴 했지만 그날 촌스럽고 변변치 못한 남편 때문에 속상하고 초조했던 일은 나중에 생각해도 새록새록 울화가 치밀었다. 사돈 될 집에 비해 내세울 거라곤 없는 집안이라는 자격지심 때문에 그날의 조바심은 더욱 피를 말리는 것이었다. 그러나 하객들이 반 이상 빠져나간 후에 겨우 만나진 남편은 차라리 안 만나니만 못했다. 그 추운 날 오버도 없이 세탁을 잘못해 모양이 망가진 누비파카에다 색 바랜 껑뚱한 면바지를 입은 모습은 사돈을 의식하지 않는다고 해도 못 봐주게 추비했다. 채정이가 울상을 하고 엄마 귓전에다 '난 몰라, 아빤 우리들이 미워서 일부러 거지처럼 하고 왔나봐'라고 속삭일 정도였다. 평소에도 마음에 안 드는 건 뭐든지 거지에다 빗대는 건 채정이의 아주 나쁜 버릇이었지만 그때는 듣기 싫지도 않았다. 그쪽 식구들 앞만 아니라면 더 심한 말도 해주고 싶었다.

그녀가 두고두고 채정이 졸업식날을 악몽처럼 기억하는 건 남편의 무신경한 옷차림 때문인데 채정이는 하마터면 아빠를 못 찾을 뻔했던 게 더 기억에 남는 모양이었다. 동생 채훈이의 졸업식을 앞두고도 또 아빠 못 만나면 어떡하냐고 그 걱정부터 하더니, 제가 미리 학교 앞을 답사하고 와서 제일 찾기 쉽고 노인네들도 눈치 보지 않고 들어갈 수 있을 것 같다며 정해준 곳이 파바로티였다. 딸이 시키는 대로 따르기는 하면서도 후기 졸업식에는 그닥 사람들이 많을 것 같지 않아 괜한 일이다 싶었다.

채정이는 부모가 서로 못 만날까봐보다는 따로따로 오는 걸 보고 싶지 않은 게 아니었을까. 문득 그런 생각이 들었다. 시집가서 제 자식 낳고 살면서 겉보기에도 안정되고 철들어가니 그럴 수도 있으리라. 그러나 그녀는 딸 때하고 달라서 사돈한테 그닥 신경이 써지지 않았다. 생각할수록 아들이 좋다 싶은 게, 사돈한테 잘 보여야 한다는 생각이 별로 들지 않는 거였다. 사돈한테 죄지은 거 없이 저자세로 굴지 않아도 된다는 게 그렇게 신날 수가 없었다. 더군다나 결혼식까지 치른 후가 아닌가. 흥잡혀봤댔자였다. 확실하게 칼자루를 쥐고 있는 느낌이라고나 할까. 아들하고 대학 동기인 며느리가 아들이 군대 가 있는 동안 마음 변치 않고 조신하게 기다려준 게 기특하긴 해도 꼭 그래줬으면 하고 바란 것은 아니었다. 기특하게 여기는 마음보다도 여자로서는 한물간 동갑내기라는 걸 서운해하는 마음을 더 드러내 보이고 싶은 게 시에미의 꼬부장한 심정이었다. 지금 처가살이를 하고 있긴 하지만 그것도 사돈한테 면목 없을 게 없었다. 식 올린 지 아직 한 달도 안 됐고, 곧 둘이 같이 유학을 떠나기로 예정돼 있었다. 그동안 시집살이를 안 시킨 걸 그쪽에서 고마워할 일이지 이쪽에서 미안해할 일은 아니었다.

까만 타이츠의 소년, 어쩌면 소녀가 유리컵에 얼음물을 갖다놓고 잠시 그녀 앞에서 지체했다. 뭔가 시키기를 바라는 몸짓이었다. 그녀는 그의 목소리를 듣고 싶었지만 뭘로 하실 거냐고 묻는 건 주문을 재촉하는 걸로 여겨질까봐 삼가고 싶은 듯, 나이에 맞지 않는 너그러운 미소를 짓고는 가버렸다. 졸업식까지는 한 시간 가까이나 남아 있었다. 아빠는 분명히 일찍 오실 테니 엄마도 늦지 말라고 당부한 것은 채정이었다. 딸의 아버지에 대한 그런 확신은 애정이나 믿음보다는 촌사람 취급 쪽이 더 강했을 거라고, 그녀는 여기고 있었다.

기다린다기보다는 방심한 시선으로 문 쪽을 보고 있는데 남편이 들어오고 있었다. 불그죽죽한 넥타이로 목을 잔뜩 졸라맨 정장 차림이었다. 그녀가 일어서서 여기예요 여기, 하면서 손짓을 하려는데 먼저 그의 메마른 고성이 넓은 홀 안에 고루 퍼졌다.

"여기가 페스타롯치 다방 맞소?"

종업원들은 물론 손님들의 시선이 일제히 그에게로 쏠렸다. 손님의 대부분은 고등학생 티가 가시지 않은 젊은이들이었다. 웬 페스타롯치? 하면서 여기저기서 킬킬대는 소리가 들렸다. 그녀는 여기라고 외치는 대신 황급히 그에게로 다가가 소매를 끌었다. 마누라를 보자 안심한 듯 그의 목소리가 한결 누그러졌다.

"내가 그래도 옳게 찾아왔구먼. 많이 기다렸는가?"

그러나 마주 앉자 두 사람은 할 말이 없었다. 졸업식까지 아직 시간은 넉넉했다. 그가 꾀죄죄한 손수건을 꺼내 땀을 닦았다. 반들 반들 벗겨진 구릿빛 정수리에서 샘솟듯 땀이 흘러내리고 있었다. 교장선생이었을 때의 별명이 놋요강이었다. 그는 워낙 땀이 많았 다. 그러나 처음부터 대머리였던 건 아니다. 검은 머리가 뻣뻣하게 곤두서 약간은 사납게 보이던 젊은 날, 아아, 덥다고 비명을 지르

면서 들입다 한번 머리를 흔들면 땀방울이 샤워처럼 사방으로 튀
곤 했었다. 그땐 그를 사랑했었나? 그녀는 생각날 듯 날 듯 감질나
는 옛 기억을 붙잡으려는 시늉으로 양미간을 모았다. 한때 있었던
것의 사라짐, 그게 사랑이든 삼단 같은 머리칼이든 간에, 그뒤엔
일말의 우수라도 남아 있어야 하는 게 아닐까. 하나 그게 될 것 같
지 않았다.

우린 부딪치면 안 돼. 피차 보호막 없이 부딪친다는 건 잔인한
일이야. 그녀가 밑도끝도없이 그런 생각을 하는 사이 충분히 땀을
들이고 난 남편은 큰 소리로 주문을 했다.

"여기 뜨거운 코피 두 잔 다고. 생각 같아서는 비싼 냉코피를 팔
아주고 싶다만 이렇게 춥게 해놨으니 어떻게 찬 걸 먹냐?"

구석구석까지 잘 울려퍼지는 예의 건조한 고성에 그녀는 허를
찔린 듯이 질겁을 했다. 페스타롯치에 웃던 젊은이들이 여기저기
서 킬킬대는 소리가 들리는 것 같았다.

"아, 어련히 주문 받으러 올라구요."

"여기서 뭣하러 마냥 앉았나. 얼른 자릿값이나 하고 가봐야지."

"아직 시간 많아요. 여기 좀 좋아요? 시원하고 요새 애들 구경
도 실컷 하고……"

"기름 한 방울 안 나는 나라에서 백주에 놀고먹는 아녀석들을
위해서 전력을 이렇게 낭비를 하다니, 내 원 한심해서."

입만 열었다 하면 옛날 고릿적 도덕책 같은 소리만 하는 남편을

외면하면서 그녀는 아무래도 안 되겠다는 생각을 했다. 그녀 마음을 누군가가 읽고 안 되겠는 게 뭐냐고 묻는다 해도 아마 대답을 못 했을 것이다. 그녀의 마음은 그렇게 두서가 없고 애매했다. 커피가 왔다. 남편은 나도 요새 블랙인가 뭔가에 맛을 들였지, 괜찮더라고 하면서 육개장 국물 들이마시는 소리를 냈다.

"언제 떠난대? 갸아들은."

"미국 학기 시작할 때 대가야 한다니까 일간 떠나겠죠 뭐."

"떠날 때까지 데리고 있지 그랬어? 새 며느리 말야. 아들 가진 쪽에서 그 정도는 본때를 보여야 하는 거 아냐? 적어두."

"아들 좋아하시네."

그녀는 울컥 치미는 반감 때문에 빈정거리는 투로 말했다.

"내가 뭐 틀린 말 했는감?"

당신이 언제 틀린 말 한 적 있수, 하고 되받으려다 말고 그냥 픽 웃고 말았다. 70년대 말까지 남편은 평교사였다. 남편은 교감, 교장이 된 후에도 그때를 한창 날릴 때였다고 회상하곤 했는데 시골 소학교 선생이 날릴 일이 뭐가 있겠는가. 교감이나 교장을 바라볼 수 있는 자리, 그러니까 그나마 출셋길이 열려 있던 시절이란 뜻이었을까. 새마을정신이 어린이들 의식까지 짓누른 유신시대였다. 그녀는 그때 생각을 하면 지금도 숨이 막혔다. 그가 담임 맡은 반은 온통 국민교육헌장으로 도배를 했고, 한 아이도 빠짐없이, 지진아까지 그걸 달달달 외우는 반으로 유명했다. 그걸 입술로만 외우

는 게 아니라 뜻을 충분히 새겼다는 걸 알아보려는 경시대회가 군
내에서 있었는데 그의 반은 거기서도 일등을 먹었다. 교감이 되고
교장이 된 것은 전두환, 노태우 정권을 거치면서였는데 그의 교장
실에는 정권이 바뀔 때마다 대통령 사진이 가장 높은 정면에 으리
으리하게 걸렸다. 그건 시골학교라서가 아니라 장관실이라 해도
아마 사정은 비슷했을 것이다. 문제는 갈등 없는 추종이었다. 마치
주인이 바뀐 노예처럼 주인의 이름이나 인품 같은 건 중요하지 않
았다. 주인이라는 게 중요할 뿐이었다. 사진이 바뀌고 나면 그의
표정과 말투도 사진을 닮아 달라졌다. 조회 설 때마다 늘어놓는 장
광설의 내용도 물론 그 최고 권력자의 어록에서 따왔을 것이다. 그
가 만일 출세지향적인 권력의 측근자였다면 그런 언동을 이해 못
할 것도 없었다. 알아서 기는 교육공무원의 소심증이었다고 해도
아내에게만이라도 그걸 더럽고 치사하게 여기면서 참아내기 어려
워하는 기색을 보였다면 그녀도 어떡하든 위로해주지 않고는 못
배겼을 것이다. 가족을 부양해야 한다는 가부장의 고독한 책무는
어쩌면 정의감 이상으로 비장해 보일 수도 있는 일이었다.

남편은 위로가 필요 없는 사람이었다. 위로가 필요 없는 인간처
럼 참을 수 없는 인격이 또 있을까. 그의 체제 순응은 강요된 것도
의도적인 것도 아닌 체질적인 거였다. 그의 매력 없음의 본질 같은
거였다. 그와 다시 합친다는 건 생각해본 적도 없었다. 생각하기가
싫어서였다. 그러나 오늘은 표면적인 별거의 이유가 완전히 소멸

되는 날이다.

그녀가 교장 관사에다 남편을 혼자 남겨놓고 남매를 데리고 서울로 온 것은 채정이가 대학에 붙고 나서였다. 채정이가 다닌 시골 고등학교에서 서울의 웬만한 대학에 합격자를 내기는 채정이가 처음이어서 학교 정문에다 크게 플래카드를 내걸 정도로 영광스러워했다. 부모가 우쭐했을 것은 말할 것도 없다. 그렇게 되기까지 그녀의 뒷바라지는 유난스럽고도 고달픈 거였지만 자신의 학부모 노릇에 자신이 생긴 것도 사실이었다. 드디어 딸이 떳떳하게 그 시골구석을 벗어나게 됐다는 데 그녀는 터질 듯한 기쁨을 느꼈다. 채정이 밑으로는 고등학교에 진학한 채훈이가 남아 있었다. 아들은 딸보다 더 좋은 대학에 보내고 싶은 그녀의 욕심과, 과년한 딸을 혼자 객지로 내돌릴 수 없다는 남편의 생각이 자연스럽게 맞아떨어져서 그들은 남 보기에도 그들끼리도 조금도 무리 없는 별거상태로 들어갔다. 그녀가 처음 자리잡은 서울의 지하 셋방은 위층에서 오줌 누는 소리, 입맛 다시는 소리까지 다 들렸다. 그래도 그런 소리를 들으며 교장 관사를 벗어난 게 꿈이 아니라 생시임을 확인할 수 있다는 건 실로 황홀한 기쁨이었다. 조회 설 때마다 판에 박은 듯 만날 똑같은 교장의 훈시에 귀가 다 먹먹해지고, 언제나 저 놋요강 두들기는 소리 안 듣나 하고 지겨워하는 아이들의 수군거림까지 들릴 듯한 교장 관사생활은 고문의 기억처럼 진저리가 쳐졌다.

아이들 뒷바라지는 핑계일 뿐 그녀가 정말 하고 싶었던 일, 오랫동안 꿈꾸어오던 것은 교장 사모님 노릇을 안 하는 거였다는 걸 그제서야 알 것 같았다. 별거에 들어간 후에도 남편의 봉급은 다달이 거의 다 그녀의 통장으로 입금됐다. 아무리 혼자라도 어떻게 그 나머지로 살까 싶게 남편이 떼어낸 액수는 미미했다. 그러나 서울 생활 역시 그 봉급으로는 빠듯했으므로 그걸 당연하게 받아들였다. 그렇게 얼마 안 살고 나서 채훈이 과외공부를 시키기 위해 그녀도 돈벌이를 하게 됐다. 아파트를 낀 상가의 화장품 할인매장을 하는 친구를 도와주다가 그 가게를 아주 인수하게 됐고, 국산 화장품 외에도 외제 소품을 겸함으로써 수입을 늘려나갔다. 자신이 생각해도 돈 버는 수완이 있었고, 운도 따랐다. 아이들 복인지도 몰랐다. 둘의 학비가 한창 많이 들 때 그녀의 수입도 피크에 다다랐다가 근처에 대형 백화점이 생기면서 조그만 상가가 사양길에 들어서자 학비 걱정도 줄어들다가 아주 안 하게 됐으니 말이다. 돈을 못 벌 때는 세 식구가 전적으로 남편 수입에 의지해야 했으므로 남편 사정을 볼 여유가 없었고, 돈을 넉넉히 벌게 되자 상대적으로 남편 송금이 하도 쩨쩨해 보여서 또한 남편 걱정을 안 하고 말았다. 그렇게 역대 정권에 충성을 다하던 남편도 어찌 된 일인지 정년을 한참 남겨놓고 명예퇴직을 당했다.

그 소식은, 남편이 근무하던 고장과는 얼토당토않게 휴전선하고 가까운 시골에다 헌 집하고 거기 딸린 약간의 땅을 사놓은 게 있는데, 거기 가서 살기로 정했단 소리하고 동시에 들었기 때문에 은퇴 후 같이 살게 되면 어쩌나 하는 근심 같은 건 할 필요가 없었다. 다만 마이크 대고 연설하고 싶은 걸 어떻게 참고 살까 싶어 피식 웃음이 났을 뿐이었다. 은퇴 후에도 연금은 꼬박꼬박 그녀의 통장으로 입금돼왔다. 아이들은 가끔 그 시골집에 다니러 가는 모양이었다. 조금만 더 참으시라고 위로하고 왔다는 소리를 들으면 아이들 보기에 그럴듯해 보이는 전원생활은 아닌 모양이었다. 아이들은 그녀에게도 조금만 더 참으란 소리를 자주 했다. 엄마가 저희들 때문에 아빠와 떨어져 사는 걸 늘 미안해했다. 혹시 다른 이유가 있을지도 모른다. 저희들이 결혼 후까지도 부모에게 신경을 쓰거나 책임을 지게 될까봐 그걸 미연에 방지하고 싶어할 수도 있으리라. 엄마 아빠를 붙여놓는 거야말로 상쇄相殺시키는 최상의 방법이고, 그럼으로써 저희들은 완전히 자유로워지고 싶은 속셈이 있을지라도 어쩌겠는가.

그녀는 일부러 한 번도 남편의 전원생활을 가보지 않았다. 남편에 대한 자신의 무관심을 아이들에게 나타내 보이고 싶었다. 또 남편이 그녀에게 한마디 의논도 없이 그 정도로 착실하게 혼자 살 궁리를 해온 걸 보면, 별거상태를 고정시키고 싶은 건 남편도 그녀와 다름없다고 봐야 한다는 자존심 대결 같은 것도 있었다. 불감청이언정 고소원인데 그가 어떻게 살든 뭣 하러 아는 척을 하겠는가. 초가집이 썩고 썩어 주저앉듯 고요한 파탄이었다. 한 지붕 밑에 사는 자식들 귀에도 안 들리는.

"그 양복밖에 없으시우? 오늘은 딴 양복을 입으시지 않구."

그녀는 마직이라 구김이 많이 간 남편의 바짓가랑이를 내려다보며 말했다. 윗도리 깃에는 김칫국물 자국인 듯한 얼룩도 보였다.

"왜 이 양복이 어때서? 최고급이라면서."

"아무리 최고급이라도 그렇죠. 며늘네한테 예단 받은 양복 아니우? 예단 받은 건 결혼식날 하루 입었으면 됐지 줄창 입으면 그 집에서 어떻게 생각하겠어요?"

"줄창 입긴, 결혼식날 입고 오늘 처음 입었소. 여름에 넥타이 매는 양복은 누가 억만금을 준대도 줄창은 못 입겠습디다."

"사돈 보기에 줄창이란 소리예요. 결혼식날 보고 오늘이 처음 보는 거 아뉴. 조금 신경을 쓰시지 그랬어요."

"예서 어떻게 더 신경을 쓰나? 채정이년은 며칠 전부터 꼭 정장하고 오라고 전화질이지, 넥타이 매는 여름양복은 이거 한 벌밖에 없는 걸 낸들 어떡허란 말요."

"아이고 알았어요. 알았으니 그만둡시다."

더 길게 말하단 밑천도 못 건질 것 같았다.

"양복보다 더 중요한 건 사돈 보기에 우리가 보통 부부 사이로 보이는 걸 거요, 아마."

남편은 한결 가라앉은 소리로 그렇게 말하면서 일어서더니 찻값을 내러 갔다. 그녀는 남편의 짧은 눈길에서 연민 같은 걸 읽고 당황했다. 내가 저를 불쌍해하면 했지 왜 저가 나를 불쌍해한담, 아니꼽게스리. 시계를 보니 졸업식에 대가기 맞춤한 시간이었다.

후기 졸업식은 졸업생이 적어서 그런지 식장이 야외가 아니고 대강당이었다. 사돈 내외를 비롯해서 채훈이 처남, 처형, 동서 등 처가 쪽 식구가 열 명도 넘게 식장 입구에서 기다리고 있었다. 채정이는 보이지 않았다. 자리를 잡아놓으러 미리 들어갔다는 것이었다. 채정이 덕에 양쪽 사돈이 가장 좋은 자리에 나란히 앉고 다른 식구들도 흩어지지 않고 모여앉았다. 안사돈끼리 가운데 붙어 앉고, 바깥사돈들은 각각 자기 마누라 옆에 앉게 되었는데 식이 진행되는 동안 계속해서 채훈이 장모는 그녀의 귓전에다 대고 야죽야죽 잘도 소곤거렸다. 하긴 한 달 가까이나 사위를 데리고 있었으니 할 얘기도 많을 것이다. 주로 두 내외가 얼마나 금실 좋은가 하는 얘긴데 흉보는 것 같으면서도 자랑이요, 어려웠던 것 같으면서도 재미 본 얘기였다.

"딸자식은 소용없단 소리가 무슨 소린가 했더니 이제야 알겠다니까요. 큰딸은 미리 그러려니 하고 길러서 몰랐는데, 막내는 우리 집 양반이 유난히 애지중지하셨거들랑요. 저도 덩달아서 무슨 낙을 보겠다고 설거지 한 번을 안 시키고 떠받들어 길렀더니, 글쎄 시집가고 나더니 당장 부엌에 나와 제 신랑 먹을 거 먼저 챙기느라고 어찌나 법석을 떠는지. 그뿐인 줄 아세요? 즈이 아버지가 아침마다 드시는 녹즙까지 즈이 신랑은 왜 안 주냐고 따지더니 아침엔 저보다 먼저 나와서 제 손으로 녹즙을 짜가지고 이층으로 살짝 올라간다니까요. 이왕 짜는 길에 즈이 아버지 것도 한 잔 더 만들면 어때서 글쎄 딱 한 잔 제 신랑 거만 해가지고 가는 걸 보면 나는 얄미워 죽겠는데 우리집 양반은 속도 없이 뭐라는 줄 아세요? 이제야 철났다고 기특해하는 거 있죠. 아무튼 막내사위라면 예뻐서 그저 이래도 허허허, 저래도 허허허, 입을 못 다무신다니까요. 우리 수정이도 시집 잘 갔지만 정서방이 장가 하나는 정말 잘 갔어요. 안 그렇습니까?"

"아무려면요."

마지못해 그렇게 맞장구를 치면서도 이 여자가 누구 약을 올리기로 작정을 했나 싶어서 은근히 부아가 치밀었다. 신혼의 딸 내외를 꽃 본 듯이 어르면서 옥시글옥시글 즐거워할 그 집안과 대비되어 떠오르는 것이 자신의 옹색한 살림살이가 아니라 한 번도 가보지 않은 남편의 시골집인 것도 이상한 일이었다. 외딴집 홀아비 살림의 썰렁함, 스산함, 그런 것들이 옛날 영화처럼 구질하게 떠올랐다.

"그래도 사위는 백년손이라던데 어려움이 많으시죠. 저희 집으로 보내셔도 좋은데……"

그녀는 인사성으로 그렇게 말해놓고는 말끝을 흐렸다. 말끝을 흐릴 수밖에 없는 처지에 화도 났다. 안사돈끼리의 이런 미묘한 심리전을 아는지 모르는지 옆에 앉은 남편은 고개를 길게 빼고 무대

336

위에서 진행되는 졸업식을 열심히 지켜보고 있었다.

"아이고, 아니에요. 정서방이 얼마나 소탈하고 붙임성이 좋다고요. 하긴 저희 집에 드나든 지가 어디 일이 년입니까. 신입생 시절부터 서로 단짝친구였으니, 사위 될 줄 모를 적부터 아들처럼 얘, 쟤 이름 부르고 먹던 밥상에 숟갈 하나 더 놓고 같이 먹고 했으니까, 정이 들 대로 든걸요 뭐. 그래도 막상 사위가 되고 나니 어찌나 든든하고 귀여운지. 우리집 양반은 더해요. 며칠 전에 즈희 시아버님 제사였잖습니까. 우리 큰애네는 미국 가 있으니까 제사 참예 못한 지가 오래됐지만 작은아들이 엄연히 있는데 글쎄 턱하니 아들 제쳐놓고 막내사위 먼저 잔을 올리게 하지 뭡니까. 조상님한테 새사람을 먼저 인사시켜야 한다나요. 우리집 양반이 워낙 소탈해서 제사에도 격식이 없어요. 영정만 모시고 지방은 안 써요. 제수도 격식보다는 생전에 좋아하시던 걸 자주 하죠. 지방을 안 쓰는 대신 우리집 양반은 마치 살아 있는 어른들한테 하듯이 자상하게 요새 사는 얘기도 하고 어려운 일이 있을 때는 잘 봐달라고 조르기도 한다니까요. 이번에 새사위를 생면시키면서도 어찌나 웃기시는지 제사가 엄숙하기는커녕 한바탕 웃음판이 벌어졌다니까요."

안사돈은 지금 생각해도 다시 한번 즐겁다는 듯이 호호거렸다. 새사람이라니, 아무리 세상이 두서없이 바뀌었다고 해도 수정이가 우리집 새사람이 되면 됐지 왜 우리 채훈이가 자기 집 새사람이란 말인가. 격식을 안 차리기로는 이쪽이 사돈집보다 한술 더 뜨는 집안이었다. 그녀가 시댁 제사에 참예해본 지가 언젯적인지도 생각이 안 날 정도였다. 남편이 지차고 큰댁이 외진 산골이라 새댁 적 빼고는 남편 혼자 다녀오곤 했다. 남편도 다음날 아이들 가르치는 데 지장이 있을 것 같으면 돈만 부치고 안 가기도 했고, 그 버릇은 그런 신경 안 써도 되는 교장이 된 후까지도 계속됐다. 제사에 채훈이를 데리고 가본 것도 아마 손가락으로 꼽을 정도밖에 안 될 것이다. 제사는 자기가 보고 기억하는 조상에 한해서만 지내면 된다는 것이 남편의 주장이었다.

채훈이도 그런 환경에서 자랐으니 제사를 그닥 대수롭게 여기지 않았을 수도 있다. 그래도 그렇지, 제 처를 제 조상 제사에 참예시키기도 전에 제가 먼저 처가 제사에서 꾸벅꾸벅 절을 했을 생각을 하니까 기분이 영 고약했다. 아유, 못난 녀석, 더리쩍은 자식…… 생각할수록 치가 떨리게 분했다. 그녀는 야죽거리는 안사돈에 대한 적의를, 스스로 아들에 대한 배신감으로 증폭시키고 있는지도 몰랐다. 당장 졸업식장을 박차고 나가고 싶었다. 그녀는 옆에 앉은 남편의 손을 잡았다. 손잡고 나갈 사람이 필요했다. 남편은 손을 잡힌 것도 의식하지 못하는 것처럼 단상에서 진행되는 일에 온 신경을 모으고 있었다. 마치 이제나저제나 자기가 상 받으러 나갈 차례를 기다리는 모범생처럼 잔뜩 긴장하고 있었다. 그녀는 슬그머니 손을 거둬들이고 말았다.

남편에게 단상이 뭐라는 걸 알고 있기 때문이었다. 남편은 단상

을 좋아했다. 단상에만 올라가면 저절로 목소리에 권위적인 억양
이 붙고, 아무도 흠잡을 수 없는 지당한 소리만 줄줄이 나왔다. 아
무리 조그만 집단에서도 단상은 권위의 상징이었다. 그는 단상에
있을 때, 단하에 있는 단 한 사람이라도 자기를 주목하지 않는 걸
참지 못했다. 주목만이 아니었다. 그가 단상에서 단하에 요구한 것
은 경배였을 것이다. 단상에 있을 때 단상의 권위에 충실했던 것처
럼 단하에서는 단하의 의무에 충실코자 하는 걸 누가 말리랴.

그런 그가 집안 식구에 대해서는 전혀 권위적이지 않았던 것은
자상하거나 가족적이어서라기보다는 월급봉투만 축내지 않으면
가장의 권위는 저절로 따라오는 것으로 믿었기 때문이 아닐까? 별
거할 수밖에 없는 상황을 의심 없이 받아들인 후에도 그랬고, 은퇴
후까지도 월급이나 연금을 믿을 수 없을 만큼 조금 축내고 전액 식
구들한테로 가게 하려는 그의 노력은 거의 집념에 가까웠다. 요새
는 도대체 어떤 환경에서 뭐 해먹고 사는 것일까? 그녀는 조금 전
에 잡았던 남편의 손을 바라보았다. 손톱 밑에 때가 낀 투박한 손
이었다. 그녀는 직접 잡아보았을 적에도 못 느낀 이물감에 허방을
밟은 것처럼 움찔했다.

박사, 석사학위 수여식이 끝나고 학사학위를 수여할 차례였다.
그녀는 아들이 학위 받는 걸 똑똑히 봐두고 싶었다. 사진은 채정이
가 찍기로 돼 있었다. 채정이뿐 아니라 그쪽 식구들 중에서도 서너
명이나 카메라를 들고 나가는 것 같았다. 졸업생보다도 더 많은 사

진사들이 무대를 가려서서 아무것도 보이지 않았다. 안사돈이 다시 조근조근 이야기를 시작했다. 장내의 웅성거림 때문인지 귓불에 숨결이 닿을 듯 안사돈의 속삭임은 친근했다.

"보려고 애쓰지 마세요. 사진이나 잘 나오면 되죠 뭐. 무슨 행사든지 사진밖에 남는 게 뭐 있나요. 참, 아이들 결혼사진 잘 나왔죠? 사진사가 찍은 것 말고도 카메라 사진까지 다 챙겨서 보내드렸는데."

"예, 잘 받았습니다. 카메라 사진은 저희들한테도 꽤 있는데, 웬걸 그렇게 많이 꼼꼼하게 정리를 해서 보내셨어요?"

"저희는 아이들 자라는 모습뿐 아니라 걔들한테 무슨 행사가 있을 때마다 사진으로 남겨놓는 게 큰 낙이랍니다. 취미도 되고요. 상이나 임명장 받는 사진도 안 빠뜨렸는데 혼인이야 인륜지대사인걸요. 이렇게 꼭 기록을 남기다보니, 기록 때문에라도 할 건 다 하고 살아야지 대충 넘어가면 안 되겠더라고요. 사진첩을 정리하다보니 신혼여행 못 보낸 게 그렇게 서운하더라고요."

"못 보내다니요? 저희가 안 가겠다고 우겨서 그렇게 된 게 아니던가요?"

그녀는 계속해서 당하고 있을 수만은 없어 정색을 하고 따졌다. 결혼식을 마침 바캉스 시즌에 치렀을 뿐 아니라, 유학 갈 날을 한 달 남짓 남겨놓은 시점이라 채훈이는 채훈이대로 수정이는 수정이대로 각각 일이 많았다. 비자도 새로 내야 하고, 짐도 배로 미리 부쳐야 하고, 운전면허도 갱신해야 하고, 이런저런 해결 안 된 일 때문에 마음들이 한갓지지 않아 신혼여행은 미국 가는 길에 하와이에 들러서 며칠 쉬다 가는 걸로 대신하겠다고 저희끼리 합의하고 양쪽 부모는 통고만 받았는데 지금 와서 웬 트집인가 싶었다.

"그러문요, 그러문요. 그래도 부모 마음은 그게 아니더라구요. 더군다나 양가가 다 언제 또 해볼 것도 아닌 마지막 자식 경사가 아닙니까. 남 하는 대로 다 해주고 싶더라구요. 그래서 말인데요, 졸업식 끝나는 대로 제주도로 삼박사일 정도 여행을 다녀오도록 예약을 해놓았습니다. 아직 걔네들은 모르고 있어요. 놀래켜주려구요. 까다로운 절차도 다 끝나고 모처럼 여유가 생겼으니 좋아할 거예요. 여행 다녀오자마자 다시 비행기 타야 하는 게 안됐지만 사나흘이라도 하릴없이 서울에서 빈둥대면 뭘 합니까? 술친구한테 끌려나가기가 십상이죠. 안 그렇습니까?"

"그렇겠군요."

그녀는 자신 속의 참을성이 한계에 다다른 걸 위태롭게 느끼면서 쓰겁게 대답했다. 안사돈은 무슨 요량인지 핸드백에서 흰 봉투에 든 걸 꺼내서 그 내용물을 살짝 보여주었다. 왕복항공권과 하얏트 호텔을 이용할 수 있는 쿠폰이었다. 보여주고 나서 그걸 가볍게 그녀의 무릎 위에다 놓아주면서 속삭이듯 말했다.

"이따가 사부인께서 아이들한테 주세요."

"왜요?"

그녀는 당장 귀밑이 달아오르게 놀라면서 물었다.

"아, 아무나 주면 어떻습니까? 거기다 명토를 박아놓은 것도 아니고, 사부인께서 주시면 아이들이 더 좋아할 거예요. 저희 쪽에선 따로 여비나 쥐여주면 자연스럽지 않겠습니까?"

더할나위없이 상냥하면서도 속셈을 드러내지 않는 이 여자의 진의는 뭘까? 잘못한 것도 없이 사람을 남루하고 비굴하게 만드는 안사돈의 수법에 걸려 넘어진 것처럼 그녀는 무참해지고 말았다. 혼란스러워 허둥대는 손길로 무릎 위의 봉투를 사돈 쪽으로 거칠게 밀어놓았다. 그러나 미처 어째볼 틈도 없이 그 하얀 봉투는 이번에는 그녀 핸드백의 사이드 포켓 속에 꽂혔다. 민첩하고도 우아한 손놀림이었다. 분노인지 수치심인지 스스로도 분간 못 할 감정이 모닥불처럼 그녀의 표정을 달구었다. 하필 그때 졸업식이 끝나고 하객들은 서로 먼저 빠져나가려고 우르르 몰리기 시작했다. 안 넘어지려고 버팅기면서, 정신없이 사람들한테 밀리며 밖으로 나오니 오후의 열기가 지글지글한 엿물처럼 엉겨붙어 그녀는 자신도 모르게 지겹다는 소리를 몇 번이나 연발했다. 녹아내리듯이 조금씩 흐느적대는 인파 속에서 남편도, 채정이 내외도, 사돈집 식구들도 찾아질 것 같지 않았다. 그녀가 되는대로 인파에 밀려난 자리엔 한 뼘 그늘도 없어서 그녀는 마치 고문을 당하는 것처럼 자포자기하게 서 있었다.

그래도 제일 먼저 그녀를 찾아준 것은 남편이었다. 남편은 저만치 큰 느티나무 아래 모여 있는 하객들을 가리키며 여기서 뭐하고 있느냐고 큰 소리로 나무라기부터 했다. 그녀는 남편을 보자마자 아직도 검정 핸드백에, 웨이터 주머니에 꽂힌 풀 먹인 손수건처럼 삼각형으로 빳빳하게 꽂힌 봉투가 갑자기 생각나 얼른 안으로 보이지 않게 밀어넣었다. 남편을 따라 느티나무 아래로 갔다. 거기다 모여 있었다. 채정이 내외만 겨우 아는 척을 하고 딴 사람들은 채훈이를 둘러싸고 번갈아가며 사진 찍기에 여념이 없었다. 채훈이는 꽃다발과 선물꾸러미에 묻히다시피 해서 바보처럼 싱글거리고 있었다. 식장에서 바깥사돈이 포장을 요란하게 한 선물꾸러미를 들고 있는 걸 보고, 집에 데리고 있으면 집에서 주면 되지 뭣 하러 식장까지 가지고 왔나 다소 아니꼽게 여겼었는데 다른 친척들도 다들 선물을 준비한 모양이었다. 자식한테도 빈손을 부끄러워해야 하나? 아무리 부끄러워하지 않으려 해도 부끄럽게 만들고 있었다. 어쩌면 아까 건네준 흰 봉투는 아무것도 준비 안 한 우리들의 빈손에 대한 일종의 야유나 동정이 아니었을까.

아들은 그들하고 단체로 또는 삼삼오오 끼리끼리 사진도 찍고 인사치레도 하느라 아직도 정신이 없고, 이쪽의 찍사를 자처하고 나선 채정이까지도 그 사진 찍기 좋아하는 족속한테는 손을 들었는지 중심에서 밀려나 관망을 하고 있었다.

채정이 졸업식 때도 그랬다. 상견례를 겸한 최초의 만남이었는데도 이쪽은 제쳐놓고 저희끼리 채정이를 끼고 돌면서 사진도 찍고, 요리 보고 조리 보면서 귀여움도 표시하고 넌지시 위엄도 보이느라 이쪽은 완전히 찬밥 신세였다. 그래도 그땐 별로 분한 줄을 몰랐다. 딸 쪽이니까 으레 그러려니 했고, 그 밑에 아들이 있으니 아들 가진 쪽은 어떻게 세도를 부려야 되는지를 보고 배울 기회다 싶은 생각도 있었다. 이를테면 마음만 먹으면 몇 곱으로 갚을 수도 있는 복수의 기회가 남아 있기 때문에 그닥 굴욕스럽지 않았다. 또 재학중에 애인이 생겨 졸업식에 벌써 시집 식구들의 귀여움을 독차지하는 걸 부러워하는 눈길을 의식하는 것도 나쁘지 않았다. 그랬건만 이게 무슨 꼴이람. 누구누구 나무라 무엇하랴, 내 아들이 저 꼴이니. 그녀는 강력한 권리 주장처럼 눈을 부릅뜨고 아들을 주시했다.

채훈이가 마침내 엄마의 시선을 느낀 것 같았다. 주위를 두리번거리는 아들의 눈길을 그녀는 잽싸게 낚아챘다. 마치 잡아끌리듯이 채훈이는 곧장 그녀에게로 다가왔다. 약간 계면쩍은 듯이 웃는 채훈이는 아무리 내 아들이라도 바보 같았다. 아들은 엄마를 버려둔 걸 보상이라도 하려는 듯이 얼른 학사모를 벗어서 그녀의 머리 위에 씌워주려고 했다. 채정이도 이제야 자기가 나설 차례가 왔다는 듯이 카메라를 들이댔다. 그러나 그녀는 온몸으로 강력하게 반발하며 학사모에서 벗어났다. 엄마를 뭘로 보니? 그러나 그런 말이 미처 나오기 전에 남편의 목소리가 들렸다.

"왜 그래 임자. 좋으면 좋다고 그럴 것이지, 팬시리 앙상은 부리고 그래, 이 좋은 날. 훈아, 느이 엄만 싫단다. 나나 좀 써보자. 그 뭣이다냐, 학사몬가 뭣인가……"

머쓱해 있던 채훈이가 구원받은 듯 아버지 머리 위에 학사모를 올려놔주고 정답게 팔짱을 꼈다. 채정이뿐 아니라 사돈네 식구 중 카메라 가진 이는 몽땅 무슨 살판이나 난 것처럼 일제히 효자 아들과 장한 아버지를 겨냥해 초점을 맞추었다. 졸지에 남편은 스타가 되었다. 남편은 마치 소 팔고 땅 팔아 대학 졸업시킨 70년대 농사꾼처럼 멍청하고도 순진하게 사진을 찍히고 또 찍혔다. 저렇게 좋아하시는 걸 보니, 정서방이 하루빨리 미국서 석사도 따고 박사도 따서 아버님을 초청해야 한다는 덕담도 흐드러졌다. 다시 분위기는 화기애애해졌고 시간은 야비다리를 피우며 흘러갔다.

누군가가, 연못가도 좋고 민주학생기념탑이 있는 노천극장 주변은 또 얼마나 좋은데 주변머리도 없지, 여기가 뭐가 좋아서 꼼짝을 못 하고 같은 배경으로 사진을 찍고 또 찍느냐고, 그들의 사진 찍기에 제동을 걸었다. 그 말에 아무도 이의가 없었던지 대식구가 웅성거리며 사람들이 더 많이 모여 있는 경치 좋은 곳을 향해 이동을 시작했다. 자연히 그 집 식구는 그 집 식구끼리, 이 집 식구는 이 집 식구끼리 어울려서 걷고, 채훈이는 양쪽 눈치를 다 보느라 엄마 곁에 붙었다가 장모 곁에 붙었다가 하느라고 요령껏 걸음을 조절하고 있었다. 북새통이 더 심한 곳을 향해 걸어가는 양가 식구들은 서로 놓칠 뻔하다가도 채훈이가 이어줘서 서로 못 찾는 불상

사는 안 일어났다. 장모 곁에서 뭐라고 정답게 소곤거리던 채훈이가 어느 틈에 그녀 곁으로 다가와 팔짱을 낄 때마다 그녀는 이렇게 알랑거리는 버릇을 어디서 배웠을까 징그러워서 눈을 보얗게 흘겨주며 뿌리치곤 했다. 노천극장에서는 마침 재학생들이 마당놀이 연습을 하고 있어서 기념탑 근처는 인산인해였다. 슬쩍 자리를 피하기에는 알맞은 장소다 싶었다. 안사돈은 아마 그동안에 봉투가 자리를 옮긴 줄 알 것이다. 그동안에 그럴 수 있는 기회도 시간도 충분했으니까.

그녀도 줄창 핸드백 바깥 주머니 속에 들어 있는 봉투를 의식 안한 건 아니었다. 의식 안 할 도리가 없었다. 그건 줄창 내복에 달라붙은 가시처럼 그녀의 의식을 편안치 못하게 했으니까. 그녀는 사돈네 식구들과 채훈이가 함께 보이지 않는 틈을 타 남편의 소매를 힘차게 잡아끌었다. 돌연 떠오른 생각이 결정적 기회와 맞물렸다. 왜 그런 생각이 떠올랐는지, 그녀는 자신의 생뚱한 생각에 놀라서 가슴이 두방망이질하고 다리가 후들댔다. 그러나 탈출에 성공한 걸 알자 돈을 갖고 튀는 악당 같은 스릴과 쾌감으로 온몸이 파열 직전의 풍선처럼 부풀어올랐다. 그건 쾌감이 아니라 살殺인지도 몰랐다. 자신도 통제할 수 없는 힘이 살처럼 뻗치는 걸 생생하게 느낄 수 있었다. 남을 해코지할 수 있는 이상한 힘이 생긴 것 같은 느낌이 어쩌나 좋은지, 웃음을 참을 수 없어 어금니를 물었다.

남편은 끌려오면서 어디로 가고 있는지 자꾸 물었다. 그녀는 대답하지 않았다. 아마 화장실이라도 찾는 줄 아는지 남편은 순순히 따라왔다. 교문이 보이는 데까지 와서야 그녀는 헛된 흥분을 가라앉히고 덤덤히 말했다.

"우리가 자리를 비켜주려고 그랬어요. 처가에서 채훈이 내외를 오늘 제주도로 여행을 보낸다는군요. 졸업 축하 겸 신혼여행 겸이라나요. 우리가 있으면 시간도 얼마 안 남았는데 길게 인사해야 하고, 떠나보낸 후엔 양가가 저녁이라도 같이 먹고 헤어져야 할 것처럼 미적거려야 하고, 아직 서로 친하지도 않은데 그럴 거 뭐 있어요."

"그래? 참 사돈댁에서 신경을 많이 쓰는구면. 그래도 그렇지 잠깐이라도 인사를 하고 오는 게 도리지, 우리가 길 잃어버린 줄 알고 찾으면 어떡하라고."

"걱정 말아요. 아까부터 내가 눈치 줬으니까 채훈이는 아마 짐작했을 거예요. 적당히 둘러대겠죠 뭐."

"우리가 용돈이라도 줘 보내야 하는 거 아닌가? 당신이 어련히 알아서 잘했겠소만……"

남편의 나중 말엔 다소 빈정거리는 투가 섞여 있었다. 어차피 손발이 맞아서 저지른 일도 아니건만 그녀는 울컥 야속했다. 그리고 아들 며느리의 즐거움을 잠시 훼방놓거나 하루쯤 유예하는 데 불과한 일을 위해 혼신의 힘을 소모한 좀전의 자신을 도무지 이해할 수가 없었다. 자신으로부터도 밀려난 것 같은 느낌은 여지껏 겪어본 어떤 외로움하고도 닮지 않은 이상한 외로움이었다. 돌이킬 수 있는 시간은 충분했지만 하는 데까지 해볼 작정이었다. 몸을 달구던 정열은 환각처럼 온데간데없었지만 훼방놓고 싶은 심술은 아직도 충분히 남아 있었다.

"우리끼리지만 저녁이라도 먹고 헤어집시다."

남편의 제안은 전혀 은근하지 않고 사무적이었다.

"이렇게 해가 높다란데요?"

살핏한 해는 어쩌자고 아직도 지칠 줄 모르고 열기를 내뿜고 있었다. 입추 처서 다 지났다고는 믿기 어려운 더위였다.

"그래도 한끼 때우고 들어가는 게 안 낫겠소? 혼자 밥 해먹는 게 얼마나 을씨년스럽다고……"

어쩌자고 이 남자는 이렇게 정직한 걸까. 그녀는 남편의 촌스러움, 초라함, 변변치 못함이 다 곁에다 주렁주렁 달고 있는 혼자서 밥 해먹은 티만 같이 여겨져 바로 보기가 싫었다.

"오늘은 당신 따라서 바라나나 한번 가볼래요. 왜 그렇게 놀라요? 내가 어디 못 갈 데 가본다고 했어요?"

바라나란 남편이 자리잡은 동네 이름이었다. 채정이한테 들어서 알고 있었다. 채정이는 동네 이름이 참 예쁘다고 말했지만 그녀는 처음 그 이름을 들었을 때 기분이 안 좋았다. 행여나 누가 찾아오나 고개를 길게 빼고 동구 밖만 바라보고 있는 늙은이들 모습이 떠올라서였다.

남편은 잠시 놀란 듯하다가 금방 덤덤해지더니 전철을 타야 한다고 했다. 그녀는 말없이 남편 뒤를 따랐다. 상실감을 메우려고 너무 허둥거리고 있는 자신이 딱했지만 어차피 오늘은 빗나가기 시작한 거, 가는 데까지 가볼 작정이었다. 개통된 지 얼마 안 된 전철 노선은 오래된 노선보다 한결 시원하고 정결했다. 왕십리에서 국철로 갈아타고 종점에서 내려 다시 버스를 타야 한다고 남편은 양해를 구하듯이 앞으로 이용할 교통편에 대해 설명했다. 그녀는 듣는 척했지만 아무것도 떠오르는 게 없었다. 남편보다 더 서울에 대해 아는 게 없었다. 어렵게 확보해놓은 단골을 잃게 될까봐 처음 자리잡은 가게를 한 번도 옮긴 적이 없었다. 주로 아파트에 사는 단골들은 물론 자주 바뀌었다. 잃은 만큼 얻어지는 게 단골이었으니 단골이 꾸준히 있다는 게 중요하지 단골이 누구냐가 중요한 건 아니었다. 그녀가 세상사를 빠삭하게 꿰뚫고 있는 것처럼 느끼는 것도 단골들 덕이었다. 그녀는 좁은 가게 안을 요령껏 편안하게 꾸미고 단골들이 필요한 것 없이도 들러서 수다를 떨고 싶은 곳으로 만들었다. 근처에 대형 백화점이 들어서고 나서 그녀의 가게 앞은 백화점 버스정류장으로 변했다. 처음에는 가게에 들어와서 구경하는 척하다가 백화점 버스가 오면 냉큼 나가 타던 단골들이 이제는 탈 때도 내릴 때도 그녀의 가게를 못 본 척하게 됐다. 마치 거기 가게가 없는 것처럼.

국철로 갈아타기 위해 계단을 여러 번 올라가야 했다. 마지막으로 지상으로 통하는 계단은 좁고 숨어 있듯이 외진 데 있었다. 지상은 아직도 해가 지기 전이었다. 고층건물 모서리에 걸려 있는 석양은 괄한 숯불처럼 이글거리고 있었다. 어쩌라고 국철을 기다리는 정류장은 해가리개 하나 없는 노천이었다. 차를 태워주기 위해서가 아니라, 벌을 세우기 위해 마련한 정류장이다 싶었다. 그러나 햇볕이 온종일 달군 시멘트 바닥에서 열차를 기다리는 사람들은 자신들이 무슨 일을 당하건 전혀 개의치 않겠다는 듯 방기한 표정으로 우두커니 서 있었다. 남편의 대머리가 둔탁하게 빛나면서 다시 땀이 배어나기 시작했다. 만지면 송진처럼 찐득할 것 같은 땀이었다. 생각만 해도 싫어서 절로 진저리가 쳐졌다. 국철은 전철처럼 자주 오는 게 아닌 모양이었다. 시멘트 기둥에 열차시간표가 씌어져 있었다. 이십 분에 한 번씩 오기로 돼 있었다. 그녀는 이건 더위를 견디는 게 아니라 굴욕을 견디는 거라고 생각했다.

참고 기다린 보람은 있어서 국철 안도 지하철 안과 다름없이 서늘했다. 그러나 국철 구간의 풍경은 서울에 이런 곳이 있다는 게 믿어지지 않을 만큼 낯설었다. 시골 같지도 않고, 도시 같지도 않은, 단지 버려진 것 같은 들판으로는 걸쭉하게 썩은 샛강이 흐르기도 하고, 어디로 가는지 모를 굽은 다리를 받쳐주기 위한 육중한 시멘트 기둥들이 질척한 늪지대에 괴기스럽게 뿌리내리고 있기도 했다. 녹슨 쇠붙이, 썩은 널빤지가 함부로 버려진 쓰레기더미 사이를 비집고 기승스럽게 자라는 풀들은 독초처럼 잔뜩 약이 올라 저만치 폐가처럼 썰렁한 집들을 위협하는가 하면, 갑자기 네모난 단

충집 동네가 철로에 닿을 듯이 가까이 다가오기도 했다. 빨래가 널린 옥상과 백일홍, 맨드라미가 빨갛게 핀 마당이 사람 사는 동네다우나, 서운케도 열차를 향해 주먹질을 하는 동네 아이들은 보이지 않았다.

그녀는 무슨 깨달음처럼 국철 구간하고 남편이 어쩌면 그렇게 닮았을까 하는 생각을 했다. 그런 생각이 들자 거기 타고 있는 사람들이 지하철 승객하고는 인종이 다른 것처럼 이상해 보였다. 남편은 자는지, 자는 척하는지 편안히 눈을 감고 있었다. 지금 내가 도대체 무슨 짓을 하려는 걸까? 그녀에게 아들을 빼앗긴 상실감은 마치 허방을 밟은 것처럼 갑작스러운 것이었다. 순탄한 길을 걷다가도 휘청거릴 나이에 이런 허방이 숨어 있을 줄이야. 허방치고는 너무도 깊은 허방이었다. 그녀는 한없이 추락중인 삶의 허방에서 움켜쥔 한 가닥의 지푸라기를 바라보듯이 어이없어하며 자는 남편을 바라보았다.

사람들이 많이 내리는 역에서 그녀는 뭔가 참을 수 없는 기분으로 남편을 흔들었다. 얼떨결에 밖으로 따라나온 남편은 한 정거장 더 가야 종점이라면서 다시 타려고 했다. 그러나 그녀는 남편을 충층다리 쪽으로 거세게 잡아끌며 말했다.

"갈 데가 있어서 그래요."

"어딜? 별안간."

"그애들은 오늘 신혼여행 가서 마냥 재미 볼 거 아뉴? 우리도

기분 좀 내봅시다. 바라니에 가봤댔자 모기밖에 누가 우릴 반겨주
겠어요."

채정이가 바라니 갈 때마다 모기약을 사나르던 생각을 하며 말
했다.

"바라니로 가잔 것은 당신이었소."

남편이 침착하게 타이르듯이 말했다. 그러고는 횡하니 앞장을
서더니 돼지갈비집으로 들어갔다. 에어컨 대신 천장에서 옛날 비
행기 프로펠러처럼 생긴 선풍기가 돌아가는 집이었다. 식탁마다
지글대는 불갈비 위로 후드가 바싹 내려와 있건만도 넓은 홀이 연
기로 매캐했다. 마침 저녁시간이기 때문인지, 혹시 잘하기로 소문
난 집인지, 거의 빈자리 없이 시끌시끌하고 활기차 보였다. 남편이
어리어리하지 않고 익숙하게 구는 것도 보기에 나쁘지 않았다. 그
러나 재미 좀 보자는 걸 겨우 돼지갈비 정도로 이해한 남편을 속으
로는 한심해하면서도 수굿이 따른 것은 별안간 의식하게 된 심한
허기증 때문이었다. 근수로 주문한 돼지갈비와, 숯불이 이글대는
풍로와, 밑반찬만 갖다줄 뿐 나머지 일은 다 셀프서비스였다. 남편
은 알맞게 익은 갈비를 먹기 좋게 잘라서 접시에 옮겨주는 일에서
부터 석쇠를 새걸로 가는 일까지 하나도 그녀에게 안 시키고 척척
혼자서 잘했다. 가끔 영양 보충하러 오는 싸고 잘하는 집이란 설명
도 했다.

옷서부터 머리카락까지 돼지갈비 냄새에 푹 절 만큼 포식을 하

고 나오면서 남편은 이렇게 먹어도 계산은 얼마 안 나온다고 또 한 번 싼 타령을 했다. 그런 남편을 돌아보지도 않고 앞서 나온 그녀는 마침 갈비집 앞에서 손님을 내려놓은 택시를 잡고는 남편을 손짓해 불러 먼저 밀어넣었다. 얼떨결에 올라탄 남편 곁에 앉자 어디 경치 좋은 러브호텔로 가자고 외눈 하나 까닥 안 하고 말했다. 러브에다 유난히 힘을 주어 말하고 나서, "당신 그런 데 처음이죠?" 했다.

"당신은 처음이 아닌 것처럼 구는구려."

"그래요? 저도 처음이에요."

그녀는 오금을 박듯이 힘주어 말했다. 그런 데 한 번도 못 가봤다는 걸 서로 믿을 뿐만 아니라 설사 어느 한쪽이 거기 들어가는 걸 목격했다고 해도 바람 피우러 들어간다는 의심도 안 할 위인들이었다. 그래 우리는 그런 사람들이다. 그래서 좋은 부부란 말인가. 왜 이 지경까지 되고 만 것일까. 스산한 낭패감으로 잔뜩 추슬렀던 그녀의 어깨에서 힘이 빠졌다. 다행히 택시를 한강이 바라보이는 별장풍의 삼층집 앞에 대준 운전기사의 태도만은 노골적으로 그들을 늙은 잡것들 대하듯 했다. 마냥 끌고 다닌 끝이었다.

그래도 앞장서서 택시값도 치르고 프런트로 간 것은 남편이었다. 잠시 쉬었다 가시게요? 아니오, 하룻밤 묵어갔으면 하오, 하는 소리에 고개를 붉히며 그녀는 돌아서서 복도 끝 창밖으로 그제서야 해가 지고 말간 맨얼굴을 드러낸 하늘을 바라보았다.

"당신은 돈도 많구려."

키를 받아든 남편을 쫄레쫄레 따라가다가 이층으로 오르는 계단이 꺾이는 곳에서 멈춰 선 그녀는 약간 시비조로 말했다. 세상에 없는 구두쇠로만 알아온 남편이 저녁값은 물론 호텔비까지 선선히 지불한 걸 두고 하는 말이었다. 여윳돈이 있을 턱이 없는 남편이었으므로 구두쇠 노릇을 민망하게 여길지언정 미워한 적은 없었다. 서로 의심할 건더기가 아무것도 안 남은 무관심한 부부 사이건만 돈 문제에 대한 의혹은 아직도 민감하다는 데 그녀는 스스로도 놀라고 한편 부끄러웠다.

"채훈이 졸업식 아닌감. 사돈댁하고 식사라도 같이 하게 되면 내가 낼려고 벌써 얼마 전부터 여축해온 돈이라오."

남편의 쓸쓸한 듯 담담한 대답에 그녀는 할 말을 잃었다. 실내는 어둑시근하고 쾌적할 뿐 상상한 것처럼 야하진 않았다. 한강과 대안의 언덕에 산재한 별장인지 호텔인지 모를 아름다운 집들이 한눈에 들어왔다. 잔디가 곱게 다듬어진 이 집 정원도 그 끄트머리에 서면 강물에 발을 담글 수 있을 것처럼 한강하고 가까웠다. 그녀는 오래도록 창가에 서서 남편의 샤워하는 소리를 들으며 바깥을 내다보았다.

"아이고 시원하다."

욕실에서 나오는 남편을 돌아보다가 그녀는 에구머니, 소리를 지를 뻔하게 놀라면서 얼굴을 돌렸다. 팬티만 입은 남편의 하체가

354

보기 흉했다. 넓적다리에 약간 남은 살은 물주머니처럼 축 처져 있고, 툭 불거진 무릎 아래 털이 듬성듬성한 정강이는 몽둥이처럼 깡말라 보였다. 순간적으로 닭살이 돋을 것처럼 혐오스러웠다. 징그러운 것하고는 달랐다. 징그럽다는 느낌에는 그래도 약간의 윤기가 있게 마련인데, 이건 군더더기 없는 혐오 그 자체였다. 살을 대고 산 적이 있는 부부 사이에 그럴 수는 없는 일이었다. 같이 살 때도 살가운 부부는 아니었다. 남편은 그때도 여름이면 집에 들어와 팬티만 입고 돌아다니길 잘했다. 이다음에 며느리 얻어도 당신 때문에 같이 살긴 틀렸다고, 남편의 그런 버릇을 걱정한 적은 있어도 보기 싫다는 느낌은 없었다. 그렇다고 매력 있어한 것은 아니고, 그냥 집에 있는 구닥다리 장롱이나 책상 밥상 보듯, 있을 게 있을 자리에 있을 때 아무런 느낌도 없는 것과 마찬가지로 그냥 무심했다.

전혀 예기치 못한 느낌에 놀란 김에 그녀가 황황히 생각해낸 게 안사돈한테 받은 하얀 봉투였다. 바로 눈앞에 전화기가 보였다. 오늘 안에 전화는 해야 된다는 것은, 그녀가 미리부터 생각하고 있던 각본이었지만 당장 떠오른 생각처럼 가슴이 울렁거렸다. 전화를 받은 것은 안사돈이었다. 그녀는 인사말 제쳐놓고 호들갑부터 떨었다.

"이를 어쩝니까? 사부인. 아이들한테 그걸 전하는 걸 그만 깜박 잊어버렸지 뭡니까? 우리집 어른이 어찌나 서두르시는지요. 오늘 같은 날 글쎄, 아들을 처가댁에서 독점할 수 있도록 우리는 피하는 게 예의라고 그러시지 뭡니까? 우리가 끼면 거북해하실 거라나요. 워낙 신식이 지나치신 어른이시거든요. 그 어른은 그 어른대로 계획이 있으셨나봐요. 저 지금 청평에 있는 그 어른 친구분 별장에 와 있어요. 혼자서 농장에서 지내실 때가 많아서 서울만 오시면 저한테 잘해주시려고 이렇게 주책을 부리시지 뭡니까. 어머, 이를 어쩌나, 급한 전화 걸고 또 딴소리네. 우리 아이들 지금 어떡하고 있나요? 제가 이걸 갖고 있으니 여행도 못 떠났을 테고…… 내일도 유효하겠지요? 이 비행기표랑 쿠폰이랑. 내일 일찍 서울로 갈 테니 우리 가게로 채훈이를 보내세요. 아무리 빠져나오기 급급했어도 이걸 어떻게 잊어버릴 수가 있었는지, 제가 생각해도 한심해 죽겠어요. 그나저나 아이들 일을 망쳐놓았으니 이를 어쩌죠?"

"아이고 사부인도 참, 망쳐놓으신 것 아무것도 없으십니다. 예정대로 여행들 떠났습니다. 표 없다고 예약된 게 어디로 가나요. 염려 놓으시고 즐거운 시간 보내셔요."

안사돈은 야죽거리지도 않고 간결하게 말했다. 간단했지만 무시하는 투는 충분하게 여운이 되어 남아 있었다. 흉보면 닮는다고 오래도록 야죽거린 것은 오히려 이쪽이었다.

이럴 수가…… 그들이 꾸민 자글자글한 행복을 조금 훼방놓거나 약간의 차질이라도 빚게 하려는 그동안의 노력이 이렇게 허사가 될 줄이야. 음모를 꾸밀 때의 야릇한 쾌감은 간단한 비웃음이 되어 되돌아왔을 뿐이었다. 허망감에다 열등감까지 엎친 데 덮친다는 건 못 견딜 노릇이었다. 남편의 근심스러운 목소리가 들렸다.

"당신 사돈댁한테 무슨 실수한 거 아니오? 변변치 못하게스리."

"내가 뭘 변변치 못하게 굴었다고 그래요? 알지도 못하면서."

그녀는 울고 싶은 심정으로 톡 쏘았다.

"당신 똑똑하지, 무지무지하게. 그런 줄만 알았는데 채훈이 장모한테 비하니까 변변치 못해 보입디다."

그녀는 무슨 말이든지 대꾸를 하려면 울음이 섞일 것 같아서 잠자코 있었다. 다시 사뭇 의논성스러운 남편의 목소리가 들렸다.

"채훈이 전공한 학과가 유학이라도 하고 와야지 그렇지 않으면 밥벌이하기도 어렵다고 해서 내 말리지는 못했소마는 학비를 보탤 일이 큰 걱정이구려. 나는 돈 안 쓰는 재주밖에 없고, 당신 고생이 언제 끝날지 앞이 안 보이는 게 미안할 뿐이오."

"미안할 것 없어요. 걔들을 우리가 왜 보태줘요? 그만큼 해줬으면 됐지."

"우리가 걔들한테 뭘 해줬다는 거요?"

"며느리 시집올 때 혼수고 예단이고 다 접으라고 했잖아요. 요새 혼수랑 예단이랑 제대로 하려면 얼마나 드는지 알기나 아시우? 왜 그만두라고 했는지, 그 집에서도 당장 알아듣고 그만큼 딸라로 바꿔 보내겠다고 합디다. 목돈 가지고 간 거 다 쓰고 나면 며느리라도 돈벌이하겠죠 뭐. 제가 꼬셔서 가는 유학인데 그만한 각오도 없이 가겠어요?"

"그래도 그러면 쓰나. 우리가 애끼고 줄여서 다만 얼마라도 다 달이 보내도록 노력을 합시다."

"노력 좋아하시네. 난 더 아낄 수 없어요. 가게도 장사가 안 돼서 조만간 정리하려고 하니까 내가 벌 수 있으리라는 기대도 마시구요. 정 그러고 싶으시면 당신이나 아껴서 송금을 하든지 미국 구경을 하든지 마음대로 하시구랴."

"나야말로 얼마나 최소한도로 쓰고 산다는 걸 당신 정말 모르겠소?"

그 소리의 슬픈 울림에 퉁기듯이 그녀는 발딱 일어났다.

"쉬고 계셔요. 잠깐 바람 쐬고 올게요."

침대에 벌렁 누운 남편을 외면하고 도망치듯 방을 나왔다. 도망치고 싶었기 때문에, 도망칠 수 없게끔 핸드백은 둔 채로 나왔다. 이층 복도는 빈집처럼 조용했다. 복도 끝에 있는 비상구는 가볍게 열렸고, 그 밖에는 잠시 담배라도 피울 수 있는 공간과, 정원으로 통하는 나선형 철제계단이 설치돼 있었다. 내려와 본 정원은 작은 연못까지 있고, 나무 그늘에는 강을 향해 벤치도 알맞게 배치돼 있었지만 거니는 사람 없이 괴괴했다.

올려다본 삼층집의 방방은 불이 켜진 데도 있고, 깜깜한 데도 있었다. 켜진 방의 불빛도 밝지 않고 은은했다. 오늘 하루 쓰잘데없이 애만 썼다는 사소한 허전함이, 일생을 헛산 것 같은 거대한 허전함이 되어 그녀를 한없이 미소하고 초라하게 만들었다. 이럴

줄 알고 뭔가로 메우려고 너무 허둥댔음일까. 검부러기라도 움켜
잡듯이 마지막으로 움켜잡은 확실한 게 펴보니 고작 남편의 정강
이였다. 그건 그와는 도저히 다시 살을 대고 살 수 있을 것 같지 않
은 절망감의 생생한 실체이기도 했다.

오늘 남편을 여기까지 유인한 것은 섹스에 대한 기대가 있어서
는 아니었다. 이제 그럴 나이도 아니었지만 한창 나이일 때도 둘
다 그런 쾌락을 밝히는 부부는 아니었다. 겨우 관행적인 섹스를 유
지하다가 별거로 들어가고는 누가 먼저 그러자고 한 바도 없이 그
들은 서로의 몸을 원하거나 그리워하는 일을 안 하게 되었다. 하다
못해 스킨십조차 없는 완전히 남남이었다. 스킨십이라도 있었다면
남편의 정강이가 그렇게 꼴 보기 싫지는 않았을 것이다. 몸을 비비
는 행동이 끊긴 것과 그의 몸이 그렇게도 보기 싫었던 것이 무관하
지 않다면 몸을 비비는 행동이란 그닥 얕볼 일도 아니다 싶었다.
그녀가 오늘 느낀 것은 결코 구체적 욕망이 아니었다. 흔히 등을
긁어준다는 식의 스킨십 정도였다고 해도 그것으로 이 거대한 허
전함을 메우고 싶어했다면 그건 욕망보다 크고 아름다운 꿈이 아
니었을까. 그것이 가망 없다는 걸 깨닫고 나서야 비로소 그동안 완
전히 단절됐던 몸의 만남을 후회하는 마음으로 되돌아보기 시작했
다. 그것이 이렇게도 돌이킬 수 없는 실수라고는 미처 몰랐었다.

그녀는 남편이 잠들기에 충분한 시간을 흐르는 강물을 망연히
바라보는 것으로 보내다가 방으로 되돌아왔다. 방안은 강바람 부

는 강변보다 더 시원하고 남편은 침대 덮개도 안 걷어내고 그 위에서 헐렁하게 낡아빠진 팬티만 입은 채 코를 골고 있었다. 보기 싫은 것은 둘째치고 감기가 들 것 같아 덮어주려고 꽃무늬 덮개 자락을 들추다 말고 어쩔 수 없이 벗은 하체를 가까이 보게 되었다. 모기 물린 자국이 시뻘겋게 한창 약이 오른 것도 있고, 무르스름 가라앉은 것도 있고, 무수했다. 이 말라빠진 정강이에서 피를 빨다니, 아무리 미물이라도 어떻게 그렇게 잔혹할 수가 있을까? 도대체 어떡하고 살기에 제 몸을 저렇게 만들었을까? 때가 낀 손톱과 함께 그의 지나치게 초라하고 고달픈 살림살이가 눈에 선했다. 그렇게까지 안 살아도 될 만한 연금을 받고 있는 남편이었다. 스스로 원해서 가부장의 고단한 의무에 마냥 얽매여 있으려는 남편에 대한 연민이 목구멍으로 뜨겁게 치받쳤다. 그녀는 세월의 때가 낀 고가구를 어루만지듯이 남편 정강이의 모기 물린 자국을 가만가만 어루만지기 시작했다.

(1997)

대범한 밥상

내시경이다, MRI다, 힘든 검사로 사람을 초주검을 만들어놓고 나서 겨우 한다는 소리가 살날이 앞으로 석 달밖에 안 남았다고 했다. 남편이 먼저 저세상으로 간 지 삼 년 만이었다. 남편은 당시의 남자 평균수명을 겨우겨우 채우고 갔지만 여자의 평균수명은 남자보다 훨씬 길고, 나는 남편보다 다섯 살이나 손아래니까 그이보다 단명하는 셈이다. 육십보다는 칠십이 더 가까운 나이에 죽는 걸 단명, 어쩌고 한다면 아마 저승사자가 다 웃겠지. 그러나 나는 저승사자를 웃기지는 않을 것이다. 충분히 살았다고 여기고 있고, 따라서 몸부림 같은 건 치지 않을 테니까.

남은 석 달이 문제였다. 좋은 일이든 나쁜 일이든 날 받아놓고 석 달은 쏜살같을 법도 한데 나에겐 지루하게만 느껴졌다. 너무 지루할 것 같아서 망연했다. 그건 아마도 남편의 마지막 석 달에 대한 기억 때문일 것이다. 나는 사십대에 유방암 수술을 받은 적이 있는데 근래에 몸이 갑자기 쇠약해져서 검사를 받은 결과 여러 장기로 전이가 돼 삼 개월을 넘기지 못할 거라고 했지만, 그이는 멀쩡하던 사람이 건강진단 결과 췌장암으로 밝혀져 길어야 삼사 개월밖에 못 살 거라고 했다. 그런 그이에 비하면 나의 석 달은 예고된 석 달일 수도 있었다. 그이는 삼사 개월이 뭐냐고 삼 개월이면 삼 개월, 사 개월이면 사 개월이라고 정확하게 못을 박으라고 의사에게 요구했다. 마지막으로 꼭 해놓고 가야 할 일을 차질 없이 마치고 가려면 정확한 시간을 알아야겠다는 태도일 뿐 분노의 기색은 없었다.

그이는 잘나가는 회계사였다. 천성이 그런지, 직업병인지, 그이는 매사에 정확을 기하는 틀림없는 사람이었다. 평생 정확을 생명으로 하는 숫자하고 씨름해서 돈을 버는 그이가 안쓰러워서 나는 헤프게 쓰지 않고 스스로 중산층이라고 자족할 만큼만 사는 데 만족해왔다. 그이가 마지막으로 꼭 하고 싶은 일은 무엇일까. 기계처럼 정확하고 재미없게 살아온 그이의 숨은 욕망을 들여다볼 수 있는 기회다 싶어 사별이나 병수발에 대한 걱정보다는 호기심이 앞섰다. 그이는 남은 삼 개월, 아니 삼 개월하고 보름 동안을 숫자와의 씨름으로 꽉 채웠다. 우리 부부가 삼남매를 낳아 길러 다 출가시킨 후였다. 아이들은 부모 속 썩이지 않고 건강하고 심성 바르게 자라 좋은 직장 갖고 적령기에 제짝도 스스로 찾아내어 학비하고 결혼비용 대는 것 말고는 부모가 해줄 게 없었다. 그게 서운했던지 막내딸 시집보낼 때는 그이가 사윗감을 마음에 들어하지 않아 분란이 좀 있긴 있었다. 나 보기에는 내 딸이 반할 만한 청년이었는데 그이의 보는 눈은 외모가 아니라 능력이었고, 능력 중에도 오로지 돈을 벌 수 있는 능력만을 보려 들었기 때문에 눈 밖에 났다. 무얼 보고 전도양양한 청년의 앞날을 그렇게 단정지었는지 알 길이 없었지만 반대는 완강했고, 딸애는 집을 나가 살림을 차리겠다고까지 부모를 협박했다. 언니 오빠가 중재에 나서서 아빠를 설득했고 결국 자식 이기는 부모 없다는 쪽으로 그이의 고집도 꺾이고 말았다. 그런 자식이 더 잘살았으면 얼마나 좋았을까. 그러나 그이의 사람 보는 눈은 숫자만큼이나 정확해서 막내네 집구석은 늘 뭔가 될 듯 될 듯하면서도 되는 노릇이 없어 항상 쪼들려 살았다. 자식을 여럿 둔 집이면 뉘 집에서나 있을 수 있는 통속적인 이야기였다. 시집도 별 볼 일 없는 막내가 친정으로 구걸을 안 오고도 최소한의 앞가림이나마 하고 사는 것은 제 언니 오빠들의 도움이 크다는 걸 나는 알고 있었다. 나는 막내가 불쌍하면서도 내 자식들의 동기간의 우애가 고맙고 대견했다. 이런 속내를 아는지 모르는지 무관심으로 일관하던 그이가 죽을 날을 받아놓고는 막내를 특별히 챙기기 시작했다.

그이가 여기저기 사 모은 땅이 제법 된다는 걸 나도 그때 처음 알았다. 그때까지 일부러 그이가 나에게 비밀로 한 건 아니고, 먹고살 만큼 집안에 들여놓고 남은 돈으로 그이가 뭘 하는지 내가 관심이 없었기 때문일 것이다. 그이는 마지막 남은 시간을 그 땅을 삼남매한테 공평하게 나누는 일로 꽉 채웠다. 그이가 생각하는 공평은 없이 사는 자식에게는 더 주고 넉넉한 자식에게는 덜 주어서 삼남매의 재산을 비슷하게 만드는 거였다. 그이가 나에게 그런 뜻을 먼저 의논해왔을 때 나는 얼마나 기뻤는지 모른다. 늘 마음에 얹혀 있던 막내가 이제 고생을 면하게 된 게 기뻤고, 그이가 냉철한 사람이 아니라 따뜻한 사람이라는 걸 알게 된 것은 기쁨을 넘어 감동이었다. 상속으로 했는지 증여로 했는지, 나는 잘 모르는 일이지만 아무튼 사후에 자식들이 세금 한푼 안 물도록 명의변경까지 완벽하게 끝내놓았다. 붙어 있는 땅도 아니고 전국 각지에 조금씩 흩어져 있는 땅의 평당 가격을 당시의 시가로 알아내어 평수에 곱하고 그 총액을 차등을 두되 그 누구도 감히 불평을 할 수 없도록 객관적으로도 정당한 차등을 두어 분배하기란 쉬운 일이 아니었을 것이다. 나 같은 사람은 생각만으로도 머리가 터질 것 같은 일을 뒤탈 없이 깔끔하게 처리하느라 그이는 자기에게 남은 시간을 남김없이 다 바쳤다. 그이도 자기에게 남은 시간이 얼마나 소중하다는 걸 모르지 않았을 것이다. 내가 만일 여행이나 음악회 같은 걸 같이 가고 싶어한다면 돌아오는 대답은 한결같았다. 이 금쪽같은 시간에 그럴 새가 어디 있어?

금쪽같은 시간을 다 바쳐 이룩해놓고 간 분재分財를 삼남매는 다들 만족스러워했고 그이는 마치 혹사당하던 회사를 정년퇴직하는 것처럼 홀가분하게 사무적인 태도로 이 세상을 하직했다. 할 일을 다 했다는 자부심이 그렇게 대단한 것이었을까. 나에게는 일말의 석별의 정도 내비칠 겨를 없이 총총히 떠나갔다. 그러나 그이의 사후에는 뜻하지 않은 것 천지였다. 재산이 공평해지자 당장 내 새끼들의 우애가 전 같지 않아지는 게 느껴졌다. 노력 안 하고 부자가 된 막내를 업신여기는 소리가 내 귀에까지 들렸다. 막냇사위가 다니던 회사를 그만두고 땅을 팔아 사업을 시작하고 집어넣은 밑천을 한푼도 못 건지고 빈털터리가 되는 데는 삼 년도 안 걸렸다. 아들과 큰딸은 땅을 팔아먹지는 않았지만 누구 땅값이 더 오르고 덜 오르는 걸 둘이서 비교해가며 시기하기 시작했다. 그이의 사후 삼 년은 마침 전국 땅값이 정신없이 뛸 때였다. 그러나 고루 뛰었으면 아무도 뛴다고 하지 않았을 것이다. 걷는 놈, 기는 놈도 있으니까 뛰는 놈이 눈에 띄는 것이다. 그애들은 그 땅 없이도 넉넉하게 살 수 있건만, 아버지의 사후에 벌어지기 시작한 각자의 땅값이 공평하게 오르지 않는다는, 단지 그 이유 하나만으로 서로 적대시하고, 다시 못살게 된 동생의 불운을 고소해하고, 마치 당연하다는 듯이 동생을 도와주지 않게 되었다. 그이는 당시의 시가로 계산해서 공평하게 나누었을 뿐 사후의 앞날까지 내다볼 줄은 몰랐을 것이다. 당연하지, 죽은 후엔 앞날이란 것이 있을 순 없으니까.

나에게는 현재 살고 있는 아파트와 얼마간의 현금과 꽤 거액의 생명보험금을 남겨주었다. 그이가 하고 간 일 중 그거 하나는 올바른 처사였다고 생각한다. 현금을 은행에 넣어놓고 곶감꼬치처럼 빼먹다가 돈 떨어지면 아파트 팔아서 자식들이 얼굴 못 들고 다니지 않을 정도의 유료양로원에 들어가기에 적당한 재산이었다. 씀씀이가 허황되지 않은 대신 재테크 능력도 전무한 나에 대한 그이다운 배려였다. 나는 그놈의 땅이라는 게 얼마나 요물이라는 걸 알아버렸기 때문에 그이가 나에게 그걸 한 평도 안 준 게 조금도 섭섭하지 않고 오히려 고마웠다. 이 나이까지도 정기적으로 만나서 맛있는 집 찾아다니고, 집안의 경조사가 있을 때마다 돈으로, 사람수효로 부지런히 서로 품앗이를 다니는 여고 동창이 여남은 명 되는데, 이 친구들 또한 나더러 죽은 남편 고마워하라는 소리를 요즘 들어 부쩍 자주 한다. 병수발 오래 안 시키고 남들이 아깝다 할 나이에 죽었으니 얼마나 고마우냐는 거였다. 은퇴해서 잔소리만 늘고, 바치는 건 맛있는 거하고 마누라밖에 없는 영감들이 차차 지겨워지기 시작할 나이들이고, 몇 년째 중풍이나 치매로 한참 정을 떼고 있는 영감님을 가진 친구도 몇 되었으니까 그런 말이 나올 법도 했다. 그러나 네 팔자가 상팔자라느니, 중년에는 홀아비된 남자가 몰래 웃지만 노년에는 과부된 여자가 대놓고 웃는다느니 하는 소리를 들을 때마다 나는 풍파 없이 살아온 내 삶이 허전해서 뼈가 시려지곤 했다.

처방된 약 때문이겠지만 체중이 줄고 전신이 차츰 무력해지는 느낌 외에 아직은 그닥 고통스럽지는 않다. 만일 내가 감당 못 할 통증이 온다 해도 그보다 앞질러 더 강한 진통제를 쓰면 될 것이다. 나는 삼남매를 다 자연분만을 했는데도 통증과 싸울 자신은 없고 그럴 의욕도 없다. 단지 그 걱정 때문에 남은 석 달이 주체할 수 없이 길게 느껴진다. 첫날 보내기도 지루했다. 병원에서 그 소리를 듣고 온 첫날부터 나는 심심할 게 두려워 고작 생각해낸 게 비디오를 빌려다 보는 일이었다. 머지않아 딴 업종으로 바뀌지 싶게 가게 꼬라지부터 의욕 상실이 역력한 동네 비디오 가게의 진열장을 훑다가 〈데미지〉에 눈길이 꽂혔다. 영화관에서 본 적이 있는 영화인데도 또 보고 싶었다. 못 본 영화 중에서 골라잡는 정도의 모험심도 동하지 않았다. 허술한 골목을 휘적휘적 걷는 제레미 아이언스의 추레한 모습을 다시 한번 봐주고 싶었다. 다시 한번 보고 나서 그 장면만 리와인드시켜 또 보면서, 사련邪戀의 광풍이 휩쓸고 간후, 반 넘어 폐허가 된 남자의 모습에 가슴이 짠하면서 울고 싶어졌다. 얼마 남지 않은 시간에 고작 남의 인생이나 재생시켜 볼 만큼 내 인생에서 결핍된 건 뭐였을까. 아니면 데미지 없이 인생을 퇴장한 남편에 대한 연민이나 반감에서였을까.

그다음에 적당한 날을 골라 자식들에게 알리고 효도할 수 있는 시간을 주는 게 아마 온당한 어미 노릇일 터이나 나는 거의 일주일이나 그 일을 미루고 있었다. 시한부 인생을 다룬 연속극은 거의가 죽을 사람이 먼저 알거나 가족이 먼저 알거나 간에 서로 그 사실을 숨기는 걸로 시간을 끄는 게 정석처럼 돼 있다. 하긴 그걸 쌍 방이 동시에 알게 한다면 단막극이 되지 뭣하러 연속극이 됐겠는 가. 늘려먹기 위한 연속극의 그런 진부한 정석을 경멸해마지않던 내가 지금 그 짓을 하고 있다. 나는 그 짓이 너무 피곤해 지레 죽을 지경이다. 어떻게 안 피곤하겠는가. 남편처럼 나도 병원에서 그 소리를 듣자마자 그렇게 경멸해마지않던 숫자와의 씨름을 시작했으 니. 남편에겐 숫자가 평생 익숙한 상대였겠지만 나에겐 생소하고 버거운 상대다. 앞으로 팔십 구십까지 산다면 내가 가진 게 빠듯하 지만 석 달 안에 죽는다면 상당한 현금을 남기게 된다. 집도 내 집 이다. 남편이 그랬던 것처럼 나도 막내가 걸린다. 나는 세금을 어 떻게 안 무는지는 잘 모르지만 현금은 생전에 찾아서 막내에게 건 네면 감쪽같을 것 같다. 오빠나 언니나 제 서방에게도 알리지 말 고 비자금으로 가지고 있으라는 당부의 말과 함께 그리고 싶지만 언 발등에 오줌 누기지, 그 집구석 씀씀이에 그게 며칠이나 가겠는 가. 막내에게 급한 건 비자금이 아니라 내 집 마련이다. 그럼 이 집 을 내 생전에 막내에게 명의변경을 해주거나 상속을 해줄까. 그러 자니 세금도 무섭지만 아버지의 처사 때문에 삐치고 어긋난 삼남 매의 우애가 영영 돌이킬 수 없는 파국에 이르리라는 건 불을 보듯 이 뻔하다. 시집 쪽으로 기댈 데가 전혀 없는 막내에게 그것 또한 어미로서의 할 짓은 아닐 것이다. 어떻게 하면 위의 큰애들도 섭섭 지 않고 막내는 작은 집이라도 한 채 가질 수 있게 할 것인가. 결국은 남편의 전철을 밟아 내가 소유한 것을 삼남매에게 차등을 두어 분배하는 방법밖에 없는데 나에게 그런 수학은 너무도 어렵다. 예금 액수와 집값을 합한 몇 억이 머릿속에서 얽히고설키면서 토악질이 나지만 출구가 없다. 사람이 오죽 무능하면 전철을 밟을 생각밖에 못 하겠는가. 남편의 마지막 나날도 그러했겠지만 나도 끝까지 걸리는 게 자식들인데 돈이 걸린 문제는 자식들과도 터놓고 의논을 할 수 없다는 게 나를 꼬이고 꼬이다가 종영 시기를 놓친 티브이 연속극처럼 구제 불능 상태로 만들어가고 있었다.

지금 와서 그걸 알아서 무엇에 쓸까마는 돈의 치사한 맛도 뜨거운 맛도 모른다는 게 사는 데 있어서뿐만 아니라 죽는 데 있어서까지 중대한 결격사유처럼 느껴지면서 경실이가 보고 싶단 생각이 들었다. 경실이는 여고 동창이었지만 학교서 친하게 지낸 추억보다는 요새처럼 이사를 자주 안 다니고 한동네 눌러살던 시절, 같은 골목에 십 년을 넘게 같이 산 정 때문에 고향 사람 비슷한 친밀감을 가지고 있었다. 주거 환경도 바뀌고 서로 다른 사회생활, 결혼생활을 하면서 안부도 모르고 지내다가 다시 만나게 된 것은 동네 사람으로서가 아니라 동창 모임에서였다. 전체 모임은 아니고 아이들도 잔손 안 가게 길러놓고 살림도 웬만큼 일궈놓은 비슷하게 사는 동창끼리의 계모임 비슷한 모임에서였다. 계모임 비슷한 모임이라고 한 것은 계 하기에 알맞은 인원이 모여 돈을 모으긴 모으지만 돈에 연연하지 않고, 여행이나 취미생활, 맛있는 집 순례 등 재미도 있고 그럴듯한 일에 아낌없이 쓰는 모임이었기 때문이다. 그러고도 남는 돈은 해외여행을 목적으로 적립해놓고 있다. 해외여행 안 해본 친구도 없기 때문에 적립하는 액수에 조급한 친구도 있을 것 같지 않은 팔자 좋은 모임이었다. 그렇게 모인 상당한 액수를 처음 쓰게 된 것이 경실이네한테였다. 그 돈을 경실이네한테 조위금으로 내놓자고 제안한 것은 아마 나였을 것이다. 열 명이 넘는 멤버가 해외여행을 떠날 만큼 모이기엔 아직 먼 초기였지만 아무리 단체 조위금이라 해도 과하다 싶은 액수를 선뜻 내놓는 데 만장일치로 동의한 것은 경실이 당한 불행이 워낙 충격적이기 때문이었다. 그녀는 외동딸을 곱게 길러 착실한 사위 보아 손자도 보고 손녀도 보고 한집에 같이 살고 있었다. 엄마 덕에 아직도 직장생활을 계속하고 있던 딸이 벼르고 별러 제 남편 해외출장과 날짜를 맞춰 휴가를 얻어내어 해외여행을 간 비행기가 착륙 직전 공중에서 폭파하는 엄청난 사고로 탑승객 전원이 사망했다. 시신조차 수습하기 어려운 대형 사고였다. 경실이네 딸, 사위도 시신을 수습했다고도 하고 유품만 몇 점 찾아냈다고도 하지만 다 확실한 정보는 아니었다. 확실한 건 홀어머니를 모시고, 여섯 살, 세 살 어린 남매를 둔 젊은 내외가 이 세상에서 감쪽같이 사라졌다는 믿기 어려운 사실뿐이었다.

우리가 조위금을 전달하러 간 곳은 일주일 넘어 끌던 유족과 항공사 간의 보상금인지 위자료인지 하는 돈 문제가 원만하게 타결

되어 마침내 치르게 된 합동장례식장이었다. 통곡, 몸부림, 혼절 등 유족들의 애통이 차마 눈뜨고 볼 수가 없었다. 왜 안 그렇겠는 가. 장례식장에 들어서기 전부터 우리는 주위의 침통하고 삼엄한 분위기와 들려오는 곡성만으로도 가슴이 떨리고 다리가 후들댔다. 다들 머뭇거리고 심장이 약한 친구는 꽁무니를 빼면서 차마 못 들어갈 것 같은 시늉을 하기도 했다. 할 수 없이 나하고 혜자가 앞장서자 다들 뒤따랐다. 나는 경실이하고 가장 가까워서 어쩔 수 없이 그렇게 됐고, 혜자는 우리보다 먼저 한차례 문상을 다녀와서 어느 정도 분위기에 익숙한 것 같았다. 혜자가 먼저 문상을 간 건 경실이 때문은 아니고 친척 중에 이번 일로 참척을 당한 이가 있어서였다. 그때 잠깐 만나보고 온 경실이에 대한 혜자의 묘사는 너무 비현실적이어서 우스갯소리처럼 들렸고, 그 마당에 그런 농담을 할 수 있는 혜자가 혐오스럽기까지 했다. 차마 눈 뜨고 볼 수 없는 유족들의 애통 속에서 경실이만이 눈이 초롱초롱해가지고 밥을 아귀아귀 먹더라고 했다. 초롱초롱과 아귀아귀가 그렇게 그로테스크하게 들린 적은 일찍이 없었다. 혜자가 입이 좀 헤프기는 해도 뒤끝은 없는 친군데 무슨 억하심정으로 그렇게 친구를 고약하게 말했는지 이해가 잘 안 됐다. 그러나 막상 장례식장에서 조문객을 맞고 있는 경실이를 보자 제일 먼저 떠오른 단어가 초롱초롱과 아귀아귀였음을 부인 못 하겠다. 경실이의 눈이 초롱초롱한 건 아니었고, 물론 무얼 먹고 있지도 않았지만 말이다. 티브이 화면으로

본 것과 조금도 다르지 않은 유족들의 오열과 몸부림, 심지어는 예서 제서 까무러쳐 실려가는 일까지 벌어지는 장례식장에서 그들은 그 정적인 단아한 모습으로 단연 눈에 띄었다. 경실은 혼자가 아니라 어린 외손자 남매를 데리고 있었다. 이 어린 상주들을 가운데 두고 양쪽에서 손을 잡고 있는 또하나의 어른은 아이들 친할아버지일 것이다. 경실이가 딸을 출가시킬 때 무남독녀 외동딸을 역시 딸도 없는 집 외동아들에게 시집보내는 걸 꺼려 한동안 반대하다가 보낸 걸 알고 있는 우리는 그 사람이 친할아버지라는 걸 누가 가르쳐주지 않아도 알아보았다. 여섯 살, 세 살 어린것들을 가운데 두고 양쪽에서 손을 꽉 잡고 있는 네 사람의 구도는 너무도 확고하고 흔들림이 없어서 마치 옛날 가족사진처럼 보였다. 순간 우리는 다들 배신감에 가까운 실망감을 느꼈다. 잔뜩 기대하고 각오하고 있었던 일이 일어날 것 같지 않아서였을까. 아무튼 그럴 수는 없는 일이었다. 더군다나 경실이 사돈영감은 상처한 지가 일 년도 채 안되니, 땅을 치고 하늘을 우러러 삿대질을 해도 누가 뭐랄 사람 없는 처지였다. 저렇게 침착하고 꿋꿋해서는 안 될 것 같았다. 그들은 침착할 뿐 아니라 젊어 보이기까지 했다. 입 싼 혜자가 기어코 한마디 내뱉었다.

재네들 저래도 되는 거니? 늦둥이를 낳은 중년부부라고 해도 곧 이든겠네.

듣고만 있을 우리들이 아니었다. 다들 한마디씩 죽은 사람만 불쌍하다고 맞장구를 쳤다.

그런데 고작 떠오른 게 경실이네 집이었다. 경실이가 우리 곁을 떠난 게 몇 년 전이더라? 중요한 건 그게 아닌데도 그걸 헤아려보려고 애써보지만 잘 안 된다. 그녀는 그 항공 참사 후 곧 서울을 떴고, 우리 계는 아직도 계속되고 있다. 무던하고 수수한 경실이는 말주변도 좋은 편이 못 되어 우리 모임에 꼬박꼬박 나올 때도 우리를 즐겁게 해주는 멤버는 아니었다. 오히려 우리 곁을 떠나고 나서 우리를 즐겁게 해주었다. 근래에는 좀 시들해졌지만 모임 때마다 그녀가 화제에 오르지 않은 적은 없었다. 주로 확인되지 않은 소문이었지만 돈과 섹스에 관한 소문처럼 흥미진진한 게 또 있을까. 나는 맹세코 소문보다는 경실이를 믿었기 때문에 듣기만 하고 화제에 끼어들기는 삼갔지만 그런 이야기를 듣는 게 재미없었다고는 맹세하지 못하겠다. 죽을 때까지 얘 쟤 할 수 있는 흉허물 없는 여고 동창끼리라지만 육십보다도 칠십이 더 가까운 나이에 그 자리에 없는 친구의 스캔들에 입안에 군침이 돌고 상상력까지 왕성해진다는 것 자체가 경실이 우리 사이에 일으킨 물의 못지않은 우리들의 스캔들이 아니었을까.

소문을 물어들이는 건 여전히 혜자였다. 사고 당시 경실이 사돈 영감은 지방도시 C시에 인접한 C군 군청 주사였다. 나는 주사라는 직위가 어느 정도의 높이인지 가늠할 수 없는데 혜자가 만년 6급이라고 얕잡아 말하는 투로 봐서는 그다지 높은 자리는 아닌 듯했다.

경실이가 서울 살림을 정리하고 사돈집이 있는 시골로 내려가 홀아비 사돈영감하고 살림을 합쳤다는 것이었다. 그게 도대체 있을 수 있는 일이니? 우리끼리니까 말이지 하도 해괴망측해서 입에 담기도 뭣하다. 그러면서 주위를 살피는 시늉까지 하면 세상에서 제일 고독하고 불쌍해 보이던 과부와 홀아비 사이에 느닷없이 썩어가는 과일 냄새 같은 부도덕의 낌새가 감돌기 마련이었다. 그런 망측한 속내 때문인지 경실이는 장례식 후에도 우리의 관심을 달가워하지 않았다. 우리는 비록 금전적인 것일망정 최선을 다해 조위를 표했고, 그후에도 번갈아가면서 지속적으로 안부를 묻고 무얼 도와주면 될지 알아내려 했지만 슬픔이 무슨 금조각이라도 되는지 마치 없는 것처럼 감추려만 들었다. 그러다 홀연 시골로 사라진 것이다. 만약 혜자가 아니었으면 경실이는 곧 우리 사이에서 잊혀지고 말았을 것이다. 사실상 거의 잊혀졌을 무렵 혜자의 아들이 유학을 마치고 돌아와 전임자리를 얻은 대학이 서울에 본교를 둔 대학의 지방 캠퍼스였는데 그 소재지가 C군이었다. 서울에서 출퇴근하기에는 좀 먼 거리여서 학교 근처에 원룸을 얻어 자취를 하고 있었고 그게 경실이가 가서 살고 있는 사돈집과 한동네라고 했다. 경실이가 혜자한테 그런 얘기를 했을 리는 만무고, 아마 얻어들은 소문 아니면 반기지 않아도 주책없이 들렀다가 눈치껏 보고 들은 것에다 살을 붙인 것에 불과할 터이나, 두 사람은 정말 부부로 살고 있더라고 했다. 그것도 아주 떳떳하게 깨가 쏟아지게. 인두겁을 쓰고 어떻게 그럴 수가, 이건 상피 붙는 것보다 더한 스캔들이다. 아무도 모르는 곳으로 도망쳐서 그러고 살고 있다면 모를까 몇십 년을 눌러살았다는 보수적인 시골 동네에서 그게 과연 가능할까. 얼굴 가죽이 너무 두꺼우면 얇은 쪽에서 질려버리는 것도 모르니. 이렇게들 의견이 분분하자 나는 그래도 경실이를 두둔한다고 한다는 소리가 너 경실이가 그 영감하고 같이 자는 거, 봤니, 봤어?였다. 혜자는 내 직설적인 물음에 대답하는 것조차 천박하다고 생각했는지 표정을 아리까리하게 가다듬고는 전혀 딴소리를 했다. 한번은 영감님이 손녀를 자전거에 태우고 읍내로 난 길을 가는 걸 봤는데 경실이는 대문 밖까지 나와서 그들이 멀어져가는 걸 마냥 손을 흔들어 배웅하고 영감님은 위태롭게 뒤돌아보고 또 뒤돌아보면서 하니 안녕, 안녕 하니, 하더라는 것이었다. 자는 건 못 봤어도 그건 두 눈으로 똑똑히 봤다. 한 폭의 그림이더라. 평화가 강물같이 흐르는. 그럼 됐냐? 내가 뭐라고 하기 전에 다들 한마디씩 했다. 늙은이들이 하니라니 미쳤군, 미쳤어. 미쳐도 더럽게, 아이고 닭살이야. 나는 암말도 못 했지만 이미 등줄기에 닭살이 돋고 있었으므로 몸으로 동의한 거나 마찬가지였다.

혜자가 C군에 드나들기 시작할 무렵이었으니 아마 사고 당시 세 살이었던 손녀가 열 살은 되었을 무렵이었을 것이다. 그동안 그 양가 부모가 그 정도로 안정을 찾았다면 다행한 노릇이나 '하니'는 아무리 생각해도 해괴망측했다. 오히려 혜자는 사돈끼리의 망측한

대범한 밥상 375

동거를 기정사실로 받아들이고 기회 있을 때마다 들르고 그 식구들의 사는 모습을 전해주곤 했다. '하니'가 워낙 자극적이어서 그 뒤에 전해들은 소리는 별로 재미있지 않았다. 지방에 살면서도 손자 공부를 잘 시켜 미국의 명문대학에 입학하게 되었다는 소식은 부러움까지 샀고, 손자가 이제부터 누이동생은 자기가 책임지겠다면서 같이 유학을 떠나고 싶어해서 둘을 한꺼번에 떠나보냈다는 소식을 전해듣고 다시 한번 억측이 구구해졌다. 두 늙은이가 눈치볼 거 없이 깨가 쏟아지게 됐을 거라고도 했지만, 대학생이 됐으면 성인이라고는 하지만 아직 제 앞가림도 어려운 나이인데 친할아버지 외할머니의 동거가 오죽 창피하고 견디기 힘들었으면 동생까지 데리고 떠나려 했겠냐고 가엾어하는 마음이 조실부모한 남매에게로 모아졌다. 그리고 마치 보물찾기처럼 그 많은 돈은 다 어디로 갔을까, 에 추리력이 모아졌다.

실은 처음부터 우리의 관심은 돈, 거액의 보상금에 있었는지도 모르겠다. 그 끔찍한 참척을 겪고도 눈이 초롱초롱해서 밥을 아귀아귀 먹은 것도 거액의 보상금 때문일 거라고 했고, 그후에도 외가 친가의 두 늙은이가 아이들 손목을 양쪽에서 부여잡고 한시도 놓지 않은 것도 그 아이들에게 지급될 돈에 대한 후견인의 권한을 절대로 놓치지 않으려는 행동으로 이미 자리매김한 뒤였다. 상식에 어긋난 이 일련의 있을 수 없는 일들을 모두 다 돈 욕심으로 풀자, 매듭을 잘 드는 칼로 내리친 것처럼 세상만사는 의외로 간단하고 어이없어졌다.

두 늙은이가 깨가 쏟아지게 살게 된 지 얼마 안 있다 사돈영감이 먼저 세상을 떴다. 지금은 경실이 혼자서 그 집을 지키고 있다. 그녀가 살던 아파트는 아직도 서울에 있다는데도 돌아오지 않고 그 집에 남아 있는 것도 혹시 그 집에 대한 욕심이 아닐까, 의심나는 점이 없지 않지만 다들 경실한테 시들해진 지 오래다. 아이들을 유학 보냈다는 소식을 마지막으로 현장중계를 하던 혜자가 아들이 결혼한 후 더는 C시에 내려갈 구실이 없어졌기 때문이다. 그후에는 도리어 내가 가끔 전화로라도 안부를 묻곤 했다. 전화로 듣는 경실이의 참한 목소리는 소문으로 듣던 그녀의 인상을 서서히 밀어내고 한동네의 오래 같이 살던 여고 동창의 친밀감을 회복시켜주었다. 말수가 적고 거짓말을 잘 못하는 그녀에게 돈 때문에 그렇게까지 했다는 게 사실인지 물어보고 싶었다. 나는 팔자가 좋아서였는지 세상물정에 어두워서인지 돈에 농락당한 적도 돈 때문에 수모를 겪은 일도 없다. 마치 내 팔자에 작은 옹달샘을 타고난 것처럼 먹을 만큼 퍼내면 그만큼 고이려니 하고 살아왔다. 돈이 어느만치 중요한지 잘 모른다. 그래서 더더욱 그렇게 안 기른 줄 안 내 자식들이 돈 때문에 다투고 돈 때문에 의가 상하는 꼴이 실망스럽고 마음이 안 놓여 이대로는 편히 눈을 못 감을 것 같다. 돈 때문에 인면수심이 되는 것도 마다 않은 경실이의 말년을 내 눈으로 직접 보고 싶기도 하고 돈에 관한 한 도사가 다 돼 있을 그녀로부터 자문이나 하다못해 암시라도 받고 싶다.

아니 벌써 가을인가. 버스에서 내려서 논둑길을 걸으면서 비로
소 계절을 느꼈다. 황금색과 녹두색 중간 정도로 여문 망망한 벼이
삭에 파도를 일으킨 소슬바람이 부풀린 치마를, 보는 사람도 없는
데 급히 다독거리며 흙속에 누운 그이는 지금 어떤 모습을 하고 있
을까, 문득 궁금해진다. 많이 상했을 육신은 잘 떠올릴 수 없지만,
이승이 많이 고달팠으리라는 생각은 늦게 든 철처럼 가슴속을 쿵
울리고 지나간다.

집들이 드문드문 떨어져 있어서 데면데면해 보이는 동네에서도
한참 떨어져 있어서 외딴집처럼 보이는 집 앞에 경실이가 나와 있
다. 미리 전화를 걸었더니 버스 정류장까지 마중나오겠다는 걸 내
가 극구 말렸는데 그래도 마음이 안 놓였나보다. 나는 내가 바로
찾아왔다는 표시로 손을 크게 흔들었다. 경실이도 같은 동작으로
알은체를 했을 뿐 달려나오지는 않는다. 나 역시 걸어오던 보폭을
빠르게도 느리게도 하지 않고 지나가는 사람처럼 걸어들어갔지만
마음은 충분히 따뜻해져 있었다. 주황색 지붕이 생뚱맞아 보이게
집은 허름했지만 양지발라 구질구질해 보이진 않았다. 토담 밑에
세워놓은 자전거 바퀴가 은빛으로 빛나는 게 이물스러워 보일 만
큼 구태의연한 집이었다. 마루에 앉으면 하늘이 많이 보이는 재래
식 기역자나 디근자 집이 살림하는 여자들에게 불편한 건, 부엌을

드나들려면 마루에서 내려가 신발을 신어야 하기 때문인데 그거 하나는 제대로 개량해놓은 것 같았다. 안방에서 꺾여 부엌이 있던 자리는 창호지문이 달린 방으로 개조돼 있었고, 부엌은 꽤 넓은 대청마루의 반쯤을 차지하고 안방과 연결돼 있었다. 마루 뒤 유리 분합문을 통해 보이는 뒤란에는 창고 같기도 하고 별채 같기도 한 부속 건물도 보였다. 전기보일러로 고쳤더니 그렇게 자리를 많이 차지하네. 내가 물어본 것도 아닌데 경실이가 그렇게 설명을 했다. 돌솥에서 밥이 노릇노릇 뜸이 드는 냄새가 났다. 시골에도 음식점은 있으려니, 나가 먹으려던 계획을 취소하고 마룻바닥 겸 부엌 바닥에 방석 깔고 앉아 그녀가 이것저것 밑반찬도 꺼내고 나물도 조몰락거리는 걸 지켜보았다.

"시골집도 이렇게 개조하니까 아파트 못지않네. 안주인이 음식 장만하는 동안 객이 구경하며 수다도 떨 수 있고."

"시골 사람들도 다들 이 정도는 하고 살아."

"그래도 뭐 사먹긴 불편하잖니."

"사먹을 게 뭐 있나. 널린 게 먹을 건데. 텃밭도 있고, 마당 댓돌 밑에 시퍼런 거 저거 다 먹을 거야. 나도 잘 모르다가 서울 사람들한테 배운 것도 많아. 성인병이나 암에 좋다는 건 시골 사람들보다 도시 사람들이 더 잘 알더라. 내 동생들 다 서울서 잘살잖니. 혼자 사는 동기간 생각한다고 주말마다 번갈아가며 먹을 거 바리바리 싸가지고 드나드는데 내가 이루 다 먹을 수가 있어야지, 동네 사람들 사는 사정 뻔하니까 저런 집엔 이런 게 아쉽겠구나, 이런 집엔 이만저만한 것이 필요하겠구나, 대강 어림짐작으로 나눠주면 그 사람들도 거저먹지 않고 꼭 뭐로든지 갚으려고 든다니까. 준 거보다 더 많이 받으면 여기선 흔하지만 서울 사람들한테는 귀한 거니까 내가 또 바리바리 싸줄 수가 있고. 요즘 서울 사람들 아무리 보잘것없는 푸성귀라도 자연산, 무공해 어쩌구 하면 껌벅 죽잖니. 돈 안 들이고 실컷 인심쓰고, 이러다 나 부자 될 것 같다."

"그렇게 부자가 되고 싶니?"

"아니 지금도 먹고 남으니까 부잔데 더 부자가 돼서 뭣하게."

"그건 내가 할 소리고, 지금 너 프라이팬에 볶고 있는 거 그거 뭐니? 냄새가 나쁘지 않네."

"곤드레라나, 만드레라나 그런 웃기는 이름인데 이것도 혼자 사는 노인네한테서 얻은 거야. 예전엔 흉년 든 해에나 먹는 구황 식품이었는데 암에 좋다던가, 당뇨에 좋다던가 소문이 나고부터 이것만 전문적으로 파는 음식점이 다 생겼다네."

"그럼 나도 많이 먹어야겠다."

"그래 많이 먹어. 뭐든지 걸리기 전에 예방이 제일이야."

"돌솥에 지어서 그런가, 잡곡을 많이 두었는데도 밥이 조금도 안 거칠고 혀에 착착 붙는다."

"그래? 돌솥에 짓기 잘했네. 영감님 돌아가시고 거의 안 썼어.

지키고 있어야 되니까 귀찮아서."

"설마 했는데 너 정말 사돈영감하고 같이 산 것 같다. 회상하는 폼이."

"넌 왜 내가 사돈영감하고 한집에 산 걸 지금 처음 안 것처럼 말하니?"

"너무 부자연스러우니까. 망측하기도 하고."

"내 동생들은 한술 더 떠서 엽기라고 하더라."

"그럼 너도 세상 사람들이 뭐라고 하는지 알고 있었단 말이니?"

"그걸 어떻게 모를 수가 있냐? 내 친동기만 해도 사남매나 되고, 혜자가 우리 집에 뻔질나게 드나들곤 했는데."

"왜 그랬어? 한창 나이에 혼자되고도 딸내미 하나 바라고 스캔들 하나 없이 씩씩하게 잘도 살더니만 그 와중에 실성을 해도 분수가 있지 어떻게 사돈하고 그렇게 될 수가 있냐 말야."

"어떻게 됐는데?"

"시침떼지 마. 이제 와서 명예 회복이 될 것도 아니고. 웃지도 말고, 기분 나쁘니까."

"기분 나쁘게 하려고 웃은 건 아니고 진짜로 우스워서 웃었어. 나에겐 선택의 여지 없이 자연스러웠던 일이 남들에겐 그렇게 부자연스러워 보였다는 게 웃기지 않니."

"변명을 하려면 좀 그럴듯하게 해라. 안사돈끼리도 아니고 예전 같으면 대면하기도 조심스러운 안사돈과 바깥사돈이 이런 외딴집에서 한살림을 차린 게 엽기가 맞지 어떻게 자연스럽다고 우길 수가 있냐?"

"사람의 의지로 선택할 수 없이 저절로 돼가는 거면 자연스러운 게 아닐까. 처음 그 일 당했을 때, 세 살, 여섯 살, 저 어린것들 어쩌나, 그 생각 때문에 눈물도 안 나더라구. 사람들마다 불쌍해하는 눈길로 바라보며 혀를 차지를 않나, 눈물을 흘리지를 않나, 눈치가 빤한 어린것들이 즈이들 처지가 얼마나 달라졌다는 걸 왜 모르겠어. 그때부터 세 살짜리는 내 손을 한시반시 안 놓고, 찰싹 붙어 있으려고 그러지, 그뿐인 줄 알아. 다른 한 손으로는 즈이 오래비 손을 꽉 쥐고 안 놓지, 사내놈은 사내놈대로 누이에게 잡히지 않은 다른 한 손으로는 즈이 할아버지 손을 꽉 부여잡고 놓아주지 않지, 쇠사슬도 그런 쇠사슬이 없더라고. 그게 아이들 나름의 생존전략이었을 거야. 두 아이들에게 묶인 우리 두 늙은이는 꼼짝 못하고 그런 모습으로 장례식 치르고 그후에도 같이 이동해 처음엔 우리집으로 왔지. 그때까지 그애들을 내가 데리고 있었으니까. 그렇지만 친할아버지가 원한다면 둘 다 친가 쪽으로 줄 마음이었어. 애정으로는 외손 친손 차이가 없다지만 아직은 나의 구식 관념상 아이들은 그 성을 따르게 돼 있는 친가 쪽에 속해야 떳떳하게 자랄 수 있다고 믿었으니까. 얘, 너 딴 반찬도 좀 먹지 그 군둥내 나는 짠지 국물은 뭣하러 다 마셔버리냐? 나중에 물 키려고."

"글쎄 나도 모르게 그 군둥내가 비위에 땡기네. 이거 어떻게 만든 거니?"

"만들고 말고가 어딨어. 무를 통째로 왕소금에 폭 절인 거지."

"그건 아는데 짠맛 말고 군둥내가 꼭 요만큼만 나게 하는 레시피 말야."

"레시피 좋아하네. 그거 작년 것도 아니고 아마 재작년 걸 거야. 김장 때가 쉬 돌아올 것 같아서 뒷마당에 묻어둔 항아리를 살피다가 밑바닥에 골마지를 폭 뒤집어쓰고 있는 무가 서너 개 남았기에 버리기도 뭣해서 씻어서 냉장고에 넣어두었다가 손님 맞을 준비한답시고 나박나박 예쁘게 썰다가 맛을 보니까 어찌나 소탠지 몇 번 물에 울궈내고 나서 다시 물 부어놨던 거야. 가미한 건 초 몇 방울하고 실파 썬 것하고 고춧가루 솔솔 뿌린 것밖에 없어."

"그럼 또 만들려면 한참 걸리겠네."

"왜 더 먹으려고? 물 부어놓은 거 한 대접이나 냉장고에 더 있어. 거기다가 가미만 하면 되는데 그만 먹어. 요새 짜게 먹지 말라고 난리더라."

"난리 치라지. 오래 살고 싶은 사람들 즈네들끼리. 근데 넌 혼자 살면서 뭣하러 김장까지 하냐? 심란스럽지도 않아?"

"그럼 어떡하니. 텃밭에 배추가 잘된걸. 영감님이 전에 하던 대로 약도 치고, 화학비료도 아주 안 준 게 아닌데도 서울 식구들은 ─동생네들 말야─ 벌써부터 무공해 배추라고 눈독을 들이고 있는데, 배추로 줘도 제대로 담가먹지도 못할 화상들이 그러니 양

넘 갖춘 데서 아주 담가서 보내줘야지. 그래도 동기간이 고맙지 뭐니? 돈으로 따지면 몇 곱으로 갚아주려고 그렇게들 벼른다는 거 다 알아."

"넌 그럼 지금은 수입원이 전혀 없니?"

"왜 없어. 서울에 내 아파트 있잖아. 거기서 월세 나오는 거. 많지는 않아. 십 년 넘게 한 번도 올려달란 적이 없으니까. 그 대신 다달이 월말이면 칼같이 내 통장으로 입금이 돼. 아이들 미국 보내고 곧이어 영감님 돌아가시고 나서는 한 번도 찾아 쓴 적이 없으니까 그동안 좀 모였겠지. 땅이 화수분이야. 내가 물물교환을 잘해서 그런지 학비가 안 들어서 그런지 돈 들어갈 데가 거의 없네."

"이 집 말고도 영감님 땅이 많아?"

"몇천 평 되나봐. 마나님 돌아가시고 묘 쓰려고 샀다는 산 쬐끔까지 포함해서 그렇다니까. 얼마 안 되지. 산도 재밌어. 너 온다고 해서 부잣집 마나님한테는 뭘 좀 싸줘야 시큰둥해하지 않을까 생각하다가 밤 때가 된 것 같아 산에 갔다가 아람을 곧 많이 주웠다. 얼마나 반들반들하고 예쁜지 몰라. 이따가 들고 갈 만큼 싸줄게."

"네 눈이 더 반짝인다. 너 여기 내려와 산 지 십 년이 넘는데 지긋지긋하지도 않니? 마치 올해 처음 전원생활 해보는 사람처럼 신기해하고 감동까지 하는 거 보면."

"하긴 그래. 영감님 살아 있을 때는 밭일은커녕 문밖에도 별로 안 나갔어. 나갈 일 없이 다 해다줬으니까. 참 자상한 양반이었어."

"동네 사람들 보기 창피스러워서 못 나간 건 아니고? 이쪽이 얼마나 배타적이고 보수적인 고장이라는 걸 너도 모르지 않았을 텐데. 더군다나 그 영감은 여기 토박이였다며. 철판 깔지 않고는 언감생심 이 집안주인으로 들어앉을 엄두를 낼 수 있었겠어?"

"철판은커녕 의식도 안 하고 이 집 안방에 들어앉게 됐다면 어쩔래. 정말이야. 내 동기간들도 처음엔 나를 죽기 살기로 말리다가 나중엔 내가 실성한 줄 아는지 한동안 연을 끊고 살다가 관계가 회복된 지금까지도 그동안의 내 행적을 무슨 미스터리처럼 궁금해하니까 너도 나한테서 뭘 알아내고 싶어하는지 왜 모르겠어. 군둥내 나는 짠지 국물 그만 마시고 딴 반찬도 좀 먹어봐라. 곤드레나물도 괜찮지만 씀바귀 민들레잎도 된장에 찍어먹으면 별미야."

"씀바귀 민들레 그거 봄에 나는 거 아니니?"

"양지바른 데서는 한겨울에도 나. 시퍼런 채로 겨울을 나기도 하고 새로 돋기도 하고."

"그래서 몸에 좋다는 건가."

"몰라, 독초 빼고는 약초 아닌 게 없더라. 암에 좋지 않으면 당뇨에 좋다 고혈압에 좋다 아무튼 말도 잘 만들어내."

"넌 하나도 안 믿는 눈치다."

"믿고 말고가 어딨어. 뜬소문 같은 건데. 그렇지만 밀가루도 소화제라고 속이고 먹으면 어느 정도 듣는다는 플라시보 효과라는 건 있겠지."

"너 이런 것만 먹어서 건강한 거 아니니? 하나도 안 늙었어. 서울서 우리 자주 만날 때는 내가 너보다 십 년은 더 젊어 보였었는데, 아니지 십 년이 뭐야, 언제더라? 그때 너하고 갤러리아 명품관에 갔을 때 우리 사이를 모녀 사이로 봤잖니."

"그건 넌 명품을 살 것같이 보이고 난 아니올시다, 로 보였으니까 그것들이 너한테 아부부터 하고 본 거지. 고런 것만 기억하는 걸 보면 너도 참."

"속물이다 이거지, 그래 좋아 속물의 천박한 호기심도 채워주라."

"뭘?"

"아까 얘기하다 말았잖아. 아이들이 중간에서 쇠사슬이 되어 사돈영감하고 널 묶은 것처럼. 그 쇠사슬은 유치원도 안 가고 놀이터도 안 가고 두 늙은이를 잡고 안 놓아주던?"

"정말 그랬어. 자식새끼 장례 치르고 난 두 늙은이 심정이 오죽했겠냐. 어린것들 때문에 실컷 울지도 못하고, 영감님이라도 시골집에 내려가서 통곡을 하든지 말든지 하고 나서 하루빨리 직장으로 복귀해야 할 것 같았지만 아이들이 놓아주지를 않아 우리 집으로 같이 왔지. 사돈집에서 하루 이틀 유할 수도 있는 거지, 안 그러니? 거기까지는 우리도 상식이 통하는 행동을 했다고 생각해. 밤에 잘 때가 문제였다. 장례 동안 네 사람이 붙어 다닌 것처럼 그렇게 남매가 가운데 눕고 두 늙은이가 양옆에 누워 자기를 바라는 거야. 아이들이. 처음엔 안 된다고 했지. 계집애가 빤히 쳐다보면서 왜 안 되냐고 묻는 거야? 아녀석은 뭐 좀 철이 난 줄 알았는데 역시 더 무서운 얼굴로 왜 안 되냐고, 즈네들이 안 보는 사이에 도망갈 거냐고 따지는 거야. 왜 안 된다는 걸 설명할 수가 없었어. 그때 우리는 그애들이 절박하게 원하는 거면 다 옳은 일이었으니까. 아이들이 잠든 후에 우리 두 늙은이 중 한 사람이 딴 방으로 옮겨갈 수도 있었지만 안 그랬어. 우린 둘 다 생때같은 자식이 별안간 이 세상에서 사라진 느낌이 얼마나 무섭다는 걸 알기 때문에 그에 못지않을 어린것들의 공포감을 될 수 있으면 덧들이고 싶지 않았어. 혹시 아이들이 자다 깨면 얼마나 놀라겠어. 줄창 붙들고 있으려고 해서만 쇠사슬이 아니야. 좀 안정된 후에는 유치원도 가라면 갔지만, 전엔 유치원 버스만 태워주면 혼자 다니던 애가 꼭 할머니 할아버지 중 한 사람이 따라와서 지키고 있길 바랐고, 가끔 놀이방에 맡기던 계집애도 놀이방이라는 말만 들어도 경기를 하려고 하고. 이게 쇠사슬이지 이보다 더한 쇠사슬이 어딨냐. 그렇지만 집안에 마냥 묶어둘 수만 없는 게 남자 아니겠어. 그 양반은 그때 아직 현직이었거든. 그래도 좀 철이 난 아녀석을 붙들고 설득했지. 할아버지는 직장으로 돌아가야 한다. 아빠도 없으니 할아버지라도 돈을 벌어야 하고, 할아버지 직장은 서울에서 다니기 멀다고. 그랬더니 글쎄 아녀석이 선심쓰듯이 흔쾌히 승낙하면서 다 같이 시골로 내려가자는 거야. 어미 아비 생전에 주말마다 시골에 다녀오더니 그때 정이 든 것도 있고, 다니던 유치원도 싫었던 모양이야. 유치원

대범한 밥상 387

선생님이나 아이 들이 저한테 전보다 더 친절하게 해주는 게 싫다는 거야. 너희들이 할아버지하고 같이 살고 싶은 건 좋은데 그러면 할머니하고는 같이 살 수 없게 되는 거라고 했더니 또 왜 안 되냐는 거야. 아이들이 말간 눈으로 두 늙은이를 번갈아 쳐다보면서 왜 안 되냐고 따지니까 대답할 말이 없고, 아이들에게 설명할 수 없는 이 세상 상식은 무시해도 좋다는 식으로 생각이 단순하게 정리가 되더라고. 그래서 내려온 거야. 집 정리도 하고 말고 없이 몸만 내려왔으니까. 세간은 한방에 몰아넣고 나머지 방은 월세로 주는 것도 부동산에서 다 해주더라. 나는 월세 받아 수입 생기니 좋고, 영감님은 군청에 다시 나가 월급 타오니 좋고 아이들 하자는 대로 하니까 만사가 편하고 걱정이 없더라고."

"그렇게 돈이 좋디? 느이 두 늙은이 옭아맨 게 쇠사슬이 아니라 금사슬이었구나."

"근심이 없어졌다고 했지 슬픔이 없어졌다고는 안 했어."

"혼동해서 미안해. 여기 내려와서도 한방에서 네 식구가 잤나?"

"한동안은, 애녀석이 초등학교 갈 때까지. 이제 학교 학생이 됐고 너는 남자니까 할아버지하고 같이 자면서 책도 읽어달래고 공부도 봐달라고 해야 한다고 타일렀더니 그때는 순순히 듣더라. 그래도 가끔 베개 들고 안방으로 스며들곤 했어. 그애한테는 할미가 엄마였으니까."

"영감님은 몰래 스며들지 않고?"

"처음부터 네가 궁금한 게 그거였다는 거 알아. 한방에서 잠만 잤을까, 딴짓은 안 했을까. 잠만 자어. 그렇지만 영감님이 딴짓을 하고 싶어했다고 해도 거절하지 않았을 거야. 그 짓이라도 그 영감님에게 위로가 될 수 있다면 말야. 그까짓 게 뭐 그리 대단한 거라고 못 내주냐 못 내주길."

"목석처럼 살았다는 건지 성인처럼 살았다는 건지 나 같은 속물은 못 알아먹겠네. 네 말을 못 믿어서가 아니라 그렇게 아무렇지도 않은 사이에 여보 당신도 아니고 하니가 뭐냐? 닭살 돋게."

"하니? 으응. 세 살짜리가 말 배울 때부터 할머니는 하니, 할아버지는 하지라고 하는 걸 고쳐주지 않고 그냥 따라했을 뿐이야. 하지 진지 잡수시라고 해라, 하니한테 빠이빠이 해야지, 하는 식으로. 매사에 그런 식이었어. 그애의 어린양은 마냥 받아주고 싶어했고, 그애도 그걸 알고 우리 품을 떠나는 날까지 혀 짧은 소리로 하지, 하니, 했으니까. 그뿐인 줄 알아. 막내는 중학교 졸업할 때까지 학교고 학원이고 하지가, 영감님이 자전거에 태워가지고 다녔어. 학교도 그렇지만 학원도 다 읍내 나가야 있잖아. 조기유학시키려고 학원이다 과외공부다 온종일 아이를 조리를 돌렸으니까. 당신이 오래 못 살 거라는 걸 알았는지 줄창 끼고 다니고 싶어하는 것과는 딴판으로 떼어내고 싶어 조바심을 하더라고. 보통 부모들 같으면 자식이 독립할 시기를 대학 졸업하고 취직할 때나 시집 장가갈 즈음으로 잡을 텐데, 이 양반은 큰애한테는 일찍부터 대학은 미국 가서 다녀라. 그래야 자립이 빠르다. 동생은 그때부터 네가 책임져야 한다. 이런 식이었어."

"둘 다 유학 보내는 건 도시에서도 웬만한 부자 아니면 힘든 일인데 영감님이 그렇게 돈이 많았니?"

"아이들 돈이 있잖아. 즈이 어미 아비 죽으면서 받은 보상금이 거액이었을걸. 그것 가지면 두 아이 대학 졸업시킬 만하다는 건 영감님만의 주먹구구는 아니었을 거야. 영감님 동기간들은 다들 미국에 사는데 그쪽에다가 후견인 부탁도 하고 학비 의논도 했을 거야. 여동생 하나는 부부의사로 잘산다니까, 아이들 돈을 떼먹지 않을 거란 믿음도 갔을 테고. 유학 간 데도 그이들하고 같은 도시 학교래."

"그럼 아이들을 그만큼 기를 동안 그 돈은 축내지 않았단 소리네."

"쓸 일이 있어야 쓰지."

"사교육비만 해도 적지 않았을 텐데."

"우리 돈으로 시킬 만했으니까 시켰겠지. 다 영감님이 알아서 했어. 이 싱크대 맨 아래 서랍 있잖아. 제일 깊은 서랍, 내가 거기다가 월말이면 서울서 월세 부쳐오는 걸 은행에서 찾아다가 현금으로 넣어놓고 아이들이 돈 달랠 때마다 거기서 꺼내주는 걸 보더니 영감님도 다달이 월급 타는 걸 찾아다가 거기다 넣어두더라. 당신 용돈이나 아이들 과외비도 일단 거기 넣었다가 그때그때 쓸 만큼 가져가데. 수북하던 현금이 거의 바닥날 만하면 또 월말이 돌아오고. 아껴 쓰지도 헤프게 쓰지도 않으니까 저절로 수입과 지출이 맞아떨어지더라. 영감님이나 나나 한 번도 돈 문제 가지고 의논한 적도 걱정한 적도 없어."

"그럼 도대체 무슨 얘기를 하고 살았나?"

"직접적으로는 아무 얘기도 한 것 같지 않네. 오늘 저녁에 뭐 해 먹을까도 아이들을 통해 물어보고, 영감님도 오늘 점심땐 하니한 테 수제비 해달랄까, 이런 식으로 말했으니까. 깊은 속내는 말이 필요 없는 거 아니니? 같이 자는 것보다 더 깊은 속내 말야. 영감 님은 먼 산이나 마당가에 핀 일년초를 바라보거나 아이들이 재잘 대고 노는 양을 바라보다가도 느닷없이 아, 소리를 삼키며 가슴을 움켜쥘 적이 있었지. 뭐가 생각나서 그러는지 나는 알지. 나도 그 럴 적이 있으니까. 무슨 생각이 가슴을 저미기에 그렇게 비명을 질 러야 하는지. 그 통증이 영감님이나 나나 유일한 존재감이었어. 그 밖의 것은 하나도 중요하지 않더라. 남이 뭐라고 하든 그게 나하고 무슨 상관이야. 내가 아닌데. 소문뿐 아냐. 요새 산이 좀 예쁘냐. 저 앞산을 좀 봐라. 어쩌다 서울 가면 그 야경은 또 어떻구. 성탄 절, 연말연시가 돌아오면 더할 거야. 동생네 가면 일부러 야경 보 러 광화문 나가자고 내 기분을 부추긴 적도 있으니까. 산의 단풍이 나 빛의 축제도 내가 지금 보고 있는 내가 있을 뿐 거기 실체가 존 재한다는 실감은 안 들어."

"네가 거액의 보상금 때문에 사돈네하고 합치게 됐다는 소리가 정말이 아니라고 쳐도 아이들을 미국 보내고 나서 영감님하고 단둘이 남게 된 후까지도 여길 떠나지 않고 머물러 있었다는 건 변명의 여지 없이 흑심이 있는 거 아니었을까."

"글쎄다, 마음이 무슨 빛깔인지 본 적은 없지만 흑심이라면 무슨 뜻일까 짐작이 안 되네. 아이들 보내고 나도 곧 여길 떠날 생각이었지만 월세 든 사람한테도 시간 여유를 줘야 할 거 아니니? 은퇴한 영감님이 집에서 편히 쉬지도 못하고 노인정이다 게이트볼이다 밖으로만 떠도는 게 좀 미안하긴 해도 월세 든 이가 기다려달라는 동안을 못 참고 보따리 싸들고 동생네 객식구 노릇 하긴 싫더라고. 근데 그동안에 영감님이 돌아가셨어. 자전거 타고 고개 넘다가 구르면서 낭떠러지로 떨어졌는데 발견됐을 때는 이미 숨을 거둔 후였어. 남들은 사고사라고 하지만 난 자연사라고 생각해."

"어째서?"

"그때 까만 옷을 입고 있어서 그랬던지 하도 말라 부피가 안 느껴져서 그랬던지 낭떠러지 위에서 바라본 그 양반의 모습이 꼭 나뭇가지 위에서 떨어진 까마귀 같았어. 김현승의 시에도 그런 구절이 있잖니. 나의 영혼/굽이치는 바다와/백합의 골짜기를 지나/마른 나뭇가지 위에 다다른 까마귀같이, 라는."

"다다랐다고 했지 떨어졌다고는 안 했어. 총이나 맞으면 모를까 새가 어떻게 나뭇가지에서 떨어지나?"

"총은 안 맞고 자연사해도 죽으면 떨어질 거 아냐. 상처 하나 없는 고운 자연사였어. 어머, 밥 한 공길 다 먹었네. 더 먹을래? 호박 잎쌈을 좋아하는구나. 이따가 호박잎도 좀 싸줘야겠다. 호박이 끝물이야. 저번에 호박넝쿨 걷으면서 연한 잎으로 따서 냉장고에 넣어두었던 거야."

"밥은 됐어. 눌은밥이나 줄래? 네가 이렇게 이 집과 농토를 차지하고 앉았다고 네 거 되는 것 아니잖아."

"이렇게 살면 내 거지 예서 더 어떻게 내 걸 만드냐?"

"그래도 이 세상엔 소유권이라는 게 있잖아. 네 소유로 만들지 않는다고 해도 아이들 몫으로 지분은 확실하게 해둬야 뒤탈이 없을 것 같은데. 영감님이 유서나 유언 같은 거 안 남겼어?"

"아니, 하루도 안 앓고 노인정에 가다가 굴러떨어져 죽은 양반이 어떻게 유언을 남겨. 유서 같은 거 쓸 사람은 더군다나 아니고."

"유선 어떤 사람이 쓰는데?"

"그따위 건 저승에 가서도 이승에 영향력을 행사하고 싶은 욕심을 못 버리는 사람이 쓰는 거 아닌가?"

"정신적 영향력은 과욕이라 쳐도 물질적인 건 교통정리를 해놓고 죽어야 할 것 같아. 그 양반이 안 해놓았으면 너라도. 넌 여기 말고도 서울에 아파트도 있잖아."

"재산은 더군다나 이 세상에서 얻은 거고 죽어서 가져갈 수 없는 거니까 결국은 이 세상에 속하는 건데 죽으면서까지 뭣하러 참

견을 해. 이 세상의 법이 어련히 처리를 잘해줄까봐. 손자들 말고
그거 가로챌 사람 아무도 없어. 손자들이 너무 잘나거나 너무 못나
서 제 몫을 못 챙겨도 그게 이 세상에 있지 어디로 가겠냐?"

"세금 엄청나게 뜯기고 아이들한테 제대로 차례가 갈 것 같아?"

"법이 정한 대로 뜯겨야지 어쩌겠어. 법 때문에 아이들이 보상
금도 그만큼 받았으니까. 여기서 서울 가는 거 다 거저다. 버스값
정도는 꼬박꼬박 통장에 입금되지 버스 한 번 타고 C역까지만 가
면 노인표 한 장으로 서울까지 갈 수 있고, 서울서 이 집 저 집 동
생네로 이동하는 것도 전철을 이용하니까 다 거저잖니. 누군가가
세금을 내니까 그런 혜택을 받을 수 있는 거 아닐까."

"애개개, 그까짓 쥐꼬리만한 혜택. 이 세상을 쥐락펴락하는 것
들이 털도 안 뜯고 삼켜버리거나 즈이들끼리 왕창 인심쓰는 데 유
용하는 액수에다 대면 그까짓 거 조금도 고마워할 거 없다, 너."

"쥐락펴락이 아니라 들었다 놨다 하던 인간도 죽으면 이 세상의
있는 것 털끝 하나도 움직일 수 없잖아. 그거 하나라도 확실하면
됐지 뭘 더 바라."

"넌 그럼 그렇게 열심히, 온갖 소문 무시하고 키운 손자들한테
바라는 게 아무것도 없니?"

"그건 나도 잘 모르겠어. 요새 내가 하는 짓을 보면 영감님이 그
애들을 이 땅에서 떠나보내려고 돈 지키랴 자전거에 태우고 다니
면서 과외공부시키랴 온갖 주접을 다 떤 것과는 역으로 그 애들을

끌어당기려고 무슨 음모를 꾸미고 있는 건 아닌지, 요즘 내가 하는 짓을 수상쩍게 바라보곤 하니까."

"무슨 짓을 하고 있는데."

"교신交信, 디카 들고 다니면서 앞산의 아기 궁둥이처럼 몽실몽실 부드러운 신록부터 자지러지게 붉은 단풍까지, 마당의 일년초가 피고 지는 모습, 숨어 사는 작은 들꽃들, 아이들하고 장난치던 시냇물 속의 조약돌들, 무당벌레, 풍뎅이, 지렁이, 매미 껍질, 뱀 껍질, 아이들하고 같이 보면서 가슴을 울렁거린 추억이 있는 것만 보면 닥치는 대로 디카로 찍어서 즉시즉시 아이들에게 보내곤 하니까. 이 할미는 잊어도 너희들을 키운 이 고향산천은 잊지 말라고, 주접떨고 싶어서 여길 못 떠나나봐. 피곤해 보인다, 너. 과식한 거 아니니. 늙으니까 시장한 것보다 과식이 더 힘들더라. 푸성귀는 곧 소화되니까, 안방에 좀 누울래? 그동안에 너 줘 보낼 것 좀 챙기게."

"어쩐지 이 집 들어올 때부터 마당의 자전거하고 안방의 구닥다리 컴퓨터하고 동격으로 이상스러워 보이더라니."

(2006)

고통은 어떻게 문학이 되는가

차미령(문학평론가)

1. 인간의 심연, 그 종잡을 수 없는 것의 행방

2011년 1월, 박완서는 타계했다. 향년 81세. 상투적인 진술이 되겠지만, 그 직후 박완서 문학은 발빠르게 재조명되었으며, 대표 작과 유작에 대해서도 다시금 관심이 쏟아졌다. 새로운 세기 전후 내내 이어진 문학의 위상 변화를 통감하던 이들에게, 작가의 영면 은 어떤 시대가 막을 고했음을 못박는 사건이기도 했을 것이다. 그 런데 그즈음을 기억하며 되짚어보았을 때, 머릿속을 먼저 스쳐간 생각은 다소 엉뚱한 것이었다. 핵심을 꿰뚫고 있으면서도, 비밀을 살짝 감추고 있어, 책장을 꼭 열고 싶게 만드는, 세련되었다고 할 수 없을지 몰라도 당기는 맛이 일품이었던 (그래서 누군가는 대중 적인 취향이라 할지도 모르는) 그 제목들. 다시는 그런 제목들을 짓는 작가를 만나지 못하겠구나, 그런 생각을 잠시 했었던 듯하다. 단지 제목만이 아니라 그녀의 소설이 꼭 그러했다. 작가의 새로운 이야기를 더이상 기다릴 수 없다는 엄연한 자각은, 나와 같은 세대의 독자에게도 꽤 쓸쓸한 것이었다.

박완서는 종종 '영원한 현역'이라 불리었다. 불혹의 나이에 늦깎이로 데뷔했고 줄곧 썼다. 「너무도 쓸쓸한 당신」「친절한 복희씨」와 같은 단편들과 『그 산이 정말 거기 있었을까』『아주 오래된 농담』 등의 장편들은 모두 환갑을 넘긴 이후에 발표되었다. 이미 어른의 손으로 쓰기 시작했으며, 생에 대한 통찰과 혜안이 스며든 만년작들을 다수 남겼다(이삼십대에 등단하여, 그후 십 년간 발표한 소설들이 각별히 주목받는 한국 문단의 풍토에서는 이례적인 일이다). 과장해서 말하면, 모두가 박완서를 읽고 자랐고, 모두가 박완서를 읽으며 세월을 났다. 한결같은 동시대 감각과 남녀노소를 막론한 폭넓은 친화력은 이 작가의 희귀한 천재天才라 아니할 수 없다. 박완서 소설이 인간과 그 삶의 적나라한 부분을 바닥까지 내려가 냉철하게 다룬다는 사실을 생각하면 일견 의아한 일이기도 하다. 세간의 편견과 달리, 많은 이들이 소설에 기대하는 것은 바로 그런 것이어서가 아닐까.

잘 알려진 것처럼, 일찍이 김윤식은 작가의 소설을 가리켜 "천의무봉"이라 일컫기도 했다. 그 적나라한 부분을 이야기로 제시하는 데 있어, 박완서는 혀를 내두르게 하는 명수였다. 실감을 조금

덧붙이면 이렇다. 에둘러 가는 듯, 뜸을 들이는 듯하다가, 핵심에 들어서자마자 진실을 향해 전진하는 '포스'는 그 누구도 못 당할 종류의 것이었다. 서사를 이루고 있는 낱낱의 실들이 순간 하나의 휘황한 천이 되어 눈앞에 펼쳐지는 마술이 박완서 소설에는 있다. 박완서 소설 하면, 촌철살인의 문장과 더불어, 단숨에 휘몰아쳐 독자를 포로로 만드는 명장면의 위력을 늘 떠올리게 된다. 책장을 덮은 후에도 결코 잊을 수 없는 장면이 있는 것이다.

그 장면들에서 박완서는 문학사의 앞선 세대, 굳이 적자면 지식인 남성 작가들이 쓸 수 없었던 단면, 쓰지 못했던 이면을 집중적으로 포착해왔다. 이를테면, 도시 중산층 아파트를 배경으로 주부의 시선으로 바라본 속물적인 욕망에 대해 그녀는 썼다. 박완서는 삶의 진창에서 어디까지나 현실주의자였다. 살기 위해 인정해야 했던 치부에 대해 작가는 은근슬쩍 눈감으려 하지 않았다. 역사의 질곡과 인생사의 고비를 온몸으로 관통해야 했던 작가는, 사람의 본능과 변화하는 심성에 대해 통달한 것처럼 보였다. 인간적 욕망에 대해 한편으로는 혹독했으며, 또 한편으로는 너그러웠다. 그래서 박완서 소설의 실체는 한국사회가 긋기 좋아하는 이분법적인 선으로는 잘 가늠되지 않는 것이기도 하다. 예컨대, 그녀는 도덕에 대한 준엄한 잣대(초점 인물을 배제하지 않는, 그래서 가혹하게 느껴지기도 하는 그 기준)와 아울러, 비좁은 관습의 타파라는 새로운 시야(일탈, 기행, 광기 등 억압된 것들이 회귀하는 그 영역)를 모두 갖고 있었다. 오랜 시간 박완서 소설은 인간의 심연, 그 종잡을 수 없는 것의 행방을 탐문하며, 우리의 타성을 회의하게 하는 질문으로 자리해왔던 것이다.

그 기나긴 자취 중에서, 중단편 열 편만을 선해 여기에 묶는다. 작가의 전모를 알기에는 무모하고 턱없이 부족하다. 하지만 내려놓고 올려놓는 일을 반복하면서, 작가의 밑그림을 그려볼 수 있을 만한 소설들을 선택하고자 했다. 「부처님 근처」에서 「대범한 밥상」까지, 작가활동 초기에서부터 만년에 이르기까지, 이 작가의 내밀한 결들을 조금이나마 엿볼 수 있는 계기가 된다면 좋겠다.

2. 체면과 수치 : 생존과 돈, 그리고 괴물

그 앞에 서는 것이 못내 두려워지는 사람들이 있다. 그들 앞에 서면 내 삶이, 내 사람됨이, 백일하에 드러날지도 모른다는 걱정에 조바심이 날 때가 있는 것이다. 천부적 직관이든 오랜 세월의 연륜이든 그들이 '좋은 눈'을 가졌기 때문이리라. 속 좁은 마음에 차라리 위안이 되는 일은 그런 사람들이 흔치는 않다는 것이고, 그보다 다행한 일은 박완서가 바로 그런 시선의 소유자라는 것이다. 박완서는 우리 삶과 우리의 사람됨이 지금 어떤 형편에 처해 있는지를 에누리 없이 간파해왔다.

단순한 예로, 어둑한 다방에서 오랜만에 옛 동창들과 조우한 한 주부의 시선을 먼저 살펴보자. 「부끄러움을 가르칩니다」의 서술자 '나'는 공들여 치장한 희숙과 영미의 속사정을 한눈에 알아본다. 다이아반지를 낀 희숙의 손과 수수하고 세련된 영미의 양장에서, 지난 삶의 형편을 읽어내는 '나'의 예리한 눈썰미는 일견 심술맞아 보이기까지 한다(소설에서 그러한 행위는 노련한 전당포 영감의 물건 감정에 비유된다). 「부처님 근처」는 또 어떤가. 절하는 데 열중한 신도일수록 아이러니하게도 "뭔가 물욕적인 것을 짙게 탁하게" 풍기는 것을 포착해내는 '나'를 보라. 불상 앞에서 벌어지는 법문과 불공의 광경들은, '나'의 눈에는 심금心琴에 닿지 않는 '쇼'에 불과하다.

그런데 특히 박완서 소설에서, 이와 같이 자잘한 세목을 통해 핵심을 간파해내는 시선은 궁극적으로는 "우리 살림이 얼마나 어벙한 허구 위에 섰나"를 성찰하는 시선(「부끄러움을 가르칩니다」)과 겹쳐지게 된다. 공동체 구성원들의 삶의 규범이 되는 올바른 가치, 말하자면 도덕morality에 대한 갈증이 박완서 소설에는 있다. 가령, 「부끄러움을 가르칩니다」에서 한 여성의 행복을 향한 편력은 세 번의 개가改嫁를 통해 나타나는데, 사회 각 영역의 바로미터로서 선택된 인물임이 역력한 남편('농사꾼' '지방대학 강사' '장사꾼')들은 모두 돈의 위력에 길들어 있다. '돈'은 바야흐로 다른 모든 가치를 압도하고 흡입하는 블랙홀이 되어가고 있는 중이다. "아아, 징그럽다"는 '나'의 탄식에는 인간으로서의 품위를 잃지 않는 삶에 대한 갈망이 함축되어 있다.

　눈발을 통해 본 남대문은 일찍이 본 일이 없을 만큼 아름답고 웅장했다. 눈발은 성기고 가늘어서 길엔 아직 쌓이기 전인데 기왓골과 등에만 살짝 쌓여서 기와의 선이 화선지에 먹물로 그은 것처럼 부드럽게 번져 보이는 게 그지없이 정답기도 했지만 전체를 한 덩어리로 볼 땐 산처럼 거대하고 준엄해 내 옹색한 시야를 압도하고 넘쳤다.(「부끄러움을 가르칩니다」, 42쪽)

「부끄러움을 가르칩니다」에서 '나'가 지향하는 가치는 예컨대, 피난길에서 목격한 남대문의 장엄한 미美로 변주되어 드러나지만, '나'가 다시 찾은 서울에서 그러한 아름다움은 찾으려야 찾을 수 없다. '피난길'이라는 설정에서 암시되고 있듯이, 작가는 한국사회가 '들려 있는' 물욕에 역사적인 맥락이 없지 않음을 힘있는 터치로 그려낸다. 시들고 마른 맨살을 드러내던 어머니에 대한 '나'의 기억은 사람들의 마음속에 생존에 대한 공포가 도사리고 있음을 매섭게 보여준다. "제 딸을 양갈보짓 시키지 못해 눈이 뒤집힌 여자"라는 치욕과 오명에도 불구하고, '나'의 어머니에게는 살아남아야 한다는 알리바이가 있다. '나'의 전언대로 생존이 의문시되는 상황에서 부끄러움은 한낱 사치일지도 모른다. 우선 목숨을 부지하는 것이 먼저인 것이다.

그러나 살아남은 후세대들은 어떤가. 한국사회는 전쟁 이후, 사람다운 삶에 대해 성찰할 기회를 충분히 가졌는가. 왜 잘사는 것이 진眞도, 선善도, 덕德도, 다른 그 무엇도 아닌, 남보다 오른 땅값에 의해 대표되기에 이르렀는가. 「부끄러움을 가르칩니다」에서 물욕이 아닌 가치에 대한 '나'의 바람은 '부끄러움'을 향한 기갈의 감정을 끊임없이 만들어낸다. 하지만 이제는 부끄러움마저도, '나'가 보기에는 경희와 같은 중산층들의 계산된 포즈로 전락해버렸다. 1973년 발표된 「부처님 근처」에서 이미 세인의 관심은 "땅을 도봉지구에 사두는 게 더 유리한가 영동지구에 사두는 게 더 유리한가"에 있거니와, 그로부터 십 년이 더 흐른 후 발표된 「지 알고 내 알고 하늘이 알건만」에서도 역시 문제는 "열세 평짜리 아파트"다. 사람들의 얄팍한 계산속에 관해서라면, 「지 알고 내 알고 하늘이 알건만」에 제시된 면면만을 잠시 살펴보아도 좋겠다. 장례식 뒤편에서 망자와 성남댁을 두고 나누는 아낙네들의 대화는 세월을 격하며 더 거리낄 것이 없어졌다.

「지 알고 내 알고 하늘이 알건만」의 진태 엄마는 박완서 소설에서 일말의 가차 없이 그려진 인물들 중 하나다. 소설 속 상가의 부엌에서 "요사스런 입"으로 "해괴한 소문"이 만들어질 때, 그 "간악한 음모"의 중심에는 진태 엄마가 있다. 인간적 위엄에 대한 감수성이 저열한 천박함에 준엄한 것처럼, 이럴 때의 박완서는 한 치의 아량도 용납하지 않는다. 진태 엄마는 시부가 살아생전에는 모질게 박대했으며, 세상을 등진 후에는 유언을 날조한다. 어쩌면 진태 엄마의 그런 태도야말로 그녀와 그녀가 속한 계층이 생각하는, 이해타산에 입각한 문제 해결능력의 일단인지도 모른다. 흥미로운 사실은 그럼에도 그녀가 밖으로는 주위의 시선을 의식하며 비통에 젖은 며느리연하려 노심초사한다는 사실이다. 진태 엄마가 끊임없이 효부를 연기를 하는 이유를, 박완서는 "체면"이라는 말 속에 압축한다. 관은 호사스럽되 화장터를 지키는 이는 아무도 없는 세상, 수치 없이 체면만 남은 속물들의 세계에서 망자의 육신은 불길에 휩싸인다. 생전의 시부가 화장을 얼마나 끔찍이 생각했는지 밝혀지는 대목에서 우리는 괴물이 된 우리의 자화상과 마주하고 있는 것인지도 모른다.

3. 상식과 근본 : 관습적 도덕에서 사람의 윤리로

동시대 한국의 모럴리티에 대한 박완서의 탐구는 때로는 수치를 잃어버린 속물의 세계에 대한 냉소와 풍자로 나타나기도 했고, 또 때로는 껍데기만 남은 도덕이 인간의 삶을 유린하는 상황에 대한 비판과 연민으로 이어지기도 했다. 특히 후자의 경우에서 작가는 관습적 도덕의 틀을 깨뜨리는 삶의 윤리를 모색하고 발견하는 데 결코 인색하지 않았다. 의도적으로 구분한 것은 아니지만, 이제부터는 주부가 아닌 노인을 중심으로 작품들을 읽어볼 것이다.「지 알고 내 알고 하늘이 알건만」의 성남댁, 「그 살벌했던 할미꽃」의 두노파, 「아저씨의 훈장」의 너우네 아저씨, 「너무도 쓸쓸한 당신」의 퇴직 교장이 그들이다.

성남댁은 진태 엄마한테만은 더 걸쩍한 욕을 해줘야 속이 후련해질 것 같은데, 삼 년 동안 점잖은 집 체면 봐주느라 잊어버린 욕은 쉬 되살아나지 않았다. 그녀는 욕 대신 카악 가래침을 한 번 뱉고 나서 걸음을 재촉했다. 욕이야 두고두고 풀어먹어도 늦을 건 없지만, 그동안 주리 참듯 참은 아들, 며느리, 손주새끼 보고 싶은 마음은 걸음을 앞질러 애꿎은 엉덩잇짓만 한층 요란하게 했다.(「지 알고 내 알고 하늘이 알건만」, 290쪽)

「지 알고 내 알고 하늘이 알건만」의 마지막 장면에서 박완서가 체면을 중시하는 며느리의 혼절 연기에 맞세운 것은 성남댁의, 욕을 대신한 가래침과 요란한 엉덩잇짓이다. 진실을 아는 이를 차례로 호명하는 소설의 표제는, 양심을 촉구하는 제3의 시선으로 '하늘'을 선택하고 있다는 점에서 전통적인 도덕관을 연상케 하기도 한다. 그러나 작가는 이 소설에서 토속적인 한의 정서로 기울어지는 대신, 사람살이에 대한 부모세대의 이해와 고난에 굴하지 않는 하층계급의 생명력에 눈길을 돌리고 있다. 속물적 체면의 세계를 파헤친 끝에, 그 세계가 터부시하는 '욕'이나 '엉덩잇짓'에서 인간적 온정과 활기를 발견하고 있는 것이다.

이 소설에서 작가는 성남댁의 눈과 귀를 빌려 진태 엄마와 그 친구들의 행태를 전달하면서, "지 알고 내 알고 하늘"이 아는 저간의 사연을 소상하게 전달한다. 진태 엄마가 깔보고 업신여기는 성남댁이 사실은 인간미를 갖춘 사람이고, 반대로 진태 엄마가 천박하기 그지없다는 사실은 페이지를 넘길수록 확실해진다. 온갖 무시와 수모에도 불구하고, 성남댁은 연민과 의리로 영감님 곁을 지키지 않았던가. 이 소설이 풍자적인 효과를 수반하게 되는 것은 작가의 이런 태도 때문이다. 한줌 재가 된 유골을 아들도 며느리도 아닌 성남댁이 처음 보게 되는 소설 속 설정은, 생의 마지막 반려자에 대한 작가의 배려처럼 읽힌다(그러한 연후에야 성남댁은 약속을 저버린 사람에 대한 "감정의 찌꺼기"도 "치사한 미련"도 떨쳐버리게 된다).

이와 같이 박완서는 '교양' '체면' '상식' 따위가 아니라, 인간됨의 '근본'을 먼저 생각하였던바, 다음 차례로 「그 살벌했던 날의 할미꽃」을 읽어보기로 한다. 소설 속 두 이야기가 마무리된 뒤, 이야기 바깥의 내레이터는 "어느 친구한테 들은 실제로 있었던 노파들 이야기"라고 정리한다. 이러한 구도로 인해 소설 전체는 동네 사람들이 옹기종기 모여 앉은 가운데 교훈이 깃든 마을의 옛 전설을 들려주는 현명한 이야기꾼의 산물처럼 다가오기도 한다.

그러나 「그 살벌했던 날의 할미꽃」은 현명한 이야기꾼이, 다시 말해 연륜을 가진 작가가, 그것도 도전적 패기로 쓰지 않는다면 소화하기 몹시 까다로운 소재이다. 어찌 되었건 표면적으로는 두 노인 여성이 성의 대상, 육체적 교섭의 대상이 되기 때문이다. 바흐친이 소위 '그로테스크한 몸'의 예로서 임신한 노파를 거론했듯이, 우리가 '노인'과 '여성'의 조합에서 이질감을 느끼곤 하는 것은, 이 세계에서 그녀들이 대체로 탈성화desexualized된 존재로 이해되기 때문이다. 첫번째 이야기에서 노파의 "처참한 교태가 섞인 웃음"이 주위 여자들을 섬뜩하게 하는 것이나, 두번째 이야기에서 어린 김일병이 "뒤집어쓴 구정물을 떨구듯 진저리"를 쳤던 것도 그 이유에서 그리 멀지 않을 것이다. 과장해서 말해, 우리의 완강한 상식에 의하면 그녀들은 여/성이 아니다.

하지만 박완서는 그 노파들을 "죽는 날까지 여자임을 못 면했"던 이들이라고 힘주어 적고 있다.「그 살벌했던 날의 할미꽃」에서 할미꽃은 "살벌했던 날"을 배경으로 피어난다. "마을에 여자들만 남게 되자 서로 모함해서 생사람 잡는 일이 다시는 일어나지 않았다"는 진술에서도 은연중 드러나듯이, 그들이 직면한 비극은 남성적 폭력에서 기원한다. 그렇기에 일견 두 노파의 행위는 남성적 질서에 대한 불가피한 순응이나 승인처럼 비쳐질 수도 있을 것이다. 하지만 그녀들의 선택은 그 질서에 대한 반발이자 저항이라는 이중성을 띠고 있기도 하다. 소설 속 표현처럼 "망령"이라 조롱될 행위도 아니지만, 희생적 인신공양 또한 아니다. 할머니들은 여하

한 자기 연민 없이, 위엄 속에서 혹은 자애롭게 "여자"이고자 한다. 그들의 자발성은 (예컨대, 정절이라는) 일상적 도덕이나 금기 따위를 거스르며 배반한다. 우화적으로 접근하면서도, 이야기 속 할머니들의 선택을 다른 거대관념(예컨대, 민족, 국가 등)으로 환원하지 않고 오로지 "여자"라고 못박을 때의 박완서는 단호하다.

그렇다면, 「아저씨의 훈장」의 '아저씨'는 어떤가. 「살벌했던 날의 할미꽃」과 나란히 놓고 보면 「아저씨의 훈장」만큼 착잡한 마음에 젖게 하는 소설도 없다. 말하자면, 「아저씨의 훈장」의 너우네 아저씨도 자신(의 아들)을 희생하여 조카를 구한 것이 아니던가? 「아저씨의 훈장」에서 쇠락한 고옥의 문간방에서 겨우 목숨만 보전하고 있는 너우네 아저씨의 말년은 비참하다. 완연한 죽음의 기운은 "저게 너우네 아저씨일까?" 하는 마음까지 '나'에게 품게 할 정도다. 너우네 아저씨를 대수롭지 않게 조롱했던 성표 형을 '나'가 견딜 수 없어한 도입부의 사연은 이후에야 곡진하게 밝혀진다. 생명을 빚지고 있음에도 너우네 아저씨는 성표 형으로부터 외면당한 것이다. 그런데 이때 우리를 더욱 놀라게 하는 사실은 그가 장조카인 성표 형을 데리고 피난하기까지의 자초지종이다. 소설의 한 국면에서 '나'는 회상한다. "나 보기에 너우네 사람들은 참으로 이상한 사람들이었다"고.

'나'는 현재의 성표 형에게만큼이나, 아니 그보다 더, 너우네 아저씨에게 아낌없는 적의를 품었었다. 너우네 아저씨가 가족을 북

녘에 두고 왔음에도, 장조카를 구한 사실만을 자랑스러워했기 때문이다. 박완서의 초점 화자가 대개 그러하듯이, '나'는 그의 기만과 위선을 폭로하고자 하는 충동에 휩싸인다. '나'가 보기에 그가 친아들보다 장조카를 우선하게 된 것은 (박완서의 고향 박적골이 모델이 아닐까 짐작되는) 너우네 마을을 지배했던 상징적 질서인 유교적 도덕 때문이다. 하지만 "홍씨 문중의 종손"을 위한 후광이 사라지고 낡은 도덕이 붕괴하자, 그는 인간애 없는 "괴물"로 지탄받기에 이른다. 상황은 이제 역전된 것이다.

이 작가의 인간 이해의 너비는 그러나, 다음에 제시되는 소설의 마지막 장면에서 더 잘 드러난다. 「아저씨의 훈장」의 결말에 대해 언급하기 전에 「너무도 쓸쓸한 당신」을 마저 함께 읽어보기로 한다. 두 소설은 모두, 주어진 도덕률에 헌신을 다하되 그 헌신이 자신에게 진정 무엇을 의미하는지를 묻지는 못했던 존재들의 이야기로 접근해볼 수 있기 때문이다. 「너무도 쓸쓸한 당신」에서 '훈장'을 대신하는 것은 이를테면 '헌장'이다. '나'에 따르면 남편은 유신시대 '새마을정신'과 '국민교육헌장'에 투철했으며 일평생 단상을 숭배해왔다. 정권마다 바뀌 걸리는 교장실의 대통령 사진이 말해주는 것처럼 그는 "체제 순응"형 인간이다. "고릿적 도덕책" 같은 소리만 하는 자신을 아내인 '나'가 얼마나 숨막혀하는지 그는 모른다. 전쟁과 같은 폭력적인 지각변동이나 혈육과의 참혹한 생이별을 배경으로 하고 있지 않지만, 「너무도 쓸쓸한 당신」의 '당신'은

「아저씨의 훈장」의 '너우네 아저씨'와 닮은꼴이다.

그런데 서로의 접점을 좀처럼 찾을 수 없을 것만 같던 이 소설에서 아내인 '나'의 마음이 남편에게로 움직이는 대목이 있다. "남편 정강이의 모기 물린 자국"을 "세월의 때가 낀 고가구"마냥 어루만지는 소설의 마지막 장면이 그것이다. 이때 '나'가 어루만지는 것은 비단 정강이가 아니라, 남편의 초라하고 고달픈 인생이다. 그토록 못 견뎌 했던 남편이 실은 가부장의 책무를 다하느라 사력을 다해왔음을 '나'는 그제야 응시하고 연민한다.

그가 처음으로 입에 올린 은표 소리는 나만 겨우 알아들을 만큼 희미했다. 그러나 내 귀엔 억장이 무너지는 소리로 들렸다. 그는 사력을 다해 억장이 무너지는 소리를 내고 있었다. 아아, 삼십여 년 전 은표 어머니의 억장이 무너지는 소리는 이제서야 앙갚음을 완수한 것이다.

나는 그렇게 되길 오랫동안 바라고 기다려왔을 터인데도 쾌감보다는 허망감에 소스라쳤다.(「아저씨의 훈장」, 259쪽)

「아저씨의 훈장」의 저 마지막 장면에서 일어나는 일이 그와 비슷하다. 절절함의 깊이라면 물론 「아저씨의 훈장」이 더하다. "은표야, 아아, 은표야"라는 아저씨의 마지막 한마디를 통해 비로소 '나'는 그를 "직시"한다. 아들의 이름조차 까맣게 잊은 듯 살아왔

412

지만 아저씨의 마음 한곳은 이미 무너져내려 폐허가 되었다는 사실을 '나'는 뒤늦게 깨닫는다. 훈장으로 가리건 헌장으로 피하건, 박완서에게는, 어떻게 표현하지도 못하고 심지어 들여다볼 용기조차도 낼 수 없는 고통을 품고 있는 존재들은, 그러니까 어쩌면 인간은, "외롭고 초라한 자물쇠장수"의 그림자를 끌고 생을 걸어야 하는 존재에 지나지 않는 것이다.

4. 생명과 통곡 : 어머니의 마음은 왜 광기 속에서 드러나는가

'억장이 무너지는 소리'라는 저 말만큼 박완서 소설의 한 핵심을 잘 표현하는 수사도 없을 듯하다. 말로 다할 수 없는 슬픔과 고통을 우리는 그와 같이 일컫거니와, 「그 가을의 사흘 동안」에서 작가는 신도들 사이에 섞여 교회당으로 들어가고 있는 한 여인의 모습을 이렇게 적고 있다. "내 속의 통곡은 이제 한 방울의 눈물도 못 짜낼 것같이 굳은 게 아니었다. 다만 크게 터져서 마음대로 범람할 수 있는 장소까지 갈 동안을 주리 참듯 참고 있을 뿐이었다."

「그 가을의 사흘 동안」에서 전쟁중의 강간으로 인한 임신과 이어진 낙태의 차디찬 고통은, '나'에게 끊임없는 악몽으로 회귀할 뿐 밖으로 발설되지는 않는다. 그런 그녀가 택한 업業은 퀴레트를 쥐고 자궁에 착상한 연약한 생명을 떼어내는 것이다. "원치 않는 아기를 가진 생지옥의 괴로움"을 그녀는 누구보다 잘 안다. 수술

대 위에 누운 숱한 그녀들의 고통은 곧 자신의 고통이다. '나'는 생각하고 또 다짐한다. 지금껏 자신이 해온 일은 그러므로 자신이 당한 고통에 대한 증오를 재차 확인하고 복수하는 행위이자, 같은 고통을 안고 있는 여성을 해방시키는 행위라고. 하지만 소설은 이 의사의 마지막 사흘간을 통해, 그녀가 생명의 탄생을 끝 모를 바다에서부터 갈구해왔음을 드러낸다. 통곡의 덩어리는 없어진 것이 아니었다. "주리 참듯" 참고 있었을 뿐.

「그 가을의 사흘 동안」의 마지막 시퀀스를 잘 포착하는 한 단어는 "미친년"이다. 누구보다 이지적이고 누구보다 냉정하고자 했던 소설 속 '나'는 마치 미친 여자처럼 교회당에 다다른다. '나' 안의 가장 절실한 것이 스스로 말할 때, 그것은 광기로 표현될 수밖에 없는 여성 심연의 한 자락을 노출한다. 고통을 폭로하는 여성적 발화가 광기 어린 통곡을 동반할 수밖에 없는 이유는, 그것이 그 누구와도, 심지어는 자기 자신과도 나눌 수 없는 사무치는 고독의 산물이어서가 아닌가. "내 속의 통곡"은 '참회'라는 말로도, '용서'라는 말로도 재단할 수 없이 흘러넘쳐 그녀의 인생 전체로 육박한다.

그렇다면 '이야기'는 어떤가. 주지하다시피, 「부처님 근처」「엄마의 말뚝2」「나의 가장 나종 지니인 것」「대범한 밥상」은 모두 죽음, 그것도 육친의 죽음을 이야기의 제재로 삼고 있다. 그중에서도 「부처님 근처」와 「엄마의 말뚝2」는 아버지와 오빠의 죽음을 평생 짊어지고 산 모녀의 이야기를 들려준다. 그리고 그 이야기에는

414

작가 박완서의 자전적 체험이 검게 드리워져 있다. 야만의 시절에 생을 다한 오빠와 아버지, 제대로 치르지 못한 장례, 어머니와 딸 둘만이 오롯이 짊어져야했던 고통…… 「부처님 근처」에서 작가의 육성이 오버랩되는 후반부 몇 페이지에서, '나'는 자신이 "마치 새 끼를 낳고는 탯덩이를 집어삼키고 구정물까지 싹싹 핥아먹는 짐 승처럼 앙큼하고 태연하게" 죽음을 삼켰고, 그 죽음이 "언젠가는 토해내지 않으면 치유될 수 없는 체증"이 되었다고 고백한다.

자업자득이었다. 나는 그것들을 삼켰으니까. 나는 망령들을 내 내부에 가뒀으니까. 나의 망령들은 언젠가는 토해내지 않으면 치유 될 수 없는 체증이 되어 내 내부의 한가운데에 가로놓여 있을 수밖 에 없었다. 차차 나는 더 묘한 것을 깨닫게 되었다. 내가 망령을 가 둔 것이 아니라 실상은 내가 망령에게 갇힌 꼴이라는 것을, 나는 망 령에게 갇힘으로써 온갖 사는 즐거움, 세상 아름다움으로부터 완전 히 격리당하고 있다는 것을.(「부처님 근처」, 28쪽)

삼킴, 체증, 구토 등 여성 작가 특유의 몸의 언어, 섭식의 비유 로 직조된 저 대목의 핵심은, 내부에 갇혀 있는 망령들을 토해내야 한다는 것이다. 과거의 기억에 구속된 '나'는 남자와의 결혼으로 도, 연이어 낳은 자식으로도 끝내 행복해질 수 없었다. 결혼과 자 식을 도피처로 삼은 딸의 선택은, 바꿔 말하면 자신의 어머니를 반복하지 않기 위한 몸부림에 다름없다. 하지만 여전히 자신은 갇혀 있다. 그렇다면 어떻게 해야 하는가? 소설의 절정에서 작가는 '나'의 마음 한가운데를 직격한다. 그 대목에서 소설의 서술자 '나'와 박완서는 분리 불가능한 것처럼 보인다. 박완서 소설의 가장 깊은 곳에 자리하고 있는 것, 그것은 두 죽음에 대한 애도인 동시에 망령에 갇혀 있는 자신에 대한 애도이다. 박완서는 그것을 "토악질하듯이" 해내야만 했던 것이다.

그리고 마침내 우리는 연작 중 한 편인 「엄마의 말뚝 2」에서 시대사와 가족사가 만나는 지점에서 한국문학이 내놓은 가장 고통스럽고도 치열한 장면 중 하나와 만난다. 임종이 머지않은 늙은 어머니의 투병 시기를 담고 있는 소설은, 주부인 '나'의 섬뜩한 예감으로 시작한다. 박완서 소설 특유의 에둘러 가는 식의 도입부이지만, 어머니와 자식이 연결되어 있는 운명적 끈에 대한 이야기의 시작으로 모자람이 없다. '산골의 신화'가 보여주는 것처럼, 오빠보다 더한 것은 어머니에게는 없었다. 어머니에게 오빠는 "종교"다. 그러나 "좌익 운동"에 잠시 몸담았다가 전향한 오빠는 전쟁이 시작된 후 걷잡을 수 없이 부서지기 시작한다.

"왜 그래 엄마!"

나는 덩달아 무서움에 떨며 어머니한테로 달려갔다. 어머니의 팔이 내 목을 감으며 용을 쓰는 바람에 나는 숨이 칵 막혔다. 굉장

416

한 힘이었다. 숨이 막혀 허덕이는 나의 귓전에 어머니는 지옥의 목소리처럼 공포에 질린 소리로 속삭였다.

"그놈이 또 왔다. 하느님 맙소사 그놈이 또 왔어."(「엄마의 말뚝2」, 208쪽)

「엄마의 말뚝 2」에서 어머니를 안정시키기 위해 몸을 던지던 '나'가 "이건 아무의 도움도 간섭도 필요 없는 우리 모녀만의 것"이라고 할 때에, 그 말 속에는 납득할 수밖에 없는 무언가가 있다. 가령, 「부처님 근처」에서 '나'가 마지막으로 염원하는 것은 "어머니의 고운 죽음"인데, '고운 죽음'이라는 말에 담긴 통한은 겪어보지 않은 자는 함부로 말할 수 없는 것이 아니겠는가. 「엄마의 말뚝2」에서 어머니가 강단과 근력, 나아가 괴성과 괴력과 귀기로 다시 현재화하는 장면은 인민군이 오빠에게 총을 겨누던 바로 그날이다. 오빠의 유혈로 뒤덮인 그 순간은 어머니에게는 여전히 살아있는 현재다. 오빠는 죽었지만 어머니의 마음 속 저 깊은 "오지"에는, 끝이 안 난 싸움이, 혼신을 바쳐야 할 대결이 여전히 지속되고 있다. 심지어는 지상의 날들이 다한 후에도 그럴 것이다. 오빠가 연기가 되고 가루가 되어 선영을 향했듯이, 어머니 또한 "한줌의 먼지와 바람"으로써 오빠가 머무는 자리를 향하고자 한다. 과거의 시간을 현재의 시간으로 그리고 다시 미래의 시간으로, 계속 연장시킬 수밖에 없는 이 치열함이, 이 처절함이, 우리를 가슴 저리게 한다. 참척의 한이 적에 대한 증오가 아니라 "분단이란 괴물"과의 싸움에 닿아 있음을 보여주는 소설의 대단원은 왜 이 작가가 한 시대가 총애한 이야기꾼인지를 다시금 입증해준다.

5. 수다와 밥상 : 연민과 공감, 그리고 소설

"생때같은 아들"을 잃은 어미의 후일담이라는 점에서, 작가 자신의 혹독한 상처가 용해되어 있다는 점에서, 또 시대와의 접속이 이루어지고 있다는 점에서, 「나의 가장 나종 지니인 것」을 「엄마의 말뚝 2」에 연이어 읽어봄직하다. 특히 이 소설에는 비교적 담담하게 아들을 잃은 후의 일상을 이야기하던 '나'가 "울음이 복받치는 대로" 자신을 내맡기는 대목이 한 군데 있다. 하반신 마비와 치매가 온 아들을 부양하고 있는, 먼 친구네를 방문한 에피소드가 그것이다. "인간성 중 가장 천박한 급소"라는 '나'의 일갈처럼, 명애는 친구 모자의 비참한 모습으로 '나'를 위안하고자 했을 것이다. 처음 얼마간은 '나' 역시 "지옥이 따로 없다"는 생각을 한다. 하지만 욕창을 막기 위해, 요 위에서 아들을 굴리는 그 어머니의 모습을 보고 있던 '나'는 그들에게 악다구니만 남은 것이 아니라, 신뢰와 자애 역시 공존하고 있다는 사실을 통감하게 된다.

이 장면에서의 '나'의 절규, "다만 볼 수 있고, 만질 수 있고, 느낄 수 있는 생명"에 대한 희구보다도 더, 소설 속 어머니의 마음을 잘 설명할 수 있는 것은 없을 듯하다. 하지만 이와 더불어 이 소설에서 작가가 여러 겹을 통해 어머니의 마음, 즉 모성에 접근하고 있다는 사실은 음미해둘 만하다. 예를 들어, 외적으로 잘 드러나지 않는 또다른 어머니의 존재는 어떤가. "듣고 있네, 계속하게나"와 같은 몇 마디 외에는 문면에 등장하지 않지만, 독자를 은연 중 감화시키는 형님 말이다. "전화 바꿨습니다. 어쩐 일이세요?"로 시작하는 「나의 가장 나종 지니인 것」은 "형님은 언제나 저에게 통곡의 벽이었다"고 술회하는 대목으로 끝이 난다. 이 소설에서 박완서는 전화 저편 목소리의 개입을 오히려 최소화함으로써 청자의 존재감을 각인시킨다. '나'와는 우애를 나누는 동서지간이자 그 자신 한 아들의 어미인 형님은, 자식을 잃은 아우의 슬픔에 공감하고 그 고통에 끝내 같이 운다. 아무도 들어줄 이가 없는 곡성의 허망함(「부처님 근처」)을 기억하고 있는 이라면, 누군가 저 기나긴 통화를 함께하고 있다는 사실이 주는 위로를 생각지 않을 수 없을 것이다.

　계집애가 빤히 쳐다보면서 왜 안 되냐고 묻는 거야? 아녀석은 뭐 좀 철이 난 줄 알았는데 역시 더 무서운 얼굴로 왜 안 되냐고, 즈네들이 안 보는 사이에 도망갈 거냐고 따지는 거야. 왜 안 된다는 걸 설명할 수가 없었어. 그때 우리는 그애들이 절박하게 원하는 거면 다 옳은 일이었으니까. 아이들이 잠든 후에 우리 두 늙은이 중 한 사람이 딴 방으로 옮겨갈 수도 있었지만 안 그랬어. 우린 둘 다 생때같은 자식이 별안간 이 세상에서 사라진 느낌이 얼마나 무섭다는 걸 알기 때문에 그에 못지않을 어린것들의 공포감을 될 수 있으면 덧들이고 싶지 않았어.(「대범한 밥상」, 386~387쪽)

마지막으로 우리가 읽고자 하는 소설은 박완서의 말년작 중 하나이다. 「대범한 밥상」의 후반부는 오롯이 두 인물이 주고받는 대화에 주력하고 있다. 이 소설에서 박완서는 극심한 고통을 겪어야 했음에도, 험난한 입들에 시달리고 있는 한 여인을 보여준다. 아무런 헤아림이 없이 남의 사정을 넘겨짚는 시선은 진실을 왜곡하는 소문의 회오리를 낳는다. 장례식 뒤편의 험한 뒷이야기에 대해서라면, 「지 알고 내 알고 하늘이 알건만」에서 이미 보지 않았던가. 이 소설에서도 작가는 폭력적인 오해에 맞서, 그러한 시선에 초연해진 인물을 배치해놓는다. 박완서가 그런 인물들을 더욱 존중하고 있는 것은 물론이다.

「대범한 밥상」에서 죽음을 삼 개월 앞둔 '나'가 고심하는 것은, 생이 끝나간다는 사실 그 자체가 아니다. 그녀 몫이었던 재산의 공평한 분배다. 세상을 먼저 떠난 남편이 남긴 유산이 오히려 자식들 사이를 상하게 했기 때문이다. 그런 그녀가 자신의 질문을 풀기 위해 찾아간 인물이, 외동딸 내외를 불의의 사고로 잃는 변을 당한 후 자취를 감춘 경실이다. 그동안 그녀는 동창들 사이에서는 사돈과의 합가에 거액의 보상금이라는 소문까지 겹쳐지면서 성과 돈을 밝히는 괴물 같은 존재가 되어버렸다. '나'가 경실을 찾은 표면적인 이유도 그와 같은 경실의 미스터리한 행적에 대한 의문과 의혹에서 출발한다. "돈 때문에 인면수심이 되는 것도 마다 않은 경실이의 말년"이 생의 마지막 결정에 어떤 암시를 줄 것이라 생각한 것이다.

그러나 박완서 소설이 대개 그러하듯이, 작가는 경실을 둘러싼 추문이 실은 우리 내부의 누추한 욕망을 투사한 것이라는 사실을 대가의 솜씨로써 드러낸다. '나'가 찾아간 경실은 그녀의 선택이 "상식이 통하는 행동"이 아님을 잘 알고 있다. 하지만 그 선택은 사람은 무릇 돈을 쫓아간다는 세간의 또다른 상식과도 통하지 않는다. 그녀에게 닥친 비극은, 상식의 지평 바깥에서 새로운 삶을 발견할 것을 촉구하고 있었고, 그녀는 거기에 따랐다. 아이들의 무구한 질문을 통해, 상실의 고통만이 다다를 수 있는 공감을 통해, 그리고 서슴없는 실천을 통해, 경실이 얻은 것 중 하나는 자유다. 그녀는 '나'에게 말한다. "남이 뭐라고 하든 그게 나하고 무슨 상관이야. 내가 아닌데."

경실의 선택은 '상식'이라는 말과는 어울리지 않지만, 지금 그녀의 삶은 다른 어떤 친구들의 삶보다 자연스러운 '순리'를 따르는 듯하다. 그 점을 뒷받침하는 숱한 예시들 중 하나가 그녀가 차리는 밥상이다. 옛 여고 동창들의 대화답게, 또 박완서 소설의 두 여성 인물의 대화답게, 소설은 끊임없는 질문과 대답의 연속이다. 그리고 그 대화의 켯속을 수놓고 있는 것은 먹을 것을 권하고 맛을 보는 행위들이다. 프라이팬에서 곤드레가 볶이고, 돌솥에서 잡곡밥이 지어진다. 씀바귀와 민들레잎, 호박잎 등이 된장과 함께 권해지고, 군둥내가 나는 짠지와 눌은밥이 비워진다. 경실이 겪은 말년의 풍파를 생각한다면, 아무 걱정 없는 평온한 노년의 스케치라고 섣불리 말할 수 없을 것이다. 뼈를 깎는 슬픔을 안고 그녀는 부엌으로 들어가 사돈영감과 손자들을 위해 상을 차리고 그들이 먹는 풍경을 지켜보았을 것이다. 함께 먹는다는 행위, 자연을 함께 나눈다는 그 행위가, 뜻밖의 고통과 마주칠 수밖에 없는 삶을 조용히 감싸안는다. 그것은 어쩌면 이 남루한 생에 대해 보낼 수 있는 박완서풍의 찬미가 아닐까.

문득 우리에게 지난 사십여 년 동안의 박완서 문학이 그와 같은 밥상이 아니었을까 생각한다. 세상의 셈속과는 다른 삶의 이치를 엿보고 돌아설 때 우리의 마음 보따리가 조금은 채워져 있지 않았을까 생각한다. 우리는 반세기 동안 그녀가 차린 대범한 밥상 앞에서 허겁지겁 곯은 배를 채운 객들이었다. 앞으로 반세기도 그것은 우리의 양식이 되리라.

1931년	10월 20일 경기도 개풍군 청교면 묵송리 박적골에서 출생. 아버지 박영노朴泳魯, 어머니 홍기숙洪己宿. 열 살 위인 오빠 있음.
1934년	아버지 별세. 어머니는 오빠만 데리고 서울로 떠남. 조부모와 숙부모 밑에서 어린 시절을 보냄.
1938년	서울로 와서 살게 됨. 매동국민학교 입학.
1944년	숙명여고 입학.
1945년	소개령疎開令이 내려져 개성으로 이사, 호수돈여고로 전학. 고향에서 해방을 맞음. 서울로 와 학교를 계속 다님. 여중 5학년 때 담임을 맡은 소설가 박노갑 선생에게서 많은 영향을 받음.
1950년	서울대학교 문리대 국문과 입학. 6월 초순에 입학식이 있어서 학교를 다닌 기간은 며칠 되지 않음. 전쟁으로 오빠와 숙부가 죽고 대가족의 생계를 책임지게 됨. 미군 부대에 취직, 미8군 PX(동화백화점, 곧 지금의 신세계백화점 자리)의 초상화부에 근무. 거기서 박수근 화백을 알게 됨.
1953년	호영진扈榮鎭과 결혼, 이후 1남 4녀의 자녀를 둠(1954년 원숙, 1955년 원순, 1958년 원경, 1960년 원균, 1963년 원태).
1970년	『나목』으로 『여성동아』 여류장편소설 공모에 당선.
1975년	남편이 사기사건에 연루되어 옥바라지를 함. 『도시의 흉년』을

『문학사상』에 연재.

1976년 첫 소설집 『부끄러움을 가르칩니다』(일지사) 출간. 『휘청거리는 오후』를 동아일보에 연재.

1977년 남편의 옥바라지 체험을 바탕으로 전해에 발표했던 단편소설 「조그만 체험기」에 얽힌 기사가 일간지에 실렸는데, 개인의 명예를 생각하지 않고 검찰측의 입장만 밝혀서 문제가 됨. 『휘청거리는 오후』(창작과비평사, 전2권), 중편집 『창 밖은 봄』(열화당), 산문집 『꼴찌에게 보내는 갈채』(평민사), 『혼자 부르는 합창』(진문출판사) 출간.

1978년 소설집 『배반의 여름』(창작과비평사), 장편소설 『목마른 계절』(원제 『한발기』, 수문서관), 산문집 『여자와 남자가 있는 풍경』(한길사) 출간.

1979년 『도시의 흉년』(문학사상사, 전3권), 『욕망의 응달』(수문서관, 이 책은 1985년 같은 출판사에서 『인간의 꽃』으로, 1989년 원제대로 우리문학사에서 재출간), 창작동화 『달걀은 달걀로 갚으렴』(샘터, 『마지막 임금님』으로 재출간) 출간.

1980년 「그 가을의 사흘 동안」으로 한국문학작가상 수상. 전해부터 동아일보에 연재했던 『살아 있는 날의 시작』(전예원) 출간. 「오만과 몽상」을 『한국문학』에 연재.

1981년 「엄마의 말뚝 2」로 제5회 이상문학상 수상. 제5회 이상문학상 수상작품집 『엄마의 말뚝 2』, 소설집 『도둑맞은 가난』(민음사, 「나목」이 재수록되어 있음), 콩트집 『이민가는 맷돌』(심설당) 출간. 20년간 살던 보문동 한옥을 떠나 강남의 아파트로 이사.

1982년	10월, 11월 문공부 주최 문인해외연수에 참가하여 유럽과 인도를 다녀옴. 소설집 『엄마의 말뚝』(일월서각), 장편소설 『오만과 몽상』(한국문학사, 1985년 고려원에서 재출간), 산문집 『살아 있는 날의 소망』(학원사) 출간. 『그해 겨울은 따뜻했네』를 한국일보에 연재.
1984년	7월 1일 영세 받음. 풍자소설집 『서울 사람들』(글수레) 출간.
1985년	11월에 '일본 국제기금재단'의 초청으로 일본을 여행함. 장편소설 『서 있는 여자』(학원사, 『떠도는 결혼』과 동일 작품), 작품선집 『그 가을의 사흘 동안』(나남) 출간.
1986년	산문집 『서 있는 여자의 갈등』(나남), 소설집 『꽃을 찾아서』(창작사, 1982년에서 1986년 사이에 창작한 중·단편을 수록) 출간.
1988년	남편과 아들을 연이어 잃음. 서울을 떠나는 일이 많아짐. 미국여행을 다녀옴. 『문학사상』에 연재하던 『미망』을 10월부터 다음해 6월까지 쉼.
1989년	『그대 아직도 꿈꾸고 있는가』를 여성신문에 연재. 장편소설 『그대 아직도 꿈꾸고 있는가』(삼진기획) 출간.
1990년	『미망』(문학사상사, 전3권) 출간. 이 작품으로 대한민국문학상 우수상을 수상. 산문집 『나는 왜 작은 일에만 분개하는가』(햇빛출판사) 출간. 『그대 아직도 꿈꾸고 있는가』의 성공으로 출판사 주최 성지순례 해외여행을 다녀옴.
1991년	회갑 기념 소설집 『저문 날의 삽화』(문학과지성사), 콩트집 『나의 아름다운 이웃』(작가정신) 출간. 장편 『미망』으로 제3회 이

산문학상 수상 .

1992년　『그 많던 싱아는 누가 다 먹었을까』『박완서 문학앨범』(웅진출판사) 출간.

1993년　「꿈꾸는 인큐베이터」(『현대문학』 1월호)로 제38회 현대문학상 수상. 제38회 현대문학상 수상작품집『꿈꾸는 인큐베이터』(현대문학) 출간. 제19회 중앙문화대상(예술 부문) 수상. 장편소설『휘청거리는 오후』를 제1권으로『박완서 소설전집』(세계사) 출간 시작. 소설전집 제2 · 3 · 4 · 5권으로 장편소설『도시의 흉년』(상 · 하), 『살아 있는 날의 시작』『욕망의 응달』출간.

1994년　「나의 가장 나종 지니인 것」(『상상』 창간호, 1993)으로 제25회 동인문학상 수상. 제25회 동인문학상 수상작품집『나의 가장 나종 지니인 것』(조선일보사), 소설집『한 말씀만 하소서』(솔), 창작동화『부숭이의 땅힘』(한양출판사), 소설전집 제6 · 7 · 8 · 9권으로 장편소설『목마른 계절』, 소설집『엄마의 말뚝』, 장편소설『오만과 몽상』『그해 겨울은 따뜻했네』출간.

1995년　장편소설『그 산이 정말 거기 있었을까』(웅진출판사), 산문집『한 길 사람 속』(작가정신) 출간. 「환각의 나비」(『문학동네』 봄호)로 제1회 한무숙문학상 수상. 소설전집 제10 · 11권으로 장편『나목』『서 있는 여자』출간.

1996년　소설전집 제12 · 13권으로 장편『미망』(상 · 하) 출간.

1997년　티베트, 네팔 여행기『모독冒瀆』(학고재), 동화집『속삭임』(샘터) 출간. 장편소설『그 산이 정말 거기 있었을까』로 제5회 대산문학상 수상.

1998년	산문집『어른 노릇 사람 노릇』(작가정신) 출간. 보관문화훈장 (문화관광부) 받음. 소설집『너무도 쓸쓸한 당신』(창작과비평사) 출간.
1999년	묵상집『님이여, 그 숲을 떠나지 마오』(여백) 출간.『너무도 쓸쓸한 당신』으로 제14회 만해문학상 수상.『박완서 단편소설 전집』(문학동네, 전5권) 출간.
2000년	장편소설『아주 오래된 농담』(실천문학사) 출간. 제14회 인촌상 수상.
2001년	단편소설「그리움을 위하여」(『현대문학』 2월호)로 제1회 황순원문학상 수상.
2005년	기행산문집『잃어버린 여행가방』(실천문학사) 출간.
2006년	『박완서 단편소설 전집』 개정판(문학동네, 전6권) 출간. 서울대학교 명예문학박사학위 수여. 제16회 호암상 예술상 수상.
2007년	산문집『호미』(열림원), 소설집『친절한 복희씨』(문학과지성사) 출간.
2009년	동화집『세 가지 소원』(마음산책), 장편동화『이 세상에 태어나길 참 잘했다』(어린이작가정신) 출간.『문학동네』 가을호에 단편소설「빨갱이 바이러스」발표.
2010년	산문집『못 가본 길이 더 아름답다』(현대문학) 출간.
2011년	1월 22일, 담낭암 투병중 향년 81세를 일기로 별세. 1월 24일, 정부로부터 금관문화훈장을 추서받음.
2012년	산문집『세상에 예쁜 것』(마음산책), 마지막 소설집『기나긴 하루』(문학동네) 출간.

2013년	『박완서 단편소설 전집』개정판(문학동네, 전7권), 짧은 소설집 『노란집』(열림원) 출간.
2014년	티베트, 네팔 여행기 『모독』, 산문집 『호미』 개정판(열림원), 그림동화 『엄마 아빠 기다리신다』(어린이작가정신) 출간.
2015년	『박완서 산문집』(문학동네, 1~7권), 그림동화 『이 세상에서 제일 예쁜 못난이』 『7년 동안의 잠』(어린이작가정신) 출간.
2016년	대담집 『우리가 참 아끼던 사람』(달) 출간.
2017년	소설집 『꿈을 찍는 사진사』(문학판), 그림동화 『노인과 소년』(어린이작가정신) 출간.
2018년	『박완서 산문집』 제8·9권 『한 길 사람 속』 『나를 닮은 목소리로』(문학동네), 대담집 『박완서의 말』(마음산책) 출간.

한국문학의 '새로운 20년'을 향하여

　문학동네가 창립 20주년을 맞아 '문학동네 한국문학전집'을 발간한다. 1993년 12월 출판사 간판을 내건 문학동네는 이듬해 창간한 계간 『문학동네』와 함께 지난 20년간 한국문학의 또다른 플랫폼이고자 했다. 특정 이념이나 편협한 논리를 넘어 다양한 문학적 입장들이 서로 소통하는 열린 공간이고자 했다. 특히 세기말 세기초에 출현하는 젊은 문학의 도전과 열정을 폭넓게 수용해 한국문학의 활력을 높이는 데 이바지하고자 했다.

　돌아보면 세기말은 안팎으로 대전환기였다. 탈이념화를 중심으로 디지털 기반 정보화와 신자유주의 세계화가 서로 뒤엉켰다. 포스트 시대의 복잡성은 광범위하고 급격했다. 오래된 편견과 억압이 무너지는가 싶더니 도처에 새로운 차이와 경계가 생겨났다. 개인과 사회를 하나의 개념으로 묶어내기 힘든 형국이었다. 많은 시대가 겹쳐 있었고, 많은 사회가 명멸했다. 과잉과 결핍이 롤러코스터를 타고 전 지구적 일극 체제를 강화했다.

지난 20년간 문학을 둘러싼 환경은 호의적이지 않았다. 새삼스럽지만, 문학의 위기, 문학의 죽음은 언제나 현재진행형이다. 그래서 문학의 황금기는 언제나 과거에 존재한다. 시간의 주름을 펼치고 그 속에서 불멸의 성좌를 찾아내야 한다. 과거를 지금-여기로 호출하지 않고서는 현재에 대한 의미부여, 미래에 대한 상상은 불가능하다. 한 선각이 말했듯이, 미래 전망은 기억을 예언으로 승화하는 일이다. 과거를 재발견, 재정의하지 않고서는 더 나은 세상을 꿈꿀 수 없다. 문학동네가 한국문학전집을 새로 엮어내는 이유가 여기에 있다.

이번 전집은 몇 가지 특징을 갖는다. 먼저, 한글세대가 펴내는 한국문학전집이라는 것이다. 문학동네는 전후 한글세대를 중심으로 1990년대 이후 한국문학의 주요 생태계를 형성해왔다. 이번 전집은 지난 20년간 문학동네를 통해 독자와 만나온 한국문학의 빛나는 성취를 우선적으로 선정했다. 하지만 앞으로 세대와 장르 등 범위를 확대하면서 21세기 한국문학의 정전을 완성해나가고자 한다.

문학동네 한국문학전집의 두번째 특징은 이번 문학전집이 1990년대 이후 크게 달라진 문학 환경에 적극 대응해온 결과물이라는 것이다. 문학동네는 계간 『문학동네』의 풍성한 지면과 작가상, 소설상, 신인상, 대학소설상, 청소년문학상, 어린이문학상 등 다양한 발굴 채널을 통해 새로운 문학적 징후와 가능성을 실시간대로 포착하면서 문학의 영토를 확장하는 데 기여해왔다. 그래서 이번 전집을 21세기 한국문학의 집대성을 위한 의미 있는 출발이라고 해도 좋을 것이다.

셋째, 이번 전집에는 든직한 동반자가 있다는 것이다. 김승옥, 박완서, 최인호, 김소진 등 작가별 문학전(선)집과 세계문학전집, 그리고 한국고전문학전집이 그것이다. 문학동네는 창립 초기부터 한국문학의 해외 진출을 위해 지속적인 노력을 기울여왔다. 문학동네 한국문학전집은 통상적으로 펴내는 작품집과 작가별 전(선)집과 함께 한국문학의 특수성을 세계문학의 보편성과 접목시키는 매개 역할을 수행해나갈 것이다.

새로운 한국문학전집을 펴내면서 '문학동네 20년'이 문학동네 자신의 역량만으로 이루어졌다고 자부하려는 것은 아니다. 문인, 문단, 출판계, 독서계의 성원과 격려가 없었다면 문학동네의 오늘은 불가능했을 것이다. 그러므로 오늘, 문학동네 성년식의 진정한 주인공은 문학인과 독자 여러분이어야 한다. 이 자리를 빌려 거듭 감사드린다. 창립 20주년을 맞아, 문학동네는 한국문학의 더 나은 미래를 위해 한국문학전집 1차분 20권을 선보인다. 문학동네는 해를 거듭할수록 그 가치를 더해갈 한국문학전집과 함께, 그리고 문학인과 독자 여러분과 함께 '새로운 20년'을 향해 한 걸음 한 걸음 나아가고자 한다. 많은 관심과 성원을 부탁드린다.

문학동네 한국문학전집 편집위원
권희철 김홍중 남진우 류보선 서영채 신수정 신형철 이문재 차미령 황종연

박완서

1931년 경기도 개풍 출생. 서울대 문리대 국문과 재학중 한국전쟁을 겪고 학업을 중단했다. 1970년 불혹의 나이에 『나목裸木』으로 『여성동아』 장편소설 공모에 당선되어 작품활동을 시작한 이래 2011년 향년 81세를 일기로 영면에 들기까지 사십여 년간 수많은 걸작들을 선보였다.

주요 작품으로 『부끄러움을 가르칩니다』 『배반의 여름』 『엄마의 말뚝』 『그해 겨울은 따뜻했네』 『꽃을 찾아서』 『미망』 『친절한 복희씨』 『기나긴 하루』 『그리움을 위하여』 등이 있다. 이상문학상 대한민국문학상 이산문학상 현대문학상 동인문학상 대산문학상 만해문학상 인촌상 황순원문학상 호암상 등을 수상했다.

문학동네 한국문학전집 003
대범한 밥상
ⓒ 박완서 2014

1판 1쇄 2014년 1월 15일
1판 9쇄 2023년 11월 10일

지은이 박완서

펴낸곳 (주)문학동네 | 펴낸이 김소영
출판등록 1993년 10월 22일 제2003-000045호
주소 10881 경기도 파주시 회동길 210
전자우편 editor@munhak.com | 대표전화 031) 955-8888 | 팩스 031) 955-8855
문의전화 031) 955-2696(마케팅) 031) 955-8864(편집)
문학동네카페 http://cafe.naver.com/mhdn
인스타그램 @munhakdongne | 트위터 @munhakdongne
북클럽문학동네 http://bookclubmunhak.com

ISBN 978-89-546-2325-4 04810
      978-89-546-2322-3 (세트)

www.munhak.com